Über die Autorin:

Adele Mann, Jahrgang 1983, lebt in Wien. Sie studierte Kommunikationswissenschaften. Nach einem kurzen Ausflug in den Lokaljournalismus begann sie im Marketingbereich zu arbeiten, wo sie derzeit noch tätig ist. Unter anderem Namen schreibt sie seit 2010 Romane.

Ihre Freizeit verbringt sie auf dem Land. Bücher gehören zu ihren größten Leidenschaften. Sie liebt gutes Essen, Musik, Filme, Museen und Reisen.

Mit dem ersten Band der Bittersüß-Reihe erschien 2014 ihr erster erotischer Liebesroman.

Adele Manns Bücher vereinen Romantik & Erotik mit einem Hauch Drama.

Adele Mann

Charming Bad Boy

Roman

feelings
* emotional eBooks

Bitte besuchen Sie uns im Internet:
www.facebook.de/feelings.ebooks

FSC
www.fsc.org
MIX
Papier aus verantwortungsvollen Quellen
FSC® C083411

Redaktion: Ulla Mothes
Covergestaltung: ZERO Werbeagentur, München
Coverabbildung: © FinePic®, München
Druck und Bindung: CPI books GmbH, Leck
ISBN 978-3-426-21604-0

Kapitel 1

Dani

Fünfzehn Minuten genügen, um dein Leben völlig auf den Kopf zu stellen. Es klingt lächerlich, dennoch ist es wahr.

Vor fünfzehn Minuten hatte ich einen Freund, den ich liebte und von dem ich dachte, er würde dasselbe für mich empfinden. Ich hatte eine umwerfende Wohnung in Manhattan, die natürlich ihm gehört und nicht mir.

Vor fünfzehn lächerlichen Minuten hatte ich mein Leben noch in der Hand. Und es sah gut aus. Ich war glücklich. Zumindest dachte ich das.

Jetzt sitze ich auf der Treppe vor diesem herrlichen New Yorker Stadthaus und heule mir die Augen aus dem Kopf.

Fünfzehn Minuten? Scheiße! Fünfzehn Sekunden reichen, um alles zu verändern. Oder um alles zu verderben.

Ich war dumm, unfassbar dumm. Und es hat lediglich fünfzehn beschissene Sekunden gebraucht, um *das* zu erkennen …

Mit einem Lächeln auf den Lippen öffnete ich die Tür zu unserer Wohnung, legte die Einkäufe auf den Tresen, streifte mir die weiße Bluse von den Schultern und machte mich auf, meinen Freund im Schlafzimmer zu überraschen.

Doch die Überraschung ereilte mich, als ich sah, wie Jeff, mein Jeff, mir den blanken Hintern entgegenstreckte, um zwischen den Schenkeln einer blonden Sekretärin, der ich täglich bei der Arbeit begegne, zu stöhnen, während sie mich angemessen erschrocken, aber nicht wirklich überrascht in der Tür stehen sah.

Ich stand einfach da. Erstarrt.

Das Bild der beiden hatte sich mir ins Hirn gebrannt, während ich vage mitbekam, dass Jeff irgendwelche Entschuldigungen von sich gab, denen ich gar nicht zuhörte.

Irgendwie dachte ich immer, als jemand, der in einer irischen Familie mit lauten Feuerwehrmännern aufgewachsen ist, lauthals schreiend und mit derben Kraftausdrücken auf eine Situation wie diese zu reagieren. Doch als es so weit war, war ich nicht fähig, auch nur ein Wort von mir zu geben.

Ich stand nur da, starrte den Mann an, mit dem ich seit Monaten zusammenlebe und den ich zu kennen glaubte, während er sich die Jeans überzog und ihr ein Kleid zuwarf.

Ohne ein Wort zu sagen, drehte ich mich um und ging.

Jetzt sitze ich hier, auf der Treppe vor einer Wohnung, die mir nicht gehört und in der ich nicht mehr bleiben kann, und heule, weil Jeff Ava bumst, die in meiner Schule arbeitet. So eine Scheiße! So eine verdammte Scheiße!

Ja, jetzt fluchst du! … Zu spät.

Stöhnend schlage ich mir die Hände vor die Augen. Es nützt nichts. Ständig sehe ich sie vor mir, auf dem Teppich, den *ich* ausgesucht habe. Nackt. Verschwitzt. Keuchend.

Mein Magen regt sich. Rebelliert.

Ich kann nicht fassen, dass mir das passiert. Und ich kann nicht fassen, dass ich hier sitze, während die noch immer dort oben sind.

Als ich polternde Geräusche aus dem Treppenhaus hinter mir höre, wische ich mir den Rotz von der Nase und nehme die Beine in die Hand. Lieber hacke ich mir die Hände ab, als ihm zu begegnen. Oder ihr.

Wie eine Irre laufe ich die 2nd Avenue entlang, verheult und als wäre der Teufel hinter mir her.

Ich weiß nicht, was demütigender ist. Die Tatsache, dass der Mann, den ich zu lieben glaubte, mich gerade betrogen hat oder dass mein erster Gedanke ist, dass mir nun keine Wahl bleibt, als wieder zu Hause in Brooklyn zu wohnen, bei meinen Eltern, in meinem Kinderzimmer.

So hatte ich mir das nicht vorgestellt.

Verdammter Jeff!

Verdammte Ava!

Verdammter Teppich!

Kapitel 2

Dani

»Logan! Komm endlich aus dem Bad raus, sonst entsorge ich alle deine Pornos.« Wütend, weil mein verdammter Bruder immer noch im Bad ist, während ich in meinem Schlaf-T-Shirt und mit ungekämmten Haaren seit Minuten vor der Tür stehe, hämmere ich dagegen.

»Nur noch fünf Minuten, *Herrgott*!«, bellt er mich an.

Ich bin so was von spät dran. Und dass nur, weil dieser eitle Gockel sich seit einer Viertelstunde für die Arbeit fertig macht. Er ist Feuerwehrmann, verdammt noch mal.

Dafür muss man sich nicht groß hübsch machen.

»Das hast du schon mal gesagt.« Ich könnte Logan umbringen! Stopp, ich darf meinen Bruder nicht umbringen. Er rettet immerhin Menschen.

»Krieg dich wieder ein, Dani!«

Unglaublich. Ich bin Mitte zwanzig und zanke mich in meinem Elternhaus mit meinem Bruder um das Badezimmer.

Es ist, als wäre ich wieder auf der Highschool. Diesen deprimierenden Gedanken schiebe ich weit von mir, ehe ich es gut sein lasse und nach unten gehe, um das Bad unserer Eltern zu benutzen. Aber vorher brauche ich noch einen Kaffee.

Ich zucke mitten auf der Treppe zurück, denn Brock McNamara, der beste Freund meines Bruders, sitzt in seiner Sanitäteruniform an der Frühstückstheke und grinst mich frech an. Mein Herz setzt einen Schlag aus, wie jedes Mal, wenn ich ihn nach langer Zeit wiedersehe. An seinen Anblick muss man sich erst gewöhnen, sonst wirft er einen um. Seine grünen Augen funkeln dreist mich und meine kaum bedeckten Beine an.

»Ich hoffe, du lässt es bleiben«, sagt er mit dieser tiefen Stimme, die mich aus der Fassung bringt. Verwirrt blicke ich ihm entgegen und zerre an meinem Schlaf-T-Shirt.

»Wenn du ihm seine Pornos nimmst, ist er die nächsten Tage unausstehlich.«

Sofort werde ich knallrot. Ich hasse es, dass ich so reagiere, wenn es um Brock geht. Aber was soll ich machen? Wenn er mich schief angrinst und dabei aussieht wie der irische Bad Boy meiner erotischsten Träume: fast eins neunzig groß, dunkle, kurz geschnitten Haare, ein Dreitagebart und mindestens ein Tattoo, von dem ich weiß. Und habe ich schon diese herrlich grünen Augen erwähnt, aus denen er mich gerade von oben bis unten mustert, als würde er mich nicht kennen, seit wir Kinder sind? Fast als könne er durch mein Shirt hindurchsehen. Einerseits wünsche ich mir, das hätte etwas zu bedeuten, andererseits weiß zumindest der vernünftigere Teil meiner Persönlichkeit, dass Brock *jede* Frau so ansieht, weil er nicht anders kann. Deshalb versuche ich, dem keine Beachtung zu schenken, als ich auf die Küche zu schlendere und mir einen Kaffee einschenke.

Na toll! Er ist natürlich kalt.

»Dir auch einen guten Morgen, Brock.« Ich kann nicht verhindern, ein klein wenig schnippisch zu klingen.

»Hey, *du* hast von Pornos angefangen, Dani.«

Er lacht und trinkt seinen Becher aus. Es fühlt sich immer merkwürdig an, wenn er meinen Namen ausspricht, irgendwie warm und als würde etwas in mir anspringen.

»Ob dein lahmarschiger Bruder wohl noch in diesem Jahrhundert aus dem Bad kommt?« Brock sieht nach oben, dann auf seine Uhr. Dabei muss ich mich sehr beherrschen, ihn nicht zu sehr anzustarren, denn er hat zwei Dinge an sich, die ich bei Männern absolut unwiderstehlich finde: schöne Hände und kräftige Unterarme. Natürlich war ich als Teenager in ihn verknallt. Doch das ist lange her. Auch wenn sein Charme und sein Aussehen noch immer eine eindeutige Wirkung auf mich haben, bin ich mir bewusst, welche Frauen in Brocks Beuteschema passen und welche nicht. Und ich bin definitiv nicht auf der ersten Liste. Dafür bin ich zu klein, zu kurvig und auch zu klug. Und Brock ist zu heiß.

»Wir kommen wohl heute beide zu spät?« Verschwörerisch lächle ich ihn an, während ich Dads peinliche Socken auf dem Küchenfußboden mit den Zehen unter die Theke schiebe. Die St. Clairs sind wirklich ein wilder, unordentlicher Haufen amerikanischer Iren. Brock weiß das, aber die scheußlichen Socken meines Vaters sind dann doch zu viel für einen chaotischen Morgen wie diesen.

»Sieht so aus.« Brock lehnt sich auf dem Hocker zurück und verschränkt die Arme vor der breiten Brust. Sein Namensschild verrutscht auf der dunklen Uniform, die an ihm wie eine zweite Haut aussieht.

»Und wo musst du so dringend hin? Doch nicht zur Arbeit?« Es ist Samstag, und da haben Lehrerinnen für gewöhnlich frei. Selbst wenn sie wie ich für elitäre Privatschulen arbeiten, um den Studienkredit abzubezahlen.

»Ich wollte mir noch ein paar Wohnungen ansehen.«

Sofort bin ich deprimiert. Die Wohnungssuche in New York hat das so an sich. Wie aussichtslos die Suche nach einer passenden Bleibe sein kann, hatte ich fast vergessen. Doch kaum ein Jahr zurück in der Stadt, und ich weiß bestens darüber Bescheid.

»Immer noch kein Glück.« Mitfühlend verzieht er das Gesicht.

»Kein bisschen«, sage ich matt. »Eine schlimmer als die andere.« Gott, ich hoffe, Logan hat ihm nicht erzählt, warum ich wieder zu Hause wohne. Schlimm genug, dass meine ganze Familie und meine Freunde wissen, dass Jeff mich beschissen hat. – jahrelang auf einer Elite-Uni, und ich kann mir nicht mal in Gedanken die Kraftausdrücke abgewöhnen! Du kannst wohl ein irisches Mädchen aus Brooklyn zur Uni schicken, aber sie bleibt immer ein irisches Mädchen aus Brooklyn.

Brock wird plötzlich ernst und setzt sich gerade hin. »Hey, Dani, wenn du richtig verzweifelt bist, dann …«

»Fahren wir los? Wir sind spät dran.«

Logan steht am Ende der Treppe und starrt Brock an, mich ignoriert er, als wäre ich gar nicht da.

»Jetzt hast du es eilig?« Brock schüttelt genervt den Kopf. »Ich warte seit vorgestern auf dich.«

»Ja, mach kein Drama draus. Manchmal dauert es eben, so lange es dauert.«

Dafür kassiert er einen vernichtenden Blick von mir. Rücksichtsloser Idiot. Da ist mein neunzehnjähriger Bruder Jamie ein Heiliger dagegen. Logan ist, genau wie Brock, immerhin Ende zwanzig, benimmt sich aber die meiste Zeit, als wäre er gerade erst erwachsen geworden. Oder nicht mal das.

»Sei vorsichtig, Dani, wenn du mich länger so ansiehst, bleibt dein Gesicht vielleicht so. Dann kriegst du nie wieder einen Kerl ab.« Ich weiß, dass er nur dumme Sprüche macht, dennoch habe ich sofort Tränen in den Augen, und mein Magen zwickt fies.

»Du kannst so ein *Arschloch* sein.« Im Vorbeigehen ramme ich Logan den Ellbogen in die Seite, was er kaum spürt. Als Feuerwehrmann hat er die Muskelmasse eines Boxers.

Ich laufe die Treppe hoch, um mich in der Hälfte der Zeit

für den Tag und die nächste sinnlose Wohnungsbesichtigung fertig zu machen.

Während ich mir Wasser ins Gesicht spritze, geht mir die ganze Zeit nicht aus dem Kopf, was Brock angesprochen hat, ehe er von Logan unterbrochen wurde.

Was er mir wohl sagen wollte?

Kapitel 3

Brock

Du musst morgens echt schneller in die Gänge kommen. Ich hab keine Lust, schon wieder vom Captain runtergemacht zu werden.« Logan, der neben mir auf der Fahrerseite sitzt, werfe ich einen scharfen Blick zu, den er mit einem Grinsen abschüttelt. Ungerührt fährt er einfach los.

»Der Captain macht dich runter, weil du seine Nichte gebumst hast, und nicht, weil du wegen mir zu spät kommst.«

Ja, gib's mir nur! Als ob du sie nicht angemacht hättest, kaum, dass sie auf der Wache aufgetaucht ist.

Eine zwanzigjährige Latina mit diesen Lippen muss man haben, vor allem, wenn sie das heiße Temperament von Isa hat. Wenn ich nur daran gedacht hätte, dass sie die Nichte vom Captain ist, als sie mir vor meiner Wohnung die Zunge in den Mund gesteckt hat, aber das habe ich nun mal nicht. Ich habe an nichts gedacht, außer vielleicht an diese Wahnsinnslippen.

»So wie du grinst, scheinst du es nicht zu bereuen, dass er dich seit Wochen nur noch anbrüllt und Loverboy nennt.«

Ich kann tatsächlich nicht aufhören zu grinsen, während die Straßen von Williamsburg an uns vorbeiziehen.

»Ein Gentleman genießt und schweigt«, flüstere ich und weiß genau, dass es Logan wahnsinnig macht, dass ich sie hatte und er nicht.

»Du ein Gentleman?! Dass ich nicht lache. Du schweigst vielleicht, aber das war's auch schon.«

Wusste ich es doch, er ist beleidigt, weil er sie heiß fand, aber nicht bei ihr landen konnte.

»Wenn du so neugierig bist, kannst du es ja gerne noch mal

bei ihr versuchen. Sie ist kein Kind von Traurigkeit, und ich habe noch ihre Nummer.« Auch wenn ich kein bisschen daran interessiert bin, sie tatsächlich wiederzusehen. Wir hatten, was wir hatten. Es war heiß und hat Spaß gemacht, aber das war's für mich. Vorbei ist vorbei. Verwicklungen oder gar irgendwelchen Beziehungsmist muss ich mir nicht antun. Dafür bin ich nicht der Richtige. Logan ist da anders. Er ist so etwas wie ein Serienmonogamist, auch wenn er seit fast einem Jahr Single ist und wieder zu Hause wohnt. Genau wie Dani.

Dani. Es ist immer noch merkwürdig, die kleine Danielle St. Clair als erwachsene Frau zu sehen, mit diesen Kurven, die aus ihr mehr machen als bloß das nette Mädchen von nebenan mit ihren rötlichen Haaren und den vielfarbigen Augen. Keine Ahnung wieso, aber seit sie vom College zurück ist, habe ich sie kaum gesehen. Doch jedes Mal wenn ich sie sehe, kommt sie mir wie ein ganz anderer Mensch vor, gar nicht wie das linkische Mädchen von früher oder die Schwester meines besten Freundes. Zugegeben, wenn ich sie so wie heute zu Gesicht bekomme, notdürftig mit einem Shirt bedeckt, frisch aus dem Bett gekrochen, will ein gewisser Körperteil von mir vergessen, dass sie seit jeher auf der No-go-Liste steht.

»Hey, was wolltest du eigentlich von Dani?«

Ertappt ruckt mein Gesicht in Logans Richtung. Seltsam, mein Herz schlägt plötzlich schnell.

»Dani?«, frage ich ahnungslos.

»Du hast sie so was gefragt wie ob sie richtig verzweifelt ist.« Argwöhnisch sieht er mich an, ehe er wieder auf die Straße blickt. »Du hast ihr doch nicht gesagt, dass du Bescheid weißt, oder?« Scharf einatmend wartet Logan auf meine Antwort. Das ist so typisch für ihn. Ständig tut er in ihrer Nähe so, als würde sie ihm nur auf die Nerven gehen, dabei lässt er hinter ihrem Rücken den großen Beschützer raushängen.

»Nein, natürlich nicht«, sage ich und weiche seiner eigentlichen Frage aus, weil ich ihm nicht sagen will, was ich mir da in einem schwachen Moment gedacht habe.

»Gut. Sie würde ausflippen, wenn sie mitkriegt, dass du es weißt.« Kopfschüttelnd fährt er in die enge Parklücke vor der Wache. Dank seiner mörderischen Fahrweise, die ich normalerweise nicht leiden kann, die uns heute allerdings davor bewahrt hat, die Brüllopfer des Captains zu werden, kommen wir knapp vor Dienstantritt zur Schicht.

»Warum eigentlich? Dani ist doch nicht die Erste, die von einem Arschloch betrogen wurde.« Keine Ahnung, warum sie daraus so ein Geheimnis macht. Sein Pech, wenn er nicht wusste, was er an ihr hatte. Der Kerl, der Dani betrügt, muss ein richtiger Vollidiot sein. Die Frau ist doch nahezu perfekt. Höllisch klug, scharf, ohne dass sie es darauf anlegt, und richtig süß manchmal.

Logan wird komisch und hält mich zurück, ehe ich durch die Hintertür das Gebäude betrete.

»Das hat sie echt mitgenommen, Brock. Man sieht es ihr vielleicht nicht an, aber ich kenne sie. Wenn mir so ein Scheiß wie heute rausrutscht, würde sie es normalerweise mit einem Achselzucken abtun oder mir Paroli bieten und nicht wie vorhin fast in Tränen ausbrechen oder mir den Mist wirklich abkaufen. So wie jetzt kenne ich Dani gar nicht. Sie war zwar nie das Selbstbewusstsein in Person, aber seit sie Jeff mit dieser Sekretärin erwischt hat, nimmt sie sich gleich alles zu Herzen und meckert ständig wegen ihrem Körper rum.«

Ohne nachzudenken sage ich: »Daran gibt es doch überhaupt nichts auszusetzen«, was mir sofort einen warnenden Blick einbringt.

»Sorry. Nicht nachgedacht.« Ich zucke mit den Schultern. Jeder hält mich für einen Weiberhelden, das hat den Vorteil, dass einem niemand übel nimmt, wenn man, was Frauen betrifft, mal eine unbedachte Äußerung macht. So wie jetzt.

»Schon klar ... Aber da versteh einer die Frauen, Als ob sich ein Kerl je darüber beschweren würde, dass die Brüste seiner Kleinen zu groß sind.« Logan verdreht die Augen und marschiert schnurstracks auf die Umkleide zu. Ich folge ihm und öffne meinen Spind, froh darüber, dass Logan mein Gesicht nicht sieht, denn im Moment denke ich an Danis Brüste, und die sind verdammt fabelhaft und definitiv groß. Sie glaubt doch nicht wirklich, dass sie zu groß sind oder sie zu dick? Wenn ja, ist sie verrückt. Dani ist klein, aber verdammt kurvig gebaut. Einfach köstlich.

»Hey! Bist du taub?« Logan wirft mir eines seiner dreckigen Shirts zu. Ich ziehe es angeekelt von meiner Brust.

»Was denn?«, schnauze ich ihn an und werfe ihm das Shirt mitten ins Gesicht.

»Ich sagte, du hast mir noch immer nicht erzählt, was du mit Dani besprechen wolltest.« Er hat wieder diesen Ausdruck im Gesicht, als wolle er mich in meine Schranken weisen. So angesehen zu werden kann ich nicht leiden, selbst von meinem besten Freund nicht. Ich lasse mir nur ungern sagen, was ich zu tun oder zu lassen habe, was meinen Job als Sanitäter beim Fire Department of New York nicht immer einfach macht, aber ich arbeite daran. Meistens jedenfalls.

»Ich wollte Dani nur anbieten, bei mir zu wohnen, wenn sie nichts finden kann.«

Schon mal gesehen, wenn jemand absolut sprachlos ist und gleichzeitig in Gedanken deine Ermordung plant?

Ich schon.

Gerade jetzt.

Kapitel 4

Dani

Und da können Sie Ihre Wäsche aufhängen.« Strahlend lächelt mich die Maklerin an. Sie deutet begeistert auf eine winzige Drahtspinne über einem Duschkopf.

Ich werfe ihr einen skeptischen Blick zu.

»Na, zumindest Ihre Unterwäsche.«

Ihre Mundwinkel müssen wehtun. Wenn sie nicht bald damit aufhört, derart breit zu grinsen, bleibt ihr Gesicht noch so. Mir ist das Lächeln seit der Türschwelle vergangen, genauer gesagt, seit uns ein würziger, penetranter Geruch empfangen hat. Indisches Essen vom Restaurant unter uns, wie sie mir in aller Ruhe erklärte. Meine erschrockene Miene ignorierte sie hingegen.

Das winzige Apartment, in dessen »Wohnzimmer« wir gerade stehen, ruft nur einen Wunsch bei mir hervor: Flucht!

Das Schlimmste daran? Dieses winzige Loch ist noch die beste Wohnung des Tages. Mit Abstand. Verzweiflung kriecht in mir hoch, während ich mich in dem engen, stinkenden Loch umsehe.

Ich höre mich sagen: »Wie viel?«

Ich kann nicht glauben, dass ich tatsächlich danach frage.

Als ich die irrwitzige Summe von tausendachthundert Dollar höre, die ich monatlich hierfür bezahlen soll, tue ich, was ich tun wollte, seit die Maklerin die Tür zu dieser Höllenpforte geöffnet hat, ich schnappe mir meine Handtasche und verschwinde.

Sogar im Flur ruft die Maklerin mir nach. »Bei Ihrem Budget werden Sie bestimmt nichts Besseres finden.«

Ich stürze die Treppe runter, als wäre die grinsende Frau mit dem unordentlichen Dutt der Teufel höchstpersönlich. Und heute, an diesem Tag, ist sie es, zumindest für mich.

Wie schlecht mir da drin war, bemerke ich so richtig, als ich die Doppeltür des Wohnhauses aufstoße und endlich wieder frische Luft atme. Die New Yorker Frühlingsluft weht mir um die Nase und vertreibt die Erinnerung an den muffigen Geruch, der das ganze Haus förmlich durchdrungen hat.

Wendy, meine beste Freundin, stürmt auf mich zu. Die ganze Zeit hat sie hier unten auf mich gewartet. Als ich die Lunchbox vom Inder in ihrer Hand sehe, muss ich mich sehr beherrschen, um sie nicht sofort in den nächsten Gully zu befördern. Wendy schluckt einen Bissen runter und sieht mich erwartungsvoll an.

»Wie ist es gelaufen?« Ihre dunklen Augen sind voller Hoffnung für mich und meine endlose Wohnungssuche. Ich schüttle den Kopf. Die Hoffnung in ihrem Blick verschwindet.

»Tust du mir einen Gefallen?«

Sie nickt. Ihre dunklen Locken wippen.

»Hör bitte auf, dieses Zeug zu essen. Ich lade dich auch auf alles ein, nur nicht auf *das*!« Ich deute auf die Box, als wäre sie giftig. Weil Wendy mich so lange kennt und wir uns ohne Worte verstehen, fragt sie nicht nach, sondern wirft das würzige Essen in den nächsten Mülleimer.

»Lass uns ein paar Blocks gehen«, schlägt sie vor.

Das klingt verdammt gut, selbst in diesem Viertel.

»Wie schlimm?«, fragt Wendy an der nächsten Ecke, nachdem ich mich wieder einigermaßen gefangen habe.

»Ein Zimmer. Nur ein Fenster, dafür ein komischer Geruch, winziges Bad und eine Küchennische, in die nicht mal meine Kaffeemaschine passt. Und das Ganze für tausendachthundert im Monat!« Ich atme tief durch, aber das flaue Gefühl im Magen bleibt. Lieber würde ich sterben, als in diesem Loch barfuß zu gehen. Der Wohnungsmarkt in der Stadt ist Irrsinn.

»Warm?«

Ich liebe Wendy für ihren Optimismus. Fast beneide ich sie darum.

»Nein. Ohne alles.«

Wendy seufzt und hakt sich bei mir unter. »Und da kann man nichts machen?«

Ich kann mich nicht länger beherrschen und werfe Wendy einen Im-Ernst-jetzt-Blick zu. »Wendy, *es stinkt!* Die indischen Gewürze kommen durch alle Ritzen, so beißend, dass es einem den Magen umdreht. Und wäre das nicht schon schlimm genug, tropft auch noch der Wasserhahn im Bad. So laut, dass du es bis ins Schlafzimmer hörst. Und die Maklerin meinte auch noch, das müsse so sein, damit der Wasserhahn richtig funktioniert. Ich könnte kein Auge in der Wohnung zumachen. Ist es denn zu viel verlangt, wenn ich schlafen will und leben, ohne die Gewürzpalette des indischen Subkontinents?!«

»So eine Scheiße.«

Da kann ich ihr nur zustimmen. Denn mittlerweile bin ich in den weniger angesagten Ecken Brooklyns unterwegs. Gegenden, von denen mein Vater nichts weiß.

Aber was soll ich machen? Manhattan hat sich, wie erwartet, bereits nach dem ersten Tag meiner Wohnungssuche als Wunschtraum erledigt, und auch in Brooklyn finde ich nichts. Jedenfalls nichts, was ich mir leisten kann. Wendy hat mir gestern sogar angeboten, bei ihr unterzukommen. Doch sie teilt sich bereits mit zwei anderen Grundschullehrerinnen eine nicht besonders große Altbauwohnung. Mit mir wäre es endgültig überfüllt. Aber ich liebe sie dafür, dass sie gefragt hat.

Es ist zum Aus-der-Haut-Fahren. Um meinen Studienkredit zurückzahlen zu können, habe ich extra einen Job in einer elitären Privatschule an der Upper West Side angenommen, aber wenn ich meinen Rückzahlungsplan einhalten will, kann ich mir nun mal keine teure Wohnung leisten. Wie es aussieht, noch nicht mal eine anständige. Zum ersten Mal hasse ich es, dass Brooklyn dermaßen angesagt ist, ganz besonders Williamsburg. Denn ich hatte gehofft, in der Gegend bleiben zu können, in der ich aufgewachsen bin.

Aus der Traum. Ich werde zu Hause wohnen bleiben, bis ich vierzig bin. O Gott! Erschießt mich doch gleich!

»Wendy«, sage ich in einem Anfall von Selbstmitleid und lasse mich auf eine Parkbank fallen. »Was mache ich jetzt nur?«

»Kannst du nicht Logan fragen, ob er sich mit dir eine Wohnung nimmt?« Wendy setzt sich zu mir und lächelt mich an.

»Bist du verrückt? Sobald Logan wieder eine Neue hat, zieht der doch bei ihr ein, und dann stehe ich wieder genau da, wo ich angefangen habe. Was denkst du, warum er immer wieder in den Zwischenphasen zu Hause wohnt?«

»Der Apfelstrudel deiner Mom?« Wir grinsen uns beide breit an. »Der ist schon ziemlich genial.«

Ich habe verdammtes Glück. Meine Mutter ist halb irischer und halb deutscher Abstammung. Sie kocht wie ein Profi. Deshalb hat meine deutsche Großmutter Mom ihr Rezeptbuch vererbt. Es ist ein Heiligtum in der Familie. Ich durfte bisher nur bei ganz besonderen Gelegenheiten daraus ein Rezept zum Backen verwenden.

»Ja, der ist wahnsinnig köstlich.«

»Warum muss Logan eigentlich immer gleich bei denen einziehen?«

Kurz habe ich Angst, dass die alte Vernarrtheit für meinen Bruder bei ihr wieder durchkommen könnte, doch seit Logan Wendys Schwester in der Schultoilette beinahe entjungfert hat, hatte sich dieses Problem erledigt.

»Keine Ahnung, Wendy. Er ist eben ein Idiot. Ständig verknallt er sich, aber richtig ernst meint er es nie. Trotzdem hat er binnen eines Monats sein Zeug bei ihnen und bleibt jede Nacht. Er ist wie ein Untermieter, der nie Miete zahlt.« Habe ich bisher für dieses Verhalten nur genervtes Bedauern übrig gehabt, bin ich nach den heutigen Reinfällen fast so weit, die Vorteile darin zu erkennen.

Was für ein grauenhafter Gedanke.

»Warum musste ich mich auch in einen Betrüger verlieben, der die schönste aller Wohnungen hat.« Ich bin wieder beim Jammern angelangt.

Wendy legt mir tröstend die Hand auf die Schulter. Ein bisschen habe ich das Gefühl, sie behandelt mich wie einen ihrer Schüler, denn sie murmelt dabei ständig besänftigend: »Das wird schon wieder.«

»Wendy, ich bin keine acht! Bei mir funktioniert das nicht mehr.« Mit einem Schulterzucken hört sie damit auf und lehnt sich auf der Bank zurück. Ihr Gesicht der Sonne zugewandt erscheint ein seltsames Grinsen auf ihrem Mund.

»Wirklich helfen würde es, wenn du mal wieder von einem richtig heißen Kerl flachgelegt wirst und es Jeff damit heimzahlst.« Ein durchtriebenes Lachen überzieht Wendys zarte Gesichtszüge. So ist sie. Ein lieber Mensch, durch und durch, aber manchmal auch ein klein wenig unheimlich.

»Manchmal kann ich nicht glauben, dass die dich wirklich Kinder unterrichten lassen.«

»Wieso denn?« Beleidigt blickt sie mich an. »Auch Lehrerinnen müssen ab und an ordentlich durchgevögelt werden.«

»Das ist so ziemlich das Letzte, worüber ich mir gerade Gedanken mache. Ich habe weder Zeit noch Lust dazu. Ich will nur eine Wohnung finden und den Namen Jeff für immer aus meinem Gedächtnis löschen.«

Kapitel 5

Brock

Hier Wagen R51 Tango. Was gibt's?«

Knisternd meldet sich die Leitstelle über Funk: »Notfalleinsatz mit möglicher Lebensgefahr.« Carlos, mein Partner, übernimmt den Funk und meldet, dass wir übernehmen. Erst jetzt bemerkt er meine bittere Miene.

»Was ist?« Irritiert blickt Carlos mich an, weil ich noch nicht losgefahren bin.

»Ich war schon mal da, neulich, als du freihattest.«

»Und?« Ich starte den Motor und versuche, das ungute Gefühl im Bauch zu ignorieren.

»Ganz miese Gegend, und in dem Haus wohnen Kleinkriminelle und Junkies. Diese Irren haben die Stufen eingefettet, damit die Cops nicht so leicht zu ihnen hochkönnen. War ganz toll, einen Hundertfünfzig-Kilo-Kerl da runterzubringen.« Carlos stampft mit seinen Fuß gegen den Unterboden.

»Scheiße! Hätte ich nicht annehmen sollen?«, fragt er mich, doch wir wissen beide, dass es nicht darum geht.

Wir hätten in jedem Fall übernommen. Er kennt mich. Er weiß, dass ich es hasse, mit ihm zu solchen Einsätzen zu fahren. Schließlich ist er verheiratet und hat zwei kleine Racker, die er versorgen muss. Irgendwie war es einfacher, als ich noch mit Jimmy in Manhattan gefahren bin. Er war Single, ich war Single. Wir hatten beide nichts zu verlieren, außer dem eigenen Leben natürlich. Doch mit einem Familienvater in eine Gegend zu fahren, in der auch Minderjährige Knarren haben, ist etwas, das ich verdammt ungern tue. Anfangs hielt Carlos mich für einen Arsch, bis ich ihm nach einer besonders langen

Schicht gestanden habe, was eigentlich mein Problem mit ihm ist. Er hat damals gelacht, mich einen Idioten genannt und gesagt, dass er sehr genau wüsste, was es heißt, Sanitäter zu sein. Er meinte, ich solle mir meine selbstherrliche Tour sonst wohin stecken. Seither sind wir Freunde und Partner. Und wir arbeiten gut zusammen.

Als wir vor dem Haus ankommen, sehe ich vor lauter Graffiti nicht mal die Hausnummer, aber das muss ich auch nicht. Ich erinnere mich auch so an das grauenhafte Loch. Man vergisst nicht so schnell, dass man einen Koloss im Schneckentempo die Treppe runtertragen musste und dabei mehrmals fast ausgerutscht wäre.

Ich steige aus. Niemand reagiert hier besonders überrascht auf einen Rettungswagen mit Sirene. Immer ein schlechtes Zeichen.

»Dann wollen wir mal«, murmelt Carlos, während er seinen Rucksack schultert und mir die mobile Trage hinhält.

»Vergiss nicht, was ich dir über die Treppen gesagt hab.« Er verdreht die Augen und geht los. Der Kerl ist nicht vorsichtig genug. In meinem letzten Zuständigkeitsbereich hätte dich so ein Verhalten das Leben kosten können. Ich hole ihn ein und gehe zuerst ins Wohnhaus. Mit einem Blick erfasse ich alle Nischen und Fluchtwege. Niemand zu sehen. Erst jetzt halte ich Carlos die Tür auf. Etwas nervös sieht er zu mir, aber ich weise ihm verkniffen lächelnd mit dem Kopf den Weg zum Treppenhaus.

»Und der Fahrstuhl?«, fragt er mich irritiert.

»Keine Chance. Die haben ihn demoliert, auch wenn er aussieht, als würde er funktionieren.«

»Verstehe.«

Zusammen gehen wir zum Treppenhaus neben dem Lift.

Die Schmiere ist an ihrem Glanz zu erkennen, wenn man ihn zu deuten weiß. Einen Fuß vor den anderen setzend kämpfen wir uns bis zum zweiten Stock vor.

Vor der Wohnung 2A bleiben wir stehen und klopfen.

»Rettungsdienst. Sie haben uns gerufen?« Leise, schnelle Schritte sind hinter der Tür zu hören. Als die Tür aufgeht, sackt mein Magen eine Etage tiefer, also setze ich ein bewusst neutrales Gesicht auf.

»Ma'am«, begrüßt Carlos die kleine Asiatin, die die Tür für uns aufhält.

»Gott sei Dank, dass Sie endlich da sind. Er kriegt kaum noch Luft.« Aufgeregt und mit roten Augen bringt sie uns in das kleine Wohnzimmer.

Ich möchte mir kein Urteil anmaßen, aber als ich die abgewohnte Bude sehe, den Dreck, den abscheulichen Geruch wahrnehme und den Lärm, der durch die Wände dringt, muss ich sofort daran denken, wie schrecklich ich es finden würde, wenn Dani in so einer Wohnung landet. Denn ich weiß, was es heißt, von einem ordentlichen Elternhaus an einen Ort wie diesen hier zu geraten. Ich schüttle den Kopf, um den Gedanken zu vertreiben, denn der nach Luft hechelnde Mann auf dem Teppich hat meine Aufmerksamkeit bitter nötig.

»Sir, mein Name ist Brock, und das ist Carlos. Versuchen Sie, ruhig zu bleiben. Wir bringen Sie ins Krankenhaus.« Weil er nicht sprechen kann, nickt er nur. Seine Frau weint leise vor sich hin, während wir unsere Taschen leeren. »Sein Name ist Min-ho, Min-ho Kim.«

Ich notiere den Namen auf dem Brett und auch die anderen Daten, nach denen ich Mrs Kim frage.

»Du legst den Zugang«, sage ich Carlos, der gleich damit

anfängt. Ich checke die Atemwege des kleinen, älteren Koreaners, von dem ich vermute, dass er einen Schock hat.

»Eindeutig geschwollen.« Carlos nickt knapp und geht unsere Medis durch, während ich mit der Frau spreche.

»Ist Ihr Mann gegen irgendetwas allergisch?«

»Nur gegen Nüsse, aber er hat keine gegessen.« Mit aufgerissenen Augen sieht sie abwechselnd mich und ihren flach atmenden Mann an.

»Was genau hat er denn gegessen?«

Aufgebracht verschwindet sie in die Küche und hält mir alle möglichen Packungen hin. Ich gehe alles durch. Schokolade.

»Hat er davon gegessen?« Ich zeige auf die Verpackung eines Schokoriegels. Sie überlegt kurz. Ihre Finger zittern. Das ist normal. Ich bin an diesen Anblick gewöhnt.

»Ja, ich glaube schon.«

Ich wende mich wieder Carlos zu und weise auf die Inhaltsbeschreibung der Schokolade.

»Alles klar.« Er zieht die Spritze auf, während ich mit der kleinen aufgeregten Frau spreche, um sie zu beruhigen. Oft reagieren die Leute komisch, weil sie glauben, wir dürfen gar keine Medikamente verabreichen.

»Ihr Mann hat einen anaphylaktischen Schock, Mrs Kim. In der Schokolade waren Nüsse enthalten.«

»Aber ich dachte, er hat einen Herzinfarkt … Er hat gesagt, sein Herz rast, und ihm war schwindlig.«

Während Carlos sich um die Vitalfunktionen des Mannes kümmert, rede ich weiter auf die Frau ein. »Die Symptome sind ähnlich. Wir waren rechtzeitig hier, und bald wird es ihm bessergehen. Ins Krankenhaus müssen wir trotzdem.«

Erleichtert nickt sie.

»Darf ich mitkommen?«

»Ja«, sagt Carlos, während ich mir den Hals und die Atemwege ansehe. Es schwillt ab. Sehr gut.

Als wir uns daranmachen, mit dem Mann die Treppe runterzugehen, ruft seine Frau uns aufgeregt zu:

»Passen Sie auf! Diese verrückten Kids haben das halbe Treppenhaus verschmiert.«

Carlos und ich werfen uns einen Blick zu, aber wir streiten nicht mit Frauen, deren Männer gerade dem Tod beinahe die Hand schütteln mussten, deshalb nicken wir und gehen langsam nach unten.

Mein Partner kümmert sich hinten im Wagen um unseren Patienten, während ich das Krankenhaus informiere. Nachdem ich ihre Wohnung gesehen habe, fahre ich nicht in die nächstgelegene Klinik, sondern in das Krankenhaus fünf Minuten weiter entfernt. Es hat eine Sozialstation und behandelt auch Leute, die keine Krankenversicherung haben.

Vor dem Lehrkrankenhaus angekommen, wartet schon ein Notfallarzt auf uns und unseren Patienten.

»Fünfundfünfzigjähriger Mann mit akuter Atemnot. Nach Verabreichung von Epinephrin Vitalzeichen stabil.«

Ich lege das Klemmbrett mit allen Informationen auf die Liege und übergebe unseren Patienten dem Arzt, der knapp nickt und das Krankenblatt kurz überfliegt.

»Danke. Wir übernehmen jetzt«, ruft er uns über die Schulter zu und verschwindet in die Notaufnahme.

Ein ganz normaler Tag.

Carlos wartet am Wagen auf mich. Ich gehe langsam auf ihn zu, während er unsere Sachen durchgeht und notiert, was wir verbraucht haben und was nachgeordert werden muss. Ich sehe ihm dabei zu und denke nach. Seltsamerweise denke ich an diesem Tag schon zum dritten Mal über Dani St. Clair nach.

»Hey, Carlos?«

»Hm«, murmelt er abgelenkt und hakt die Medis ab.

»Wenn du jemanden kennen würdest, eine junge Frau, die auf Wohnungssuche ist und die nichts in der Gegend findet. Die sogar schon bei Gegenden angelangt ist, die nicht für jemanden wie sie infrage kommen, Häuser wie das, in dem wir gerade waren … würdest du darüber nachdenken, sie bei dir wohnen zu lassen?«

Carlos wirft mir einen irritierten Blick zu. »Ich glaube, Maria fände das gar nicht gut.« Genervt schnaube ich. »Komm schon, Mann! Ich meine es ernst. Soll ich ihr anbieten, bei mir unterzukommen?« Carlos legt die Sachen beiseite und setzt sich auf die Türschwelle des offenen Krankenwagens, genau wie ich.

»Das kommt ganz darauf an, wer diese Frau in Nöten ist.«

Ich schlucke, ehe ich wage, es auszusprechen.

»Logans Schwester. Dani.«

Carlos' Augenlid zuckt, aber es ist auch zugig hier in der Einfahrt des Krankenhauses.

»Die Schwester deines ältesten, besten Freundes?«

Ich nicke wieder. Je öfter ich es laut höre, desto verrückter klingt es.

»Wie verzweifelt ist sie denn?«

»Keine Ahnung, aber heute Morgen wirkte sie echt fertig, und ganz ehrlich … wenn ich mir vorstelle, dass Dani in so einem Loch wohnen muss, könnte ich ausflippen.«

»Wieso? Ich meine, abgesehen vom Offensichtlichen. Ich würde ja nicht mal Marias Bruder wünschen, dort zu wohnen, und ich hasse den Kerl wirklich.«

Verdammt gute Frage.

»Keine Ahnung. Sie ist einfach ein nettes Mädchen.«

Carlos grinst breit. Sein stoppelfreies Gesicht lässt ihn aussehen, als wäre er gerade mal zwanzig, dabei ist er Mitte dreißig.

»Vorhin war sie noch eine junge Frau.«

»Okay, vergiss es!« Genervt schnappe ich mir meine Sachen und setze mich hinters Steuer. Der Wagen wackelt, als Carlos die Türen hinten zufallen lässt. Er steigt ein und schnallt sich an.

»Sei nicht gleich beleidigt. Mann! So empfindlich kenne ich dich gar nicht.« Carlos gibt über Funk durch, dass wir wieder frei sind, also fahre ich erst mal Richtung Wache.

»Weiß Logan, dass du ihr anbieten möchtest, bei dir zu wohnen?« Ich schüttle den Kopf und trete aufs Gas, als könne ich so vor dieser Tatsache entkommen. Denn Logan hielt meinen Kommentar für einen üblen Scherz, nichts weiter.

»Und diese Dani?« Wieder ein Kopfschütteln.

»Wie sieht sie aus?«, will Carlos wissen.

Ich werfe ihm einen Blick zu, der ihm sagen soll: Darum geht es nicht!

»So gut also.« Selbstzufrieden grinst er vor sich hin und trinkt eine Cola. Der ganze Wagen ist voll mit seinen Dosen.

»Ja, zugegeben, sie ist heiß. Richtig heiß, aber auch ein nettes Mädchen, das ich schon mein Leben lang kenne. Sie hat gerade einiges durchgemacht, und das Letzte, was sie gebrauchen kann, ist, in einer Wohnung zu landen, in der sie nicht sicher ist und hausen muss, als wäre sie asozial.«

»Und wo wohnt sie jetzt?«

»Bei ihrer Familie.« Die St. Clairs sind toll. Sie sind so eine Familie, die sich jeder wünscht, aber nur die wenigsten bekommen. Keine Ahnung, warum Dani dort unbedingt wegwill, aber sie macht den Eindruck, unabhängig sein zu wollen. Immerhin war sie vier Jahre von zu Hause weg und auf sich allein gestellt.

»Und das ist keine Option?« Carlos sieht mich interessiert an und trinkt die Coladose leer. Wieder eine für den Haufen.

»Ich glaube nicht. Sie wirkt jedenfalls nicht wie der Ich-wohne-gern-noch-mit-über-zwanzig-zu-Hause-Typ. Ich meine, stell dir vor, du müsstest mit Logan unter einem Dach wohnen.«

Carlos' Mundwinkel verziehen sich. »Nein danke. Dann frag diese Dani einfach. Du wirst schon sehen, was sie dazu sagt.«

Klingt so einfach aus seinem Mund. Ich denke darüber nach. Der Wagen parkt vor der Wache, und ich sehne mich nach einer heißen Dusche. Als Carlos und ich nach oben gehen, sehen wir Logan in der Feuerwache. Er inspiziert gerade eines der Einsatzfahrzeuge zusammen mit Flynn.

»Aber fang ja nichts mit ihr an, McNamara oder *der da* ist die längste Zeit dein bester Freund gewesen.«

Carlos lässt mich auf der Treppe zurück.

Ich habe ein ganz schlechtes Gefühl, aber keine Ahnung, woran es liegt. Liegt es an Carlos' Worten oder eher an der Tatsache, dass ich mich entschieden habe, Dani tatsächlich zu fragen, ob sie bei mir einziehen will?

Kapitel 6

Dani

Wenn meine Mom Abendessen kocht, ist der Tag gerettet. Abermals fällt mir auf, dass es genau wie damals ist, als ich noch zur Schule ging. Logan und ich kabbeln uns um die besten Stücke vom Brathuhn, und unser Vater bekommt statt Kartoffeln Salat, wofür er nur ein Murren übrig hat. Dennoch isst er ihn, Blatt für Blatt, ohne etwas zu sagen. Er wartet, bis Mom in die Küche geht, und stopft sich erst dann schnell eine heiße Kartoffel mit Butter in den Mund.

Logan erzählt von seinem Tag als Feuerwehrmann, wobei Dad an jeder Kleinigkeit etwas auszusetzen hat und alle paar Minuten sagt: »Zu meiner Zeit hätte es das nicht gegeben.« Woraufhin Mom und ich die Augen verdrehen. Alles in allem ein normales Abendessen in der Familie St. Clair.

Ich wünschte nur, es käme mir nicht so vor, als ob ich mit den derzeitigen Entwicklungen in meinem Leben zwei Schritte zurückgemacht habe. Nachdenklich stochere ich gerade in meinen Kartoffeln, als Dad zum gefühlt hundertsten Mal mit meinem Job anfängt.

»Wann kündigst du endlich in dieser Kaderschmiede für Bonzennachwuchs und unterrichtest ein paar anständige Kinder, die deinen Grips und Fleiß nötiger hätten, Dani?«

Ich atme frustriert aus, lasse die Gabel sinken und starre Dad ins Gesicht, ohne darauf zu antworten. Ich kann es nicht mehr hören. Diese Diskussion führen wir ständig, ohne dass einer von uns auch nur einen Zentimeter nachgibt. Der Apfel fällt eben nicht weit vom Stamm, beide stur bis ins Mark.

»Können wir nicht wenigstens einmal abends essen, ohne dass du mir Schuldgefühle machst?«

»Joe!«, ermahnt Mom, und ihr Gesichtsausdruck macht klar, dass auch sie das Thema nicht mehr hören kann.

»Ich kann doch nicht mitansehen, wie unsere Tochter ihre Zeit und ihre gute Ausbildung verschwendet, Laura.«

Mein Dad weiß sehr genau, warum ich an einer Privatschule in Manhattan unterrichte und nicht in einer Highschool in Brooklyn. Schließlich war er dabei, als ich die nicht enden wollenden Absagen zu allen beantragten Stipendien bekam, und er war es auch, der mich zur Bank begleitet hat, als ich das Studiendarlehen unterschrieb. Warum kann er dann nicht verstehen, dass ich mein Leben nicht damit verbringen will, Schulden abzustottern? Ich kann es mir eben noch nicht leisten, an meiner alten Schule oder in einer anderen Schule in Brooklyn als Lehrerin anzufangen.

Mom würde sagen, wir sind eben beide sture irische Böcke. Und sie hat recht. Das sind wir.

Logan sitzt einfach da, stopft alles, was er kriegen kann, in sich rein und hofft, aus der Schusslinie zu bleiben. Als er auch noch nach dem letzten Bruststück greift, werde ich sauer und verpasse ihm einen Tritt gegen das Schienbein.

»Verdammt, Dani! Lass das!«

Es ist so weit, Mom wirft ihren finsteren Blick in die Runde, woraufhin wir verstummen und weiteressen, selbst Dad.

Ich liebe meine Familie. Ich liebe meine Familie wirklich. Dennoch macht sie mich wahnsinnig!

Als Mom den Kirschkuchen auf den Tisch stellt, klopft es an der Tür. Niemand wagt es aufzustehen. Jeder weiß, sobald einer von uns sich vom Tisch erhebt, schiebt Logan dessen ungeschütztes Stück Kuchen entweder auf seinen Teller oder gleich in seinen Mund.

Ich weiß, er arbeitet hart, aber wie kann man nur so viel futtern? Die Frau, die ihn mal durchfüttern muss, muss für eine ganze Horde kochen können. Mindestens.

»Es ist offen«, brüllt Dad.

Knarzend öffnet jemand die Tür. Feste Schritte sind zu hören, die den Flur durchqueren.

Als Brock im Türrahmen erscheint, richte ich mich auf. Wieso kann ich nicht einmal etwas Anständiges anhaben, wenn er vorbeikommt? Alle, bis auf Dad, verzichten vorerst auf den Kuchen und begrüßen Brock mit einem Willkommenslächeln. Selbst in einer einfachen Jeans und einem schwarzen T-Shirt sieht er fantastisch aus.

»Hey, Kumpel! Hätte ich dich mitnehmen sollen?«, fragt Logan irritiert. Offensichtlich hat er Brock nicht erwartet.

»Nein, alles klar. Ich bin öffentlich gefahren, wie ich gesagt habe.« Brock wirkt ein wenig unruhig. Komisch. So kenne ich ihn gar nicht.

»Okay … Und was willst du dann hier?«

Ungehobelt und geradeheraus wie immer, typisch Logan. Gespannt sehen alle zu Brock. Alle, bis auf Dad. Er findet Moms Kuchen spannender.

»Ehrlich gesagt bin ich nicht deinetwegen hier, Logan.« Mom und ich sehen uns an. Ihre Stirn liegt in Falten, genau wie meine.

»Weswegen denn dann?«

Logan lehnt sich zurück und sieht Brock verständnislos an.

»Wegen Dani.«

Was?

»Was?«, spricht Logan meinen Gedanken laut und ungläubig aus. Selbst Dad blickt vom Kuchen hoch und starrt Brock an.

Brock räuspert sich und sieht mich direkt an.

Verdammt, diese Augen sind unglaublich grün!

Ich schlucke den winzigen Rest Spucke in meinem ansonsten ausgetrockneten Mund runter, ehe ich fähig bin zu sprechen.

»Ich würde gern etwas mit Dani besprechen.«

Brock wirkt gefasster und nickt mir ernst zu.

»Mit mir?«

»Das sagte er doch gerade«, fährt Logan mich genervt an. Ja, aber ich kann es einfach nicht glauben. Was hat Brock denn mit mir zu besprechen? Hat es vielleicht mit dem zu tun, was er heute Morgen sagen wollte?

»Okay«, sage ich, während es um mich herum absolut still wird. Als ich aufstehe und zu Brock gehe, beobachtet uns die gesamte Familie. Meine Wangen brennen so heftig, dass ich bestimmt rot bin wie ein kleines Mädchen.

Mom lächelt mir amüsiert zu, während ich versuche, Dads Irritation auszublenden. Logans Gereiztheit, die sich mir in den Rücken bohrt, als ich das Esszimmer zusammen mit Brock verlasse, spüre ich überdeutlich.

Ich folge Brock ins Wohnzimmer. Dann fällt mir ein, dass uns dort jeder hören kann.

»Gehen wir doch lieber in die Küche«, schlage ich vor.

Er nickt. Während ich ihm dorthin folge, fällt es mir verdammt schwer, nicht auf seinen strammen Hintern zu starren, aber der Anblick seiner breiten Schultern ist auch nicht zu verachten. Beides verschlimmert das aufgeregte Brennen im Gesicht noch mehr. Ich bin verdammt nervös.

So ruhig wie möglich setze ich mich an den Tisch und warte, bis Brock sich ebenfalls gesetzt hat.

»Was möchtest du mir eigentlich sagen?«

Will er etwa mit mir ausgehen? Kann das sein?

Ich verstecke meine Hände unter der Tischplatte. Nur zur Sicherheit, falls sie doch zu zittern beginnen. Mein Körper reagiert auf Brock nicht immer so, wie er es sollte. Dafür kann ich nichts. Das war schon immer so. Brock löst etwas in mir aus, etwas, das mich nervös macht und in Aufregung versetzt.

»Dani, hör zu«, beginnt er und fährt dabei nachdenklich über den Dreitagebart. Als ob ich irgendetwas anderes tun könnte, wenn er direkt vor mir sitzt. Meine Augen kleben förmlich an seinen hellrosa Lippen.

Wie sie sich wohl anfühlen?

»Ich habe nachgedacht. Deine Wohnungssuche läuft doch nicht so gut.«

»Mies und verzweifelt wären die passendsten Worte.«

Er lacht dunkel in seine Handfläche. Der Laut macht etwas ganz Komisches mit meinem Magen.

»Ich hatte vergessen, wie witzig du sein kannst«, sagt er vor sich hin, ehe er seine Hände auf dem Tisch faltet. »Ich dachte mir schon, dass du ziemlich verzweifelt bist. Deshalb habe ich ein Angebot für dich.« Ich glaube, mein Herz hat gerade einen Sprung gemacht. Kann das wahr sein?

»Du hast eine Wohnung für mich?« Ich strahle ihn an und versuche, nicht zu sehr auf seinen Blick zu achten, weil seine Augen mich durcheinanderbringen.

»Ja, so etwas Ähnliches.« Brock blickt zur Seite, ehe er mich wieder ansieht. Ich wünschte wirklich, ich hätte etwas anderes an als eine alte Jeans und mein *Don't–mess-with-me*-T-Shirt.

»Hat Logan dir eigentlich je von meiner Wohnung erzählt?«

»Nein, nicht wirklich. Wieso?«

Brock fährt die Maserung des Holztisches nach.

»Es ist so, Dani. Ich hatte letztes Jahr einen echt guten Mitbewohner.« Hat dieser Mitbewohner etwa die passende Wohnung für mich? »Leider ist er versetzt worden. Seither habe ich ab und an sein Zimmer untervermietet, über so eine Internetplattform, die Reisenden eine Unterkunft auf Zeit in New York anbietet. Aber das Ganze war auf die Dauer etwas anstrengend. Deshalb, na ja, habe ich ein Zimmer frei.«

Brock blickt vom Tisch hoch und starrt mich an, als wolle er sagen: Verstehst du?

Nein, das kann unmöglich wahr sein. Brock, Brock McNamara, kann unmöglich meinen, dass …

»Möchtest du bei mir einziehen, Dani, sozusagen als meine neue Mitbewohnerin?«

Ich fürchte, ich habe gerade einen Hirnschlag. Gut, dass ein Sanitäter anwesend ist. Ein heißer Sanitäter, der mir, wenn ich das jetzt wirklich richtig verstanden habe, angeboten hat, bei ihm unterzukommen. Heftig schüttle ich meinen Kopf, so als müsse ich meine Gedanken zurechtrücken, bis sie wieder Sinn ergeben.

»Du willst, dass ich bei dir wohne? … Mit dir?«

Brock lacht laut auf. »Bist du sicher, dass du wirklich auf dem College warst?« Beleidigt verschränke ich meine Arme vor der Brust. »Ich war auf der University of Chicago.« Jetzt gerade mit meiner Elite-Uni anzugeben ist bestimmt keine gute Idee.

»Das weiß ich doch, Dani«, sagt Brock ruhig und lächelt.

»Was ist nun? Willst du es dir überlegen?«

»Hast *du* es dir denn gut überlegt?«

Ich kann einfach nicht glauben, dass Brock mir das wirklich

anbietet. Ich meine, abgesehen davon, dass er Logans Freund ist und wir uns schon ewig kennen, kennen wir uns doch eigentlich nicht wirklich. Ganz zu schweigen davon, dass es keinen Sinn ergibt, warum ein heißer Aufreißer wie Brock ausgerechnet mit der Schwester seines besten Freundes zusammenleben will.

»Ich habe darüber nachgedacht, ja.« Ein merkwürdiger Ausdruck huscht über sein Gesicht, aber er ist so schnell wieder weg, dass ich ihn nicht zu deuten weiß.

»Hat Logan etwa mit dir über mich geredet?«

Ich bringe ihn um, wenn er Brock etwas von Jeff und mir erzählt hat oder wenn er Brock gebeten hat, mich bei ihm wohnen zu lassen. Ich bin ja kein Sozialprojekt.

»Nein. Logan weiß nichts darüber, und ich bin mir ziemlich sicher, dass es ihm nicht gefallen wird.« Dann ist es also keine Mitleidsnummer, die Brock hier abzieht. Aber was ist es dann?

»*Warum* bietest du mir das an?« Zum ersten Mal seit einer Ewigkeit sehe ich Brock an, ohne mich abzuwenden, weil ich Angst habe, dass er mir ansieht, wie scharf ich ihn seit jeher finde.

Brock beißt auf seine Unterlippe, was meinem Schoß leider nicht unbemerkt bleibt. Ich schlage die Beine übereinander, um das warme Pochen, das dieser Anblick auslöst, zu unterdrücken. Das kann ich im Augenblick gerade gar nicht gebrauchen.

»Ganz ehrlich?«

»Ja, ganz ehrlich.« Ernst blicken wir uns an.

»Ich möchte nicht, dass du in einem schäbigen Loch landest, nur, weil du dir gerade keine anständige Wohnung leisten kannst. Ich kenne die Wohnungspreise in Brooklyn, Dani, und ich kenne die Gegenden, in denen man noch etwas Bezahlbares findet. Das sind keine Orte für jemanden wie dich.«

Dass Brock um meine Sicherheit besorgt ist, rührt mich, auch wenn es ein bisschen sexistisch ist. Doch im Moment kann ich mich deshalb nicht aufregen. Mein Herz ist zu beschäftigt damit, sich darüber zu freuen, dass ich Brock McNamara anscheinend nicht gleichgültig bin.

»Meine Wohnung ist groß, sauber, und ich habe ein Zimmer frei, für das ich nicht besonders viel verlange. Ich gebe zu, ich habe noch nie mit einer Frau zusammengewohnt, aber ich denke, wir kriegen das schon hin. Wenn du es willst …« Nachdenklich sehe ich ihn an. Es ist ihm tatsächlich ernst.

»Und du glaubst, das kann wirklich gut gehen? Du und ich?«

Auf seinem attraktiven Gesicht breitet sich ein breites, durchtriebenes Grinsen aus. Meine Wangen brennen wieder.

»Wir machen's einfach möglich, Kleines.«

Kapitel 7

Dani

Kaum fällt die Tür hinter Brock ins Schloss, geht es los. Logan baut sich vor mir auf.

»Das kannst du gleich vergessen.« Er schüttelt den Kopf. Sofort bekomme ich eine Riesenwut im Bauch. Mein Bruder, der Lauscher an der Wand! Für mich bloß ein weiterer Grund, über Brocks überraschendes Angebot ernsthaft nachzudenken.

»Was fällt dir ein! Das geht dich nichts an.«

Ich strafe Logan mit einem vernichtenden Blick und stürme zurück ins Esszimmer, wo unsere Eltern mich neugierig mustern, als ich mich wieder an den Tisch setze.

»Was wollte Brock denn von dir?«, fragt Dad argwöhnisch, während er ein weiteres Kuchenstück zum Mund führt.

»Er will Dani bei sich wohnen lassen«, antwortet Logan für mich und tippt sich dabei mit dem Zeigefinger auf die Stirn, als wäre Brocks Angebot lächerlich. Dad verschluckt sich an einem Stück Kuchen und hustet Brösel auf Großmutters Eichentisch. Mom sieht nicht minder überrascht aus, aber zumindest hält sie sich zurück.

»Was soll das heißen, er lässt dich bei sich wohnen?« Dad hustet immer noch und starrt mich über den Tisch hinweg an.

»Das soll heißen, Brock hat mir ein sehr nettes Angebot gemacht, das ich sehr wohl in Betracht ziehe, und angesichts meiner bisher ergebnislosen Wohnungssuche ist Brocks Vorschlag, bei ihm als Mitbewohnerin einzuziehen, die mit Abstand beste Möglichkeit. Bisher jedenfalls.«

Als würde mich der Gedanke, es tatsächlich durchzuziehen,

nicht total nervös machen, nehme ich meinen Teller mit dem Kuchen und esse, als wäre das alles gerade nicht passiert.

»Die spinnt doch«, murmelt Logan missmutig. »Dad, sag ihr, dass sie spinnt!«

Unglaublich, aber wahr, mein Bruder ist volljährig, auch wenn das gerade sehr schwer zu glauben ist. Und manchmal ist er ein richtiger Neandertaler. Ehe mein Vater ihm beipflichten kann, was man ihm an der Nasenspitze ansieht, wirft seine Frau ihm einen scharfen Blick zu. Deshalb brummt er nur missmutig.

»Logan, setz dich jetzt und iss fertig und hör auf, Dani zu beleidigen. Verstanden?« Ebenfalls grummelnd nimmt Logan Platz, aber er denkt nicht dran, mit dem Kopfschütteln aufzuhören. Bei seinem Anblick vergeht mir der Nachtisch.

»Was ist dein Problem?«, gifte ich ihn an und kann nicht verhindern, genauso kindisch zu reagieren wie er.

»Du! … Du kannst doch nicht ernsthaft denken, bei Brock einzuziehen, wäre eine gute Idee. Er ist ein Aufreißer, Dani! Bei so jemandem kannst du nicht wohnen.« Wieder ein entrüstetes Kopfschütteln. Er ist so ein anmaßender Blödmann!

»Bei so jemandem … Er ist dein bester Freund, Logan! Und was zum Teufel hat das mit mir zu tun, dass sein Liebesleben …« Okay, jetzt fällt mir nichts ein, was nicht furchtbar klingt oder was ich vor meinen Eltern sagen kann. Denk nach, Dani! »… etwas freizügig ist?« Puh, gerade noch gerettet.

»Freizügig, höh«, grunzt Logan. »Und Dad ist Stripper!«

»Hey, Junge«, bremst Dad ihn. »Zu meiner Zeit war ich mindestens doppelt so gut in Form wie du.«

Es gibt Fotos, die das beweisen, aber mein Vater ist inzwischen mehr der Ehemalige-Feuerwehrmann-mit-Wohlfühlbauch-Typ. Mom verzieht mitleidig das Gesicht. Wir haben wieder mal diesen Punkt erreicht.

»Du kannst motzen, so viel du willst, und das gilt auch für dich, Dad.« Ich zeige mit der kleinen Gabel auf ihn. »Aber ich werde über Brocks Angebot nachdenken, und wenn ich mich dafür entscheide, bei ihm zu wohnen, dann werde ich das auch tun. Und da könnt ihr meckern, so viel ihr wollt. Verstanden?«

Mom grinst breit, als wäre sie ganz auf meiner Seite und stolz auf mich, weil ich die St.-Clair-Männer wieder einmal in die Schranken gewiesen habe, so wie sie das stets macht. Dad grunzt lediglich und blickt auf seinen leeren Teller, und Logan schüttelt weiterhin seinen Sturkopf. Völlig klar. Für ihn wird es keinesfalls in Ordnung sein, wenn ich mich dafür entscheide.

Dann kehrt endlich Ruhe ein, wenn auch angespannte, und wir trinken den kalt gewordenen Kaffee, als die Haustür erneut zu hören ist. Jamie, mein kleiner Bruder, steht vor uns, die Reisetasche der Polizeiakademie baumelt an seiner Hüfte.

»Hey, Leute! Was gibt's Neues?« Gut gelaunt starrt er uns an, ehe seine Mundwinkel langsam nach unten wandern.

»Was ist denn hier los?«

Wir werfen einander Blicke zu. Noch bevor ich Jamie antworten kann, kommt Logan mir zuvor.

»Stell dir vor, Jamie, Dani wird vielleicht Brocks neue Mitbewohnerin.« Boshaft grinst der Armleuchter mich an.

»Brock McNamara?« Ungläubig hebt Jamie die Augenbrauen.

»Ja«, sagt Mom, woraufhin Jamie mich ansieht.

»Bist du verrückt, Sis?«

Okay, jetzt reicht's.

Knurrend stehe ich auf und stürme die Treppe hoch. Mit

jeder Stufe nach oben klingt der Gedanke, bei Brock zu wohnen, verlockender. Aus sehr verschiedenen Gründen.

Brock

Es ist schwer zu beschreiben, aber irgendwie kann ich Danis Anwesenheit manchmal sogar körperlich spüren. So wie jetzt.

Ich stehe vor meinem Wohnhaus, sehe die Straße entlang und vertrete mir die Beine, während ich warte. Plötzlich beginnt mein Nacken zu prickeln, und ich spüre ein seltsames Kribbeln in der Magengegend. Noch bevor ich mich umdrehe, weiß ich, dass Dani es ist, die auf mich zukommt.

»Hey, du hättest doch nicht hier unten auf mich warten müssen«, begrüßt sie mich und strahlt. Danis lebhaftes Wesen passt perfekt zu ihren rötlichen Haaren und dem hübschen Gesicht. Ich grinse ihr entgegen und zucke mit der Schulter, denn es hat mir nichts ausgemacht, auf sie zu warten.

»Na, eigentlich bin ich noch im Dienst«, gebe ich zu. »Nach der Besichtigung muss ich gleich zurück zur Wache.«

Sie kommt noch einen Schritt näher.

»Dachte ich mir schon.«

Ich sehe sie fragend an.

»Die Uniform.« Sie lächelt und kräuselt dabei ihre Nase.

Natürlich. Was ist nur mit mir? Konzentrier dich, Mann!

»Wollen wir dann?«

Ich deute mit der Hand nach oben und lasse Dani vorgehen. Schon im Treppenhaus sieht sie sich neugierig um, während ich nur Augen für ihren herrlichen Hintern habe, der vor mir auf und ab wackelt. Kopfschüttelnd blicke ich zur Seite und atme ein paar Mal tief durch. Muss sie diese enge Jeans tragen? Die überlässt ja kaum etwas der Fantasie.

»Was ist?«, fragt sie und dreht sich halb nach mir um. Irritiert bleibe ich stehen. Gott, habe ich gerade wirklich laut gestöhnt? Bitte nicht!

»Hab nichts gesagt.« Ich verziehe keine Miene.

Schulterzuckend geht sie weiter vor mir die Treppe hoch.

»Es ist ganz oben.« Wir hätten auch den Fahrstuhl nehmen können, aber jetzt ist es zu spät dafür. Oben angekommen sieht sie sich um. Dani wirkt verwirrt.

»Nur vier Wohnungen?« Sie sieht von meiner Tür zu der Tür auf der anderen Seite.

»Ja, es gibt nur die vier Lofts hier oben und einen Zugang zum begehbaren Dach. Waschmaschine und Trockner sind unten im Keller.«

Danis Blick bleibt skeptisch, doch ihre vielfarbigen Augen glänzen aufgeregt, als ich vorbeigehe. Ihr Duft weht zu mir, süß, unschuldig und frisch, wie ein warmer Sommerregen. Eine einzigartige Mischung, die ich bisher an keiner anderen Frau gerochen habe. Zugegeben, dieser Duft ist erregend, aber ich habe weder Zeit noch die Absicht, es weiterzuverfolgen. Ich schließe auf und lasse sie rein. Dani betritt die Wohnung. Ausgiebig sieht sie sich im großen Hauptraum um. Ihr Gesichtsausdruck ist schwer zu deuten. Immer wieder dreht sie sich um die eigene Achse, ehe sie mich wieder ansieht.

»Das ist ein Scherz, oder?« Ihre Augen sind riesig.

»Nein, das ist mein voller Ernst, zur Abwechslung mal.«

»Scheiße«, haucht sie ehrfürchtig und schreitet jeden Quadratmeter des Raums ab.

»Ich kann einfach nicht glauben, dass du eine Wohnung in der Henry Street hast, noch dazu in einem dieser umgebauten Fabrikgebäude. Und dann die oberste Etage … Ganz ehrlich, als du mir die Adresse geschickt hast, dachte ich, du hättest dich bei der Nummer um ein paar Stellen vertan.«

Ihre Begeisterung ist süß. Ich ertappe mich dabei, breit zu grinsen, und stecke lieber meine Hände in die Taschen, um Dani ja nicht anzufassen. Keine Ahnung, wieso oder seit wann, aber Dani übt eine magnetische Anziehungskraft auf mich aus, von der ich nicht genau sagen kann, ob sie bloß sexuell ist oder nicht. Dafür verdränge ich diese Impulse zu gründlich. Und das ist auch gut so.

»Okay.« Sie wird ernst und kommt dabei direkt auf mich zu. Dicht vor mir bleibt sie stehen. »Ich weiß, was man bei der Feuerwehr verdient, und Sanitäter verdienen bestimmt nicht viel mehr. Wie zum Teufel kannst du es dir also leisten, *hier* zu wohnen?« Ihre Hand deutet vage auf mein großzügig geschnittenes Loft mit geräumigem Hauptraum, riesigen Fensterreihen an der Front und drei Zimmern. Die Holzpfeiler, die hier seit Ende des neunzehnten Jahrhunderts stehen, haben es ihr wohl besonders angetan. Sie lehnt sich vorsichtig gegen einen, während sie auf meine Antwort wartet.

»An meinen freien Tagen arbeiten ich und einige der Jungs von der Wache noch nebenher. Leichte Renovierungsarbeiten, Böden verlegen und ab und an ein paar Schuppen oder Carports bauen. Du weißt schon. Das Übliche eben.« Ich zucke mit den Achseln. Viele arbeiten nebenbei. New York ist teuer, und der Dienst bei der Stadt bietet zwar gute Sozialleistungen, wird dafür aber nicht gerade fürstlich bezahlt.

»Ja, das weiß ich schon. Trotzdem kenne ich niemanden, der sich davon eine Wohnung in Brooklyn Heights leisten kann. Jedenfalls nicht in *der* Gegend. Und nicht *so* eine Wohnung.«

Mit zusammengekniffenen Augen kommt Dani nochmals auf mich zu, bleibt vor mir stehen und bohrt mir einen Zeigefinger in die Brust. »Sei ehrlich! Wen musstest du flachlegen, um das hier zu kriegen?«

Lauthals lache ich los. So was kann auch nur sie fragen.

»Ich muss dich leider enttäuschen, Kleines. Die Wohnung hat mir nicht mein immenses Talent im Bett eingebracht, sondern mein nicht minder großes Talent als Sanitäter.«

Dani verdreht die Augen, dennoch kann sie sich ein tadelndes Schmunzeln nicht verkneifen. Sie ist wirklich süß.

»Sehr bescheiden, Brock! Also wirklich …«

»Es ist die Wahrheit, Dani«, hauche ich ihr entgegen und muss dabei höllisch aufpassen, denn dieses Geplänkel kommt einem Flirt bereits verdächtig nahe. Besser, ich bringe diese Unterhaltung auf unverfänglicheres Terrain.

»Also, die Wohnung … Das war vor etwa zwei Jahren. Damals bin ich noch in Manhattan gefahren, und mein Partner und ich hatten einen Einsatz an der Upper East Side. Eine schwangere Frau, die in ihrer Wohnung gestürzt war und vorzeitig üble Kontraktionen bekommen hatte. Scheißgefährliche Situation! Als wir dort ankamen, hatten die Wehen schon eingesetzt, viel zu knapp hintereinander, und sie war zu verletzt, um es allein schaffen zu können. Es stand auf der Kippe. Wir hätten Mutter und Kind beinahe verloren. Fürs Krankenhaus war es längst zu spät. Der Ehemann war völlig fertig. ›Da unten liegt mein Leben‹, hat er immer wieder gesagt, ›Sie haben mein Leben in der Hand …‹ Es war offensichtlich, dass er es nicht verkraften würde, beide zu verlieren. Doch wir kriegten es hin. Wir haben das Kind vor Ort entbunden und die Frau so gut es ging versorgt.«

Dani sieht mich aus traurigen Augen an. »Sie haben doch am Ende beide überlebt, oder?« Ich lächle, verschweige ihr aber, dass es sehr oft auch ganz anders ausgegangen ist.

»Ja, sie sind beide durchgekommen. Eine Zeit lang hat es bei der Kleinen auf der Kippe gestanden, aber sie hat sich durchgebissen. Als das Baby dann von der Frühchenstation entlassen wurde, ist der Vater im Krankenhaus auf mich zugekommen – wir waren wegen eines anderen Einsatzes dort. Er sagte mir, er wäre Joseph Burden. Sagte, er hätte ein paar Firmen und Wohnhäuser in Brooklyn. Keine Ahnung, ich muss ihm wohl erzählt haben, dass ich von hier komme. Jedenfalls meinte er, ich hätte ihm das Leben gerettet, weil er ohne seine Frau und sein Kind nicht weiterleben hätte wollen. Joseph hat mir deswegen angeboten, wenn ich je einen zweiten Job oder eine Wohnung bräuchte, solle ich mich bei ihm melden. Jederzeit. Als ich dann nach Brooklyn versetzt worden bin, habe ich ihn angerufen, und er hat Wort gehalten. Zwei Monate später bin ich hier eingezogen. Für weniger als zweitausend Dollar im Monat, obwohl er locker das Fünffache für die Wohnung kriegen würde.«

Dani hört mir aufmerksam zu. Nachdenklich lehnt sie ihren Kopf gegen den Pfeiler. Sie ist wirklich verdammt hübsch. Das Mädchen von nebenan, das einem nicht so leicht aus dem Kopf geht.

»Passiert so etwas öfter, dass jemand euch einen Gefallen anbietet?«

»Ab und zu, ja. Meistens gehen wir nicht darauf ein. Wir dürfen auch kein Geld annehmen. Und bis zu Joseph habe ich mich auch daran gehalten, aber bei ihm war es anders.«

»Wieso?« Neugierig mustern Danis blaugrüne Augen mein Gesicht. Es ist, als wolle sie durch mich hindurchsehen.

»Keine Ahnung. Normalerweise lässt man es nicht so an sich heran, aber bei den Burdens ging das nicht. Ich habe wie verrückt um die Frau und das Kind gekämpft, und Joseph wusste irgendwie, dass ich sie nicht aufgeben würde.«

In Gedanken versunken lasse ich Dani zurück und gehe zum Kühlschrank, um das Foto zu holen. Wieder spüre ich ihre Gegenwart im Rücken, als sie mir folgt, noch ehe ich mich umdrehe, um sie anzusehen. Es ist fast unheimlich.

»Hier! Das ist sie, die kleine Jessica Marie Burden.«

Ich zeige Dani das Bild, das Joseph mir erst vor ein paar Monaten geschickt hat und das seither auf meinem Kühlschrank klebt. Ein zweijähriges Mädchen mit Mausezähnchen und blondem Strubbelhaar grinst in die Kamera und reckt dabei einen verklebten Kecks in die Höhe. Dani lächelt. Aus ihrem Mund dringt ein feiner Hauch, der meinen Nacken streift, als sie das Foto betrachtet. Ihr warmer Atem sendet einen Schauer über meine Haut. Verdammt!

»Bezaubernd, die Kleine. Und wie ich sehe, die einzige Frau, die es bisher auf deinen Kühlschrank geschafft hat.« Neckend grinst Dani mich an.

»Ganz genau.«

Wir starren einander an, nur ein paar Sekunden lang, ehe ich den Blickkontakt abbreche. Das war … seltsam.

»Willst du jetzt den Rest sehen?«

»Na klar! Wenn der Rest auch nur halb so toll ist, dann hast du mich.« Als Dani klar wird, *was* da gerade aus ihrem Mund gekommen ist, wird sie krebsrot. Sie presst gequält die Augen zu. Ich muss mich sehr zusammennehmen, um sie nicht auszulachen.

»Gut zu wissen.« Das konnte ich mir nicht verkneifen. Zufrieden gehe ich zum Bad und warte, bis sie mir folgt. Ihre Scham wegen des Versprechers kann ich förmlich in der Luft schmecken. Ich genieße das hier gerade mehr, als ich sollte.

»Das ist das Bad«, sage ich zu Dani, die sich inzwischen halbwegs gefangen hat. Sie wirft einen neugierigen Blick in den eher spärlich eingerichteten Raum. Es ist sauber, aber viel zu sehen gibt es nicht. Eine Dusche, eine frei stehende Wanne, die ich auf einem Flohmarkt ergattert habe, einen Waschtisch und ein kleines Regal. Ich bin ein Kerl. Mehr brauche ich nicht.

»Du kannst dich gern hier ausbreiten. Ich bin wirklich pflegeleicht, was Veränderungen im Bad betrifft.«

»Und worin bist du nicht pflegeleicht?«, kontert sie und zahlt es mir heim, dass ich sie vorhin aufgezogen habe.

»Putzpläne. So ein Typ von Airbnb, der hier mal gewohnt hat, wollte einen aufstellen. War ganze drei Wochen in der Stadt und hat ständig rumgenervt, wir sollen uns abstimmen, damit kein Putznotfall eintritt. Gott! Der Kerl ging mir echt auf den Sack.«

»Keine Putzpläne. Alles klar, Sir!« Dani tippt mit Zeige- und Mittelfinger gegen ihre Stirn. Ich sage es ihr nicht, aber im Moment erinnert sie mich ein wenig an Logan.

»Und das hier«, ich öffne die linke Tür neben dem Bad, »wäre dann dein Zimmer.«

Dani schießt an mir vorbei, hat gar keinen Blick für den leeren Raum übrig, in dem allerdings auch nur ein Bett steht, und geht direkt zu den beiden großen Industriefenstern links und rechts der Ecke.

»Oh. Mein. Gott«, höre ich sie leise flüstern.

»Das hört man hier öfter, aber meistens kommt es eher aus meinem Zimmer.« Ich feixe. Doch das vergeht mir bei Danis ehrfürchtigem Blick, als sie sich zu mir umdreht.

»Du … du hast einen Blick auf die Brooklyn Bridge. *Und* auf die Manhattan.«

Wow, dieses Mädchen steht auf Brücken. Sie zittert fast.

»Genau genommen hast *du* jetzt einen Blick auf die Brücken, falls du hier einziehst.«

»Ich habe einen Blick auf die Brooklyn Bridge … von meinem Zimmer aus. Das ist …« Anstatt den Satz zu beenden, kramt sie in ihrer Handtasche, zieht ihr Smartphone hervor und macht tatsächlich ein Foto von der Aussicht. Dani ist total aus dem Häuschen. Sie kichert, während sie die Fotos checkt.

»Du stehst wohl auf Brücken?«

Irritiert sieht sie von ihrem Smartphone auf.

»Darauf stehen? Ich habe ein Modell von der Brooklyn Bridge und eins von der Manhattan Bridge in meinem Zimmer stehen, seit ich zehn bin.« Ihre großen Augen blicken mich begeistert an, als hätte ich ihr mit dieser Aussicht einen lang gehegten Wunsch erfüllt. Danis Begeisterungsfähigkeit ist bemerkenswert. Ich kann mich nicht erinnern, dass eine meiner Bettgeschichten jemals bemerkt hat, welchen Ausblick meine Wohnung zu bieten hat. Zu deren Verteidigung muss ich anmerken, dass meine Bettgenossinnen nicht besonders viel Zeit dafür haben, denn meistens sorge ich dafür, dass sie in derselben Nacht wieder verschwinden.

»Als hätte ich es je in dein Zimmer geschafft, um das sehen zu können.«

»Was?« Perplex starrt Dani mich an und vergisst einen Moment die steinerne Brücke da draußen.

»Na, ich war niemals in deinem Zimmer, obwohl ich damals so oft bei euch war. Dein Vater hat mir sogar verboten, auch nur daran zu denken, als ich mal reinschauen wollte.«

Ich schmunzle, wenn ich an Joe St. Clairs Gesichtsausdruck von einst zurückdenke.

»Wovon sprichst du?«

»Als wir Teenager waren, war ich mal bei euch zu Hause.

Logan hatte Grippe, und ich habe ihm irgendwelche Sachen von der Schule gebracht. Als ich gehen wollte, habe ich gesehen, dass deine Tür offen stand. Du hast etwas gemalt oder gezeichnet, und ich war neugierig. Noch bevor ich die Tür aufmachen konnte, ist Joe aufgetaucht und hat mir diesen Blick zugeworfen, den Blick, den jeder männliche Teenager versteht. Dein Vater hat drohend den Zeigefinger ausgestreckt und mir gesagt: ›Denk nicht mal dran, Junge …‹ Dein Dad kann manchmal richtig Furcht einflößend sein, wenn er will.«

Dani sieht mich an, als wäre mir gerade ein dritter Arm gewachsen.

»Ich kann nicht fassen, dass er das gesagt hat. Halt! Warte, nein, eigentlich doch.«

Wir beide lachen, bis uns die Luft wegbleibt. So habe ich schon lange nicht mehr mit einer Frau gelacht. Ich mache andere Dinge mit ihnen, spaßige Dinge, aber lachen und reden steht dabei nicht wirklich ganz oben auf der Liste. Weil ich möchte, dass Dani hier einzieht, sage ich ihr lieber nicht, dass Logan und ich mal etwas angestellt haben, was das, was ihr Vater damals gesagt hat, völlig harmlos erscheinen lässt.

Dani holt Luft. Sie hält sich den Bauch und wischt sich Lachtränen aus den Augenwinkeln.

»Weißt du was, Brock? Obwohl Dad einen Anfall bekommt, Jamie mich für verrückt hält und Logan bestimmt ausflippt, habe ich ein gutes Gefühl, was das hier betrifft.«

Ich sehe Dani an, und wenn ich ganz ehrlich bin, bin ich nervös, weil ich *will*, dass ihre Antwort Ja lautet. Warum das so ist, will ich allerdings nicht allzu genau ergründen.

»Heißt das, du ziehst hier ein, Kleines?«

»Ja, das heißt es wohl.« Dani beißt sich auf die Lippe, ehe sie mir ein breites Lächeln zuwirft. Von jetzt an darf ich weder an ihre Lippen denken noch an ihren Arsch, ihre herrlich großen Brüste oder sonst einen Körperteil, der mich an ihr anmacht. Verdammt, von nun an existiert Dani also für mich nur noch vom Scheitel bis zur Stirn!

»Bist du dir ganz sicher?«, frage ich sie, weil mir gerade einfällt, wie schwer es mir fällt, mich zu beherrschen, wenn ich jemanden scharf finde. Toller Zeitpunkt, Brock!

»Ja. Ich meine, mal ehrlich, seit ich die Brücke gesehen habe, war die Sache gelaufen, und den Rest kriegen wir schon hin, oder nicht?« Hoffnungsvoll blickt sie mich an, die heiße Schwester meines besten Freundes. Carlos hat recht. Ich bin ein Idiot, und Logan wird mich killen, wenn ich es je wage, Dani anzumachen.

»Klar«, sage ich und nicke viel zu oft mit dem Kopf. »Das wird ein Kinderspiel.«

Kapitel 8

Dani

Ich sage es mir immer wieder vor: »Ich ziehe bei Brock ein. Ich ziehe tatsächlich bei Brock McNamara ein.«

Doch selbst jetzt, während ich die Umzugskartons von Logans Jeep hole, um sie nach oben in meine und Brocks Wohnung zu schleppen, kann ich es immer noch nicht ganz fassen.

Als ich meiner Familie vor ein paar Tagen eröffnet habe, dass ich mit Brock zusammenwohnen werde, war der Teufel los. Jamie, unser neunzehnjähriger Moralapostel, hielt mir einen Vortrag zum Thema Grenzen setzen. Dad und ich hatten eine heftige Diskussion nach der anderen, wobei sehr unfeine Bemerkungen über Brock und dessen »Lebensstil« fielen, und Logan streitet sich sogar jetzt noch mit mir, während er mir hilft, meine Sachen nach oben zu bringen.

Unser Vater hat sich strikt geweigert, bei dem, wie er es nennt, Irrsinn mitzumachen, und hat Jamie abkommandiert. Schließlich war er es, der uns beibrachte, dass man sich in einer Familie gegenseitig hilft.

Ausgenommen man zieht bei einem – wie war das noch mal? – großmäuligen Aufreißer ein, was, Dad?

Sauer über seine verbohrte, total sexistische Einstellung schüttle ich den Kopf und schnappe mir stattdessen einen Koffer mit Klamotten. Unglaublich, wie viel sich bei mir angesammelt hat. Seit wann habe ich dermaßen viel Zeug?

»Ich halte das immer noch für einen gewaltigen Fehler.« Logan kann es nicht lassen. Er hievt den letzten Karton über die Schwelle meines Zimmers und lässt ihn mit einem dumpfen Geräusch auf den Boden fallen.

»Ja, das hast du bereits gesagt. Mehrmals.« Ich gehe zu ihm und bringe den Karton vor seiner Wut in Sicherheit. »Zum Glück war darin nichts Zerbrechliches«, gifte ich ihn an.

Jamie blickt zwischen uns hin und her. Es ist schon seltsam. In unserer Familie ist ausgerechnet der Jüngste der Vernünftigste, während Logan und ich dazu neigen, unreif zu sein, wenn wir miteinander im Clinch liegen.

»Ihr könntet euch einfach mit Wasserbällen bewerfen und es dann gut sein lassen«, schlägt Jamie sichtlich genervt vor. Der Arme musste den halben Samstag lang meine Sachen schleppen und dabei Logans und meine Sticheleien ertragen.

»Sorry, Jamie. Das muss dir echt auf den Wecker gehen.«

»Du hast ja keine Ahnung«, murmelt er.

Als alles in meinem Zimmer verstaut ist, blicken mich meine Brüder seltsam an. Mir fällt wieder einmal auf, wie ähnlich sie sich sehen und wie ähnlich sie sich manchmal sein können, obwohl sie eigentlich grundverschieden sind. Jamie ist vernünftig und kontrolliert, während Logan ein ziemlicher Hitzkopf ist. Beide haben helle Augen und braunes Haar, wobei Jamies einen rötlichen Stich aufweist.

»Und du bist dir ganz sicher, was das hier angeht?« Jamie spricht ruhig und blickt mich mit der richtigen Menge Besorgnis an, damit ich ihm die Frage nicht krummnehme.

»Ja, Jamie.« Ich gehe zu ihm und umarme ihn. Er drückt mich kurz an sich.

»Gut, dann halte ich von jetzt an meine Klappe. Aber was den da betrifft«, er zeigt auf Logan hinter sich, »übernehme ich keine Verantwortung.« Ich lache und boxe Jamie zum Abschied auf den Arm. Ihm muss ihm nicht danken, denn er weiß, dass ich dasselbe für ihn tun würde. Zwischen uns war es immer leicht. Er ist mein kleiner Bruder, und ich habe ihn wahnsinnig lieb. Logan und ich, das ist eher ein Minenfeld. Schon als Kinder haben wir uns die Köpfe eingeschlagen. Wer weiß, womöglich ist es einfach schwerer, wenn man sich altersmäßig näher ist. Oder Mom hat recht, und wir sind beide Sturköpfe wie Dad.

»Und du? Keine letzte schlaue Bemerkung, bevor du gehst?«

Logan sieht mich komisch an. Ich glaube, so lange hat er mich nicht angesehen, ohne etwas zu sagen, seit ich weggegangen bin, um in einem anderen Bundesstaat aufs College zu gehen.

»Mach keinen Scheiß! Ich habe gestern noch mal mit Brock gesprochen und ihm gesagt, er soll sich zusammenreißen und das hier nicht verbocken. Und das Gleiche gilt für dich. Er ist *nur* dein Mitbewohner, Dani. Nur. Das!«

Ich habe Logan noch nie so ernst gesehen. Er ist sauer, aber trotzdem ruhig. Es ist beunruhigend, dass er so drauf ist.

»Du machst dir völlig unnötige Sorgen. Ich meine, sieh dir die Wohnung an. Sieh dir diese Aussicht an!«

Ich werfe einen Blick auf die nächtlich erleuchtete Brücke und muss einen Seufzer unterdrücken. »Ich wäre verrückt, hier nicht zu wohnen. Das hier kann richtig toll werden, und Brock und ich sind nur Freunde. Und Mitbewohner.«

Mein großer Bruder stöhnt ergeben, ehe er sich über die Stirn reibt, als bekäme er Kopfschmerzen.

»Brock war noch nie mit einer Frau befreundet, Dani … Mit Frauen vögelt er, hat Spaß oder flirtet, aber er wohnt nicht mit ihnen zusammen und macht auf Best-Friends-Forever.«

Sein Ton geht mir gewaltig gegen den Strich. Abwehrend verschränke ich die Arme vor der Brust und pariere wie gewohnt.

»Vielleicht kennst du ihn einfach nicht so gut, wie du glaubst.«

»Ja, klar. Das wird es sein …«

»Du bist unmöglich! Brock hat etwas sehr Nettes für mich getan. Herrgott! Er verlangt kaum was dafür, dass ich hier wohne. Und du stellst ihn hin, als wäre er ein Bad Boy, der bloß deine kleine Schwester verführen will. Hey, weißt du was?« Spöttisch verziehe ich das Gesicht. »Vielleicht hat er ja die Brücke extra gebaut, um mich dazu zu bringen, hier einzuziehen. Nur damit er mich ins Bett kriegen und dich damit nerven kann.«

»Oh, lass den Scheiß, Dani. Du kannst den sarkastischen Klugscheißer raushängen lassen, so viel du willst, aber ich weiß, dass du mal in Brock verknallt warst. Ich halte es eben für einen Fehler, bei jemandem einzuziehen, von dem du mal gehofft hast, er würde auf dich stehen. So ist er nun mal nicht, Dani! Brock hat keine Beziehungen, und er steht auch nicht auf Mädchen wie dich.«

Wie ein Schuss in den Magen fühlen sich diese Worte an. Sie sollen mich verletzen, und das tun sie, aber ich werde den Teufel tun, ihm das zu zeigen.

»Das war in der Schule! Da war ich ein Teenager und er ein scharfer, älterer Junge. Jetzt bin ich erwachsen und längst drüber hinweg. Und was zum Teufel soll das heißen, ein *Mädchen wie ich*?« Wütend starre ich Logan in Grund und Boden.

»Gar nichts. Vergiss es einfach.«

Ganz klar, mein Bruder denkt, ich sei nicht heiß genug für einen Typen wie Brock. Schließlich bin ich nur die kleine rothaarige Dani, die gerade erst von ihrem Kerl ersetzt wurde durch ein dünneres, blonderes Modell, das es bevorzugt auf Teppichen treibt.

»Denkst du etwa, dass Jeff mich betrogen hat, weil ich nicht hübsch genug bin?« Das wollte ich gar nicht sagen. Es ist mir einfach so rausgerutscht. Laut, deutlich und wütend. Ich fühle mich gar nicht gut. Dieser verdammte Logan ruiniert mir den Einzug in meine Wohnung mit Brückenblick. Scheißkerl!

»Nein! Blödsinn, das hat doch niemand gesagt.«

»Aber du denkst es doch, oder?«

»Scheiße, nein! Dieser Jeff ist ein Idiot, und du siehst gut aus. Wirklich. Das habe ich echt nicht gemeint.«

Er wirkt geknickt, weiß nicht, was er tun soll. Logan und ich umarmen uns nie, ganz anders als Jamie und ich.

»Bitte vergiss einfach, dass ich das gesagt hab, ja?« Seine Augen flehen mich an. Er wollte mir nicht wehtun, jedenfalls nicht so. Ich schlucke einen Kloß hinunter, weil ich mich immer noch unwohl in meiner Haut fühle, dennoch nicke ich.

»Ja, gut«, bringe ich einigermaßen überzeugend hervor.

»Okay. Dann gehe ich jetzt, ehe ich noch mehr Bullshit von mir gebe.«

Das entlockt mir ein Lächeln. Logan erwidert es knapp und verlässt dann die Wohnung. Kaum ist er weg, fühle ich mich allein. Da wollte ich nichts anderes, seit ich bei meinen Eltern einziehen musste, und jetzt, da es so weit ist, fühlt es sich merkwürdig an, ganz für mich zu sein.

Ehe ich deshalb in Selbstmitleid versinken kann, schnappe ich mir den ersten Karton und beginne, mein neues Zimmer einzuräumen. Ich arbeite wie eine Irre, sortiere meinen gesamten Krempel, hänge Klamotten in den Schrank und versuche, nicht an Jeff zu denken oder an Ava oder an den bescheuerten Teppich. Jedes Mal, wenn Bilder davon in mein Bewusstsein drängen, sortiere, lege, falte oder hänge ich ein bisschen schneller, egal was. Hauptsache, ich habe zu tun. Es hilft. Nach ein paar Stunden bin ich so gut wie fertig. Ich setze mich auf mein neues, frisch bezogenes Bett und lasse mich auf die weichen Kissen fallen. Meine Gedanken wandern zu Brock und zu dem, was Logan über ihn gesagt hat.

Will er wirklich keine Beziehungen? Oder *kann* er keine führen? Schluss damit! Darüber sollte ich nicht nachdenken. Auch nicht darüber, wie verknallt ich in ihn war, als ich fünfzehn war, und ehrlich gesagt davor auch schon. Irgendwie hat Logan recht. Es ist ein wenig schräg, bei jemandem einzuziehen, den man absolut heiß findet. Gefunden hat … Ich meine, heiß gefunden hat.

Jetzt hilft nur eines. Eine lange, heiße Dusche, solange ich die Wohnung und das Bad für mich habe. Nach dem ganzen Einzugsstress habe ich mir das redlich verdient.

Ich ziehe mir das Shirt vom Oberkörper und genieße den Luftzug auf der nackten Haut. Als ich die Verbindungstür zum Bad öffne, steht Brock vor mir. Nackt. Heiß. Nass.

War er immer schon so groß? Ich meine seine Statur. *Nur* seine Statur. Seinen Penis sehe ich ja nicht, weil er sich gerade sein Gemächt abtrocknet, während ich nichts Besseres zu tun habe, als erstarrt in der Tür zu stehen und ihn dabei anzugaffen. Brock ist alles andere als bullig, aber Gott, der Mann hat Muskeln überall unter seiner nassen, leicht gebräunten Haut. Und nun ist auch eine andere Frage beantwortet. Es sind drei. Drei Tattoos. Zwei davon sind gut zu erkennen. Der Äskulapstab auf seinem Oberarm und der Phönix auf seiner Schulter, den ich bereits von früher kenne. Was wohl auf diesem dritten Tattoo ist? Ich konnte nur ganz kurz Schrift aufblitzen sehen, direkt auf den Rippen.

Gott, hör doch auf, so zu starren! Das ist ja peinlich.

»Entschuldigung«, würge ich leise hervor. Meine Wangen

brennen heiß. Dieser lahme Versuch einer Entschuldigung bringt ihn erst dazu herzusehen. Da begreife ich, dass er gar nicht gemerkt hat, dass ich ihn beobachte. Hätte ich nur die Klappe gehalten.

»Schon okay«, sagt Brock ganz ruhig. Bringt es ihn den kein bisschen aus dem Konzept, dass ich ihn gerade so gut wie nackt sehe?

»Du wollest wohl auch gerade duschen, hm?«

Er deutet auf mein T-Shirt, das ich verkrampft in der Hand halte, als er nicht gerade unauffällig meine Brüste mustert, völlig ungeniert.

Gott, muss er seine Hand da unten so draufdrücken? *Das* sieht ja noch obszöner aus, als wäre er komplett nackt und ich könnte seinen Schwanz sehen. Falscher Gedanke, ganz falscher Gedanke!

Ich spüre förmlich, wie die Röte und Hitze bis zu meinen Brüsten hinunterkriechen.

»Äh … ja«, stottere ich wie eine errötende Jungfrau. »Ich warte, bis du fertig bist.«

Womit denn fertig? Mit dem Handtuch über seinen Schwanz zu reiben? Dani! Reiß. Dich. Zusammen.

»Schon in Ordnung«, meint er grinsend und macht Platz für mich, als wäre nichts dabei.

Ich soll da jetzt reingehen, während er nackt ist und kleine Wassertropfen auf seinen kompakten, gut definierten Muskeln glitzern, als bettelten sie förmlich darum, mit der Zunge abgeleckt zu werden? Ist der verrückt?

»Ehrlich gesagt …«, beginne ich kleinlaut, »… bin ich, was Nacktheit und männliche Mitbewohner angeht, nicht so ganz pflegeleicht.« Weil ich einen Witz gemacht oder besser gesagt es zumindest versucht habe, lächle ich, bis mir die Mundwinkel schmerzen. Brock erwidert es, noch immer bester Laune. Er scheint meine Verlegenheit regelrecht zu genießen.

»Okay. Dann lasse ich dich mal mit der Dusche allein.« Erleichtert stoße ich den angehaltenen Atem aus, nur um gleich wieder nach Luft zu schnappen, als Brocks nackter, verdammt knackiger Hintern mir entgegenblitzt, nachdem er sich umgedreht hat. Ich schließe die Augen und zähle bis drei, ehe ich es wage, sie wieder zu öffnen. Nun bin ich allein. Endlich. Ehe ich ein weiteres Kleidungsstück ausziehe, überprüfe ich die Türen des Badezimmers.

Anfangsschwierigkeiten … ein Kinderspiel … Ja, ja, ganz bestimmt!

Brock

Was habe ich Dani gesagt? Das hier wird ein Kinderspiel? Oh, was bin ich doch für ein Idiot.

Ich gehe unter die Dusche, nach einer langen Schicht, und vergesse völlig, dass heute der Tag ist, an dem Dani bei mir einzieht. Nach dieser mörderischen Doppelschicht wusste ich nicht mal mehr, ob Freitag oder Samstag ist. Doch jetzt weiß ich es. Es ist Samstag, und Dani wohnt ab heute bei mir, was bedeutet, ich muss von nun an nachsehen, ob die Verbindungstür im Bad offen ist oder nicht. Und ich sollte mir gut überlegen, ob ich Frauen weiterhin ins Bad mitnehme.

Oh Mann! Ihr Gesicht, als sie dastand und mich angestarrt hat. Aber meine Reaktion war nicht viel besser. Kaum hatte ich sie bemerkt und erfasst, *wie* sie mich ansah, wurde mein Schwanz auch schon hart. Nur meine Hand und das Badetuch, das ich dagegengedrückt habe, haben verhindert, dass sie meinen Halbsteifen zu sehen bekommen hat. Hilfreich war auch nicht, dass sie im BH auftauchen musste, der ihren scharfen runden Brüsten kaum standhielt. Dafür sind sie zu groß und prall. Sofort könnte ich wieder hart werden, wenn ich an sie denke. Ironie pur. Denn das Einzige, was dagegen helfen würde, wäre eine kalte Dusche oder eine schnelle Handarbeit unter der Dusche. Aber unter der steht gerade Dani. Nackt. Und Wasser rinnt ihre warmen, weichen Kurven entlang. Völlig falsche Fährte!

Ich muss an etwas anderes denken … Logan. Ja, das könnte klappen. Ich denke an Logan, der versprochen hat, mir sämtliche Knochen zu brechen, sollte ich so dumm sein, Dani anzufassen. Na, das ist ein ordentlicher Dämpfer für einen Schwanz, der gerade etwas außer Kontrolle gerät.

Ich muss nur versuchen, Dani weniger als scharfe Frau zu sehen, die ich gerne vögeln würde, sondern einfach als Kumpel, der hier wohnt. Zum Glück habe *ich* sie nicht unter der Dusche überrascht. Das wäre gar nicht gut ausgegangen. Ein Kumpel mit diesen Kurven nackt unter meiner Dusche … Okay, Okay. Kein Problem. Das kriege ich hin.

Ich darf ihr einfach nicht zeigen, dass sie mich anmacht.

Ich ziehe mir Shorts und ein T-Shirt an und genehmige mir ein kühles Bier auf der Couch, als Dani aus ihrem Zimmer kommt. Sie trägt einen dieser flauschigen weißen Bademäntel. Das passt schon eher zu meinem Bild von der kleinen Danielle St. Clair. Deshalb lächle ich sie an.

»Was ist?«, fragt sie. Ihre Wangen sind noch immer rot, aber ich weiß nicht, ob das am heißen Wasser liegt oder an unserer Begegnung vorhin im Bad.

»Nichts. Ich habe nur gerade gedacht, dass der Bademantel sehr bequem aussieht.«

»Er sieht nicht nur so aus, er ist es auch.« Dani schlingt den

Frotteestoff enger um sich. Ob sie darunter wohl nackt ist? Na, das hat ja lange gedauert, Brock!

»Und wie gefällt dir dein erster Tag in der neuen Wohnung?«

»Bisher ganz gut, obwohl ich die meiste Zeit eigentlich nur geackert habe. Diese Regentropfendusche ist übrigens richtig klasse«, säuselt sie genießerisch.

»Ja, das ist sie. Nach einer Doppelschicht helfen nur diese Dusche und ein gutes Bier«, sage ich. »Und ein guter Film natürlich.«

»Du magst Filme?« Sie wirkt erstaunt. Mit einem zustimmenden Nicken stehe ich auf und krame den kleinen Schlüssel aus der Schublade neben dem Kasten, der direkt neben dem Flachbildschirm steht. Ich schließe auf und zeige ihr meine DVDs. Das dürfte als Antwort genügen.

»Ja, ich liebe gute Filme, manche schlechte auch, und nach einigen Serien bin ich fast schon süchtig.«

»Wieso hast du abgeschlossen? Pornos?«, flüstert sie feixend.

»Das und ich kann es nicht leiden, wenn Leute an meine Filme gehen, ohne dass ich davon weiß.«

Dani drückt die Lippen aufeinander, steht auf und stellt sich auf die andere Seite neben den Fernseher.

»Und das ist meine Sammlung«, sagt sie und öffnet den zweiten Schrank. »Ach ja, ich kann es auch nicht leiden, wenn Leute ungefragt an meine Filme gehen. Mitbewohner sind davon natürlich ausgenommen. Nur mit Pornos kann ich leider nicht dienen.«

Ich lache lauthals, als ich die zahlreichen DVDs sehe, die in doppelten Reihen stehen, fast wie bei mir.

»Dani, ich glaube, das ist der Beginn einer wunderbaren Freundschaft.«

»Das hängt ganz davon ab, welchen Film du wählst, Brock. Also wähle weise!«

Ich zwinkere ihr zu.

»Jetzt ist alles klar. *Indiana Jones und der letzte Kreuzzug*.«

Ernst blickt sie mich an, die Arme vor der Brust gekreuzt. Dabei klafft der Bademantel auf und enthüllt ihr ansehnliches Dekolleté.

»Mitbewohner, deine Wahl war weise.«

Oh ja, das war sie. Definitiv.

Kapitel 9

Dani

Irgendwann zwischen *Indiana Jones 3*, wobei jeder von uns die Dialoge mitsprechen konnte, und *Inception*, worüber wir heftig diskutierten, wurden wir richtige Freunde. Einfach so.

Brock konnte nicht fassen, dass ich neben meinen diversen Frauenfilmen ein paar echt gute Filme – also Jungsfilme – in meiner Sammlung habe, und ich war erstaunt, dass er nicht nur Actionfilme, sondern auch Thriller und einige alte Klassiker besitzt. Ich hatte ihn spät am Abend noch gefragt, wie seine Filmleidenschaft begonnen hatte. Brock meinte, dass er schon immer gern ins Kino gegangen wäre und es nach einer Schicht zum Runterkommen oder um die Warterei auf der Wache durchzustehen nichts Besseres gäbe als Filme oder gute Serien.

Ich erzählte ihm, dass ich Filme immer schon geliebt habe, besonders die mit historischem Background, schließlich lehre ich Geschichte und Literatur, außerdem habe ich mich dafür immer besonders interessiert. Als ich danach schlafen ging, hatte ich ein richtig gutes Gefühl, was meine Entscheidung angeht, bei ihm einzuziehen. Doch ein kleiner Zweifel bleibt. Und der ist wahnsinnig hartnäckig und hat sehr viel mit dem Vorfall im Bad zu tun.

Früh am Sonntagmorgen, noch vor meinem ersten Kaffee, rufe ich Wendy an.

»Morgen, Fremde«, begrüßte sie mich. Ihr Ton ist bissig.

»Morgen.«

»Lange nichts gehört.« Sie kann es nicht lassen.

»Ja, das gebe ich zu. Aber es gibt einen guten Grund dafür«, deute ich an.

»Das will ich auch hoffen.«

»Okay, willst du nur stänkern, oder soll ich es dir lieber erzählen?«

»Schieß los!«

»Ich hab's getan, Wendy … Ich bin bei Brock eingezogen.«

Stille in der Leitung. Die längste Redepause, die Wendy wohl je hatte.

»Fick dich!«

Oh ja, diese Frau unterrichtet Kinder.

»Sehr charmant.«

»Ich wette, Logan und dein Dad basteln bereits an einer Voodoopuppe für Brock.«

Das entlockt mir ein Schnauben. »Dad ist total katholisch. Für ihn sind schon Protestanten exotisch. Also kein Voodoo, auch keine Voodoopuppe. Aber Logan hat Brock gedroht, so viel ist sicher.«

»War zu erwarten«, kommentiert sie trocken.

Ich seufze.

»Und seit wann bist du jetzt schon seine Mitbewohnerin?« Ich höre einen amüsierten Unterton aus ihrer Stimme heraus. Auch das kommt nicht gerade überraschend.

»Seit gestern. Und bisher läuft es gut, sehr gut sogar, abgesehen von einem kleinen Ausrutscher am Abend.«

»Ich bin ganz Ohr.«

»Wendy, ich Idiot habe ihn im Bad überrascht.«

»Ich hoffe doch, er war nackt.«

»Nackt. Nass. Und so was von muskulös. Und wir werden nie wieder darüber sprechen.«

Sie lacht dreckig. »Ein lang gehegter Traum wird wahr …

Wie hat er reagiert? So, wie du es dir in deinen heißen Teeniefantasien früher ausgemalt hast?« Wendy macht ein paar unanständige Geräusche. Sollte ich je Kinder haben, kommen sie nicht in ihre Klasse. So viel steht fest.

»Natürlich nicht!«, zische ich. »Er war ganz cool, gar nicht peinlich berührt oder so.«

»Wie auch. Brock haben schon mehr Frauen nackt gesehen als so mancher Stripper in Queens.« Obwohl es der Wahrheit nahe kommt, gefällt mir die Vorstellung nicht.

»Sehr witzig. Bist du neuerdings Komikerin?«

»Nein, reines Naturtalent. Nur für dich.«

»Und was sagst du nun dazu, du Naturtalent?«

»Zu dem nackten Sanitäter oder zu deiner Wohnsituation?« Um Geduld bemüht reibe ich mir über die Stirn.

»Die Wohngemeinschaft, Wendy. Nur die Wohnungssache.«

»Na, wenn die Wohnung nur halb so toll ist, wie du geschrieben hast, verstehe ich dich voll und ganz. Und die Gelegenheit, mit deinem heimlichen Highschool-Schwarm zusammenzuwohnen und ihn ab und an halb bekleidet oder nackt zu sehen, klingt doch auch ganz nett … Aber, Dani …«

»Ja?«

»Anschauen ist erlaubt, anfassen nicht! Glaub mir, jeder Versuch in diese Richtung würde in einer Katastrophe enden.«

Empört schnaube ich ins Handy. »Wieso denkt eigentlich jeder, dass ich mich nicht im Griff habe, was Brock angeht?«

»Dani.« Wendy wird ernst. »Dein Exfreund hat dir richtig eine verpasst, dich mit einer blonden Barbie betrogen. Wer wäre da nicht empfänglich für einen charmanten Bad Boy.«

So betrachtet hat sie recht, aber ich bin nicht die Sorte Frau, die ihr Selbstvertrauen mit heißen Kerlen aufpolieren muss, die es gern wild treiben. Auch wenn ich mir manchmal wünschte, ich wäre es. Oder zumindest etwas lockerer, wenn es um Männer und um Sex geht. Aber wir alle stecken nun mal in unserer Haut fest. Diesen Gedanken im Kopf, seufze ich. »Ich verstehe, worauf du hinauswillst, aber das wird nicht passieren. Wir sind gestern die halbe Nacht zusammen gewesen, wie Freunde, und das hat einfach nur Spaß gemacht.«

»Und was haben die neu entdeckten Freunde heute so vor?«

»Brock möchte mir die Gegend zeigen, damit ich mich hier besser orientieren kann, und ich koche uns dafür Abendessen.«

»Klingt für mich nach Date. Spaziergang … Abendessen …«

»Ach, dann war das jedes Mal ein Date, wenn ich dir was kochen musste, weil du vom Shopping völlig erledigt warst?« Wendy lacht auf, genau wie ich.

»Nein, das nicht gerade. Wir sind ja auch nur Freunde.«

»Siehst du. Brock und ich ebenfalls.«

»Na, dann will ich dich nicht von deinem *freundschaftlichen* Mitbewohnersonntag abhalten. Tu mir nur einen Gefallen und zieh ja nichts Scharfes an.«

»Werde ich nicht. Jeans und T-Shirt, wie immer.«

»Welches T-Shirt und welche Jeans?«

»Mach's gut, Wendy«, flöte ich ins Handy und lege auf.

Brock

Ich warte seit einer Stunde darauf, dass meine Mitbewohnerin aus ihrem Zimmer kommt, und jetzt, da sie endlich auftaucht, verschlucke ich mich beinahe am letzten Schluck Kaffee.

»Trägst du so was jeden Morgen?«

Erschrocken bleibt sie stehen und sieht an sich herab.

»Was meinst du?« Irritiert blickt Dani mich an.

»Ach nichts«, murmele ich. »Kaffee?«

»Ja, gern.«

Ich schenke ihr einen Becher voll und versuche, mich von dem Schock zu erholen. Dani, gestern noch in unschuldiges, weißes Frottee gehüllt, trägt heute Morgen ein Trägershirt ohne BH und hauchdünne Shorts, die gerade so ihren Hintern bedecken. Nach den fehlenden Abdrücken zu urteilen, trägt sie untenherum keine Unterwäsche. Als wäre das nicht schon schwer genug zu verdrängen, sind ihre roten Haare durcheinander, haben diesen durchgevögelten Touch. Das ist gerade zu viel für meine Lendenregion. Ehe ich mir noch die Zeitung vor den Schritt halten muss, drehe ich mich um und hole die Milch aus dem Kühlschrank.

»Danke.« Sie lächelt mich an und gießt einen ordentlichen Schuss davon in ihren Kaffee.

»Können wir um neun los?«, frage ich und schnappe mir die Zeitung, um sie nicht länger ansehen zu müssen, denn wenn es um dieses Schlafoutfit geht, bin ich, was meine Körperreaktionen angeht, völlig machtlos.

»Ja, neun passt gut.«

Wieder lächelt sie mich an und lugt über meine Zeitung.

Wie kann sie nur so nett und unschuldig sein und dabei nicht die geringste Ahnung haben, wie aufreizend sie wirkt? Das bringt mich ganz schön durcheinander. Mit so einem Typ Frau habe ich keine Erfahrungen. Ich bevorzuge meinen Typ: eindeutig selbstbewusst, leicht zu haben, scharf und auf jeden Fall unkompliziert.

Es wird Zeit, mich diesem Typ zu widmen und mal wieder ordentlich zu vögeln.

»… essen willst?«, höre ich Dani sagen.

»Was?«

»Ich sagte, gibt es etwas, dass du nicht zu essen haben willst.«

»Eigentlich esse ich fast alles. Wir können uns ja dann im Supermarkt überlegen, wonach uns ist.«

Dani nickt mit einem zufriedenen Ausdruck, während sie ihren Kaffee trinkt.

»Endlich mal wieder ein unkomplizierter Mann, für den ich kochen kann.«

Ich sehe sie fragend an und lege die Zeitung beiseite.

»Na ja, mein Ex, Jeff.« Sein Name klingt aus ihrem Mund, als wäre sie dabei, etwas auszuspucken. »Er war kompliziert, was essen angeht. Kein Schmalz, keine Butter, kein rotes Fleisch und ja kein Weizenmehl.«

»Klingt nach einer Tussi auf Diät.« Vollidiot!

Dani lacht und bedeckt dabei ihren Mund mit der Hand. Das macht sie manchmal. Irgendwie süß.

»Stimmt schon. Es macht einfach keinen Spaß, wenn man beim Kochen nicht aus dem Vollen schöpfen kann.«

Bestimmt war diese Vollkornschnitte von einem Kerl im Bett ein eingeschränkter Genießer, der keine Ahnung von einem echten, herzhaften Fick hatte. Dani kann froh sein, dass sie den Trottel los ist.

»Oh, bei mir darfst du so richtig loslegen«, stelle ich klar und grinse sie dabei schief an.

»Da brauchst du dir keine Sorgen zu machen. Ich liebe es zu kochen, und ich liebe gutes Essen.« Ein wenig schüchtern zuckt sie mit der Schulter, fast so, als müsse sie sich dafür entschuldigen. Frauen sind manchmal echt komisch.

»Aus der Sicht eines gewissen Sanitäters ist das übrigens etwas Positives, und wenn dich auch meine Sicht als Mann dazu interessiert …« Dani nickt mir zu. »Was ich vor mir sehe, sind eine Menge Kurven an den richtigen Stellen, und das ist aus männlicher Sicht definitiv etwas Gutes.«

Ein wenig rot geworden steht sie auf und stellt ihren Becher in die Spüle.

»Tja, dann gehe ich mich mal anziehen.«

»Ja, tu das.«

Verbirg diese heißen Kurven, um unser beider willen.

Dani

»Das hat er nicht.«

»Doch. Er hat mir gedroht, meine Eier zu zerquetschen, nachdem er mir sämtliche Knochen gebrochen hat.«

Ich lache, obwohl ich gerade noch stinksauer war. Die Leute im Supermarkt gucken schon.

»Dieser Kerl ist unmöglich.« Logan geht echt zu weit.

»Er hat eben einen ausgeprägten Beschützerinstinkt, was dich angeht. Ich meine, immerhin bist du seine kleine Schwester. Was meinst du, was er mit diesem Jeff anstellen wollte, als er erfahren hat, dass er dich betrogen …«

Ich halte mitten im Gang an und packe Brock an seinem Shirt.

»Was?« Dieser Idiot von einem Bruder. Er hat es ihm erzählt. Ich könnte Logan umbringen. »Du weißt es.« Ich starre Brock an, der betreten meinem Blick ausweicht, aber keinen Versuch macht, es zu leugnen.

»Tut mir leid. Logan hat es mir erzählt.«

»Ich wusste ja gar nicht, dass ihr Mädels auf der Wache so viel Zeit zum Quatschen habt.« Stinksauer lasse ich Brock stehen und fahre den nächsten Gang hinunter. Ich höre, dass er mir folgt.

»Komm schon, Dani! Er hat es nicht böse gemeint. Ich habe

ihn gefragt, warum du wieder zu Hause wohnst, und du kennst ihn. Er könnte nicht mal dann lügen, wenn es um sein Leben geht. Es ist ihm rausgerutscht. Aber da ist doch echt nichts dabei.« Brock baut sich vor mir auf und wirft mir sein allerbestes Lächeln zu. Er ist es wohl gewohnt, dass das wirkt, denn er scheint überrascht zu sein, als ich nicht gleich darauf anspringe und ihn stattdessen mit dem Einkaufswagen umrunde. Immer noch stinksauer.

»Vielleicht für dich. Mir ist dieser ganze Mist einfach nur peinlich.«

»*Dir* muss doch nichts peinlich sein. Dieses Arschloch konnte ihn doch nicht in der Hose behalten und hat eine billige Blondine auf eurem Teppich geknallt.«

Ich schnappe mir eine dämliche Schachtel Cornflakes und pfeffere sie in den Wagen. »Er hat dir von dem Scheißteppich erzählt?!«

Brock hebt beschwichtigend die Hände. »Okay, mein Fehler. Den Teppich vergessen wir gleich wieder. Was ich sagen wollte, ist, dass du dir echt keinen Kopf machen musst. Das kann doch jedem passieren.«

Ich kann nicht fassen, dass wir so eine Unterhaltung führen. Als wüsste Brock, wie es ist, betrogen zu werden.

»Ach ja? Wie oft ist es dir denn schon passiert?«

»Na ja«, weicht er aus. Wusste ich es doch. Als wäre ein Brock McNamara je betrogen worden. »Da ich noch nie eine Beziehung hatte, kann ich technisch gesehen nicht wirklich betrogen werden.«

»Du Glücklicher«, brumme ich sarkastisch.

»Es hat seine Vorteile.« Schief grinsend sieht er mich so lange an, bis ich einknicke. Das kann er richtig gut. Wenn Brock einen so ansieht, mit diesem heißen, charmanten Lächeln, vergeht die Wut, und ein warmes Gefühl breitet sich stattdessen aus, das einen dazu bringt zurückzulächeln.

»Was soll's. Ja, ich habe mit Jeff Schluss gemacht und bin ausgezogen, weil ich ihn mit einer anderen erwischt habe.«

»Hey, *sein* Pech! Wer treibt's auch mit einer falschen Blondine, wenn er eine echte Rothaarige haben kann.«

Nicht zu fassen, aber ich pruste los. Ich hätte nie gedacht, dass ich darüber lachen kann, aber ich kann es, und wie. Während Brock mit einstimmt, schlingt er einen Arm um mich. Er fühlt sich warm und die Umarmung viel zu gut an.

»Sehr gut, Kleines. Und jetzt besorgen wir ein paar leckere Kohlehydrate, die du dann für uns kochen darfst.«

Wenig später, wieder zurück in der Wohnung, schnipple ich ein paar milde Chilis. Brock nascht von den Zutaten, wofür er von mir ab und an einen Klaps auf die Finger bekommt. Feuerwehrmann oder Sanitäter, völlig egal, diese Jungs von der Wache essen wie die Tiere. Unglaublich.

»Da ist eine Sache, die ich dich schon immer fragen wollte.«

Brock kaut fertig, ehe er mir ermutigend zunickt.

»Warum bist du eigentlich nicht Feuerwehrmann geworden wie die anderen?« Diese Frage quält mich seit Jahren.

Brock setzt sich auf. Auf seiner Stirn erscheint eine tiefe Falte zwischen den Augen.

»Was ist falsch daran, Sanitäter zu sein?«

Er wirkt beleidigt, dabei habe ich mir nichts dabei gedacht. Ich bin bloß neugierig. Und das schon sehr lange.

»Gar nichts! Das habe ich nicht so gemeint. Es ist nur, ich erinnere mich daran, als wir Kinder waren, bist du mit Logan herumgerannt, mit den Feuerwehrhelmen auf den Kopf. Ihr habt immer darüber geredet, dass ihr später zum New York City Fire Department wollt, um Feuer zu bekämpfen, und als du nach New York zurückgekommen bist, warst du Sanitäter. Ich frage mich, wie das kam.«

Ich würde ihn auch gern nach der Zeit fragen, als er weg war, aber ehrlich gesagt traue ich mich nicht. Brocks Haltung ändert sich, seine verspielte Natur tritt in den Hintergrund, und ein ernster, junger Mann kommt zum Vorschein, der mich vorsichtig mustert, ehe er antwortet.

»Ehrlich gesagt hatte ich schon lange mit dem Gedanken gespielt, in den Rettungsdienst zu gehen. Schon als wir noch in der Schule waren. Genauer gesagt ... seit Dad.«

»Wegen des Unfalls?«, frage ich vorsichtig. Jetzt verstehe ich seinen Ernst. Brock hat seinen Vater, einen Feuerwehrmann und guten Freund meines Dads, bei einem Autounfall verloren. Es ist eines der Dinge, die nie jemand anspricht, aber an die sich jeder erinnert.

Anstatt mir zu antworten, nickt Brock lediglich und fühlt sich sichtlich unwohl in seiner Haut. Um ihm Zeit zu geben, sehe ich weg und werfe das Gemüse in den heißen Wok. Als ich schon glaube, er sagt nichts weiter dazu, höre ich seine tiefe klare Stimme wieder.

»Wenn die Sanitäter früher gekommen wären, hätte er vielleicht überlebt. Ein Feuerwehrmann, egal welcher, hätte ihm nicht helfen können. Deshalb bin ich Sanitäter.«

Ich schaue vom Wok auf. Brock sieht mich an. Sein Blick ist unverstellt. Im Funkeln seiner Augen sehe ich den Schmerz, den er seit seiner Kindheit mit sich herumträgt.

»Ich will der Rettungssanitäter sein, der ihn gerettet hätte. Und an den guten Tagen bin ich das auch.«

Das Brodeln der kochenden Pasta füllt die Stille zwischen uns. Ich wünschte, ich wüsste, was ich zu ihm sagen soll, aber genau wie vor Jahren, bei der Beerdigung seines Vaters, versage ich. Damals wollte ich nichts sehnlicher, als zu Brock gehen und irgendetwas tun, um ihn zu trösten. Sein Anblick hat mein kleines Kinderherz gebrochen, doch außer einer schüchternen Umarmung konnte ich nichts für ihn tun. Dabei wollte ich ihn um alles in der Welt trösten. Doch für den Verlust des eigenen Vaters gibt es keinen Trost.

»Brock«, sage ich leise und vorsichtig, weil ich nicht wieder das Falsche sagen oder tun möchte. »Ich finde es ganz toll, dass du Sanitäter bist. Das fand ich schon immer.«

Ich beobachte, wie sich sein umwölkter Gesichtsausdruck verzieht und ein dankbares, ehrliches Lächeln hervorkommt, das ein sehr merkwürdiges, flaues Gefühl in meinem Magen hervorruft.

»Danke dir, Dani. Das Essen duftet übrigens köstlich.«

Um die Stimmung aufzulockern, strecke ich den Kochlöffel in die Höhe, als wäre ich einer dieser coolen, jungen TV-Köche.

»Natürlich! Schließlich koche ich gerade eine Mischung aus mexikanisch und italienisch. Fajitas-Hähnchen-Pasta und Maisbrot mit Knoblauch.« Erstaunt und ein wenig beeindruckt starrt Brock mich an.

»Verdammt, Kleines! Warum bist du nicht schon vor Jahren bei mir eingezogen? Daran könnte ich mich glatt gewöhnen.« Brock zwinkert mir zu und stibitzt dabei mit einem schiefen Grinsen ein Stück würziges Hähnchen aus dem Wok.

»Na ja«, sage ich und zähle an einer Hand ab: »Ich war zu beschäftigt damit, mich zu verschulden, fertig zu studieren, einen Job zu finden und Idioten zu daten, die auf den ersten Blick wie gute Kerle wirken.«

»Keine Sorge, Kleines. Nobody's perfect. Und jetzt wohnst du ja hier. Warum also kein Neuanfang?«

Ein Neuanfang? Das klingt toll. Nach diesem Jeff-Debakel

könnte ich das wirklich gebrauchen, denn mir graut davor, je wieder mit einem Mann auszugehen. Wendy nennt es meine Postbeziehungsdepression. Ich nenne es schlicht Angst.

Während ich das abgekühlte Brot in Scheiben schneide, denke ich darüber nach, ob Brock vielleicht recht hat.

Wieso nicht einfach einen Neustart wagen? Und vielleicht sollte ich mein übliches Muster, nach jeder Enttäuschung völlig auf Tauchstation zu gehen, überdenken.

Die Frage ist nur, wie stelle ich das an?

»Ein Neuanfang klingt gut«, gebe ich zu.

Brock lächelt. »Wenn ich das kann, kannst du das schon lange.«

Ich nicke und frage mich, von welchem Neuanfang Brock spricht. Ich kann mich bloß daran erinnern, wie Brock sich in seiner Jugend verändert hat, sogar fast abgerutscht ist, nachdem sein Vater gestorben war, und daran, dass er plötzlich verschwunden war und erst vor ein paar Jahren wieder aufgetaucht ist. Aber vielleicht meint er das, was war, als er weg war?

Kapitel 10

Dani

Ich hasse Montage. Sie gehören aus dem Kalender gestrichen. Ersatzlos. Nicht nur, dass man nach einem langen Wochenende wieder zur Arbeit muss, also früh aufstehen, Montag bedeutet auch ein zwingender Besuch im Sekretariat, um die Wochenunterrichtspläne abzugeben, wovor mir graut. Denn eine gewisse Blondine arbeitet dort, und ihr selbstgefälliges Grinsen zu sehen, wenn ich meine Unterlagen in die Eingangsbox des Fachbereichs werfe, ist nicht gerade das Highlight des ersten Schultages in der Woche.

Das Schwierige daran, Nachwuchslehrerin in einer elitären Schule an der Upper West Side zu sein, abgesehen von den reichen, verwöhnten Kids, ist, dass jeder jeden kennt und getratscht wird. Das bedeutet, alle wissen über mich und Jeff und Ava und Jeff Bescheid. Deshalb wird es auch mucksmäuschenstill, als ich das Sekretariat betrete. Ava und ihre etwas ältere Kollegin Millie starren mich an, während ich mir meinen Weg zu den Eingangsboxen bahne. Ich hasse das mulmige Gefühl im Bauch, das ich dabei jedes Mal verspüre. Fast, als hätte *ich* etwas falsch gemacht.

»Dann hat er mir die hier geschenkt«, flötet Ava, laut genug, damit ich ja mitbekomme, was sie über meinen Ex oder eher ihren aktuellen Lover zu erzählen hat. »Sind sie nicht wunderschön, Millie?«

Die arme Millie blickt sich peinlich berührt nach mir um und wirft mir einen entschuldigenden Blick zu, ehe sie kleinlaut antwortet.

»Ja, die … die Ohrringe sind sehr hübsch.«

»Hübsch?«, empört sich Ava. »Die sind Tiffany!«

Innerlich zieht sich bei mir alles zusammen. Die sind Tiffany? Großer Gott! Nicht nur, dass Jeff mich mit einer falschen Blondine betrogen hat, die ihrer Kleidergröße nach zu urteilen nicht weiß, was Nahrungsaufnahme ist, sie kämpft auch noch mit schlimmeren Grammatikproblemen als meine rechtschreibresistentesten Schüler.

Tief durchatmend bemühe ich mich, keinen Blick zum Tresen gegenüber zu werfen, doch Millies gut gemeinte Höflichkeit wird mir wieder einmal zum Verhängnis.

»Einen schönen Tag, Miss St. Clair!«

»Ihnen auch Millie … Ava.« Ich kann nichts dafür. Bei ihrem Namen kommen nur unfreundliche Töne aus meinem Mund.

Natürlich hat Ava nicht einmal Klasse genug, meinen Gruß zu erwidern. Hinter ihrem Rücken verdrehe ich die Augen und hole mir Bücher, die Millie für mich aus der Bibliothek rausgesucht hat. Dabei muss ich zu dem Tresen, hinter dem die beiden stehen. Kaum nähere ich mich ihnen, dreht Ava sich weg, als wäre *ich* hier das Problem. Dabei bin ich es doch, die betrogen wurde und nun mitanhören muss, wie sie über meinen ehemaligen Freund spricht, als wäre er ihr glänzender, spendabler Ritter. Dieses Miststück und ihr Verhalten machen mich stinkwütend. Das Tüpfelchen auf meinem Montags-i ist, dass Ava eines ihrer hautengen Minikleider trägt, die nur sehr wenig der Fantasie überlassen. Natürlich steht es ihr ausgezeichnet. Wie auch nicht? Die Frau hat kein Gramm Fett am Leib und dazu endlos langen Beine. Dieser Anblick ist ein weiterer Schlag ins Gesicht. Sofort tauchen wieder Bilder vom Teppich vor meinem geistigen Auge auf und von ihren langen Beinen, die um Jeffs blanken Arsch geschlungen sind. Für meinen Geschmack genug gedemütigt schnappe ich mir die

Bücher und sehe zu, dass ich zur ersten Unterrichtsstunde komme. Kaum ist die Tür des Sekretariats hinter mir zu, sehe ich Mrs Lynton, eine Mathelehrerin mit strengem Dutt, und die brünette Spanischlehrerin der Abschlussklasse in ihren spießigen Kostümen, die nicht mal dann mit dem Flüstern aufhören, als ich sie direkt ansehe.

Am liebsten würde ich zu den Schränken rübergehen, wo die beiden gerade stehen, und sie zur Rede stellen, ihnen mal so richtig die Meinung geigen. Etwas sagen wie: Ja, ich weiß, dass er mit ihr zusammen ist! Ja, Jeff hat mich betrogen und gegen Ava ausgetauscht. Gibt es sonst noch was, das ihr vielleicht wissen möchtet?

Natürlich lasse ich es bleiben. Ich bin die Neue, immer noch, und wenn es nach den anderen hier geht, bleibe ich das auch. Die einzige Freundin, die ich an dieser Schule habe, ist Jennifer aus Long Island, ebenfalls Nachwuchslehrerin. Sie springt für die Kunstlehrerin ein, die ein Baby gekriegt hat. Jennifer findet das Verhalten der anderen, was mich angeht, zum Kotzen, wie sie es nennt, und genau deswegen mag ich sie. Sie sagt, was sie denkt, und auch wenn man von uns erwartet, ordentlich und sehr gut gekleidet zu sein, schafft Jenny es immer wieder, dieser Vorgabe mit Ironie zu begegnen und sie zu umschiffen. Neulich hat sie einen beigen Rock mit dazu passendem Blazer getragen. Bieder, angepasst. Doch an einem ihrer Finger steckte ein Totenkopfring, und sie hatte ungefähr ein Dutzend nicht zusammenpassender Ketten um den Hals. Ich muss lächeln, wenn ich daran denke.

Endlich bei meiner Klasse angekommen, sehe ich, dass gut drei Viertel meiner Schüler aufs Smartphone starrt, während das andere Viertel dabei ist, Selfies zu machen. Seit ich hier arbeite, habe ich weit mehr Duckfaces gesehen, als ich verkraften kann. Tief durchatmend umfasse ich den Türgriff und werfe einen Blick zur Seite, wo Jennifer gerade genau dasselbe macht. Wir müssen beide grinsen.

»Montag, hm?«

»Montag«, sage ich und verdrehe die Augen.

Brock

»Und, wie läuft es bisher?« Carlos ist bester Laune, während wir einen angefahrenen Fahrradkurier verarzten, der einen Cut auf der Stirn und eine ausgerenkte Schulter hat.

»Gut. Es ist, als würde man mit einem richtig guten Kumpel zusammenwohnen, nur dass der Kumpel Möpse hat und auch ein paar andere Kurven.«

Carlos lacht dreckig, während der Kurier zwischen uns hin- und hersieht. Er scheint das alles entweder interessant oder irritierend zu finden. Schwer zu sagen, weil er sein Gesicht vor Schmerzen verzieht.

»Wir sollten langsam mal einen Code für Taxi-fährt-einen-Fahrradkurier-an haben. Immerhin kommt das ständig vor, besonders an Montagen«, schlage ich feixend vor. Der Kurier wirft mir einen vernichtenden Blick zu. Ich zucke mit der Schulter. Humor ist Teil des Berufs, nur so kann man diesen Job aushalten. Würde ich jedes Mal zu flennen anfangen, wenn ich einen verletzten Fahrradfahrer sehe, wäre ich nutzlos und bald reif für die Klapse.

»Stimmt. Ein typischer Montagsfall. Wie Stau und zu wenig Benzin im Tank von der letzten Schicht am Wochenende.«

»Exakt«, stimme ich zu und helfe unserem Fahrgast in den Wagen.

»Ihr zwei wisst aber schon, dass ich noch da bin«, murmelt

er übel gelaunt. Hey, der arme Kerl ist immerhin von einem Taxi gerammt worden. Er darf angepisst sein.

»Junge!« Carlos verschafft sich die Aufmerksamkeit des schmächtigen Fahrradkuriers mit den langen Dreadlocks. »Bei deinem Job musst du ganz schnell zusehen, dass du mit mehr Witz an die Sachen rangehst. Denn glaub es oder nicht, aber in dieser Stadt sind Taxis und Drahteselboten so was wie natürliche Feinde. Und das nicht nur in Manhattan.«

»Wie du meinst, Alter«, ist alles, was der junge Typ dazu sagt, ehe er sich auf die Trage legt und wartet, bis die Schmerzmittel, die er von mir bekommen hat, wirken. Seine angespannte Miene macht klar, dass das noch nicht der Fall ist.

»Sei gnädig mit ihm, Carlos! Dem armen Kerl steht das Einrenken noch bevor, und das in der Notaufnahme eines Lehrkrankenhauses. Er hat schon einen beschissenen Tag.«

Ich schließe die Flügeltür und gehe nach vorn, um endlich loszufahren. Keine Ahnung, was dieser Montag noch so mit uns vorhat, aber meistens ist es nichts Gutes.

Ich frage mich, wie Danis Montag läuft. Wir sind uns in der letzten Woche nicht gerade oft begegnet. Dafür durfte ich letzten Montag zum ersten Mal sehen, was für Klamotten Dani bei der Arbeit trägt. Das war ein absolutes Highlight an diesem ansonsten verfluchten Tag der Woche. Mir sind fast die Cornflakes aus dem Mund gefallen, als ich sie in diesem verdammt engen schwarzen Rock und der dünnen, ausgeschnittenen Bluse gesehen habe. Wie ein verfluchter Pornostar in einer dieser Bibliothekarinnenfantasien sah sie aus. Ich wollte mir jedenfalls sofort ein Buch ausleihen oder in ihrer Klasse sein, um von ihr unterrichtet und diszipliniert zu werden. Grund genug, heute Nacht endlich mal wieder auf Tour zu gehen, um mir etwas fürs Bett zu suchen. Diese ständigen zwecklosen Erektionen bringen mich noch um.

Dani

Seit Stunden wälze ich mich hin und her, gefangen zwischen unruhigen Schlaf- und kurzen Wachphasen. Dabei will ich doch bloß, dass dieser Tag endet.

Ein sanftes Stöhnen reißt mich endgültig aus dem Schlaf.

Ich horche, doch jetzt ist es wieder vollkommen still. Ich muss wohl geträumt haben. Fest ziehe ich die Decke um mich, bis mir warm wird und die Schwere des Schlafs zurückkommt.

Da ist es wieder. Ein tiefes, kehliges Stöhnen. Gänsehaut kriecht über meine Haut. Nun ist da auch ein Brummen, eindeutig männlich. Verdammt, das sind Sexgeräusche!

Na herrlich. Da treibt es jemand lautstark und bringt mich um meinen Schlaf. Jammernd ziehe ich mir die Decke über den Kopf. Zwecklos. Das heisere Stöhnen und die Lustgeräusche werden lauter und schneller. Als eine Frau ein herzhaftes »Oh Gott!« schreit, geht mir ein Licht auf.

Ich schrecke hoch. Mein Herz rast wie verrückt.

Nein, das kann doch nicht wahr sein! Bitte. Nicht.

Und dann höre ich ihn. Brock. Genauer gesagt sein tiefes, erlösendes Stöhnen, das mir heißkalte Schauer über die Haut jagt. Mein Mitbewohner hat gerade Sex, nur ein Zimmer weiter, und den Geräuschen nach zu urteilen, richtig guten noch dazu. Der Stich der Eifersucht, den dieser Gedanke auslöst, trifft mich unerwartet.

Okay, das war heftig, aber zumindest ist es nun vorbei.

Kaum habe ich den Gedanken vollendet, fängt es wieder an. Die Frau in Brocks Zimmer gibt heftige Atemstöße von sich, laut genug, um durch das gesamte Bad und bis zu meinem Zimmer vorzudringen. Meinem Magen gefällt dieses Geräusch ganz und gar nicht, während einem anderen Teil von mir heiß und klamm wird. Meine verräterische Scham pocht.

Während ihre Lustgeräusche intensiver werden, ist von Brock nichts zu hören. In meinem Kopf blitzen schockierend heiße Bilder auf, die mir sehr eindringlich zeigen, wie Brock gerade dabei ist, seine Bettgefährtin ausgiebig zu verwöhnen. Sofort frage ich mich, auf welche Weise. Neidisch muss ich mitanhören, welche Lust die unbekannte Frau in unserer Wohnung genießt.

Ich hätte es wissen müssen. Immerhin kenne ich doch die Geschichten über Brocks zahlreiche Eroberungen und seinen legendären Frauenverschleiß, auch wenn ich nie viel darauf gegeben habe. Aber es jetzt live mitanhören zu müssen ist etwas völlig anderes. Und mir gefällt nicht, wie ich mich dabei fühle.

Ich wünschte, sie wären endlich fertig. Doch kaum höre ich sie kommen, geht es auch schon wieder von vorn los.

Verzweifelt blicke ich zum Wecker.

Kurz vor Mitternacht.

Das perfekte Ende eines perfekten Tages.

Wie ich Montage hasse.

Kapitel 11

Dani

Drei. Es waren drei Frauen in neun Tagen. Und immer eine andere.« Ich genehmige mir einen ordentlichen Schluck meines Feierabenddrinks in einer überteuerten Bar in Manhattan und werfe Jennifer einen reichlich verzweifelten Blick zu.

»Woran erkennst du, dass es immer eine andere ist?«

Jenny starrt mich mit aufgerissenen Augen an. Sie hängt förmlich an meinen Lippen, seit wir mit dem heißen Thema angefangen haben.

»Was denkst du denn? An den Stimmen natürlich. Na ja, eigentlich eher an ihrem unterschiedlichen Stöhnrepertoire.«

Jenny schlürft nickend ihren fruchtigen Cocktail, während die brodelnde 7th Avenue mit ihrem Feierabendlärm unsere pikante Unterhaltung erschwert. Darüber kann ich nur mit ihr reden. Wendy würde glauben, dass ich mir Gedanken über die Sache mache, weil ich mal in Brock verknallt war, und mein Bruder würde mich glatt mit selbstzufriedener Miene aus der Wohnung schleifen, wüsste er, dass Brocks Parade nächtlicher Gespielinnen mich alles andere als kaltlässt. Dagegen ist Jennifer neutrales Territorium, zumindest was meinen allzu heißen Mitbewohner angeht. Außerdem ist sie eine Freundin.

»Also mich würde das wahnsinnig machen, vor allem, wenn bei mir nichts läuft. Kannst du denn überhaupt schlafen?« Besorgt verzieht sie ihre Miene.

»Ja schon, denn sie kommen meistens schon vor Mitternacht, dann *kommen* sie – laut und mehrmals –, und bald danach sind sie auch schon wieder weg.«

Nervös fahre ich mir über den Hals. Wenn ich mir selbst zuhöre, wird mir klar, wie genau ich das alles überwache, weil es mich beschäftigt, viel mehr, als es sollte.

»Woher weißt du denn das schon wieder?«

»Na, …«, ich winde mich, »… nicht lange nachdem es ruhiger wird und kurz bevor ich dann einschlafe, höre ich jemanden in der Wohnung und danach auch schon die Tür. Jenny, ich glaube, er bringt sie gleich danach raus, und sie gehen. Einfach so. Zumindest habe ich bisher keine Diskussionen oder gar einen Streit gehört.«

»Echt jetzt?« Ungläubig verzieht Jenny den Mund.

»Wenn ich morgens frühstücke, war noch nie eine zu sehen.« Wie irritierend ich das finde, muss ich Jenny nicht sagen. Mein Gesichtsausdruck spricht Bände. Nachdenklich nippt sie an ihrem Glas. Die Drinks hier sind verdammt teuer, wir teilen sie uns deshalb gut ein.

»Erwähnt Brock es, oder tut er eher so, als wäre nichts?«

»Er tut so, als wäre nichts. Aber vielleicht weiß er ja gar nicht, dass ich ihn höre. Ich meine, sie. Immerhin ist das Bad dazwischen.«

»Hm, schon möglich.«

Ich nicke und trinke mein Glas aus. Ein scheußlicher Gedanke, der mich schon die ganze Woche verfolgt, dringt an die Oberfläche, und ich muss ihn endlich laut aussprechen, um ihn loszuwerden, sonst werde ich noch wahnsinnig. Seufzend sehe ich Jenny ins Gesicht.

»Weißt du, ich dachte eigentlich, ich wüsste inzwischen, was guter Sex ist, aber seit ich Brocks heftige Sexeskapaden mitanhöre, bin ich mir nicht mal sicher, ob ich überhaupt weiß, was Sex ist!«

Jenny schüttelt sich vor Lachen. Beinahe wirft sie ihren

Drink um. Herrlich, ganz wunderbar! Jetzt werde ich auch noch ausgelacht, dabei ist es mir ernst damit. Leider.

»Entschuldige. Ich hatte das nicht erwartet.«

»Schön, dass meine Probleme wenigstens einen zum Lachen bringen.« Missmutig rühre ich mit dem Cocktailstäbchen im leeren Glas herum. Es ist so demütigend! Neidisch zu sein auf Brocks Sexpartnerinnen und gleichzeitig angeturnt, weil seine Sexgeräusche mir dermaßen unter die Haut gehen.

Jenny, die sich wieder beruhigt hat, beäugt mich kritisch. »Die eigentliche Frage ist doch: Nervt es dich, weil du betrogen wurdest und seitdem keinen Sex mehr hattest, oder nervt es dich, weil nicht *du* es bist, die mit ihm diese Geräusche verursacht?«

Beides.

»Natürlich ist es nicht leicht, diese Herumvögelei ständig mitanhören zu müssen, während mein Liebesleben brachliegt oder sagen wir halb tot vor sich hin vegetiert. Und Brocks gelegentliches Flirten hilft dabei auch nicht gerade.«

»Woah, halt mal!« Jenny packt mich am Arm. »Brock *flirtet* mit dir?«

Sofort spüre ich, wie meine Wangen zu brennen anfangen. »Ich weiß nicht genau, ob es für ihn wirklich *flirten* ist. Brock ist einfach so, na du weißt schon … Für ihn ist es vermutlich wie atmen. Er denkt sich wahrscheinlich nichts dabei, aber für mich und meine Hormone ist es unglaublich verlockend und verdammt verwirrend.«

»Verständlich! Das würde mich wahnsinnig machen, wenn er so heiß ist, wie du sagst. Und dann noch all die Frauen …«

»Oh ja, ist er«, bestätige ich düster.

»Okay. Und wie ist das nun zwischen euch? Worüber redet ihr? Was macht ihr eigentlich zusammen?«

Jenny ist wie ein Bluthund, der eine Fährte aufgenommen hat. All ihre Ketten, heute sind es lediglich drei, klimpern, so aufgeregt ist sie.

»Wir sind Freunde. Er verhält sich die meiste Zeit auch so. Wir sehen Filme und Serien, reden über die Arbeit. Er erzählt viel über seinen Job als Sani und ich ihm über die Schule. Ab und an essen wir zusammen oder gehen gemeinsam einkaufen. Und manchmal, da ist es ...«

»Da ist was?«

»Keine Ahnung, manchmal sieht er mich so an, aber das könnte auch nur Wunschdenken sein. Und dann war da dieser eine Abend, an dem hat er mir etwas sehr Persönliches über sich erzählt, und ich muss zugeben, ich habe ihn auch dazu ermuntert, weil ich das schon immer wissen wollte und das Gefühl hatte, er müsste darüber reden. Allerdings hat das alles vor den aufeinanderfolgenden Übernachtungsgästen stattgefunden.«

»Hm«, brummt Jenny. »Willst du wissen, was ich denke?«

Ich nicke, denn darum sitzen wir hier und schlürfen dieses überteuerte Zeug, statt zu Hause zu sein.

»Ich denke, wenn du mal wieder mit einem Kerl ausgehen würdest, würdest du dir den Kopf mehr darüber zerbrechen und weniger über deinen umtriebigen Mitbewohner. Und sollte doch etwas zwischen euch sein, was ich dir bei seinem immensen Frauenverschleiß nicht gerade wünsche, könnte dir ein Date mit einem anderen Kerl auch darüber Klarheit verschaffen.«

Ich gebe zu, das klingt ganz vernünftig. Dabei gibt es nur einen Haken.

»Absolut einleuchtend, Jenny. Nur leider stehen die Kerle nicht gerade Schlange bei mir, und nach dem Jeff-Debakel bin ich ehrlich gesagt nur ein verdorbenes Date von der ewigen Enthaltsamkeit entfernt.«

Jennifer schüttelt den Kopf und verdreht dabei die Augen.

»Mach doch mal die Augen auf, Dani! Carl sabbert jedes Mal den Gang voll, wenn du vorbeigehst.«

»Carl der Physiklehrer?« Das ist nicht ihr Ernst.

»Ja, Carl. Und er ist nicht der Einzige an der Hayett-Cooper-Prep-School.«

Ungläubig schüttle ich den Kopf. Das kann nicht sein. Das wäre mir doch aufgefallen.

»Blödsinn! Ich meine, vielleicht hatte Carl früher Interesse, aber bestimmt nicht nach dieser Jeff-Sache.«

»Dani, das sind Männer! Typen tratschen nicht. Die sind so lange an dir interessiert, solange an deinem Finger kein Ring steckt und du weiterhin dieses Dekolleté zu bieten hast.«

Für ihre gelungene Einsicht in die männliche Sichtweise gönnt Jenny sich den letzten Schluck aus ihrem Glas und wirft mir dabei einen überzeugten Blick zu.

»Wie kann es sein, dass eine Männerdurchblickerin wie du, die gertenschlank und schön ist, noch Single ist?«

Jenny grinst breit und ein klein wenig boshaft.

»Ich bin verdammt wählerisch.«

Das bringt mich zum Lächeln.

»Solltest du auch sein. Du hast schließlich nur den Besten verdient«, sage ich, denn Jenny ist ein toller Mensch und eine wirklich schöne Frau.

Weil mir ihre Idee mit dem Date nicht aus dem Kopf geht, lenke ich das Gespräch nochmal auf Carl, der gar nicht mal schlecht aussieht mit den dunklen Augen hinter der schwarzen Hipsterbrille, und nett ist er auch, soweit ich weiß.

»Und wie finde ich nun heraus, ob Carl mit mir ausgehen will?« Nervös kaue ich auf meinem Daumennagel herum.

»Da gibt es nichts herauszufinden. Er will, glaub mir. Du musst einfach das nächste Mal, wenn du ihn siehst, verfügbar aussehen. Und mit ihm reden. Mehr ist nicht nötig.«

Mir scheint das etwas unglaubwürdig, aber ich werde es auf einen Versuch ankommen lassen.

»Hey, Carl.« Ich komme mir wie ein Idiot vor, auf dem Flur herumzustehen und Carl den Physiklehrer breit anzulächeln.

»Hey, Danielle.«

Der Kerl will doch nie was von mir. Unverbindlich lächelt er kurz zu mir rüber und sieht dann zu, wie Schüler durch die Gänge strömen. Ich mache mich lächerlich und sollte gehen. Etwas zappelig verlasse ich den Platz vor dem Klassenzimmer und schlendere den Flur entlang.

»Läuft alles gut?«, höre ich eine Stimme hinter mir. Überrascht drehe ich mich um. Carl steht auf meiner Seite des Gangs, direkt hinter mir, und grinst mich freundlich an. Meine Wangen fühlen sich erhitzt an. Fast kommt es mir vor, als wäre ich wieder auf der Highschool und spräche mit einem Jungen, und genau wie damals stelle ich mich nicht besonders geschickt an.

»Ja. Und bei dir?« Oh Gott! Das ist wohl die lahmste Unterhaltung in der Geschichte der Konversation, aber zumindest redet der große Typ mit dem hübschen Gesicht und den dunklen Augen mit mir. Das war in der Schule nicht so.

»Ich kann nicht klagen.« Carl kommt etwas näher. Nur einen Schritt entfernt bleibt er vor mir stehen. »Obwohl ich manchmal glaube, dass die Hälfte meiner Klasse eigentlich keine Ahnung hat, wovon ich rede.«

Die Hälfte? Er muss Optimist sein.

»Das kenne ich doch von irgendwoher.«

Wenn ich komisch sein will, kommt genau so was dabei raus. Stuss! Carl lacht dennoch. Höflich und ein Optimist. Ich könnte es schlechter treffen, wesentlich schlechter. Eine Weile stehen wir schweigsam nebeneinander und tun so, als würden wir ein Auge auf die Schüler haben, zumindest tue ich so, als ob.

»Was … was hast du eigentlich am Wochenende so vor?«

Unglaublich!

Jenny hatte tatsächlich recht. Er will mit mir ausgehen.

»Samstags helfe ich meiner Mom und sonntags gibt's unser Familienessen. Also eigentlich nichts Besonderes.«

Ja, Dani, so bekommt man ein Date. Sei verfügbar, hat Jenny gesagt, nicht, sei langweilig und familiär verplant.

»Am Wochenende ist bei mir auch immer einiges zu tun. Aber nächste Woche hab ich sehr viel Freizeit. Ganz für mich.«

Carl scheint das mit dem Verfügbarsein deutlich besser draufzuhaben als ich, auch wenn er subtiler sein könnte.

»Klingt doch gut«, lasse ich ihn mit einem Lächeln wissen.

»Du bist aus Brooklyn, oder?«

»Williamsburg. Und du kommst doch aus …« Scheiße, ich weiß gar nicht, in welchem Stadtteil New Yorks Carl zu Hause ist.

»Bowery.«

»Ja, genau.« Gott, ich bin so eine schlechte Lügnerin. Die Iren, ein Volk der Geschichtenerzähler, abgesehen von Dani St. Clair. Talentlos im Lügen und mies im Flirten. Bei Jeff war das alles so leicht. Wir trafen uns hier in der Schule, bei einer Aufführung, bei der sein Neffe mitgemacht hat. Sofort hat es gefunkt. Jeff, blond, gut aussehend und charmant, war so offensichtlich an mir interessiert, dass ich mich nicht groß anstrengen musste.

Aber man hat ja gesehen, wie *das* geendet hat.

»Ich will mir schon seit Ewigkeiten diese tollen Galerien in Williamsburg ansehen. Ständig berichten sie in Zeitungen und Blogs über dieses Viertel und die Ausstellungen dort.«

Carls dunkler Blick sucht meinen, und weil ich das hier nicht versieben will, erwidere ich ihn.

»Ja, da gibt es einiges zu sehen. Sollest du unbedingt mal machen.«

»Wäre schon von Vorteil, wenn man jemanden dabeihaben könnte, der sich dort auskennt.«

Carl tippt gegen seine Brille. Ist er etwa nervös?

»Stimmt.« Verfügbar, Dani! Sei verfügbar!

»Hättest du mal Zeit und Lust, dir eine der Galerien mit mir anzusehen und vielleicht danach etwas essen zu gehen?«

Er will tatsächlich mit mir ausgehen. Mist! Darauf, dass es klappen könnte, bin ich nicht vorbereitet.

»Ähm, ja, wieso nicht. Könnte Spaß machen.«

Oh Mann, ich hoffe, das ist kein Fehler. Wenn das Date ein Reinfall ist, muss ich ihm ständig in der Schule über den Weg laufen. Ich habe doch schon Ava. Eine Persona ignorata ist genug für einen Arbeitsplatz.

»Toll.« Er scheint sich wirklich zu freuen, und Carl ist ja auch ein echt netter Kerl. Aber stehe ich überhaupt auf ihn? Keine Ahnung.

»Wie wäre es dann nächsten Mittwoch oder Donnerstag?«

Will ich das überhaupt wirklich?

Ich sehe in seine hoffnungsvollen Augen und habe noch das Stöhnkonzert der letzten Nacht im Ohr, als ich sage: »Donnerstag klingt perfekt. Gib mir deine Nummer, dann schreibe ich dir, wo du mich abholen kannst.«

Zerstreut kramt er nach dem Handy in den Taschen seiner Anzughose, während sich in meinem Bauch ein mulmiges Gefühl breitmacht. Er hält mir das Display mit seiner Nummer hin, und ich speichere sie ein. Jetzt gibt es kein Zurück mehr. Ich habe tatsächlich ein Date.

Klasse.

Kapitel 12

Brock

Die scharfe Blondine am Ende der Bar flirtet schon die ganze Zeit mit mir, und hätte ich heute nicht etwas vor, würde ich gern zugreifen, auch wenn sie mir ein wenig zu dünn ist. Doch ihr durchtriebenes Lächeln verspricht eine heiße, unkomplizierte Nacht. Genau mein Ding.

Deshalb liebe ich diese Bar. Hier ist immer was los, es ist gemütlich, und der Laden zieht hübsche Frauen magisch an. Drinks und Burger können sich sehen lassen. Das Pint hat hier einen anständigen Preis, und sie führen Brooklyn Lager und Local One, meine bevorzugten Biersorten. Neulich war ich mal mit Dani hier. Ich wollte, dass sie meine Stammkneipe zu sehen bekommt. Dani war begeistert. Sie meinte, nur das irische Pub in der Nähe der Wache könne da mithalten. Da hat sie verdammt recht, und ohne es zu wissen, hat sie damit meine zweite Stammkneipe angesprochen, in der sich Logan ständig herumtreibt. Dani dorthin mitzunehmen, zu all den Feuerwehrtypen und FDNY-Groupies, die bloß jemanden abschleppen wollen, halte ich für keine gute Idee.

Ein Lächeln breitet sich auf meinem Gesicht aus, wenn ich an den Abend denke, als wir hier gegessen haben. Dani hat doch tatsächlich Brooklyn Local One, ein Starkbier, mit mir getrunken und es verdammt gut weggesteckt. Das muss man ihr lassen. Sie hat so herzhaft in ihren Burger gebissen und gestöhnt, als würde ihr ein Kerl es so richtig besorgen. Mein Grinsen wird unanständig, wenn ich daran denke. Diese Frau ist einfach anders, etwas Besonderes. An dem Abend habe ich verdammt viel gelacht, obwohl ich mich kaum erinnere, worüber wir alles gesprochen haben. Und nun, in nicht einmal einer Stunde, soll ich mit ihr zum Sonntagsfamilienessen bei den St. Clairs. Verrückt.

Als ich der Blonden einen prüfenden Blick zuwerfe, kommt sie mir gar nicht mehr so heiß und verführerisch vor wie noch vor zwei Minuten. Was ist denn bloß mit mir los?

Der Matratzensport in der letzten Zeit hat anfangs richtig Spaß gemacht, und ich konnte wieder mal ordentlich Spannung abbauen, aber beim letzten Mal war ich nicht so recht bei der Sache. Absolut untypisch für mich. Ich liebe Sex. Und ich brauche ihn. Nur beim Ficken vergesse ich alles und kann mich so richtig abreagieren. Normalerweise jedenfalls. Aber beim letzten Mal funktionierte das nicht. So kenne ich mich gar nicht.

Mein Smartphone piept. Eine Nachricht.

Von: Dani
An: Brock

Hey, ich hoffe, du kneifst nicht! Ich glaube langsam, du richtest deinen Schichtplan nach den Sonntagsessen aus.
Los! Gib es zu!

Dämlich grinse ich mein Handy an und beantworte die Nachricht.

Von: Brock
An: Dani

Kleines, du hast mich erwischt. Nur dieses Mal war der Sonn-

tag einfach nicht zu kriegen ;-) Du hast mich also am Hals. Das wird interessant. Ich meine das Family-Dinner.

Die Blonde schlendert langsam zu mir. Ihre Hand streicht das dunkle Holz der Bar entlang. Sie leckt sich die Lippen. Eigentlich sollte ich es heiß finden, aber irgendwie kommt es billig rüber.

»Hey«, haucht sie mir entgegen. Es ist später Nachmittag, und sie hat schon einen im Tee. Ihr Outfit ist mehr als freizügig. Eines dieser Schlauchkleider, die förmlich an der Haut kleben. Sie ist trotz allem wirklich heiß, aber mir ist in letzter Zeit mehr nach Kurven. Weichen Kurven. Ich ignoriere sie und lese lieber die Nachricht, die eintrifft.

An: Brock
Von: Dani

Interessant wird es bestimmt. Kann's kaum erwarten, Dads und Logans Kommentare zu hören. HA.HA.

An: Dani
Von: Brock

Sag mal, wolltest du dich mit dem Essen nicht eigentlich für das Unterkommen bei mir bedanken? Wie passen dein Dad und mein nerviger bester Freund da ins Bild?

»Süßer, vergiss doch dein Handy und spiel lieber mit mir rum!«

Ein interessanter Vorschlag, aber nicht interessant genug. Als sie mich anfassen will, halte ich ihren Arm fest.

»Hey, Süße, krieg das nicht in den falschen Hals. Du weißt, wie heiß du bist, aber ich bin nicht interessiert. Nicht heute jedenfalls.« Sie zeigt mir einen Schmollmund und sieht dabei noch jünger aus, als sie ohnehin schon ist.

»Na dann … Vielleicht beim nächsten Mal.«

Langsam zieht sie sich zurück und mustert mich dabei.

»Bestimmt«, verspreche ich, aber es ist nur so dahingesagt. Wieder piept mein Smartphone.

Von: Dani
An: Brock

Was wäre das Leben ohne Würze? Oder sieh es mal so: Wenn sie sich heute wie maulige Idioten benehmen, hast du bei mir Dessertwünsche auf Lebenszeit gut. Und du weißt, wie gut ich backen kann!

Oh ja, das weiß ich. Danis Süßigkeiten machen süchtig. Genau wie ihr Humor, ihre heiße Figur und diese niedlichen blassen Sommersprossen auf ihrer Nase.

An: Dani
Von: Brock

Deal, Kleines!

Dani

Es ist so gut wie unmöglich, nicht an meine Kindheit oder Teenagerzeit zu denken, wenn ich mit Brock durch den Cooper Park gehe, wo er und Logan Basketball gespielt haben, während ich sie heimlich von der Treppe aus beobachtet habe. Hier im Park bekam ich von einem niedlichen Nachbarsjungen den ersten ungeschickten Kuss, als ich gerade elf geworden war. Er ist weggezogen, ehe ich zugeben konnte, dass ich ihn mochte. Doch die meiste Zeit, genauer gesagt meine gesamte Highschoolzeit lang, gab es nur einen Jungen, an den ich gedacht, von dem ich geträumt habe und der sogar für die ersten zaghaften, erregenden Berührungen unter meiner Decke verantwortlich war, ohne dass er je davon wusste. Dieser Junge, der, als er noch klein war, sensibel und lustig gewesen ist, ist nun ein Mann geworden, ein sehr gut aussehender noch dazu, der gerade neben mir geht und heute Abend schweigsam wirkt. Kaum zu glauben, dass der Junge meiner Träume von damals nun mein Mitbewohner ist.

Wer hätte gedacht, vor allem nach seinen letzten Monaten auf der Grand Street Highschool, in denen er geraucht, getrunken und mit allem herumgemacht hat, was leicht zu haben war, dass ausgerechnet aus diesem wilden Jungen ein engagierter Sanitäter bei der New Yorker Feuerwehr werden würde, der Menschen rettet und Ärger abwendet, anstatt ihn zu suchen.

Das alles geht mir durch den Kopf, während wir auf mein Elternhaus direkt gegenüber dem Park zusteuern. Von außen macht es nicht viel her: eine kleine Vortreppe mit Veranda, ein Platz für Dads Wagen und Moms zwei kleine Blumeninseln.

Aber meine Eltern haben das Beste daraus gemacht. Es ist ein Zuhause und der Ort, an den ich zurückkomme, wenn ich eins brauche. Dass ich nun bei Brock wohne, worüber ich verdammt froh bin, und dass ich eine tolle Wohnung gefunden habe, die ich mit jemandem teile, der witzig, zuvorkommend und ein sehr guter Freund ist, ändert nichts daran, dass unser Haus in der Maspeth Avenue immer ein Zufluchtsort sein wird, weil meine Familie darin wohnt, und zwar schon sehr lange.

»Seltsam, sonst sind wir doch nicht so schweigsam, aber kaum sind wir bei deiner Familie zum Essen eingeladen, hüllen wir beide uns in gedankenvolle Stille.«

Brock sieht mich gedankenverloren an, während wir die Treppe hochgehen.

»Jedes Mal, wenn ich nicht hier wohne und dann nach Hause komme, gehen mir Erinnerungen im Kopf herum«, gebe ich zu. Was wohl der Grund für seine Schweigsamkeit ist?

»Mir geht es auch so, wenn ich unser altes Haus sehe. Es ist merkwürdig zu sehen, dass andere Menschen darin wohnen, aber dieser Ort löst nicht dasselbe bei mir aus wie dein Elternhaus bei dir. Schon bevor ich weggezogen bin, war es nicht mehr mein Zuhause. Selbst als wir noch dort gelebt haben.«

»Du und deine Mutter?«

Ein dunkler, gequälter Ausdruck huscht über sein Gesicht, ehe er ein tonloses »Ja« über die Lippen bringt. Warum nur bringt der Gedanke an sein früheres Zuhause einen solchen Kummer in sein Gesicht? Ich wünschte, ich wüsste, was damals wirklich passiert ist. Warum er weggezogen ist, so völlig überstürzt.

Gerade als ich den Mut finde, ihn danach zu fragen, öffnet meine Mom die Tür.

»Schön, dass ihr endlich hier seid. Jamie ist auch schon da. Die ganze Familie ist also zusammen«, begrüßt sie uns. Mom wirkt sichtlich begeistert.

»Danke für die Einladung, Laura. Sie sehen wieder einmal unverschämt gut aus.« Brock betritt nach mir das Haus und küsst meine Mutter auf die Wange. Mit einem Schmunzeln sehe ich, dass sie doch tatsächlich rot wird und sich offenkundig geschmeichelt fühlt. Um sie zu ärgern, werfe ich ihr einen kokett fragenden Blick zu.

»Was ist? Ich bin auch nur ein Mensch. So oft kommt es nicht vor, dass gut aussehende Männer in seinem Alter charmant zu mir sind«, flüstert sie mir zu, während wir Brock ins Esszimmer folgen. Kopfschüttelnd lächeln wir uns beide verschwörerisch an. Als wir aufsehen, mustert Dad uns misstrauisch.

»Was treibt ihr zwei denn? Ihr seht aus, als hättet ihr den Nachtisch schon verputzt … Es gibt doch noch Nachtisch, oder, Laura?« Mit einer Falte auf der Stirn sieht mein Vater meine Mutter streng an. Sie geht zu ihm rüber und legt ihm beruhigend eine Hand auf die Schulter.

»Natürlich gibt es Nachtisch. Wir haben doch einen Gast.« Das ist sein Stichwort. Brock macht einen Schritt auf ihn zu und streckt ihm die Hand entgegen. Dad blickt kurz darauf.

»Was soll das, Junge? Wir sind hier nicht auf der Wache, und du musst mir nicht in den Arsch kriechen, also setz dich und iss wie sonst auch.«

»Dad!«, schreie ich gleichzeitig mit Moms »Joe!«, während Logan und Jamie sich den Arsch ablachen.

»Also alles beim Alten, Joe?«, fragt Brock. Keine Ahnung, was hier abgeht, aber es scheint, als habe Brock in meiner Abwesenheit hier schon sehr oft zu Abend gegessen.

»Ja, alles beim Alten. Und jetzt setz dich endlich. Ach ja, und hör auf, meiner Frau Komplimente zu machen. Das ist mein Job.« Die Augen fallen mir fast aus dem Kopf, als ich sehe, dass mein Dad Mom um die Hüften packt und sie auf seinen Schoß zieht.

»Joe, also wirklich!« Mom kann sagen, was sie will, sie ist sichtlich angetan von dieser Initiative an der Ehefront.

»Also wirklich, doch nicht vor den Kindern!«, beschwert sich Logan und hält sich die Augen zu, der unreife Kerl.

»Würdest du uns jetzt dein leckeres Essen servieren, mein Schatz?«

Okay, jetzt bin ich platt. Was Komplimente eines jüngeren, heißen Kerls bei einem Mann auslösen können, war mir bislang gar nicht klar. Mein Dad ist normalerweise nicht so gefühlsbetont, jedenfalls nicht auf diese Weise.

»Mit dem größten Vergnügen.« Mom küsst ihn auf die Wange, für meinen Geschmack ein bisschen zu feucht, bevor sie in die Küche verschwindet.

»Und da dachte ich, in der Bar, aus der ich gerade komme, wird heftig geflirtet.« Belustigt setzt Brock sich neben mich. Logan und Jamie werfen ihm giftige Blicke zu, während ich in mein Glas schmunzle. »Ermuntere sie nicht auch noch!«

Kein Kommentar von unserem Vater? Ich bin schockiert. Was ist hier los? Und wieso steht Dad plötzlich auf so gutem Fuß mit Brock? Fragend werfe ich einen Blick in die Runde, doch alle haben bloß Augen für das Essen, das Mom gerade bringt.

»Männer … Füttere sie, und sie sind zufrieden«, säuselt mir Mom zu, als sie vor mich eine Schale mit Kartoffelbrei stellt.

»Sieht ganz so aus.« Ehe sie verschwinden kann, ziehe ich

sie nochmal zu mir runter. »Mom, was ist denn mit Dad los? Wieso ist er auf einmal so anders zu Brock?«

»Keine Ahnung, aber mir gefällt, dass er gute Laune hat. Es ist lange her, dass dein Vater mit mir geflirtet hat.« Das Funkeln der Vorfreude in Moms Augen ist ein weinig zu deutlich für meinen Geschmack als Tochter. Mit einem Lächeln setzt auch sie sich zu uns.

»Greift zu!«

Das muss sie nicht zweimal sagen. Die Männer meiner Familie kabbeln sich mal wieder um die besten Teile, während Brock seltsam zufrieden die Vorgänge unseres Familiendinners beobachtet. Er sieht glücklich aus. Zumindest schreckt ihn unser übliches Chaos nicht ab, aber er kennt uns auch schon lange. Als Dad, Logan und Jamie ihre Teller beladen haben, bedient Brock sich, genau wie Mom und ich. Eigentlich sollte ich die Finger von den meisten Sachen lassen, aber ich kann nicht. Dafür sieht alles viel zu lecker aus. Ich gönne mir sogar einen Klecks Butter auf meinem Kartoffelbrei. Brock neben mir grinst breit in sich hinein.

»Stimmt was nicht?«

»Nein, es ist nur schön zu sehen, dass du so eine Leidenschaft für gutes Essen hast. Ich kann es nicht leiden, wenn Frauen nur an Salatblättern kauen.«

Weil ich nicht genau weiß, was ich von dem merkwürdigen Kompliment halten soll, sage ich lieber gar nichts dazu.

»Hört, hört«, poltert Dad. »Nichts ist schlimmer als eine Frau auf Diät. Glaubt mir! Meine hübsche Dani war ja nie eine von diesen Hungerhaken. Und das ist auch gut so.«

»Dad«, zische ich. Meine Wangen brennen heiß.

Gott, ist das peinlich.

»Das muss dir doch nicht peinlich sein, Dani. Dieser Kerl

von deiner Schule würde sicher nicht mit dir ausgehen, wenn er nicht auch so denken würde.«

»Was?«

Meine Kehle schnürt sich zu. Ich lege die Gabel zur Seite. Alle starren mich an. Es ist ganz leise am Tisch geworden.

»Na dieser Lehrer, du weißt schon.«

Mein Dad sieht mich an, als würde ich mich dumm stellen, dabei habe ich keine Ahnung, woher er das überhaupt weiß und wieso er es gerade jetzt vor allen zur Sprache bringen muss. Mein Blick wandert zu Brock. Er sieht mich fragend und irritiert an. Fast, als wäre er sauer, weil ich ihm etwas verschwiegen habe. Das ist doch lächerlich. Schließlich redet er auch nicht mit mir über seine diversen Übernachtungsgäste.

»Dad«, versuche ich es mit einem vernünftigen Ton, während ich keinen sonst am Tisch ansehe. »Woher zum Teufel weißt du davon?«

Er zuckt mit der Schulter und trinkt einen Schluck Bier. »Ich habe gestern Wendy getroffen. Sie meinte, du hättest bald ein Date mit einem Lehrer dieser affigen Schule. Aber immerhin ein anständiger Kerl, mit einem ordentlichen Job.« Dass sein Blick beim Wort »anständig« kurz zu Brock zuckt, ignoriere ich. Und dass dieser Lehrer denselben Job hat wie ich, ist Dad klar, dennoch kritisiert er ihn immer wieder, wenn es um mich geht.

Wendy. Ich könnte dich auf der Stelle erwürgen.

»Mit wem ich ausgehe, ist meine Privatsache. Unfassbar«, stöhne ich frustriert. »Selbst nachdem ich hier ausgezogen bin, versuchst du noch immer, mich zu kontrollieren.«

Dads Nasenflügel blähen sich auf. Er zeigt mit dem Finger auf mich. »Ich versuche doch nur, auf dich aufzupassen. Das ist nämlich mein Job.«

Ich könnte mir die Haare raufen. Wie kann man nur so stur und uneinsichtig sein.

»Bis ich achtzehn war vielleicht. Das ist aber schon eine ganze Weile her, und seitdem habe ich ganz gut auf mich selbst aufgepasst. Die Jahre auf dem College in Chicago? Dani hat auf Dani aufgepasst. Und danach … ebenso.«

Die anderen am Tisch beobachten uns, wie immer, wenn Dad und ich unseren üblichen Streit austragen. »Und hast du mal darüber nachgedacht, dass ich euch dann von diesem Kerl oder irgendeinem Kerl erzählen werde, wenn ich es will, und nicht, wenn du eine meiner Freundinnen ausgehorcht hast, um mal wieder in meinem Privatleben rumzuschnüffeln?«

Dad knickt ein. Tief in seinem Innern weiß er, dass ich recht habe, aber er kann es nicht zugeben, dieser sture irische Bock.

»Als ich mich das letzte Mal rausgehalten habe, ist das aber nicht besonders erfolgreich gewesen, oder?«

Der Stich sitzt. Mein Dad kann nicht nur einstecken, sondern auch verdammt gut austeilen. Konnte er schon immer. Schlimm, diese Gene.

»Du fängst jetzt nicht vor allen hier mit Jeff an«, warne ich ihn und muss die ersten zornigen Tränen der Scham zurückhalten, auch wenn ich das Brennen schon um die Lider fühle.

»Ich glaube, wir sollten lieber gehen, ehe einer von euch beiden noch etwas sagt, das er morgen bereut. Oder ehe ich etwas sage, um eine Freundin zu verteidigen, das ich weder zurücknehmen noch bereuen werde.«

Ich starre Brock an, der meinem Dad einen scharfen Blick zuwirft. Seine Ruhe ist nur Fassade, und egal wie vernünftig seine Worte klingen, ich kann die unterdrückte Wut darin glimmen spüren.

»Brock hat recht«, schaltet sich Mom ein. Ihre sorgenvolle

Miene macht klar, dass sie weiß, an welchem Punkt der Streit angekommen ist, an dem Punkt, wo es wehtut und unfair wird. Wie sehr ich Dad auch liebe, ich kann es nicht ausstehen, wenn er mit den besten Absichten etwas tut oder sagt, das mich verletzt, auch wenn er das eigentlich nicht will.

»Ihr solltet jetzt gehen. Wir holen das ein anderes Mal nach, wenn mein lieber Mann sich besser zu benehmen weiß.«

Dad bedenkt Mom mit einem sturen, stummen Blick, aber die weiß ihn zu nehmen und starrt ihn wiederum in Grund und Boden. Es gibt Gründe, weshalb die Ehe meiner Eltern immer noch hält. Das ist einer davon. Im Casino heißt es: Die Bank gewinnt immer. Bei den St. Clairs heißt es: Mom gewinnt am Ende immer, also leg dich bloß nicht mit ihr an.

Brock steht auf und hält mir seine Hand hin. Ich ergreife sie. Seine warmen, leicht rauen Finger zu spüren ist im Moment genau, was ich brauche.

»Gehen wir«, formen seine Lippen still.

»Danke«, antworte ich ihm, woraufhin er mich bekräftigend anlächelt. Er ist so ein guter Kerl, wieso sehen das so viele nicht? Hinter seiner attraktiven Fassade gibt es noch so viel mehr zu sehen, und je mehr ich davon entdecke, desto näher will ich ihm kommen.

Dad wirft seine Serviette auf den Teller und stürmt aus dem Zimmer. Das Temperament der St. Clairs ist nichts, was so leicht abkühlt, wenn es erst einmal Feuer gefangen hat.

»Mom.« Entschuldigend blicke ich zu ihr.

»Ist schon gut, Schatz. Das wird wieder. Gib ihm Zeit. Du kennst ihn ja.«

Seufzend steht sie auf und umarmt mich zum Abschied.

»Ich packe euch was ein.«

Selbst am verbocktesten Familienabend aller Zeiten denkt

Mom noch an das Carepaket, so ist sie. Manchmal beneide ich sie darum, dass sie keine unserer St.-Clair-Gene hat.

»Also mal ehrlich«, meldet Logan sich zu Wort, als Jamie mich kurz drückt, ehe er sich nach oben zurückzieht. »Seit ihr zusammengezogen seid, wird es zumindest nie langweilig.« Ich werfe Logan den Sei-doch-einfach-still-Blick zu, doch wie immer ignoriert er ihn.

»Na, jedenfalls viel Glück mit dem Lehrerfuzzi.«

»Danke, Logan.« Sarkastisch verziehe ich den Mund zu einem halben Lächeln.

»Du weißt auch nie, wann es genug ist, Kumpel.« Brock verpasst ihm einen Schubs gegen die Brust, woraufhin Logan schnaubend ins Wohnzimmer verschwindet.

»Das nächste Mal darf *ich* ihm aber eine verpassen.«

»Abgemacht.« Brock grinst mich an, aber seine Augen erreicht das Lächeln nicht. Ich kenne diesen Ausdruck. Er macht mir was vor. Die Frage ist nur, wieso?

»Hier, ihr zwei. Lasst es euch schmecken und versucht, den Abend zu verdauen. Das dürfte euch mit diesem Essen hier etwas besser gelingen.«

Ich nehme die Tupperdosen von Mom entgegen und sehe, was wir Gutes verpasst haben, weil mein Vater rumspinnen musste.

»Schokoladenkuchen?«

»Ich weiß ja, wie gern du ihn magst.« Aufmunternd lächelt mich Mom an.

»Du bist die Beste.«

Ungeschickt umarme ich sie mit den Behältern in der Hand. »Gute Nacht.«

»Gute Nacht, Brock. Nacht, Dani.« Mom gibt mich frei.

Auf dem Weg zur U-Bahn kann ich immer noch nicht glauben, wie dumm dieser Abend gelaufen ist.

»Vorerst keine Abendessen bei meiner Familie mehr.«

»Guter Plan.«

Drei Blocks lang sagt keiner etwas zum anderen. Ich bemerke, dass Brock mich von der Seite mustert. Wenn er nicht bald etwas sagt, fange ich an zu schreien. Meine Nerven liegen ohnehin blank.

»Stimmt es denn, dass du mit diesem Typen ausgehst?«

Seufzend halte ich an und sehe meinen Retter des Abends flehend an, das Thema fallen zu lassen, doch sein Blick verrät, dass er, warum auch immer, nicht lockerlassen wird.

»Er ist Physiklehrer an meiner Schule, und wir hatten bisher noch keine Verabredung, also kann von Ausgehen noch keine Rede sein. Wir werden am Donnerstag in eine Galerie gehen, etwas essen und uns besser kennenlernen. Und ehrlich gesagt weiß ich selbst nicht, was ich davon halten soll.« Mir ist nicht gerade wohl dabei, ausgerechnet mit Brock darüber zu sprechen.

»Und ist der Kerl auch gut genug für dich?«

Es ist das erste Mal, dass jemand außerhalb meiner Familie diesen Beschützerblick aufsetzt, und dass es ausgerechnet Brock ist, bringt etwas in meiner Brust zum Flattern, auch wenn er nur ein Freund ist, der besorgt um mich ist.

»Wie mein Dad schon sagte, er ist ein anständiger Kerl. Viel mehr weiß ich auch nicht über ihn. Deshalb gehe ich ja mit ihm aus. Außerdem wird es Zeit, dass ich endlich etwas tue, um über das Jeff-Debakel hinwegzukommen. Ich kann nicht fassen, dass er ihn vor euch allen ins Spiel gebracht hat, nur um recht zu haben.«

Ich habe wieder dieses üble Gefühl im Magen, das ich immer bekomme, wenn Dad und ich uns im Clinch befinden.

»Ja, das war ein echter Tiefschlag. Ich war kurz davor, deinem Dad selbst eine zu verpassen.«

Vorsichtig blickt Brock zu mir, so als habe er Angst, was ich deshalb über ihn denke.

»Ich weiß. Und ich bin dir dankbar dafür, dass du auf meiner Seite warst wie ein echter Freund. Aber ich bin auch verdammt froh darüber, dass du dich bremsen konntest.« Nicht auszudenken, was passiert wäre, wenn Brock und Dad sich an die Gurgel gegangen wären.

»Geht mir auch so.« Erleichtert blickt Brock auf die Straße. Er wirkt ein wenig abwesend. Wir setzen unseren Weg zur U-Bahn fort. Dort angekommen hält Brock mich zurück, ehe ich die Treppe runtergehen kann.

»Dani, als dein Freund sage ich dir, lass dich nicht auf einen neuen Typen ein, ehe du so weit bist. Okay?«

Seltsam ist es schon, wenn der größte Aufreißer, den ich kenne, so etwas zu einem sagt. Doch Brocks Sorge rührt mich. Ich weiß, dass ich ihm etwas bedeute, sonst wäre er heute nicht für mich in die Bresche gesprungen, obwohl Dad zum ersten Mal einen Schritt auf ihn zugemacht hat. Und sonst würde er mich auch nicht warnen, die Dinge mit meinem Date zu überstürzen. Einen anderen Grund, weshalb er mir zur Zurückhaltung rät, gibt es doch nicht. Oder?

Ich blicke in seine grünen Augen und spüre die Wärme, die sich zusammen mit der Ruhe in mir ausbreitet, wie jedes Mal, wenn Brock mich so ansieht.

»Okay. Ich gehe es langsam an und bin vorsichtig. Versprochen.«

»Gut, denn wenn der Kerl dir wehtut, werde ich mich weder zurückhalten noch es bereuen. Versprochen.«

Ohne auf mich zu warten, stürmt Brock die Treppen zur Graham-Avenue-Station hinunter.

Kapitel 13

Dani

Was machst du da?« Brock wirft mir einen argwöhnischen Blick zu.

»Ich mache mich für meine Verabredung fertig. Siehst du doch«, sage ich, während ich das weinrote Kleid mit dem tiefen Ausschnitt kritisch im Spiegel betrachte.

»Ich meine, warum zupfst du ständig an dir herum?«

Ertappt halten meine Finger still, die tatsächlich am Stoff des zu engen Kleids herumgezogen haben. Seufzend lasse ich es bleiben.

»Das Kleid ist viel zu eng. Ich bin zu klein und meine Brüste sind zu groß. So. Wolltest du das hören?«

Meine Hände in die Hüften gestemmt sehe ich vom Spiegel weg und zu Brock hin, der mich immer noch mit gefurchter Stirn anstarrt und die Zeitung weglegt, die er nur vorgegeben hat zu lesen.

»Unsinn«, ist alles, was er dazu zu sagen hat.

»Doch, es ist so. Oder meinst du, ich trage freiwillig diese Schuhe?« Ich deute auf mein rotes Paar Plateausandalen mit Zwölfzentimeterabsätzen. »Anstatt der Schuhe, die ich liebe und die auch viel bequemer sind.« Mein Blick wandert zu einem Paar Converse.

Sichtlich amüsiert von der für ihn höchstwahrscheinlich unbekannten Situation steht Brock auf und kommt zu mir in den Flur, um sich mein Schuhwerk genauer anzusehen. Er grinst von Ohr zu Ohr, als er die roten Sandaletten in Augenschein nimmt.

»Ganz ehrlich, keinen Kerl interessiert es, wie groß du bist, wenn du solche Schuhe anhast. Wenn du mit diesen heißen Dingern zu einem Date kommst, denkt er höchstens, dass du es ernst meinst und mit ihm in die Kiste willst.« Ein gespielt böser Blick überzieht sein Gesicht. »Du hast recht. Lass das lieber mit diesen Schuhen. Zieh die Converse an!«

Ich lache und schüttle den Kopf. Immer muss er mich aufziehen und den Beschützer raushängen lassen!

»Und wie kommst du darauf, dass es dem Typen etwas ausmacht, dass du klein bist?« Als würde er nicht schlau aus mir, sieht Brock mich von oben bis unten an. Sofort bekomme ich Gänsehaut, und mir wird heiß. Ich wünschte, ich könnte das abstellen.

»Na, Jeff hat mich doch mit dieser Sekretärinnentussi betrogen. Sie ist groß und gertenschlank«, murmle ich kleinlaut.

Brock verschränkt die Arme vor der Brust und betrachtet mich, als wäre ich ein Sani in Ausbildung, dem er gleich einen Vortrag halten wird.

»Jeff …«, ich mag es, wie Brock seinen Namen ausspricht, als hätte er sich an etwas Ekelhaftem verschluckt, »… hat nur getan, was Kerle tun, die nicht mit einer richtigen Frau wie dir klarkommen und dazu noch verdammt unsicher sind.«

Jetzt verstehe ich nur noch Bahnhof. Fragend sehe ich ihn an.

»Ist diese Sekretärin schlau, witzig und rothaarig?«

»Nein. Sie ist ehrlich gesagt etwas langsam und ziemlich schlampig. Dafür ist sie wahnsinnig blond und fast so groß wie du. Keine Ahnung, ob sie witzig ist, aber wenn im Kollegium ein Witz gemacht wird, lacht sie meistens an den falschen Stellen.«

»Na siehst du!« Brock deutet auf mich.

»Dein Ex hat einfach nur dein Gegenteil gesucht, weil du ihn einschüchterst. Nichts weiter. Und wärst du groß und dunkelhaarig, wäre die Tussi, mit der er dich betrogen hätte, vermutlich klein und rothaarig gewesen.«

Ich denke darüber nach. Auf verdrehte Art ist wohl an seiner Theorie etwas dran.

»Und woher weißt du das alles, o großer Menschenkenner McNamara?«

»Ich beobachte. Und ich kenne die Menschen. Außerdem war ich schon des Öfteren der Gegenteilmann, mit dem die Frauen ihren Spaß haben, während der brave Anwalt oder Bürohengst zu Hause sitzt und glaubt, er hätte das große Los mit seiner Angetrauten gezogen.«

Dieser Gedanke behagt mir nicht, überhaupt nicht.

»Und das macht dir nichts aus?« Darauf bekomme ich keine Antwort. Stattdessen stellt Brock sich näher zu mir, bis wir beide im Spiegel zu sehen sind.

»Noch mal zum Thema … Du glaubst also, uns würde es etwas ausmachen, dass du eher klein geraten bist, Kleines?« Spitzbübisch lächelt er zu mir herunter. Ich erwidere seinen Blick. Seine Augen sind verdammt grün und wunderschön.

»Ähm, manchmal schon. Ja«, gebe ich abgelenkt zu.

Brock kommt näher. Ich spüre seine Nähe. Sein Körper berührt meinen, und ich kann nicht aufhören, daran zu denken und uns beide im Spiegel anzusehen.

»Aber du irrst dich, Dani. Wir lieben es nämlich, wenn ihr kleiner seid. Denn dann kann ich meinen Arm um dich schlingen.« Genau das tut er jetzt. Mein Herz schlägt schneller. »Und du passt perfekt an meine Seite. Siehst du?«, fragt er mich.

Weil ich nicht sprechen kann, nicke ich. Mein verdammtes Spiegelbild bekommt rote Wangen, und ich kann nichts dagegen tun. In meinem Magen flattert etwas ganz heftig.

»Und ich kann meine Hand auf deine Hüfte legen, etwa so.«

Wieder nicke ich, weil ich es liebe, die Wärme seiner rauen Hand auf mir zu spüren, selbst wenn noch Stoff dazwischen ist. Der Anblick seiner Hand auf mir und seines Arms, der mich umschlingt, macht mich wahnsinnig an. Ich spüre, wie ich mich von selbst an ihn schmiege. Dagegen bin ich machtlos. Brock scheint es nicht zu stören, oder er bemerkt es nicht. Das fühlt sich so gut an.

»Glaub mir, Dani. Wir lieben es, wenn ihr kleiner seid. Denn so musst du zu mir aufschauen, wenn ich mit dir spreche. Und das gefällt mir, Kleines.«

Ihm? Hat er gerade gesagt, *ihm* gefällt es?

Ich kann kaum noch atmen, während ich Brock von unten anblicke. Seine Augen wirken dunkler und bohren sich in meine. Sein Adamsapfel hüpft, als müsse er schlucken.

»Außerdem kann er so die ganze Zeit in deinen Ausschnitt sehen. Ein großes Plus, finde ich.«

Als hätte mich jemand geschüttelt, atmete ich aus und blicke zurück in den Spiegel. Mein Magen ist in seiner Nähe ein einziger Knoten.

»Das sagst du nur, weil ich eine große Oberweite habe.« Wieder in der Realität angelangt, kommen die Unsicherheiten, die mich plagen, wieder, um mich zu quälen.

»Du sagst das, als wäre es etwas Schlechtes. Kann es sein, dass du verrückt bist, Weib?«

Ich verpasse ihm einen Schlag gegen die Brust, den Brock kommentarlos hinnimmt. Und dabei lacht er auch noch amüsiert. »Sag ja nicht Weib zu mir!« Mir meines Körpers sehr bewusst, rücke ich meinen BH zurecht und sehe, wie mein Dekolleté sich noch mehr wölbt.

»Sie sind doch zu groß. Generell bin ich einen Tick zu kurvig.« Im Spiegel sehe ich, wie er die Augen verdreht.

»Verdammt, Kleines! Das darf doch nicht wahr sein. Woher kommt denn dieser Mist? Du bist genau richtig, so wie du bist. Mehr als das.«

Ungläubig starre ich in den Spiegel, um in Brocks Miene nach der nett gemeinten Lüge zu suchen. Aber sein Gesicht drückt nur Unzufriedenheit aus, als nerve ihn, wie ich über mich denke.

»Das kann ich dir sagen. Es hilft nicht gerade, betrogen zu werden. Außerdem sehe ich ständig die Frauen, die du in Bars anbaggerst oder die versuchen, dich aufzureißen. Und die meisten davon sind groß, gertenschlank und haben nicht mal annähernd meine Körbchengröße.«

Sofort wünschte ich, ich hätte die Klappe gehalten. Das zuzugeben bringt mich nur in Schwierigkeiten. »Nicht, dass es mich was angeht«, schicke ich etwas kleinlaut geworden hinterher.

»Dani, glaub mir doch! Diese Frauen können mit *dir* nicht mithalten. Nicht umgekehrt.«

Brocks Arm, der noch immer auf meiner Hüfte liegt, drückt leicht zu und sendet eine heiße Welle über meinen gesamten Körper. Ich kann nicht glauben, dass er das tatsächlich gesagt hat. Oder dass es wahr sein soll.

Langsam drehe ich mich zu ihm um und entdecke einen wachsamen Ausdruck in seinem Gesicht, den ich noch nie gesehen habe. Mein Blick fällt auf seine Lippen. Halb geöffnet scheinen sie auf etwas zu warten. Ich kann plötzlich nur noch daran denken, wie sie sich wohl auf meinem Mund anfühlen würden. Die Luft prickelt zwischen uns. Ich sehe an seinem Adamsapfel, dass Brock schluckt. Selbst sein Hals ist verführerisch. Besonders der Duft, der mir in die Nase steigt. Würzig, warm und verlockend. Mir ist verdammt heiß.

Gott, was machen wir da? Was geschieht hier?

Sein Mund kommt näher. Ich komme ihm entgegen, während mein Herz gegen meinen Brustkorb hämmert. Ich kann nicht glauben, dass das gleich passiert.

Und dann schmettert Bruce Springsteen *Born in the USA*. Mein dämliches Handy.

Brock zuckt sofort zurück und nimmt seine Hände von mir. Er räuspert sich und beobachtet, wie ich aufgescheucht nach meinem Handy suche, das einfach nicht mit dem Klingeln aufhören will. Eigentlich liebe ich den Song, aber gerade hasse ich ihn aus tiefstem Herzen. Bis ich endlich das Smartphone finde, ist es zu spät.

Schon poppt eine Nachricht auf.

Hi. Bin unterwegs. Verspäte mich etwas. Bis gleich.

»Dein Date?«, fragt Brock. Er klingt, als wäre gar nichts passiert, als hätte es diesen Moment zwischen uns eben nicht gegeben. Vielleicht hat es das für ihn ja auch nicht, und das Ganze hat sich nur in meinem Kopf abgespielt. Möglich wäre es.

»Ja, er kommt wohl etwas später.«

Brock zuckt mit den Achseln, als interessiere es ihn nicht besonders.

Mir geht es da anders. Ich spüre immer noch die Hitze in meinen Wangen, als ich nochmals zum Spiegel gehe, um mir die Lippen zu schminken und die Schuhe, die mich größer machen, anzuziehen.

Als es unten klingelt, sehen Brock und ich uns kurz an. Der Augenblick ist merkwürdig, so als wüsste keiner von uns, was er sagen soll.

Ein letztes Mal werfe ich noch einen Blick in den Spiegel. Ich kann nicht anders. Ich nestle noch einmal am Ausschnitt, um den Stoff etwas über meine Brüste zu ziehen.

»Hey, Dani«, höre ich Brock hinter mir. Ich drehe mich um, die Handtasche schon in der Hand.

»Der Kerl, der nicht niederkniet und Gott für seine erstaunliche Schöpfungsgabe dankt, wenn er deine Brüste zum ersten Mal nackt sieht, der muss erst noch geboren werden.«

Ganz langsam breitet sich ein schiefes Grinsen in seinem attraktiven Gesicht aus. Wie von selbst wandern auch meine Mundwinkel nach oben. Er lässt keine Sekunde die Augen von mir. Warum muss ich mit einem anderen ausgehen, wenn ich eigentlich viel lieber dem Mann vor mir um den Hals fallen will?

Verdammter Mist!

»Sei bloß vorsichtig, Brock«, warne ich ihn. »Am Ende glaube ich irgendwann noch, was du so charmant von dir gibst.«

Brock

Was immer das gerade war, das hört jetzt auf. Endgültig. Ich scrolle durch meine Kontaktliste und finde die Nummer, nach der ich gesucht habe. Sie geht sofort ran.

»Hey, Fremder«, raunt mir ihre Stimme lasziv entgegen.

»Hey, Mina.«

Sie ist genau die Richtige für diesen Abend. Nur ein paar Runden Matratzensport mit Mina können mich vergessen lassen, dass Dani ein Date mit diesem Physikertrottel hat und ich richtig scharf geworden bin bei dem Versuch, sie dafür auch noch lockerzumachen.

»Wie sieht's aus? Lust auf einen Fick?«

»Mit dir doch immer, McNamara. Du hast Glück. Heute Abend bin ich noch in der Stadt.«

So ist das mit ihr. Kein großes Drumherum, keine langen Vorreden, keine Verwicklungen. Nur eine seltsame Form von Freundschaft und versauter Sex. Genau, was ich will.

»Klingt perfekt. Wann kannst du hier sein?«

Je schneller, desto besser.

»Gib mir dreißig Minuten.« Sie lacht in den Hörer, das macht sie immer. Manchmal frage ich mich, ob sie das bei allen Kerlen macht, mit denen sie gerade etwas hat, aber ehrlich gesagt wäre es mir auch egal, wenn es so wäre. Reine Neugierde. Schließlich verkehren wir seit drei Jahren miteinander. Wortwörtlich.

Mina und ich sind ein seltsames Gespann. Wir sind Kumpel, irgendwie, und wenn uns danach ist, treiben wir es miteinander. Von Beginn an war klar, dass keiner sich je in den anderen verlieben wird, nur deshalb sehen wir uns regelmäßig. Mina hat keine Ahnung, warum ich keine Beziehung will, und ich glaube, im Grunde genommen ist es ihr auch egal, solange ich ihr gebe, was sie von mir will, und umgekehrt. Ich frage sie ja auch nicht, weshalb sie neben mir mit ein paar weitern Kerlen regelmäßig sexuell verkehrt, wovon sie mir freimütig erzählt. Da wir ausnahmslos verhüten, stört es mich nicht. Sie kann tun, was sie will, und außerdem habe ich meine One-Night-Stands. Jedem das Seine. Ich habe Mina überdies nie gefragt, was die schwarze Rose und der Name Alfredo bedeuten. Beides trägt sie als Tattoo auf ihrer rechten Hüfte. Oder ob das der Grund ist, wieso sie sich nicht auf Männer einlässt, außer es geht ums Ficken. Aber ich weiß, dass dahinter eine Geschichte steckt.

So sind wir einfach nicht. Dani andererseits habe ich von Dad erzählt, kaum, dass sie hier eingezogen war.

Während ich auf Mina warte, wird mir klar, wie ungeduldig ich bin, weil ich es dieses Mal wirklich dringend brauche. Ich will mir ein paar Dinge von der Seele vögeln, und da die letzten paar Versuche mit den schönen Unbekannten nicht so erfolgreich waren wie erhofft, ist Mina meine beste Chance, mich wieder zusammenzureißen. Ich muss mich in den Griff kriegen. Was immer mit mir los ist, es endet heute Nacht.

Ich höre den Aufzug, knappe fünfunddreißig Minuten nachdem sie aufgelegt hat. Zuverlässig wie immer. Eine hervorragende Eigenschaft für eine Stewardess und für eine Fickfreundin. Dennoch sage ich: »Du bist zu spät«, als ich die Tür öffne.

»Da ist wohl einer geil und ungeduldig, was?«

Mina zieht mich auf, was ich normalerweise sehr mag, aber heute stört es mich. Ich will zur Sache kommen.

»Kann schon sein. Aber genau das magst du doch«, sage ich und packe ihren kleinen, festen Hintern, um ihn gegen meinen Schoß zu drücken. Üblicherweise genügt das, um mich hart zu machen. Heute sieht das anders aus. Wenigstens fällt es ihr nicht auf.

»Ich mag, wie du fickst, McNamara. Und dass ich bei dir bis zum nächsten Flug ausschlafen kann.« Sie schwingt ihre lange Stirnfranse mit einer Kopfbewegung aus dem Gesicht. Mina sieht ein wenig aus wie Charlize Theron, seit sie diesen trendigen Kurzhaarschnitt trägt. Für viele ist Mina bestimmt eine absolute Traumfrau, aber mal abgesehen vom Sexuellen reizt sie mich nicht.

»Ich kann doch hier pennen?«, fragt sie mich, während sie schon dabei ist, ihr knappes Top auszuziehen.

Normalerweise stört es mich nicht, wenn Mina über Nacht bleibt, weil sie noch weniger an einer Beziehung interessiert ist als ich, falls das überhaupt möglich ist. Aber gerade fühlt sich der Gedanke, sie die ganze Nacht hier in der Wohnung zu haben, nicht besonders gut an.

Das Top ist weg. Wie erwartet trägt sie nichts darunter. Ihre Brüste sind ein nicht zu unterschätzendes Argument.

»Na klar«, höre ich mich sagen, während ich die Jeans öffne und nach unten schiebe.

»Wie schön, du bist noch so gut in Form wie das letzte Mal.«

Manchmal sind Minas Kommentare fast schon beleidigend direkt. Da ich sie aber gut genug kenne, um zu wissen, dass das ihre schräge Art ist, Komplimente zu machen, reagiere ich entsprechend.

»Danke. Und du bist heißer, als gut für dich ist, aber das weißt du ja.«

»Natürlich.«

Grinsend sieht Mina sich um. Da sie seit Wochen nicht mehr hier war, könnte sie die eine oder andere Veränderung entdecken. Und genau das geschieht auch. Ihr Blick bleibt an einem Fotorahmen hängen.

»Wer ist denn das?« Mit aufgerissenen Augen schnappt sie sich das Bild und starrt mich neugierig an, während sie nur noch ihren Tanga trägt.

Es ist ein Bild von Dani und mir. Nachdem sie eingezogen ist, haben wir die verputzten Wandseiten ihres Zimmers neu gestrichen. Die Seiten mit den Fenstern haben wir gelassen, wie sie sind, dunkelrote Backsteinflächen. Wir haben Bier getrunken, zu grottigen Songs aus dem Radio mitgesungen, während wir dabei waren, »bonding« zu machen, wie Dani es nannte. Seltsamerweise hatte ich echt Spaß. Als wir fertig waren, total beschmiert mit beigebrauner Wandfarbe, hat Dani dieses Selfie gemacht und es am darauffolgenden Wochenende aufgestellt. Ich wünschte, Mina hätte das Bild von Dani und mir nicht entdeckt, und ich wünschte, dass es mir scheißegal wäre, dass sie es gerade grinsend in der Hand hin und her schwingt.

»Meine neue Mitbewohnerin«, sage ich knapp.

»Hübsche Mitbewohnerin.« Minas Grinsen wird unverschämt.

»Ach ja. Soll ich euch vielleicht einander vorstellen?«

Böse Bilder voller Sünde blitzen hinter meinen Augen auf. Mein Schwanz reagiert und zuckt ein wenig. Mina bemerkt es.

»Das würde dir wohl gefallen, McNamara. Ich und die hübsche Rothaarige …« Überraschenderweise und trotz der eindeutigen Reaktion meines besten Stücks gefällt es mir nicht. Nicht wirklich jedenfalls.

»Wollen wir weiter über meine neue Mitbewohnerin tratschen, oder gehen wir in mein Zimmer und amüsieren uns?«

So was muss ich Mina nicht zweimal fragen. Sie ist bereits auf dem Weg in mein Zimmer. Das Bild von Dani und mir lege ich mit dem Foto nach unten auf den Tisch. Ich möchte Danis Bild nicht ansehen bei dem, was hier bald abgeht. Minas herrlich knackiger, blanker Arsch zieht mich ebenfalls ins Schlafzimmer. Schon besser.

Nackt liegt Mina auf meinem Bett und spielt an ihren Brüsten rum. Üblicherweise ist das der Punkt, an dem ich es ihr mit Mund und Zunge besorge. Da ich aber noch immer keine vollständige Erektion habe, was verflucht ungewöhnlich für mich ist, lasse ich meine Boxershorts an.

»So schüchtern?«, zieht sie mich auf.

»Ich will mich nur auf deine Muschi konzentrieren, Baby.«

»Dann tu das«, säuselt Mina und rekelt sich vorfreudig auf meinem Laken.

Ich lege mich auf sie. *Komisch.* Sie fühlt sich nicht so weich an, wie ich gehofft hatte. Ich versuche, mir meine Irritation nicht anmerken zu lassen, und grinse sie weiter aufreizend an, während ich feuchte Küsse auf ihren Bauch drücke. Mina stöhnt, ein heißer erotischer Laut, der meinem Schwanz endlich zu mehr Standfestigkeit verhilft. Na, geht doch! So kenne ich das.

Doch auch wenn Mina wie immer gut duftet, riecht sie nicht so, wie ich es gern hätte: nach warmem feuchtem Regen. Deshalb schließe ich die Augen, um mich auf das Wesentliche zu konzentrieren. Auf mich wartet eine heiße, feuchte Möse, die ich zum Zucken bringen werde. Etwas, das ich geradezu liebe. Beherzt packe ich ihre schlanken, braunen Schenkel und spreize sie für mich. Der Anblick ist schamlos und erregend, also presse ich meine Zunge auf ihr Geschlecht und lecke ihre Schamlippen. Die vielen Male zuvor, als ich das getan habe, wurde ich derart geil davon, dass ich regelrecht die Matratze gerammelt habe, bis ich endlich dran war, von Mina flachgelegt zu werden.

Doch heute Abend läuft es völlig anders. Ich versuche, es mir immer noch nicht anmerken zu lassen, aber ohne dass ich es verhindern kann, wird das hier zu einer Pflichtübung und nicht zu dem rauschenden Sexfest, das ich eigentlich im Sinn hatte.

Minas Stöhnen wird schneller, und sie kneift heftiger in ihre Brustwarzen, doch alles, woran ich denken kann, wenn ich hochsehe, sind große, weiche Titten, die mich an Danis Brüste erinnern. Und als ich ein paar Sommersprossen auf Minas Innenschenkel vorfinde, die einzige Stelle, an der sie welche hat, fallen mir alle Stellen ein, an denen ich Danis Sommersprossen bisher entdecken konnte. Der Nasenrücken, die Schultern, ein paar wenige auf ihren Schlüsselbeinen und auf ihren Oberschenkeln. Binnen Sekunden bin ich steinhart. Erschrocken darüber fasse ich mich selbst an. Minas heiße, feuchte Muschi sollte mir eine Erektion verpassen und nicht die blassen braunen Punkte auf der milchigen Haut meiner Mitbewohnerin, die verdammt noch mal *tabu* ist.

Brummend besorge ich es Mina heftiger mit der Zunge, bis sie endlich kommt. Scheiße, sogar das lässt mich kalt. Der Anblick ist sonst immer reiner Zündstoff.

Außer sich vor Erregung schießt Mina vom Bett hoch. Sie ist eine Wildkatze, wenn sie erst mal gekommen ist. Barsch packt sie mich und drückt mich auf die Matratze.

»Ich sehe, da ist jemand bereit für mich«, flüstert sie zufrieden und leckt sich über die Lippen. Ich blicke in ihre dunklen Augen und grinse sie herausfordernd an, weil ich das immer tue, bevor sie mir einen bläst. Doch je länger ich ihr in die Augen sehe, desto mehr verliert mein Ständer an Härte. Es sind die falschen Augen, sie haben die falsche Farbe. Um den Gedanken auszublenden, schließe ich die Augen.

Verschwinde aus meinem Kopf, Dani! Du hast dort nichts verloren! Es ist meine Schuld, ich hätte nicht so oft an sie denken sollen, wenn ich es mir selbst besorge.

Mina zieht mir die Boxershorts aus und bearbeitet meinen Halbsteifen. So was ist sonst nur nötig, wenn wir es vorher schon ein-, zweimal getrieben haben. Ich brauche niemals eine Ermunterung, wenn ich Mina vögele oder irgendeine andere, die ich in mein Bett hole.

Auch wenn ich es nicht wahrhaben will, aber es ist nicht Minas Mund, den ich jetzt um meinen Schwanz brauche. Also tue ich, was ich tun muss. Ich denke an Danis weiße, weiche Brüste, wie sie ausgesehen haben, als sie mich damals im Bad überrascht hat. Ich denke an ihren offenen, einladenden Mund und an den warmen feuchten Atem, der meine Lippen gestreift hat, vorhin, als ich sie fast geküsst hätte. Sie hatte die richtigen Augen und den richtigen Mund, einen Mund, den ich auf mir spüren will, um meinen Schwanz, aber vor allem auf meinen Lippen.

»Hey, was machst du da?«

Völlig neben der Spur komme ich zu mir, sehe, dass ich Minas Oberarme umklammere und sie an mich gezogen habe.

»Hä? Was ist denn?«

»Du hast versucht, mich zu küssen.« Empört starrt Mina mich an. Ihr verspannter Körper drückt sich weg von mir.

Mina und ich, wir küssen uns nicht. Niemals.

Ich stecke verdammt nochmal tief in der Scheiße.

»Nein, das … Ich habe nicht versucht, *dich* zu küssen.«

»Ach nein? Wen denn dann? Es ist doch niemand hier außer mir, oder?«

Seufzend lasse ich sie los.

»Doch, da ist noch jemand. In meinem Kopf zumindest.«

Kapitel 14

Dani

Die Ausstellung in der Galerie in Williamsburg ist alles, was man vom neuen, trendigen Brooklyn erwartet. Früher war das hier ein Viertel, in dem Kartonagen hergestellt wurden. Die Kunstszene hat alles so gelassen, wie es ursprünglich ausgesehen hat: raue, unverputzte Wände, große Räume mit ebenso großen Fabrikfenstern und abgeplatzte Farbe überall. Nur hängen statt Arbeitsanweisungen in Englisch und Spanisch Kunstwerke an den Wänden, und anstelle von Wasser für die Arbeiter reichen Kellnerinnen den Besuchern Champagnergläser. Ich gebe zu, Carl, mein Date, bekommt, was er sehen wollte. Das neue Williamsburg. Leider sind die Bilder nicht ganz mein Fall. Die Ausstellung ist die Coming-out-Party eines hiesigen Künstlers, der versucht, eine Mischung aus Diego Rivera und New York Street Art hinzubekommen. Bunt, schreiend. Verdammt angesagt.

»Es hat schon was«, höre ich Carl neben mir murmeln, während wir durch die Räume schlendern.

»Ich weiß nicht … Mal ehrlich, könntest du dir vorstellen, so viele kräftige Farben bei dir zu Hause hängen zu haben?«

»Gott, nein!«, antwortet er. Ich muss zugeben, sein Humor und seine Ehrlichkeit sind sehr sympathisch, und es gefällt mir, dass er keiner der scharfen Kellnerinnen bisher auch nur einen Blick zugeworfen hat. Dummerweise muss ich immer wieder, sobald ich mich nicht auf Carl oder die Bilder konzentriere, an Brock denken und daran, was vorhin in der Wohnung passiert ist. Oder eher vielleicht passiert wäre.

»Also, mal ehrlich«, beginne ich in dem Versuch, meine Gedanken von Brocks einladenden Lippen abzulenken, »wie mache ich mich dafür, dass ich seit Ewigkeiten kein erstes Date hatte?«

Carl verkneift sich das Lachen.

»Ich finde, du machst das ganz prima, aber ich hoffe, jemand hat dir die neuesten Regeln erklärt.«

»Es gibt Regeln?« Neugierig und gespielt schockiert packe ich Carl am Arm. Er sieht wirklich gut aus heute Abend.

»Natürlich. Manche haben sich nicht geändert. Rede nicht über den Ex. Niemals.«

»Sehr gute Regel«, sage ich und denke an Jeff. Würg.

»Kein Küssen beim ersten Treffen, außer es lässt sich nun wirklich nicht vermeiden. Und stalke niemals dein Date auf Google oder Facebook ... Das kommt erst beim zweiten Treffen. Man will schließlich wissen, ob es wirklich vernünftig ist, weiterzumachen bis zum legendären dritten Date.«

Ich ertappe mich dabei zu grinsen. Erstaunlicherweise amüsiere ich mich wirklich mit Carl. Das hatte ich nicht erwartet. Er ist vielleicht kein Brock McNamara, aber wer ist das schon. Wer hat schon solche grünen Augen, dieses freche Grinsen und diesen ernsten Zug um den Mund, wenn er einem etwas anvertraut, das er normalerweise für sich behält. Argh, Dani! Dabei warst du gerade auf so einem guten Weg!

»... jetzt gleich gehen?«, höre ich jemanden fragen.

»Erde an Dani! Sollen wir nicht lieber jetzt gleich gehen und etwas essen?« Nachsichtig blickt Carl zu mir.

Verwirrt schüttle ich den Kopf. Da war ich wohl in Gedanken, in verbotenen Gedanken, genauer gesagt.

»Sorry ... Ja, das klingt gut. Ich verhungere förmlich.« Schließlich habe ich seit dem Frühstück nichts gegessen, um in das verdammte Kleid zu passen.

Carl geht vor und hält mir wie ein Gentleman die Tür auf. Als ich durchgehe, sieht er mir jedoch verstohlen in den Ausschnitt, genau wie Brock prophezeit hat.

Auf dem Weg die Straße runter legt Carl mir die Hand ins Kreuz. Eine harmlose Geste, aber irgendwie ist es mir doch unangenehm. Es liegt nicht an ihm. Es liegt an Brock, daran, wie seine Hände sich auf mir angefühlt haben. Überall dort, wo er mich berührt hat, wurde meine Haut warm, gefolgt von einem Prickeln. Gott, das war so scharf.

Bei Carl? Nichts. Nada. Zero. Ich spüre lediglich eine große Hand, die über meinem Arsch gegen mein Kreuz drückt.

»Du bist hier in New York aufgewachsen?« Ich muss es zumindest versuchen. Los! Gib dir Mühe, den netten Kerl kennenzulernen, Dani.

»Ja. Mein Dad hat ein Haus auf Long Island, er kommt von da. Dort bin ich aufgewachsen. Meine Mutter ist ursprünglich aus Pittsburgh. Dad ist Anwalt und Mom unterrichtet wieder, seit der Scheidung.«

»Meine Mom war auch Lehrerin«, lasse ich ihn lächelnd wissen. Seine Hand rutscht von mir. Ich bin erleichtert.

»Meine Mutter ist eher Professorin. Sie leitet Kurse in Wirtschaftsrecht an der Columbia.« Beeindruckend. Dennoch eine Lehrtätigkeit. Die Art, wie er mich korrigiert hat, stört mich irgendwie, als wäre es weniger wert, an einer Schule zu unterrichten als an einer Universität. Seltsam, dass gerade er so denkt, schließlich ist Carl Lehrer an einer Highschool, genau wie ich.

»Sie sind bestimmt verdammt stolz, einen Physiker in der Familie zu haben.« Ich bemühe mich, die Stimmung zu verbessern. Ein paar Punkte gutzumachen.

»Einen Physiker haben sie tatsächlich in der Familie, Dani.

Meinen Bruder, Jackson. Ich *unterrichte* Physik. Für sie ist das nicht dasselbe.«

Oh Mann. Da habe ich wohl einen wunden Punkt getroffen.

»Klingt nach sehr viel Druck«, sage ich vorsichtig und schaue zu ihm rüber.

»Es gibt einen Grund, warum ich an der Hayett-Cooper unterrichte. Es ist eine prestigeträchtige Einrichtung mit sehr vielen Aufstiegsmöglichkeiten. Ich möchte nicht nur gut sein in dem, was ich tue, sondern auch beweisen, dass ich etwas erreichen kann.«

Ich nicke. Gesunder Ehrgeiz. Jeff war auch gut darin. Als wäre es die Droge zum Pfad der Erleuchtung. Mir ist diese Denke fremd. Da kann ich schon viel eher nachvollziehen, wieso mein Dad und mein Bruder Feuer bekämpfen, wieso Jamie zur Polizei will oder wieso Brock so gern als Sanitäter arbeitet und seinen Job liebt. Es ist unfair, die beiden miteinander zu vergleichen, aber wenn ich daran denke, wie Brock zu seiner Berufung fand, empfinde ich dafür mehr Respekt und Bewunderung als dafür, die hochtrabenden Karrierewünsche eines Anwalts und einer Professorin erfüllen zu wollen.

Ich hätte nie gedacht, dass Carl reiche Eltern hat und ehrgeizige Pläne für seine Laufbahn als Lehrer.

»Und was hoffst du zu erreichen, Dani?«

Selbst wenn ich es ihm sagen würde, Carl könnte meine Pläne nicht verstehen, deshalb sage ich nur: »Weißt du, ich bin mir noch nicht ganz sicher.«

Brock

»Wie konnte das passieren?« Mina gibt sich keine Mühe, ihre Schadenfreude zu verbergen. Ich werfe ihr den Bademantel hin, damit sie nicht mehr nackt ist, weil dieser Abend schon abgedreht genug ist.

»*Nichts* ist passiert!« Genervt strecke ich die Hände vor mir in die Luft.

»Ja, ja, rede dir das nur weiter ein. Du kannst mich nicht mal bumsen, McNamara, und du bumst für gewöhnlich alles, was einen Puls hat und stöhnen kann.«

»Das ist eine schamlose Übertreibung«, rechtfertige ich mich. So schlimm bin ich wirklich nicht. Jedenfalls nicht mehr.

»So empfindlich, hm. Was hat sie bloß mit dir angestellt? Ich muss diese Frau unbedingt kennenlernen.«

Grinsend wie eine Katze, die gerade Milch geschleckt hat, blickt Mina zu mir.

»Vergiss es! Ich bin lieber Patient in meinem eigenen Krankenwagen, ehe ich dich mit Dani zusammenbringe. Ich bin doch nicht bescheuert.« Der Bezug des Kopfkissens raschelt, so heftig schüttle ich den Kopf.

»Dani für Daniela?«

Wann endet dieses Gespräch endlich? »Danielle.« Hastig drehe ich mich um. Ich möchte nicht, dass Mina mir ins Gesicht sieht, wenn wir über sie sprechen.

»Okay … erzähl mir von ihr.« Sie gibt meiner Schulter einen Schubs.

»Ich soll meiner Fickfreundin von meiner Mitbewohnerin erzählen … Ich dachte, wir reden nicht über so was.« Unglaublich, Mina macht es sich auf meinem Bett neben mir bequem, als wären wir auf einer Pyjamaparty.

»Da ist was dran. Aber hey, was sollen wir sonst machen, bis mein Flieger geht? Das Offensichtliche fällt ja aus. Also, wir sind Kumpel, oder zumindest so was Ähnliches, lass uns darüber reden.«

Ich drehe mich wieder um und lege mich auf den Rücken. Mir ist nicht ganz wohl in meiner Haut. Wir starren beide an die Decke. Seltsam. Ich kann mich nicht erinnern, wann ich das letzte Mal mit einer Frau im Bett gelegen habe, ohne dass etwas gelaufen ist. Und ich kann mich komischerweise auch nicht daran erinnern, dass die Holzbalken an der Decke schon immer so breit waren.

»Jetzt hör auf, die Deckenbalken anzustarren, und spuck's schon aus.« Unruhig zappelt sie mit den Füßen. Bisher war mir nie aufgefallen, wie groß und dünn Mina ist, aber heute springt es mir förmlich ins Auge. So gut sie auch aussieht, ihre Hüften sind mir eigentlich zu knochig, und ich könnte nie auf sie herabsehen und meine Arme auf dieselbe Weise um sie schlingen wie bei Dani.

»Na dann. Aber ich habe dich gewarnt.«

Aufmunternd lächelt sie mir zu, ehe wir beide wieder nach oben starren.

»Dani ist die Schwester meines ältesten Freundes, meines besten Freundes.«

»Oh Shit«, kommentiert sie zischend.

»Exakt. Ihr Dad kann mich echt nicht leiden, und obwohl wir zusammen aufgewachsen sind, kennen wir uns eigentlich kaum, jedenfalls bis sie bei mir eingezogen ist.« Mann, ich bin eine Tussi. Fehlt nur noch der Cosmopolitan. Die Jungs auf der Wache würden sich den Arsch über mich ablachen oder schlimmer.

»Und wieso wohnt sie bei dir?«

»Ich habe es ihr angeboten.«

Mina blickt mich mit diesem wissenden Warum-wohl-Blick an.

»Hey, sie war echt verzweifelt. Ihr Kerl hat sie betrogen, und sie konnte keine anständige Bleibe finden.«

»McNamara. Immer der Retter.« Mina schmunzelt.

»Sämtliche Frauen, mit denen ich je geschlafen habe, würden dir da wohl widersprechen.«

Sie zuckt mit den Achseln.

»Nobody's perfect.« Wir sind beide gut darin, uns selbst etwas vorzumachen. Vielleicht sind wir deshalb Freunde und nicht, weil wir gern in die Kiste miteinander gesprungen sind.

»Okay, dieser Scheißkerl hat sie beschissen.« Mina kommt auf die Geschichte mit Dani zurück. Ihr Tonfall macht klar, dass sie nichts fürs Betrügen übrig hat. Eine Tatsache, die mich angesichts ihres Lebensstils doch überrascht. Womöglich könnte das Tattoo mehr Licht in diese Sache bringen.

»Sie brauchte eine Bleibe, du bist eingesprungen. Das erklärt nicht, wieso du kein Interesse mehr hast, mich zu vögeln. An mir kann's nicht liegen. Ich bin fabelhaft.« Zwinkernd grinst sie mich an.

»Da kann ich nur zustimmen.« Langsam lege ich meine Hand auf ihre Hüfte und streichle sie über dem Stoff des Bademantels. Zwecklos, ich fühle gar nichts.

»Lass es bleiben, Brock!«, ermahnt Mina mich sanft, ehe sie meine Hand von sich nimmt.

»Sorry, ich musste es versuchen. Diese Sache macht mich noch wahnsinnig«, brülle ich. »Sie soll endlich aus meinem Kopf verschwinden. Das Ganze bringt doch nichts, außer jeder Menge Ärger.«

»So funktioniert das nicht.« Minas ernster Tonfall enthüllt eine Frau, die ich nie zuvor gesehen habe.

»Seit sie vom College zurück ist und ich sie das erste Mal wiedergesehen habe, bin ich scharf auf sie, aber dann hatte sie diesen Kerl … Jeff.« Wenn ich seinen Namen ausspreche, kommt es mir so vor, als hätte ich Müll im Mund.

»Und deshalb habe ich sie kaum zu Gesicht bekommen, also dachte ich, es wäre nur körperliche Anziehungskraft. Sie ist erwachsen geworden und verdammt schön noch dazu. Aber dann ist sie hier eingezogen, und wir sind Freunde geworden, gute Freunde sogar. Wieso muss sie auch ständig so toll sein?«

»Wie kann sie nur!«, witzelt Mina.

»Neulich waren die Jungs von der Wache da, zum Pokern. Wenn wir sonst bei den Ehefrauen oder Freundinnen der anderen sind, sind die meisten zickig und nerven die ganze Zeit rum. Dani überhaupt nicht. Sie hat für alle Snacks gemacht, Bier spendiert, als unsere Vorräte zu Ende waren, und eine Runde lang hat sie sogar mitgespielt. Ich habe noch nie erlebt, dass die Jungs das erlaubt haben. Sie hat sogar über deren blöde Witze gelacht! Als Murphy von der Rüstgruppe gesagt hat, er würde eine wie sie vom Fleck weg heiraten, hätte ich ihm am liebsten die Fresse poliert. Mir gefällt nicht, wie manche der Jungs sie ansehen, dabei geht mich das alles echt nichts an.«

»Doch, das tut es«, widerspricht Mina überzeugt. Und weil ich schon dabei bin, mich zum Affen zu machen und mein Charme bei ihr wohl nie wieder funktionierten wird, kotze ich mich mal so richtig ordentlich aus.

»Ich kann mit Dani über Dinge reden, auch wenn ich das gar nicht will. Oder jedenfalls nicht wollen sollte. Seither ist alles durcheinander, und ich muss dauernd an die Kleine denken. Es ist total verrückt. Bis heute, als sie sich für ein Date zurechtgemacht hat, habe ich sie nie angerührt. Herrgott, ich habe ja selbst dabei kaum was angefasst, dennoch wäre ich beinahe verrückt genug gewesen, sie zu küssen. Nur weil sie sich gut anfühlt?!«

Mina nickt und atmet lange aus.

»McNamara … ich fürchte, du bist angezählt.« Mina weiß, dass ich gelegentlich boxe, um fit zu bleiben, daher der Spruch.

»Ich bin *nicht* angezählt.«

»Doch, bist du. Du liegst am Boden mit einer Riesenlatte und wartest nur darauf, dass dieser Rotschopf namens Dani sie reitet.«

Mina bricht in schallendes Gelächter aus, dieses freche Stück. Zur Strafe schnappe ich mir ihr Kopfkissen und pfeffere es ihr direkt ins gackernde Gesicht. Mina stopft das Kissen einfach wieder unter ihren Kopf, als wäre nichts gewesen.

»Deine Serie ist zu Ende, und jetzt bist du fällig. Es mag dir gefallen oder nicht, aber die Kleine geht dir unter die Haut.«

Als wären wir zankende Geschwister, nehme ich ihr das Kopfkissen nochmals weg und stecke es unter mein eigenes.

»Das wird nicht passieren. Das darf es nicht«, lasse ich Mina wissen. Zu fünfundneunzig Prozent ist es mir ernst damit. Es sind die fünf Prozent, die mir Sorgen machen.

Ohne sich vom Kopfkissendiebstahl einschüchtern zu lassen, macht Mina es sich auf einem improvisierten Hügel aus Bettdecken bequem.

»Ich hatte da mal einen Piloten, und ja, das meine ich wörtlich. Er hat mir erzählt, dass es immer die Maschinen sind, die wie ein Uhrwerk gelaufen sind und nie auch nur eine Schwäche gezeigt haben, die es am Ende erwischt. Es sind nie die Maschinen, die immer mal wieder aus dem Verkehr gezogen werden mussten. Seltsam, nicht?«

»Oh Gott, hat dir mal jemand gesagt, dass du nervst, vor allem wenn du unbedingt recht haben willst?« Ich verdrehe die Augen und wende mich wieder von ihr ab.

»Nur Freunde, mit denen ich nicht schlafe, zu denen du, dank dieser Dani, nun auch gehörst, McNamara.«

»Oh Gott, das ist ein Albtraum«, stöhne ich. »Wieso schließen wir nicht einen neuen Pakt? Du hörst auf, mich wegen Danielle zu löchern, und ich frage dich nicht nach der Tätowierung auf deiner Hüfte.«

Anklagend schnauft Mina mir in den Nacken.

»Von mir aus. Einverstanden.«

Eine Zeit lang ist es still und dunkel. Da ich mir strikt verbiete, an meine Mitbewohnerin zu denken oder an ihr blödes Date, das jetzt gerade stattfindet, gelingt es mir fast einzuschlafen, bis jemand mir das Kissen unter dem Ohr wegzieht.

»Und du bist doch angezählt, Alter.«

Kapitel 15

Dani

Ich verschlucke mich am Kaffee und muss husten. Tränen springen mir in die Augen, während ich angewidert schniefe. Denn die schönste Frau, die ich je gesehen habe, verlässt Brocks Schlafzimmer. Und sie kommt direkt auf mich zu. Ihr makelloser Körper steckt in einem halb fertig angezogenen Stewardessenoutfit. Bloßgestellt suche ich verstohlen nach Kaffeeflecken auf meiner kanariengelben Bluse.

Was denn?! Konnte er kein Stubenmädchen auftreiben?

»Guten Morgen. Du musst Dani sein.« Strahlend lächelt sie mich an und setzt sich mir gegenüber auf einen Barhocker.

»Ähm … ja. Und du bist?«

»Mina. Eine gelegentliche Freundin von McNamara.«

Sie befördert eine lange helle Strähne ihres stylischen Kurzbobs aus der Stirn. Bei diesem Anblick kochen sämtliche Unsicherheiten hoch, die ich habe, ganz zu schweigen von der Tatsache, dass mir nicht gefällt, wie sie Brock *McNamara* nennt.

»Eine gelegentliche Freundin?«, frage ich irritiert.

»Soll heißen, wir gehen gelegentlich miteinander in die Kiste. Na ja, jedenfalls haben wir das bisher immer getan, aber das hat sich wohl erledigt.«

Was zur Hölle soll das denn bedeuten? Und wieso erzählt sie mir das?

»Wow! Das nenne ich mal direkt.«

Ich halte ihr eine Tasse Kaffee hin, weil ich trotz der unangenehmen Überraschung an diesem Morgen, die diese Frau für mich eindeutig darstellt, meine guten Manieren nicht vergessen habe. Mit einem sexy Augenzwinkern, das fast schon an Flirten grenzt, nimmt sie ihn an.

»Ja, so bin ich«, kommentiert sie schelmisch, während sie mich eingehend mustert. Sie scheint sich über irgendetwas zu amüsieren.

»Weißt du, er ist ein guter Kerl. Selbst jetzt, wo er mich nicht mehr bumsen möchte, mag ich ihn noch ... gelegentlich.« Mina lacht über ihren eigenen Witz. Fassungslos starre ich sie an. Diese Frau ist vielleicht ein Original.

»Okay, ganz ehrlich. Ich glaube nicht, dass mich das etwas angeht.«

Ob das stimmt? Brock hatte also keinen Sex mit ihr?

Schwer zu glauben, wenn man sich diese Sirene so ansieht. Frauen wie sie laufen mir im wahren Leben nur während der Fashion Week über den Weg. Oder beim Elternabend.

»Komisch. Ich denke doch«, deutet Mina an und genehmigt sich dabei einen großen Schluck aus ihrer Tasse.

»Wie meinst du das?« Mein Magen flattert aufgeregt.

»Ich sage dir nur so viel, Dani. Bevor du eingezogen bist, haben McNamara und ich uns gegenseitig so richtig das Hirn rausgevögelt. Jedenfalls ab und zu, wenn uns danach war. Aber kaum bist du hier eingezogen, gibt es für mich nur noch eine Pyjamaparty mit Altersfreigabe ab zwölf. Und glaub mir, *das* ist absolut untypisch für ihn.« Schnaubend blickt Mina nach unten auf die Theke.

»Dann seid ihr so was wie ...«

»Fickfreunde?«

Ich nicke, die Wangen bestimmt tomatenrot.

»Gelegentlich.«

»Und zurzeit?« Ich weiß nicht, warum mein Herz so laut

schlagen muss. Aber ich kann nicht anders. Ich muss noch mal nachfragen.

»Sind wir wohl so was wie Kumpel. Gelegentlich.« Ironisch grinst sie, eher für sich selbst. Sie wirkt belustigt.

»Dieses Wort scheint für dich sehr wichtig zu sein«, kommentiere ich neugierig. Mina sieht zu mir hoch. Ihre dunklen Augen blicken ernst in meine.

»Nur so geht man richtig mit Männern um. Man benutzt sie. *Gelegentlich*. Hat Spaß mit ihnen oder geht Freundschaften ein, aber eben nur …«

»Gelegentlich. Schon verstanden«, antworte ich für sie. Mina nickt knapp. Was für eine bildschöne Frau sie ist. Unglaublich, dass Brock sie von der Bettkante gestoßen hat, und noch unglaublicher ist, dass es etwas mit mir zu tun haben soll. Das kann ich nicht glauben.

»Klingt, als hättest du nicht die beste Meinung über das andere Geschlecht.« Obwohl sie vorhin doch sagte, Brock wäre einer von den Guten.

»Ich habe da so meine Erfahrungswerte – wie du ja auch.« Hitze steigt mir in den Kopf, als mir dämmert, dass Brock ihr womöglich von meinem Ex erzählt hat. Dass er über mich reden muss, ausgerechnet mit ihr, passt mir nicht.

»Seltsam, ich hätte Brock nie für eine Tratsche gehalten.«

»McNamara wollte nicht den Mund aufmachen, aber ich habe ihn ausgefragt. Die Neugier … du verstehst.«

Abschätzig verziehe ich den Mund.

»Ja, *McNamar*a hat wohl recht. Ich habe meine Erfahrung, und zwar mit betrügerischen Exfreunden, genauer gesagt war es nur *ein* betrügerischer Ex.«

Warum kann sie ihn nicht einfach Brock nennen? Was soll dieser McNamara-Scheiß? Das geht mir echt auf den Keks.

»Reicht meist schon. Zumindest war's bei mir so.«

Überrascht sehe ich Mina an. Nun ist meine Neugier geweckt. Ich will wissen, was wohl dahintersteckt.

»Du wurdest auch hinters Licht geführt?«

Bitter lacht sie. Es klingt traurig. Abgeklärt.

»So könnte man es nennen, ja.«

Langsam gleitet sie vom Hocker und knöpft dabei ihre Bluse auf. Ich finde das ganz schön irritierend.

»Aber hey, das bleibt unter uns. Kein Wort zu McNamara.« Erschrocken starre ich zurück. Was hat sie eigentlich vor? Und wieso muss sie sich dafür vor mir ausziehen? Angespannt beobachte ich, wie sie ihre Bluse weiter öffnet und den engen Rock nach unten schiebt. Braun gebrannte glatte Haut ist zu sehen. Auf ihrer Hüfte erscheint ein schwarzes Tattoo. Davon angezogen beuge ich mich vor, um es mir genauer anzusehen, immer noch verunsichert von der Situation. Erst jetzt erkenne ich, dass es sich bei ihrem Tattoo um eine kleine schwarze Rose und einen stilisierten Namen handelt. Beides schön gemacht. Auf ihrer Haut trägt Mina den Namen eines Mannes: *Alfredo*.

»Dein Ex?«

»Mein Ex und der Liebhaber meiner Schwester.«

»Scheiße, nein!«

»Scheiße, ja!«, zischt sie. »Der italienische Arsch hat sie monatelang hinter meinem Rücken gebumst. Die beiden Wichser haben mir erst Bescheid gesagt, als Selina schwanger war. Du kannst dir denken, dass ich nicht besonders froh auf die frohe Botschaft reagiert habe.«

Mina ordnet ihre Kleidung. Ihre ganze Art ist jetzt natürlicher, weniger aufreizend. Schockiert stelle ich fest, dass ich sie mag. Allerdings möchte ich ihr weiterhin die Augen auskratzen, jedes Mal, wenn sie auf diese intime Weise McNamara sagt.

»Das tut mir echt leid für dich.«

»Danke.«

Nachdenklich fahre ich mir mit dem Zeigefinger über den Mund. »Wieso hast du das Tattoo nicht einfach entfernt?«

»Und vergessen, was er mir angetan hat, damit ich noch mal die Chance bekomme, verarscht zu werden? Nein, danke. Nicht mit mir.«

Obwohl ich Minas Verbitterung verstehe, könnte ich nie mit Jeffs Namen auf meiner Hüfte rumlaufen. Allein der Gedanke verursacht bei mir eine Gänsehaut und einen irrationalen Juckreiz in der Nähe der Hüfte.

»Klingt hart.«

»Das Leben ist hart, aber man kann auch Spaß haben.«

»Gelegentlich?« Ich schmunzle.

»Ja, genau. Gelegentlich.« Mina grinst zurück. Da ist sie ja wieder, die aufreizend launige Blondine. Wir sehen uns einen Moment lang an. Kurz scheint es, als wolle Mina mir noch etwas sagen, doch dann sieht sie auf ihre Armbanduhr.

»Verdammt! Schon so spät. Ich muss los, sonst fliegen die noch ohne mich.«

»Oh, das wäre wohl nicht so gut.«

»Kannst du laut sagen. Wer will schon Spanien verpassen?«

Mina wirft sich einen dunklen Blazer über und richtet sich vor dem Spiegel mit den Fingern ihre kurzen Haare. Sie sitzen, als hätte ein Stylist Stunden daran gearbeitet.

»Hey, ich muss jetzt echt los. Aber eines sage ich dir: Er hat dich echt gern, Dani.«

Sie sucht hastig nach ein paar Sachen auf der Couch. Ihre Handtasche und Autoschlüssel. Mina schnappt sich alles und hastet zur Tür. Ich bin wie erstarrt. Hat sie gerade gesagt, dass Brock mich gernhat? *So richtig gernhat?*

»Hey, Mina? Warte!«

»Tut mir leid, ich muss jetzt wirklich …«

»Ja klar, aber was meinst du damit, dass er mich gernhat?«

Frech grinst sie mich über die Schulter an, die Tür schon fast zu.

»Das findest du schon noch raus … Gelegentlich.«

Sie knallt die Tür zu, und ich stehe da, als hätte mir jemand ein Brett vor den Kopf genagelt.

Kaum habe ich Wirbelwind Minas Auftritt halbwegs verkraftet, tritt ein verschlafener Brock aus seinem Schlafzimmer. Er rubbelt sich die Nackenhaare und sieht zum Anbeißen aus. Wie meistens trägt er nur Boxershorts, und der ansehnliche Rest von ihm ist unbedeckt. Ehe mich seine Tattoos oder seine straffen Muskeln völlig ablenken, blicke ich nach oben, in seine Augen. Strahlend grün, genau wie immer. Verdammt! Es ist, als würde eine Kerze in mir angezündet, wenn ich ihn ansehe. Jedes Mal.

»Morgen, Dani.«

»Morgen, Brock.«

Er hat dich echt gern, Dani.

Schwer, das wieder aus dem Kopf zu bekommen. Wie hat sie das nur gemeint? Meinte sie, er hat mich gern, als Freund, oder so wie er sie gernhat, oder meinte sie etwa *mehr* damit?

Der Einzige, der das sicher weiß, ist der, den ich nicht fragen kann. Außerdem sieht er mich gerade an, als hätte ich sie nicht alle.

»Alles okay bei dir? Du siehst aus, als würdest du dir das Hirn zermartern.« Brock runzelt die Stirn.

»Ja, ja, alles klar bei mir. Ich habe eben nur eine *spezielle* Freundin von dir kennengelernt … McNamara.«

Sämtliche Farbe weicht aus Brocks Gesicht. Das scheint ihm ja gar nicht recht zu sein. Erwischt!

»Mina war noch hier, als du aufgestanden bist?«

Ist das etwa Panik in seiner Stimme? Brock hat wohl Angst, dass sie geplaudert hat. Und ein bisschen stimmt das ja auch. Schließlich hat sie mir gesagt, dass sie es letzte Nacht nicht miteinander getrieben haben und dass er mich echt gernhat. Was davon ihn wohl mehr stören würde?

»Ja«, sage ich gedehnt. »Wir haben uns nur ein wenig unterhalten, bevor sie gehen musste. Du weißt schon, so von Frau zu Frau.« Ich versuche, nicht zu lächeln, als ich ihn direkt ansehe. Brock schluckt. Er wendet mir den Rücken zu und schenkt sich verdammt langsam Kaffee ein.

»Sorry. Normalerweise sorge ich dafür, dass meine … Besucher morgens nicht mehr da sind.«

Besucher? Interessante Umschreibung.

»Schon okay. Zuerst war sie ganz schön schräg, aber wenn man sich erst mal mit ihr unterhält, legt sich das. Sie ist schon ein Original.«

»Sag ihr das bloß nicht. Sie besitzt bereits mehr Selbstvertrauen, als gut für sie ist.«

Armer Brock, sieht er denn nach all der Zeit ihrer *gelegentlichen* Freundschaft wirklich nicht, dass das nur Fassade ist? Ob sie ihm je von der Bedeutung ihres Tattoos erzählt hat?

»Du solltest dich aber nicht zu sehr an sie gewöhnen«, warnt er. Offensichtlich will er nicht, dass ich mich mit ihr anfreunde. Interessant, interessant. »Wir sind eher so was wie …«

»… Fickfreunde«, helfe ich ihm aus. »Ja, hat sie erzählt.«

Brock hustet heftig. Er muss seinen Kaffee abstellen. Er atmet tief durch, ehe er mich wieder ansieht.

»Scheiße, Dani! Worüber habt ihr euch noch unterhalten?«

»Ach nichts!« Nur darüber, dass du mich gernhast und sie nicht mehr bumst. Ich kann nicht anders. Dieser Gedanke macht mich glücklich. So glücklich, dass ich Brock fest umarmen und küssen möchte. Alles Dinge, die ich nicht wollen sollte. Aber ich will sie. Ehe ich noch in eine meiner heißen Fantasien über ihn abdrifte, die mir abends das Einschlafen versüßen, lächle ich ihn an und sage: »Ich sollte dir fairerweise erzählen, dass ihr wohl nur noch Freunde seid. Jedenfalls gelegentlich, wenn es nach Mina geht.«

»Ja, das klingt nach ihr«, kommentiert er trocken.

Brock verschränkt die Arme über der Brust. Auf diese Weise sehen seine Schultern breiter aus, und sein Bizeps tritt stärker hervor. Jeder Zentimeter zum Niederknien.

»Und? Wie war dein Date?«

Okay, er möchte das Thema wechseln.

»Na ja, ganz nett.«

»Wieso nur ganz nett? Hat der Kerl sich etwa nicht gut benommen? Wenn, dann kenne ich einen Haufen muskelbepackter Feuerwehrmänner, die ihm Manieren beibringen können.«

»Gut zu wissen, danke. Nein, er hat sich gut benommen.«

»Okay. Was war es dann?«

»Ich weiß nicht, keine Ahnung, er war einfach nicht …« Du. »Kennst du diese Typen, die immer zeigen müssen, wie viel sie draufhaben und was sie noch alles vorhaben? Du weißt schon, aus reichem Elternhaus, gesunder Ehrgeiz … genau wie Jeff.«

»Oh Shit! Nicht noch so ein Typ.« Da liest wohl jemand meine Gedanken.

»Ich fürchte leider doch.«

»Dann vergiss den Kerl. Er ist nicht gut genug für dich.«

Wollte ich ihn vorhin schon küssen, möchte ich ihn dafür

von oben bis unten abschlecken. Brock macht es mir echt nicht leicht. Und dann hat er mich auch noch gern. Aber was heißt schon gernhaben? Irgendwie möchte ich ja, dass er mich mehr als gernhat. Ich will sogar, dass er mich begehrt, auch wenn es unvernünftig ist und ich mir einrede, dass es nicht stimmt. Seit dem Moment vor dem Spiegel gestern kann ich nicht aufhören, es mir zu wünschen.

»Danke, Brock. Da hat sich jemand einen Brownie verdient.« Ich zwinkere ihm zu.

»Mach ein ganzes Blech daraus. Du schuldest mir noch was für das Essen bei euch.«

Das stimmt, und ein paar Brownies sind ohnehin ein schwacher Dank dafür, dass ich hier wohnen darf und dafür, dass er einen überflüssigen Streit zwischen Dad und mir mitansehen musste.

»Geht in Ordnung«, sage ich. Mir wird schon noch etwas einfallen, wie ich mich richtig bei Brock bedanken kann.

Kapitel 16

Dani

Immer wieder fährt mein Finger über den eingekreisten 8. Juli auf dem Abreißkalender am Kühlschrank. Je länger ich über den Tag und meine Idee nachdenke, desto breiter wird mein Grinsen. Es passt einfach zu gut.

Ich schnappe mir mein Handy und rufe Carlos an, Brocks Partner, dessen Nummer er mir für Notfälle gegeben hat. Je länger es läutet, desto aufgeregter werde ich. Ein warmes Prickeln im Bauch beweist, dass ich das, was ich vorhabe, wirklich durchziehen will.

»Ja, hier Carlos?« Er klingt ein wenig verwundert.

»Carlos, hier ist Dani. Brocks Mitbewohnerin.«

Dunkel lacht er.

»Ich weiß, wer du bist. Nie würde ich die Frau vergessen, der Murphy diesen Antrag gemacht hat.«

Ich verdrehe die Augen, auch wenn er mich nicht sehen kann. Ständig reiten sie darauf herum. Es war doch nur ein Witz, ein dummer Spruch beim Pokern.

»Das lag nur an den Snacks und an meinen unerwarteten Pokerkünsten«, lasse ich ihn wissen. Meine Augen wandern wieder zur eingekreisten Acht auf dem Kalender.

»Hey, Carlos. Ich rufe an, weil ich gerade sehe, dass Brock am Freitag Geburtstag hat.« Etwas, das ich erst weiß, seit wir zusammenwohnen und einen gemeinsamen Kalender haben. Früher war ich nie dabei, wenn er Geburtstag hatte.

»Ja?«, fragt er gedehnt.

»Ich dachte, es wäre doch cool, für ihn eine Party zu schmeißen, hier in der Wohnung. Was meinst du?«

In der Leitung ist ein nachdenkliches Brummen zu hören. »Klingt gut. Wer soll alles dabei sein?«

»Da kommst du ins Spiel. Ich kenne ja eigentlich nur die Jungs von der Wache, Logan und dich. Das war's. Gibt es denn sonst noch Freunde von Brock, die ich einladen könnte?«

Ich halte den Atem an, während ich hoffe, dass er nicht die Namen einiger seiner jüngsten Eroberungen nennt, die ich tatsächlich zu der Party einladen soll.

»Puh … Gute Frage. Vielleicht sein alter Partner, mit dem er in Manhattan gefahren ist, ein paar Freundinnen und Frauen der Crew, aber sonst fällt mir niemand ein. Schon seltsam, von früher kenne ich kaum jemanden aus Brocks Leben. Er redet auch nie von damals oder von irgendwelchen Freunden aus der Ausbildungszeit.«

Nachdenklich fahre ich mir über den Mund. Das ist mir auch aufgefallen. Als wäre Brocks Leben erst so richtig gestartet, als er angefangen hat, in Manhattan für das FDNY als Sani zu fahren. Merkwürdig. Brock ist schon ein Rätsel, ein verführerisches, heißes Rätsel von einem Mann.

»Ähm … na dann … belassen wir es dabei. Also ein erweitertes Familientreffen sozusagen.« So nennt Dad es andauernd, wenn die Jungs von der Wache mit ihren Familien und Anhang zusammenkommen.

Carlos schnauft amüsiert in den Hörer. »Klingt nach einer guten Party. Soll ich irgendwas mitbringen oder bei etwas helfen?«

Ich überschlage im Kopf, was ich alles für Brocks Geburtstagsparty brauchen werde, und stelle überrascht fest, dass ich alles sehr detailliert im Kopf habe. Die Vorstellung, Brock endlich richtig danken zu können für alles, was er für mich getan hat, gefällt mir. Außerdem täte mir nach den ganzen

Vorkommnissen der letzten Zeit ein lockerer Abend mit Freunden und einer Menge Alkohol mal so richtig gut.

Ob ich diese Mina auch einladen soll? Bloß wie? Ich habe keine Nummer, und Brock kann ich ja schlecht danach fragen. Obwohl ich darauf brenne, sie nochmals seinetwegen auszufragen. Ein paar Puzzleteile mehr über Brock könnten echt nicht schaden, auch wenn sie von seiner Exgespielin-Schrägstrich-Gelegentlich-Freundin kommen.

»Du könntest mir beim Herrichten helfen oder beim Reintragen. Ich werde jede Menge Bier bestellen und einige andere Sachen. Ist das okay für dich?«

»Na klar! So muss ich mir wenigstens keine Gedanken machen, was ich ihm schenke. Ich bin nämlich grottig schlecht im Schenken. Meine Frau beschwert sich ständig darüber. Und wenn mir gar nichts einfällt, wird's dann mal wieder ein Gutschein.«

Ich lache. Typisch Mann. »Autsch!«

»Lustig, das sagt sie auch immer.«

Carlos wirkt wie ein toller Typ. Er war mir von Anfang an sympathisch, als er bei diesem Pokerabend aufgetaucht ist. Er ist warmherzig und witzig. Außerdem sieht er gut aus, selbst neben Brock. Und das will was heißen.

»Dann wäre alles abgemacht. Die Party fängt so um sieben an. Wenn du um fünf kommen könntest, wäre das toll.«

»Alles klar. Ich werde da sein.« Carlos lacht in den Hörer. »Dani St. Clair schmeißt eine Party für Brock McNamara. Natürlich werde ich da sein!«

Ich verabschiede mich und lege auf, ehe noch ein dummer Spruch kommt. Carlos' Tonfall war mir einen Tick zu freudig amüsiert. Was Brock ihm wohl über mich erzählt hat?

Alles ist vorbereitet. Das Bier ist eiskalt, und die Playlist wartet nur noch darauf, endlich abgespielt zu werden. In der Wohnung ist das Licht abgedreht. Mit Weihnachtskerzen und Lichterketten aus Dads Garage haben wir eine dämmrig schöne Partystimmung geschaffen. Carlos und seine Frau Maria haben mir dabei geholfen, die Lichterketten um die Balken zu schlingen und an den Wänden anzubringen. Zum Glück ist Carlos in weiser Voraussicht mit einem riesigen Werkzeugkasten hier aufgetaucht, sonst wäre ich erledigt gewesen. Maria, seine Frau, eine sehr hübsche Mexikanerin mit wunderschönem glänzendem Haar, sieht sich lächelnd um.

»Es ist wirklich toll geworden, Dani.«

»Dank eurer Hilfe.«

Maria sieht nach, ob Carlos in Hörweite ist, dann beugt sie sich zu mir rüber. »Ob du Carlos dazu bringen könntest, das auch für unseren Hochzeitstag zu machen? Denn ich kann wirklich kein weiteres Gutscheingeschenk mehr ertragen.«

Mit großen Augen starrt sie mich an, ehe sie ihren Mund zu einem breiten Grinsen verzieht. Ich muss lachen. Wir beide schmunzeln immer noch, als Carlos aus dem Bad kommt und uns anstarrt, als wären wir Aliens.

»Frauen, die sich eigentlich kaum kennen und dann heimlich miteinander lachen … das endet nie gut. Jedenfalls nicht für den Kerl, um den es geht«, kommentiert er trocken und schnappt sich ein Bier aus unserer improvisierten Bar. Ein paar der Aufbewahrungskisten mussten dafür herhalten. Mit Eis und Getränken gefüllt sehen sie gar nicht mal schlecht aus. Brooklyn-Style eben.

»Also wenn du weiter so zulangst, kann ich bald schon was nachfüllen.« Ich schlage Carlos spielerisch auf die Finger, was

Maria förmlich zum Wiehern bringt. Sie hat diese Art, mit dem ganzen Körper zu lachen. Das ist richtig ansteckend.

»Wo sie recht hat, hat sie recht«, bringt Maria mühsam hervor und wischt sich dabei Lachtränen aus den Augen.

Carlos nimmt einen kräftigen Schluck aus der Flasche.

»Zwei gegen einen ist unfair. Ich brauche unbedingt männliche Verstärkung.«

Maria und ich sehen uns an.

»Ich fürchte, das dauert noch eine Weile.« Gespielt mitleidig sieht sie ihren Mann an und fährt ihm aufmunternd über den Arm, während er schmollt.

»Zumindest, wenn mein Bruder sich an den Plan hält.« Unglaublich, aber wahr. Wir konnten Logan dazu überreden, mit Brock so lange auszugehen, bis wir alles fertig haben. Carlos musste zwar so tun, als wäre die Party eher seine Idee und ich wäre nur auf den Zug aufgesprungen, aber das war es mir wert. Ich bin mir ziemlich sicher, dass Brock nichts ahnt. Heute Morgen war er wie so oft im Park laufen, und als ich von der Schule gekommen bin, hat er sich eine Folge Dr. House angesehen, ehe Logan *rein zufällig* angerufen hat, um mit ihm was trinken zu gehen. Brock schien es nichts auszumachen, dass ich ihm noch gar nicht zum Geburtstag gratuliert hatte. Er macht ohnehin nicht viel Aufhebens darum. Aber das ändert sich bald. Genauer gesagt in zwanzig Minuten.

Brock

Logan und ich waren stundenlang im Pub, und jedes Mal, wenn ich aufstehen und gehen wollte, fiel ihm eine andere dumme Ausrede ein, warum ich noch bleiben sollte. Er hat ständig von dieser Tussi gelabert, mit der er gerade etwas hat.

Dabei meinte er erst neulich, dass sie nicht wirklich sein Fall wäre. Und jetzt schlendert er förmlich die Straße entlang, statt wie üblich zügig zurück zu meiner Wohnung zu gehen. Da ist doch was im Busch. Ich schnappe mir mein Handy und tippe eine WhatsApp-Nachricht an Dani.

Von: Brock
An: Dani

Dein Bruder ist komisch. Ich meine, komischer als sonst. Weißt du, was da los ist?

Während mir Logan den Kopf vollquatscht, was normalerweise gar nicht seine Art ist, starre ich auf das Display, aber Dani antwortet nicht. Vielleicht ist sie ja ausnahmsweise freitags auf einem ihrer ominösen Termine, die normalerweise nur mittwochs stattfinden. Eine Sache, die ich sehr rätselhaft finde. Und schwups sind meine Gedanken mal wieder bei ihr gelandet. Erstaunlich, wie mein Hirn das ständig hinbekommt.

»Okay, was ist hier los?« Genervt unterbreche ich Logans Redeschwall. Aus dem Konzept gebracht starrt er mich an.

»Keine Ahnung, was du meinst.« Ehe er weitergehen kann, halte ich ihn zurück.

»Versuch's ja nie mit der Schauspielerei, Kumpel. Du würdest verhungern. Und jetzt sag mir, was mit dir los ist.«

Nicht nur, dass er sich seltsam benimmt, Logan hat mir noch nicht mal zum Geburtstag gratuliert. Und normalerweise ist er der Erste, der damit ankommt. Ehrlich gesagt hat es ziemlich genervt, dass Dani es anscheinend vergessen hat. Das ist völlig neu für mich. Ich mache mir sonst nichts aus meinen Geburtstagen, aber ich war mir sicher, dass sie ihn nicht vergessen würde. Schließlich war sie es, die mich gezwungen hat, den Tag auf unserem Kühlschrankkalender einzutragen. Aber wer weiß? Vielleicht habe ich mich geirrt, und Dani hat das Zusammentreffen mit Mina nicht so gut weggesteckt, wie ihre Witze mich glauben machen wollten. Keine Ahnung, was es ist, aber etwas ist hier ganz und gar nicht koscher.

Logan windet sich immer noch.

»Alter, Dani bringt mich um, wenn ich es dir sage. Also komm jetzt einfach mit, ja?« Halsstarrig blickt Logan mich an. Es hat also mit Dani zu tun. Interessant.

»Na schön«, brumme ich und folge ihm. Als wir in die Henry Street einbiegen und mir die kühle Brise des Flusses entgegenweht, könnte ich nicht dankbarer sein. Die Hitze im Juli ist selbst hier in Brooklyn schwer zu ertragen. Deshalb trägt Logan auch kurze Hosen. Dummerweise habe ich eine Jeans an.

Mit einem dümmlichen Grinsen hält Logan mir die Metalltür zum Gebäude auf. Argwöhnisch gehe ich rein und höre sofort dumpfe Bässe von oben kommen. Einer meiner Nachbarn muss wohl Party machen. Denn normalerweise stellt hier niemand die Musik dermaßen laut. Im Aufzug wird mir klar, dass der Lärm nicht aus einer der anderen Wohnungen kommt, sondern aus meiner. Erstaunt sehe ich zu Logan, dessen schiefes Grinsen Bände spricht.

»Nein«, sage ich, als mir dämmert, was hier vor sich geht.

»Doch!« Amüsiert blockiert er die Aufzugtür für mich.

»Eine Überraschungsparty?« Ich kann's nicht glauben.

»Genau das.« Logan amüsiert sich prächtig.

»Okay, du sagst mir sofort, wen ich dafür umbringen muss.« Logan lacht japsend, während er die Tür öffnet. »Das wäre dann wohl meine Schwester. Dani.«

Mein Magen sackt mindestens eine Etage tiefer, als die Tür aufgeht und ich sehe, was für eine Party auf mich wartet. Die gesamte Wohnung leuchtet wie das Rockefeller Center an Weihnachten. Zahllose Lichterketten hängen an den Balken und sogar an den Wänden. Ein Song der Kings of Leon, eine meiner absoluten Lieblingsbands, dröhnt aus Lautsprechern, die ich das letzte Mal beim Tag der offenen Tür der Wache gesehen habe. Außerdem ist die halbe Feuerwache hier, um zu trinken und zu tanzen, mitten in meiner Wohnung. Etwas abseits des Getümmels steht Dani in einem luftigen Sommerkleid. Sie sieht so was von heiß aus, dass ich auf der Stelle zu ihr gehen und sie vor allen anderen auf den Boden werfen möchte, um unaussprechliche Dinge mit ihr anzustellen. Ich schlucke.

Seit meiner frühesten Jugend habe ich meinen Geburtstag nicht mehr wirklich gefeiert, und schon gar nicht so. Gerade als ich mich fange, höre ich Logan brüllen: »Geburtstagskind im Raum!«

Alle drehen sich um und starren mich an. Sie heben ihre Becher oder Flaschen, um mir zuzuprosten und zu jubeln. Dani drängt sich mit einem Lächeln auf den Lippen durch die Menge und gibt den anderen ein Zeichen mit der Hand. Erschrocken weiche ich ein paar Schritte zurück, als meine Freunde und Kollegen ziemlich atonal *For He's A Jolly Good Fellow* anstimmen.

»Großer Gott«, höre ich Logan neben mir stöhnen. Er verzieht das Gesicht. Genau wie ich. Wer hätte das gedacht? Niemand auf der Wache kann singen. Noch nicht mal die Freundinnen oder Ehefrauen. Das Ganze ist so absurd, dass ich zu lachen anfange. Und ich kann gar nicht mehr damit aufhören. Inzwischen lache ich so laut und heftig, dass ich sogar das schräge Geburtstagslied übertöne. Alle starren mich an. Es wird ganz still. Dani sieht nervös zu mir. Sie malträtiert ihre weiche Unterlippe mit den Zähnen.

»Ich glaube, darauf brauche ich jetzt ein Bier. Was meint ihr?«, rufe ich in die Menge. Ein paar lachen. Murphy und Carlos höre ich brüllen: »Ein Bier! Ein Bier für das Geburtstagskind!«

Carlos reicht mir eine Flasche. Schon halte ich ein kühles Brooklyn Lager in der Hand.

»Danke, Mann. Du weißt, was gut ist«, murmle ich und nehme einen herrlichen Schluck.

»Eigentlich nicht. Aber *sie* dort.« Carlos deutet feixend mit einem Nicken auf Dani, die mich nicht aus den Augen lässt. Sie zuckt lässig mit der Schulter, als wolle sie sagen, hey, was hätte ich sonst tun sollen. Gespielt tadelnd schüttle ich mit einem Lächeln auf den Lippen den Kopf, während eine meiner Lieblingsbands den großen Raum mit rockigen Klängen füllt. Unheimlich, wie gut Dani mich kennt. Sogar Menschen, die mich seit Jahren kennen, denen ich nahestehe, wie mein Partner oder Logan, kennen mich anscheinend nicht so gut wie sie, obwohl sie doch kaum etwas weiß über den echten Brock.

Carlos und Logan gratulieren mir, indem sie mich beinahe erwürgen, als sie mich zu den Getränkeboxen schleppen. Ich staune nicht schlecht. Die Boxen sind gefüllt mit meinen Lieblingsbiersorten auf Eis, und auf der Theke findet man ausschließlich Snacks und Süßigkeiten, die ich besonders gernhabe. Sie hat sogar diesen cremigen Käsekuchen gemacht, nach dem ich so verrückt bin.

»Wow!« Ich bin sprachlos.

»Ja, wenn meine liebe Schwester für jemanden eine Party schmeißt, dann richtig. Du hättest mal sehen sollen, was sie und Mom zu meinem Abschluss aufgeboten haben. Ich gebe zu, das hat sie echt drauf.«

Ich nicke, während ich Dani anschaue. Sie unterhält sich mit einer hübschen Frau in ihrem Alter mit dunklen Haaren, die extrem viele Ketten um den Hals trägt. Verdammt! Danis Kleid betont jede ihrer hammermäßigen Kurven, und ihr Ausschnitt ist mehr als großzügig. Welcher Designer auch immer beschlossen hat, dass Sommerkleider vorn von oben bis unten aufgeknöpft werden können, ist ein verdammtes Genie. Denn ich sehe mich jetzt schon jeden dieser Knöpfe öffnen. In meiner Fantasie natürlich. So wie ich sie schon in den letzten Wochen jede Nacht auf jede erdenkliche Weise genommen habe, während ich dabei in Wirklichkeit nur meinen eigenen Schwanz bearbeitet habe. Wenn das so weitergeht, bekomme ich noch Schwielen auf der Hand.

»Hey, du solltest lieber aufhören, sie so anzustarren«, raunt Carlos mir von der Seite zu und nimmt einen Schluck aus seiner Flasche.

»Und wie soll ich das anstellen? Hast du sie dir mal angesehen?«

Carlos schlägt mit der Handfläche gegen seine Stirn.

»Oh Mann! Dann warte wenigstens, bis Logan entdeckt hat, dass die scharfe Ex von Higgins hier ist. Danach kriegt der bestimmt nicht mehr viel mit.«

Ich versuche unverbindlich zu lächeln und denke an Carlos' Rat, während Dani auf mich zukommt. Sie fällt mir um den Hals. Ihr herrlicher Duft macht mich ganz irre. Warm drängt sich ihr Körper an meinen. Sofort bricht mir der Schweiß aus. Zum ersten Mal an diesem Tag ist allerdings nicht die Sommerhitze daran schuld, sondern nur die verbotene Frucht in

Gestalt meiner Mitbewohnerin, deren herrlich sinnliche Brüste ich auf mir spüre.

»Alles Gute, Brock«, flüstert sie mir ins Ohr. Ihr Atem kitzelt mich dort. Sofort spüre ich, wie sich etwas in meiner Hose regt, was die Partygäste lieber nicht zu sehen bekommen sollten, vor allem nicht Logan.

»Danke, Kleines«, sage ich, selbst überrascht davon, dass meine Stimme normal klingt. »Du hast dich wirklich selbst übertroffen.«

Sichtlich geschmeichelt strahlt Dani mich an. Sie lässt mich los. Als wäre es ihr peinlich, wie fest sie mich gerade umarmt hat, fährt sie sich nervös über den Hals.

»Wir haben Local One da, wenn du was Stärkeres willst.«

Ehrlich gesagt ist ein Starkbier nicht das, was ich gerade wirklich brauche. Zweideutig sage ich: »Wie könnte ich da widerstehen.«

Dani dreht mir den Rücken zu, um mir einen Becher Bier zu holen. Ich atme tief durch und versuche wirklich, nicht daran zu denken, wie geil es aussieht, wenn ihr runder Arsch in dem Kleid hin und her schwingt.

Verdammt! Ich bin geliefert. Mina hatte so was von recht. Ich bin angezählt.

»Hey, Brock. Alles okay mit dir? Du bist uns doch nicht böse, dass wir dich mit der Party überfallen haben?«

Logan blickt mich irritiert an. Es wäre so viel leichter, wenn er nicht ihr Bruder wäre oder wenn wir nicht schon im Kindergarten Ball gespielt und zusammen zum allerersten Mal heimlich geraucht hätten.

»Ja, alles okay. Ich bin einfach total überrumpelt.«

»Hey.« Logan stupst mich an. »Wurde Zeit, dass wir deinen

Geburtstag mal ordentlich feiern. War lange überfällig. Du kannst nicht immer so tun, als wäre der Tag stinknormal.«

Typisch Logan. Er steht auf eine richtig gute Party und darauf, mit Familie und Freunden zu feiern. Er weiß nicht, wie schlimm es damals wirklich war, als Moms neuer Freund, dieser widerliche Sack, jeden meiner Geburtstage ruiniert hat und meine Mutter zu große Angst vor ihm hatte, um dagegen etwas zu unternehmen. Aber daran will ich nicht denken. Nicht heute. Nicht jetzt.

»Du hast recht«, sage ich Logan im Vorbeigehen und marschiere schnurstracks auf die improvisierte Bar zu. Dani weicht erschrocken zurück, als ich ihr auf die Schulter tippe. Sie verschüttet dabei etwas von dem Becher, der wohl für mich gedacht ist. Mit einem fiesen Lächeln schnappe ich mir stattdessen eine riesige Flasche von dem Starkbier. Ich setze sie an meine Lippen und lasse das herrlich kalte Bier meine Kehle hinabrinnen. Die Jungs brüllen und feuern mich an. Wenn Feuerwehrtypen zum Feiern zusammenkommen, hat das sehr oft was von Studentenparty.

Die leere Flasche recke ich in die Höhe und rufe: »Bier aus Brooklyn in Brooklyn! Es gibt doch nichts Besseres!«

Damit habe ich die Party offiziell eröffnet. Zumindest stürmen alle die Bar, um an Alkohol zu kommen. Dani und ich lachen uns an, als wir sehen, dass die Jungs von der Wache wie ein Rudel hungriger Wölfe über alles herfallen, was sie in die Finger kriegen. Ich muss mich heute Abend unbedingt zusammenreißen, denn das hier erinnert mich zu sehr an den alten Brock. Und der hat jede Menge Scheiß angestellt.

Dennoch ist alles wie immer. Wir stehen zusammen, erzählen Anekdoten aus unseren legendären Einsätzen. Danis Freundin, von der ich irgendwann mitkriege, dass sie Jenny heißt, hört fasziniert zu, genau wie Dani selbst, obwohl sie die meisten Geschichten bestimmt schon mal gehört hat.

Es dauert nicht lange und ich habe ordentlich einen sitzen. Als ich sehe, dass Carlos mit Maria tanzt und auch ein paar der anderen damit angefangen haben, bewegen sich meine Füße wie von selbst auf Dani und Jennifer zu. Vage erinnert sich mein alkoholgeschwängerter Verstand daran, dass Logan seit einer Weile mit Higgins' scharfer Ex aufs Dach verschwunden ist.

Gerade als ich Dani auf die Schulter tippen will, höre ich ihre Freundin sagen: »Du hattest recht mit ihm. Dieser Brock ist zu heiß, um wahr zu sein.«

Erschrocken starrt diese Jenny mich an, als sie mich entdeckt. Dani dreht sich langsam zu mir um und wird krebsrot.

»Hey«, stammelt sie und versucht so zu tun, als wäre gar nichts. Ich kann nicht anders und grinse Dani breit an. Sie weiß genau, dass ich das gerade gehört habe.

»Na los, Kleines! Lass uns tanzen.«

Nervös sieht sie sich um.

»Logan ist nicht da«, sage ich. Als ich Dani die Hand hinstrecke, zögert sie nicht. Ich ziehe sie näher zu mir. Genau das will ich zum Geburtstag. Und nichts anderes.

»Na, komm schon.« Ich dränge sie weiter nach hinten, zu den anderen, die sich zur Musik bewegen. Ein etwas ruhigerer Song der Fleet Foxes läuft gerade. Perfekt.

Ganz langsam drücke ich Dani an mich. Sie fühlt sich gut an. Es ist verdammt warm mit den ganzen Leuten hier drinnen, doch Danis Wärme zu spüren ist etwas vollkommen anderes. Als hätten wir das schon Dutzende Male getan, legt sie ihren Kopf an meine Brust. Mein Herz schlägt schneller, wenn ich sie im Arm halte. Als ich spüre, dass sie ihre Arme um mich schlingt und ihre Hände auf meinen Rücken legt, schließe ich die Augen. Das hier könnte nur noch besser sein, wenn sie nackt wäre. Wenn ich doch nur ihre warme, weiche Haut direkt auf meiner spüren könnte. Die Vorstellung macht mich an. Ich bekomme eine Erektion.

Blinzelnd sieht Dani mir in die Augen. Ich beiße die Zähne zusammen, kann aber meinen Blick nicht von ihr abwenden, und gegen meine Erektion hilft der Ausdruck in ihren glänzenden, schönen Augen auch nicht. Ganz im Gegenteil. Als hätte mein Körper ein Eigenleben, das sich meiner Kontrolle entzieht, drücke ich ihren Schoß fester gegen mich, während ich uns so drehe, dass wir in einer dunkleren Ecke der Wohnung landen.

»Brock«, bringt sie mühsam über die Lippen. Es klingt wie eine Warnung.

»Nicht, Dani«, mahne ich sie sanft. »Nicht darüber reden.« Sie starrt mich an, ehe sie zu meiner Erleichterung nickt. Vorsichtig legt sie ihren Kopf zurück auf meine Brust. Ihr Regenduft dringt wieder in meine Nase. Überrascht spüre ich, wie ihre Hände über meine Rückenmuskeln streicheln. Unsere Wohnung ist voller Menschen, aber ein paar kurze Augenblicke lang ist es so, als wäre ich mit ihr hier allein. Nur sie und ich, und unsere Körper, die sich aneinander reiben. Besser kann man seinen Geburtstag nicht feiern.

»Hey, Brock!«, höre ich jemanden schreien.

Schon ist der Moment vorbei. Dani löst sich von mir. Ohne mich anzusehen, dreht sie sich weg und geht zurück zu den anderen.

Es war Carlos, der nach mir gerufen hat. Er und Maria sehen mich streng an, aber blickt man genauer hin, erkennt man auch ein selbstzufriedenes Lächeln in ihren Gesichtern.

»Was gibt's?«

»Nichts … Ich dachte nur, es wäre dir lieber, *nicht* mit deiner Mitbewohnerin zu tanzen, jetzt, da Logan zurück ist.«

Ertappt sehe ich mich um. Scheiße! Carlos hat recht.

Tatsächlich sitzt er mit diesem Mädchen auf meiner Couch. Zum Glück haben sie keine Augen für mich, sondern nur füreinander.

»Danke«, flüstere ich Carlos zu.

Maria schüttelt amüsiert den Kopf.

Kapitel 17

Dani

Wie ist das denn nur passiert?

Ich stehe in unserem Bad, den Lärm der Party dumpf im Ohr, und kühle meine Wangen mit den Händen, die ich unter das eiskalte Wasser gehalten habe. Brock hatte eine Erektion. Eine ziemlich riesige sogar. Meinetwegen.

Was wäre passiert, wenn wir nicht unterbrochen worden wären?

Mach dich nicht verrückt! Gar nichts wäre passiert.

Das hier ist eine Party, Brocks Geburtstagsparty, um genau zu sein, und irgendwo treibt sich auch mein Bruder herum, während ich vorgebe zu tanzen, um mich lustvoll an seinem besten Freund zu reiben. Aber was hätte ich denn tun sollen? Er fühlte sich so verdammt gut an. Warm, stark und fest. Und zu spüren, dass ich ihn so deutlich errege, war das mit Abstand berauschendste Gefühl meines Lebens. Damals, in der Highschool, hätte ich dafür glatt einen Mord begangen. Aber jetzt …

Ich betrachte mich im Spiegel und sehe jemanden, den ich nicht so gut kenne, wie ich geglaubt habe. Dabei sehe ich aus wie immer, nur dass Brock in mir ein loderndes Feuer entfacht hat. Doch meine Wangen zu kühlen vermag es nicht zu löschen. Nicht einmal annähernd.

Als ich aus dem Bad komme, sehe ich, dass die ersten Gäste bereits gegangen sind. Keine Ahnung, wie ich die letzte Stunde überstehen konnte. Manchmal schafft man es irgendwie ganz von selbst, auf Normalität umzustellen und so zu tun, als würde man nicht platzen vor Lust und Begierde nach jemandem, der die ganze Zeit im selben Raum und dennoch unerreichbar fern ist. Ich spüre es jedes Mal, wenn sein Blick auf mich fällt. Dann bekomme ich Gänsehaut, und mein Unterleib brennt und pocht so wie vorhin, als er seinen Schoß und damit seinen harten Ständer an mich gedrückt hat.

Wie sollen wir das nur je vergessen können? Schlimmer noch, was, wenn er es schon vergessen hat?

Aber seine Blicke, die durch die Menge zu mir finden, sagen deutlich, dass er es nicht aus dem Kopf bekommt, genau wie ich. Seine grünen Augen haben eine Intensität, wie ich sie noch nie gesehen habe, und er trinkt wesentlich mehr, als ich ihn je trinken sah. Zugegeben, bei mir fließen Bier und Tequila ebenfalls in breiteren Strömen als sonst. Obwohl ich die ganze Zeit mit den Jungs von der Wache plaudere und mich gut mit ihren Begleiterinnen unterhalte, könnte ich in einem Verhör nicht sagen, worüber wir gesprochen oder was genau ich selbst von mir gegeben habe, dafür bin ich zu abgelenkt. Jenny hat es natürlich sofort geschnallt und mich schon nach unserem Tanz ausgefragt, aber ich bin ihr ausgewichen, weil ich das erst selbst auf die Reihe kriegen muss. Ich bin nur froh, dass Wendy heute Abend ein Date hat und nicht hier sein kann, sonst könnte ich mir etwas anhören.

Auf merkwürdige Weise fühle ich mich wie eine Schachfigur, bei der klar ist, dass sie in den nächsten Zügen fällig ist, aber ich habe keine Ahnung, ob es zu diesen Zügen je kommt.

Wieder spüre ich dieses Prickeln im Kreuz und das Pochen.

»Kann ich kurz mit dir sprechen?«

Brock flüstert mir ins Ohr. Ich schlucke und nicke leicht lächelnd, damit seine Freunde nicht mitkriegen, dass ich eigentlich vor Nervosität zerspringe. Ich folge ihm in mein Zimmer und sehe mich dabei um, ob auch ja niemand, besonders mein Bruder Logan, merkt, wohin wir gemeinsam verschwinden.

»Er ist vorhin mit der Dunkelhaarigen abgehauen.« Anscheinend liest Brock meine nicht schwer zu erratenden Gedanken. Mein Magen sackt mir in die Kniekehlen, als er hinter mir die Tür schließt und ich mit ihm allein bin. In meinem Zimmer.

»Was gibt's?« Ich stelle mich noch immer unwissend, weil ich mir die Blamage ersparen will, falls ich mich irre, was seine Absichten angeht.

»Dani«, flüstert er mahnend.

»Ja, ich weiß.«

Wir stehen wenige Schritte entfernt voneinander vor dem Fenster, so weit weg vom Bett, wie der Raum es zulässt.

»Ich wollte dir nur erklären, wie es dazu kommen konnte.«

»Ich weiß, wie so was geht. Bin ja keine Jungfrau mehr«, scherze ich. Gott, ich wünschte, ich könnte die Klappe halten, wenn es darauf ankommt.

Brock lacht zwar, aber es klingt verdammt irritiert. Als er einen Schritt auf mich zumacht, fällt mir auf, dass er ein wenig schwankt, und auch bei mir dreht sich der Raum ein kleines bisschen, obwohl ich sagen würde, dass ich nicht betrunken bin, jedenfalls nicht richtig.

»Dani, du …«, beginnt er, unterbricht sich aber selbst, ehe er frustriert den Kopf schüttelt und einen verzweifelt klingenden Atemstoß von sich gibt.

»Dani, du weißt doch, wie das bei mir mit den Frauen läuft.« Zerknirscht sieht er mich an.

»Es wissen? Man könnte sagen, ich habe es live und lautstark mitbekommen.« Oh, Mann! Ich bin doch betrunken.

Brock wird blass. Seine grünen Augen wirken panisch.

»Du hast das gehört?«

»Mehr als deutlich«, gebe ich zu und reibe mir über die Arme. Zum ersten Mal an diesem heißen Julitag ist mir kalt.

»Scheiße«, zischt er. »Das tut mir leid. Ganz ehrlich. Du musst mir glauben, das wusste ich nicht. Ich dachte, da das Bad dazwischen ist, kannst du nicht hören, was da ...«

»Brock«, unterbreche ich ihn harsch, weil ich das jetzt echt nicht hören will. »Es war nun mal so. Und wenn man es genau nimmt, geht es mich ja nichts an. Und ich habe keine von ihnen je zu Gesicht gekriegt. Na ja, außer diese Mina.« Ich deute wild gestikulierend herum. Oh ja, ich bin blau.

»Oh Dani«, seufzt Brock und setzt sich weit weg von mir aufs Bett. Er wirkt richtig zerknirscht. Fast als schäme er sich dafür.

»Ich verurteile dich deswegen nicht«, sage ich ihm unverblümt. Natürlich bin ich nicht froh darüber, und es ist auch schwer zu ertragen, aus Gründen, die ich nicht wage anzusprechen.

Brock schnaubt nur noch mehr.

»Dann gefällt es dir, dass ich ständig mit irgendwelchen Weibern vögle und du das mitanhören musst?« Sein harter Blick verursacht ein Stechen in meiner Brust.

»Nein, natürlich gefällt es mir nicht«, gebe ich zu. Ich drehe mich von ihm weg und sehe aus dem Fenster. Der vertraute Anblick der leuchtenden Brücken bei Nacht tröstet mich etwas, aber bei Weitem nicht genug. Ich spüre, dass er auf mich zukommt, spüre die Wärme, die er verströmt, auf meinem Rücken. Scharf atme ich ein, als ich fühle, dass Brock meine bloßen Arme hinabstreicht. Die Berührung ist zart, dennoch brennt sie auf meiner Haut, als würde er Feuer ausstrahlen.

»Was machst du da?«

»Ich kann nicht anders, auch wenn es keinen Sinn hat.« Erregt keucht er. Sein heißer Atem trifft auf mein Ohr. Ich kann spüren, dass mein Höschen feucht wird. Zwischen meinen Beinen brennt es. Ich wünsche mir, gegen jede Vernunft, dass er mich dort berührt. Unbedingt.

»Wir können das nicht machen«, höre ich mich sagen. Dennoch lasse ich mich zurückfallen und lehne mich an ihn. Er fühlt sich einfach zu gut an. Aufregend, warm und seltsam vertraut.

»Ja. Ja, das stimmt. Ich möchte nur, dass du weißt, wie sehr ich es dennoch will.«

Wie erregend die Situation auch ist, es gibt eine leise Stimme in mir, die mir zuflüstert, dass, wenn jetzt eine Frau wie Mina hier wäre oder eine andere, die mehr aussieht wie sie und weniger wie ich, Brock nicht hier bei mir wäre, sondern nebenan, um ihr vermutlich das Hirn rauszuvögeln.

»Es fällt schwer, das zu glauben, nachdem ich Mina gesehen habe und all die anderen, die du für gewöhnlich in Bars abschleppst.« Ich hasse diese fiese Stimme, aber sie ist zu eindringlich, um ihr nicht zuzuhören oder um ihr nicht zu glauben. Diese Stimme war immer schon da, aber seit Jeff ist sie ein ständiger, unliebsamer Begleiter.

»Das ist doch Blödsinn!«

Hart umklammert er meine Oberarme, die nicht gerade dürr sind, und dreht mich zu sich um. Ich weiche seinem Blick aus, denn nun bin ich es, die sich vor ihm schämt.

»Sieh mich an, Dani!«

Widerwillig blicke ich ihm ins Gesicht. Wütend blähen sich seine Nasenflügel. Sein Blick ist unruhig, aber er ist ja auch alles andere als nüchtern.

»Möchtest du wissen, wie oft ich an dich gedacht habe, als

ich eine andere flachgelegt habe, oder wie oft ich mir dich vorstelle, wenn ich mir einen runterhole?«

Erschrocken sehe ich in seine Augen. Ich kann nicht sagen, ob er lügt und mir das nur erzählt, weil er mir das Gefühl geben will, begehrenswert zu sein. Ja, er hatte eine Erektion vorhin, aber welcher Mann hat keine Erektion, wenn er beim Tanzen mehr als deutlich Brüste und Schoß einer halbwegs attraktiven Frau spürt. Aber das jetzt? Dass er so was behauptet. Wenn das wahr wäre …

»Ist das wahr?«, frage ich ihn, jedes Schamgefühl ertränkt in Alkohol.

»Ob das wahr ist?« Ächzend lässt er mich los. »Ja, Dani. Das ist verdammt nochmal die Wahrheit. Und es ist ein *verficktes Problem*! Du bist Logans Schwester, Joe St. Clairs Tochter, meine Mitbewohnerin. Und eine Freundin. Aber hier oben …«, heftig tippt er gegen seine Schläfe, als wolle er etwas ausmerzen, »… bist du der Star meiner immer heftiger werdenden sexuellen Fantasien.«

Erschöpft tritt er von mir zurück und setzt sich wieder auf meine Bettkante. Mein Herz schlägt mir bis zum Hals, als ich auf Brock herabsehe. Ich habe ein ganz komisches Gefühl in der Brust, ein Gefühl, das ich bestimmt noch nie hatte. Es fühlt sich an, als hätte ich in eine Steckdose gefasst.

»Und dass ich deinetwegen zum ersten Mal meinen blöden Geburtstag feiere, seit Dad gestorben ist, hilft nicht gerade, dich von dort oben wegzukriegen.«

Wieder tippt er sich strafend an die Stirn.

Ich möchte etwas sagen, aber ich kann nicht. Ich bin wie erstarrt.

Er hat nie seinen Geburtstag gefeiert?

Wieso weiß ich das nicht? Logan hat darüber nie was erzählt.

Erst als er den Kopf hängen lässt, strecke ich eine Hand nach ihm aus. Zärtlich fahre ich über seine Haare. Sie sind weich und prickeln auf meiner Haut. Deutlich spüre ich, wie er die Berührung genießt. Ohne nachzudenken setze ich mich auf seinen Schoß. Erstaunt und sichtlich schockiert schaut Brock mich an. Ich kann kaum atmen, wenn er mich so ansieht. Ich zögere einen Moment, gebannt von seinen schönen grünen Augen, deren leicht betrunkener Glanz mich nicht von meinem Vorhaben abhält. Dann beuge ich mich langsam zu seinem Mund herab. Doch noch bevor ich seine Lippen erreiche, hält Brock mich zurück.

»Wir können das nicht tun, Dani! Es … Wie sehr wir das auch wollen … Es wäre ein Fehler.«

Gerade noch entflammt, wird mir auf der Stelle eiskalt. Ich fühle die Tränen kommen. Noch bevor er sie sehen kann, stoße ich ihn weg. Gekränkt und völlig durch den Wind reiße ich die Tür auf und finde mich mitten auf der Party wieder, die ich eben beinahe vergessen hatte.

Jenny taucht neben mir auf. Besorgt sieht sie mich an.

»Alles okay?«

»Nach weiteren fünf Tequila bestimmt.«

Ich lasse sie stehen, schnappe mir ein Schnapsglas von der Bar, fülle es reichlich mit Tequila und leere es in einem Zug. Das heiße Brennen nimmt mir den Schmerz der Demütigung, aber es stellt nicht die Gedanken ab, die mich verfolgen: Brock ist scharf auf mich, aber nicht mal genug, um etwas deswegen zu unternehmen. Wieder einmal werde ich von einem Mann abgelehnt, den ich will, er aber nicht mich. Nicht genug jedenfalls. Dani, die Betrogene und jetzt auch noch Dani, die Verschmähte. Einfach fantastisch!

Ich kann nicht glauben, dass ich versucht habe, Brock zu küssen. Was habe ich mir nur dabei gedacht?

Er ist ein Frauenheld, mein Mitbewohner und eine Nummer zu groß für mich. Jeff hat mein Herz schon genug beschädigt.

Ich taste nach einem weiteren Glas. Vage bekomme ich mit, dass ich dabei Chipsschüsseln und Flaschen umstoße.

Na, das ist ja ein richtig gelungener Abend!

Brock

Nachdem Dani aus ihrem Zimmer gestürmt ist, hätte ich mir gern eine verpasst. Ich bin so ein mieses Arschloch. Erst mache ich sie heiß, weil ich nicht die Finger von ihr lassen kann, und dann sage ich ihr, dass nichts passieren wird, als sie versucht, mich zu küssen. Dabei wollte ich es doch auch. Ich wollte unbedingt ihre Lippen auf meinen spüren und mit meiner Zunge in ihren Mund eindringen.

Ich kann sogar jetzt noch spüren, wie sie sich auf meinem Schoß anfühlt. Angewidert von mir und der beschissenen Situation stehe ich auf und verlasse ihr Zimmer, das zu sehr nach ihr riecht. Blinzelnd finde ich mich unmittelbar auf meiner Party wieder, wo die Jungs von der Wache mich in Beschlag nehmen. Ich werde von einem zum anderen gereicht. Dämlich grinsend höre ich mir all die üblichen Geschichten an wie die von dem Tennisprofi, der mit gebrochenem Arm im Puff war und erst dort die Rettung gerufen hat, weil er meinte, Endorphine könnten gegen die Schmerzen helfen. Währenddessen schütte ich Bier und Schnaps in mich rein und denke jede Sekunde an Dani und an ihr Gesicht, als sie versucht hat, mich zu küssen, kurz bevor sie vor mir weggelaufen ist.

Ich weiß nicht wann, weil ich das Zeitgefühl verloren habe

und ziemlich betrunken bin, aber irgendwann leert sich die Wohnung, und nur noch Carlos und Maria sind da, die mich drücken und mir eine gute Nacht wünschen. Als ihre Blicke hinter mich wandern und sie Gute Nacht sagen, begreife ich, dass es Dani gilt, die hinter mir steht. Sobald die Tür ins Schloss fällt, werde ich allein mit ihr sein. Ich traue mir das nicht zu, nicht heute Nacht. Nicht in diesem Zustand. Als es geschieht, drehe ich mich langsam um, doch sie steht nicht mehr hinter mir.

Meine Augen suchen die Wohnung nach ihr ab, die gerade dazu neigt, sich um die eigene Achse zu drehen. Endlich entdecke ich Dani, wie sie hinter den Küchentresen tritt, um aufzuräumen. Den Kopf schüttelnd sehe ich ihr dabei zu, wie sie versucht, das Chaos, in das sich die Bar verwandelt hat, zu beseitigen, dabei ist sie mindestens so betrunken wie ich. Irgendwann gibt sie auf, weil sie ständig etwas fallen lässt oder es nicht schafft, leere Flaschen in die Kisten zu stecken. Stattdessen wischt Dani alles in einen riesigen Mülleimer, der am Ende der Bar steht. Der Anblick und ihre Freude über den Erfolg dabei bringen mich zum Lachen.

»Was ist so komisch?« Herausfordernd stemmt sie die Hände in die Hüften und blickt mich finster an.

»Du … wie du versuchst, hier sauber zu machen, dabei bist du total betrunken.«

»Das ist vielleicht ein Grund, aber kein Hindernis«, brabbelt sie. Obwohl sie nicht wirklich deutlich spricht, schafft sie es, oberlehrerhaft zu klingen. Das finde ich komisch genug, um einen Lachkrampf zu bekommen. Sie schüttelt den Kopf huldvoll über mich und wischt mit einem triefnassen Schwamm über die Kücheninsel. Das Wasser rinnt an allen Seiten herab.

»Gib mal her«, sage ich, als ich mir das Chaos nicht länger ansehen kann. Mit immenser Konzentration schaffe ich es, die Fläche sauber zu kriegen, während sie mir, um nicht zugeben zu müssen, dass ich besser betrunken sauber machen kann als sie, mit einem trockenen Lappen hinterherputzt.

Ich grinse ihr hämisch ins Gesicht, weil ich es geschafft habe. Dani weiß es gar nicht zu würdigen. Sie starrt stattdessen nur angewidert auf ihre Finger.

»Na, komm her.« Sie tappt zu mir und lässt sich gegen die Arbeitsplatte fallen, um Halt zu haben. Ich stelle warmes Wasser an und wasche ihre klebrigen Hände. Dani hat wirklich schöne Hände. Und sie fühlen sich noch viel schöner an, wenn sie einen damit berührt. Während ich ihre Finger knete und sie meine, damit sie wieder sauber werden, bekomme ich deshalb schon wieder eine Erektion. Zu betrunken, um mich im Griff zu haben, stöhne ich erregt, während unsere Finger mit einer seltsamen Form der Handliebe beschäftigt sind.

»Du hast mich nicht geküsst. Du willst mich schon irgendwie, aber nicht genug, um mich wirklich zu küssen, stimmt's?«

Todtraurig sieht sie mich an, als hänge ihr verbliebenes Selbstvertrauen von meiner Antwort ab. Wenn sie nur wüsste, wie falsch sie damit liegt.

»Gott, Kleines! Du hast ja keine Ahnung …«

Mit geschlossenen Augen dreht sie sich von mir weg. Dani stützt sich auf die frisch geputzte Platte der Kücheninsel. Ihre Schultern hängen herab. Scheiße, ich habe ein ganz scheußliches Gefühl, sie so zu sehen. Mir tut die Brust weh.

»Hey«, flüstere ich sanft, aber sie will mich nicht ansehen. Verdammt noch mal! Sie soll das endlich richtig verstehen. Ich schnappe mir ihre Hand und drücke sie gegen meine Erektion, die dritte, die ich ihretwegen heute schon habe. Perplex sieht sie auf ihre Hand, die auf meiner Beule liegt. Es fällt schwer, dem Genuss ihrer warmen kleinen Hand nicht nachzugeben. Zu schwer.

»Was muss ich denn noch tun, um dir zu zeigen, dass du falschliegst? *Ich will dich*, Dani, mit Haut und Haar. Ich will dich so dringend ficken, wie ich es noch bei keiner anderen wollte.«

Mit offenem Mund starrt sie mich an, ihre Hand noch immer auf meinem Schritt. Sie leckt sich über die Lippen. Mein Schwanz wird härter. Ich sehe, dass sie es spürt, als ihr Blick genau in der Sekunde zu mir hochzuckt.

»Ich hatte auch Fantasien von dir.«

Mir wird ganz warm, und der Raum dreht sich eine Spur schneller, als ich das höre.

»Was für Fantasien? Sag es mir!«, fordere ich.

»Ich … ich habe mir vorgestellt, wie es wäre, wenn … wenn du mich …«

»Wenn ich dich ficke?«, spreche ich es für sie aus. Sie nickt heftig. Ihre Wangen sind tiefrot. Offensichtlich ist es ihr peinlich, wenn wir uns so nahe sind, gewisse Dinge laut auszusprechen. Aber das sollte es nicht. Nicht bei mir. Ich will diese Dinge aus ihrem Mund hören, aus ihrem wunderschönen, sinnlichen Mund, den ich heute küssen werde.

Scheiß drauf! Ich kann nicht anders.

»Hast du dich dabei auch angefasst?«, frage ich sie und presse ihre Hand mit meiner stärker auf meinen Ständer.

»Ja«, haucht sie, aber sie schaut mich nicht an. Ich hebe ihr Kinn an, sodass ihr nicht anders übrig bleibt, als mir in die Augen zu sehen. Ich erkenne Lust darin, aber auch Scham.

»Das muss dir nicht peinlich sein. Ich habe so oft meine Ständer bearbeitet und mir dabei vorgestellt, was ich alles mit dir anstellen würde, wie hart oder sanft ich mit dir sein könnte. Würde dir das gefallen, Dani? Wenn ich sanft *und* hart mit dir wäre?«

Sie atmet schneller, sieht mich mit einem Hunger in ihren Augen an, der mich schier umhaut.

»Ich glaube ja.«

»Gut, denn ich habe vor, heute sehr sanft zu sein, wenn ich dich das erste Mal berühre, und danach, wenn du es schon nicht mehr aushältst, werde ich dich hart nehmen, so tief in dich stoßen, dass du mich den ganzen Tag danach noch spüren wirst.«

»Brock!«, wimmert sie und massiert fester meinen Schwanz. Ich wusste es, ich wusste, dass in Dani ein schier endloses, leidenschaftliches Verlangen lodert, das ich hervorzulocken und zu bezähmen weiß. Ihr heißer, feuchter Atem auf meinem Mund fleht mich an. Ich liebe diesen Moment, diesen Augenblick, kurz bevor ich weiß, wie es ist, sie zu küssen. Dieser verzögerte Genuss, der umso süßer schmeckt, wenn ich ihm endlich nachgebe. Und das tue ich. Ich lege meine Lippen auf ihre, dringe mit meiner Zunge in sie ein. Gierig heißt mich ihr Mund willkommen. Sie drückt ihre heiße kleine Zunge an meine und tanzt mit ihr, noch erotischer und verzweifelter, als wir früher an diesem Abend. Noch nie habe ich es so genossen, eine Frau nur zu küssen. Dani küsst mit dem ganzen Körper, sie hält nichts zurück. Ihre Hände halten meinen Kopf fest, während meine ihre Hüften streicheln. Wie ich dieses dünne Kleidchen liebe. Ich spüre so gut wie alles hindurch. Ihre weichen Kurven. Die Wärme ihrer Haut. Herrlich.

Dani schmeckt genauso süß und verführerisch, wie ihre Haut duftet. Berauscht küsse ich sie intensiver, nehme ihr den Atem, bis sie sich keuchend von mir lösen muss, um Luft zu holen, ehe sie dieses Mal mich küsst. Ohne Scham. So wie es sein soll. Es gibt nichts Heißeres als eine Frau, die sich gehen lässt, besonders, wenn man derjenige ist, der sie dazu bringt.

Als sie versucht, ihre Hand in meine Jeans zu stecken, um meinen Schwanz richtig zu spüren, bin ich es, der außer sich aufstöhnt. Ihre warmen, kleinen Finger, die gierig nach mir greifen, fühlen sich zu gut an. Sie umfasst mich, drückt und streichelt beherzt auf und ab. Während ich ihren Körper an mich presse, spüre ich, dass ich viel zu heftig auf Danis Streicheleinheiten reagiere, deshalb ziehe ich ihre Hand aus meiner Hose. Eine schmerzhafte Entscheidung, denn mein Schwanz zuckt ihr sehnsuchtsvoll nach. Aber das hier soll erst der Anfang sein und nicht das Ende. Ich will viel mehr. Ich will Dani sehen, sie schmecken, ihre Erregung zum Äußersten treiben, ehe ich auch nur ans Aufhören denke. Viel zu lange warte ich darauf, das hier endlich haben zu können. Das lasse ich mir nicht durch voreilige Geilheit verderben. Nicht bei ihr.

Etwas verwirrt sieht sie mich an, weil ich ihre Streicheleinheiten unterbrochen habe, deshalb küsse ich sie sanft auf die Lippen. Sie schließt die Augen.

»Ich muss dich sehen«, lasse ich sie wissen. »Und spüren, ohne dass du meinen Schwanz anfasst, sonst vergesse ich mich zu früh.«

Wieder leckt sie sich über die Lippen. Sie ist so schön, und gleich wird sie für mich noch schöner sein. Nackt.

Ich hebe Dani hoch und setze sie auf der Kücheninsel ab. Erwartungsvoll blickt sie mich an. Um etwas von ihr zu spüren, ziehe ich sie an den Hüften zu mir, bis ihre gespreizten Beine meine Hüfte umschlingen und sich ihr Schoß gegen meinen presst. Sanft drücke ich auf ihren Oberkörper, damit sie sich nach hinten lehnt. Als sie deswegen ein wenig ängstlich aussieht, sage ich ihr: »Vertrau mir.«

Sie tut es. Dani legt sich zurück auf den Tresen. Ihr rötliches Haar liegt nun ausgebreitet da. Ihre großen Brüste ragen in die Höhe. Schon allein das ist den Anblick wert. Ihre Aufregung facht meine Lust sogar noch mehr an. Während ihr Busen sich vom schnellen Atmen hebt und senkt, streiche ich über die Haut an ihrem Oberschenkel, nur mit den Fingerspitzen. So lange, bis sie Gänsehaut bekommt und ich selbst durch meine Jeans die feuchte Hitze ihres Höschens spüren kann. Das hier ist verdammt heiß, und ich lasse mir Zeit, genieße sie, in vollen Zügen.

Meine Finger streichen von ihrem Unterleib über ihren Bauch nach oben, spüren die aufgerichteten Brustwarzen unter dem filigranen Stoff. Zeit, mir das genauer anzusehen.

Ich öffne die ersten Knöpfe des Sommerkleids und küsse die freigelegte Haut, Danis unterdrücktes Stöhnen im Ohr. Lange wird sie nicht damit durchkommen. Ich muss ihr Stöhnen richtig laut hören, danach ihr Keuchen und dann ihre lustgetränkten Schreie.

Weitere Knöpfe folgen, ganz langsam, bis ich das Kleid ganz zur Seite schieben kann und ihren weichen, kurvigen Körper vor mir liegen habe. Danis milchige Haut leuchtet. Ich stehe drauf, wie meine gebräunten Hände auf ihr aussehen, als würde ich kostbaren Alabaster berühren. Sie trägt nur einen dünnen, nicht gefütterten BH, der ihre Nippel fast schon obszön deutlich durchblicken lässt. Der Anblick macht mich wahnsinnig an, genau wie der kleine dunkle Leberfleck, der oben auf ihrer rechten Brust zu sehen ist. Sie ist so sexy und hat keine Ahnung davon.

Ich öffne den Haken ihres BHs zwischen ihren Brüsten und

fahre begehrlich die runden, weichen Erhebungen entlang, ehe ich sie völlig nackt ansehe. Zum Anbeißen sehen sie aus. Hellrosa Nippel auf einem dunkelrosa Vorhof, gebettet auf schneeweißen Brüsten, die empfindsam auf jede Berührung von mir reagieren. Ein wahr gewordener Traum. Ich kneife leicht in eine Brustwarze. Heftig bäumt Dani sich unter mir auf. Der Anblick ist sündhaft und bringt meinen steifen Schwanz zum Zucken. Ehe sie sich noch beruhigen kann, schließe ich meinen Mund um ihren harten Nippel und sauge kräftig daran. Keuchend und stöhnend windet sie sich unter mir, und ihre Finger zerwühlen mein Haar. Als ich heftiger sauge, spielerisch knabbere, reißt sie an meinen Haaren. Dass ihre Lust so groß ist, bringt einige Tropfen meiner Erregung hervor. Das hier ist so viel besser, so viel mehr als mit all den anderen. Es lässt sich mit nichts vergleichen, weil es Dani ist, der ich Lust bereite und die sich nach mir verzehrt.

Selbst völlig in meiner Lust gefangen und trotz des Alkohols im Blut bin ich durch den Nebel der sexuellen Gier wieder völlig klar geworden. Ich spiele mit beiden Nippeln gleichzeitig, was sie leise schreien lässt. Der Laut fährt mir direkt ins Glied, bringt weitere Tropfen hervor. Gleichzeitig küsse ich mir den Weg bis zu ihrer Scham hinab. Ihr Nabel tanzt auf dem leicht gewölbten Bauch heftig auf und ab, weil sie weiß, was gleich geschehen wird. Weil sie es will, es ersehnt, spreizt sie ihre Beine weiter für mich. Ich nehme ihre Einladung an und vergrabe mich zwischen ihren heißfeuchten Lippen, küsse und lecke, was ich zu fassen bekomme. Ihr Geschmack füllt meinen Mund und schürt meine Erregung ins Unermessliche. Ich denke daran, wie es sich anfühlen würde, ihre Zunge auf meinem Schwanz zu fühlen, und lecke deshalb tiefer, bis meine Zungenspitze ihren Eingang erreicht.

Ihre Finger bohren sich verlangend in meine Kopfhaut, während sie immer schneller meinen Namen keucht. Ich liebe es, wie sie meinen Namen stöhnt. Ich möchte, dass sie kommt, und drücke deshalb kreisend gegen ihre Klitoris, ehe ich die sensible Perle endlich in meinen Mund sauge. Sie explodiert. Dani explodiert, und ihr feuchter Orgasmus fließt mir auf die Zunge.

Ich tauche aus ihrem warmen Schoß hervor und sehe, dass sie befriedigt daliegt. Sie beißt leckend in einen ihrer Fingerknöchel. So muss sie aussehen, wenn sie es sich selbst macht und dabei an mich denkt, wie sie zugegeben hat. Der erotischste Anblick überhaupt.

»Dani«, stöhne ich ihren Namen, selbst kaum noch in der Lage, klar zu denken, so sehr will ich diese Frau endlich ficken, mich in ihr versenken.

»Ja.« Sie ist völlig weggetreten. Ich bete, dass es nicht nur der Alkohol ist, der sie dazu gebracht hat, das hier zu tun, so die Kontrolle zu verlieren.

»Ich möchte, dass du dich anfasst, so als wäre ich nicht da.«

Blinzelnd kommt sie zu sich. Sichtlich verunsichert blickt sie zu mir auf. Sie kaut wieder auf der Lippe herum. Ich möchte das tun, während ich meinen Ständer in ihr habe.

»Ich … so was habe ich noch nie gemacht, Brock.«

Das macht es noch besser. Dann gehört das nur mir. Ich will es. Jetzt noch mehr als vorher.

»Es gibt nichts, dessen du dich schämen musst. Nicht bei mir, hörst du!« Sie nickt, lässt mich nicht aus den Augen. Zögernd fährt ihre Hand nach unten. Ich helfe ihr, packe ihre Beine und schlinge sie locker um meine Hüfte, sodass ihr Schoß offen aufklafft und ich die glänzende Erregungdeutlich sehe, ihre geröteten Schamlippen, die sich verdammt gut anfühlen. Ich warte mit einem schmerzenden Hammerständer in der halb offenen Hose darauf, bis sie sich anfasst. Als ihre Finger beginnen, zart ihre Schamlippen zu streicheln, trifft es mich stärker, als ich erwartet habe. Ich reiße mich von dem scharfen Anblick los und küsse sie, als wolle ich sie verschlingen. Sie schmeckt sich selbst durch meinen Kuss. Der Gedanke gefällt mir. Ihr offenbar auch, denn sie stört sich nicht daran. Ich reiße mich von ihren Lippen los, um nach unten zu sehen, und was ich sehe, zieht mir fast die Füße weg. Dani bearbeitet kreisend ihrer Perle, ehe sie mich kurz ansieht, die Augen schließt, um mit einem Finger einzudringen.

»Dabei stelle ich mir immer vor, du wärst in mir und würdest mich nehmen«, höre ich sie keuchend flüstern. Erstaunt sehe ich in ihr angespanntes Gesicht, das von Lust verzerrt ist. Ich versuche mir zu merken, dass es ihr leichter fällt, schmutzige Sachen zu sagen, wenn sie die Augen zuhat.

Dabei zuzusehen, wie sie selbst mit den Fingern in ihre warme Höhle stößt, bringt mich dazu, fest mit der Hand meinen Schwanz auf und ab zu fahren. Wir stöhnen beide heftig.

Nein, noch mal soll sie nicht kommen, wenn ich nicht in ihr bin.

Ich packe ihr Handgelenk und reiße es nach oben, halte es neben ihrem Kopf fest. Dasselbe mache ich mit der anderen Hand. Ich sagte ja, erst verwöhne ich sie sanft, dann nehme ich sie hart. Genau so mag ich es. Und ihre Reaktion, ihr unausgefüllter Schoß, der verlangend nach oben stößt, macht klar, dass es Dani wohl genauso geht.

Ich nehme beide Handgelenke über ihrem Kopf zusammen und benutze die frei gewordene Hand, um mit meinem Schwanz ihre Möse zu reizen, pflüge durch ihre klitschnassen Lippen hindurch. Dani schreit auf.

»Ich kann nicht länger warten … Brock, tu es endlich.«

»Was soll ich tun?« Immer wieder streichle ich ihren Eingang mit meinem Schwanz, selbst nur darauf aus, endlich in ihr zu sein.

»Du sollst … Oh, bitte! … Fick mich! Fick mich endlich!«

Vor Lust fast wahnsinnig, nachdem ich sie dazu bringen konnte, *das* schreiend von sich zu geben, dringe ich mit einem heftigen Stoß in sie ein. Ihre Muschi ist heiß, feucht und so eng, dass ich kaum zu atmen wage, aus Angst, gleich zu kommen.

»Oh Dani … du fühlst dich gut an. Noch besser als erwartet. Viel zu gut sogar. Und so verdammt eng.«

Plötzlich wird mir klar, dass es sich nie so intensiv und intim angefühlt hat, in einer Frau zu sein. Das liegt zum einen daran, dass es Dani ist, und zum anderen daran, dass ich sie fühle, ohne Barriere. Ich war so scharf auf sie, so dermaßen kopflos, dass ich tatsächlich das Kondom vergessen habe. Als ich etwas sagen will, weil Dani verdient, dass ich auf sie und mich achte, spüre ich bereits, wie sich ihr Becken bewegt und sie sich um mich zusammenzieht.

»Brock … Du fühlst dich unglaublich in mir an.«

Ich vergesse alles, alles, woran ich gerade gedacht habe, jeden Plan, den ich für diesen Fick hatte, jede Kontrolle, dich ich behalten wollte, und beginne mich in ihr zu bewegen. Das Gefühl, das ich dabei habe, neben dem zunehmenden sexuellen Rausch, ist vollkommen, so warm und richtig, dass es mich umhaut. Ich lasse los, vergesse alles um mich herum, außer Dani, in deren verhangene Augen ich blicke, während ich immer wieder hart und tief zustoße. Ihr glasiger Blick, voller Lust und Hingabe, hält mich gefangen. Ihr erotisches Stöhnen ist das schönste Geschenk, das ich je bekommen habe. Wir küssen uns, während wir auf den Höhepunkt zujagen. Ich ahme die

Bewegungen meiner Stöße mit der Zunge in ihrem Mund nach, ehe ich ihre Lippen nochmals küsse und sie an meiner Unterlippe saugt, was ein heftiges Ziehen in meinen Hoden auslöst. Ich spüre, wie ihre Fingernägel sich in meine Schulter bohren und ihr heiserer Schrei an mein Ohr dringt, zur gleichen Zeit, als ich ihren Schoß mit meinem Sperma fülle. Ich komme heftig, in mehreren, heißen Schüben, die mir beinahe den Atem nehmen. Als ich fertig bin, kann ich kaum noch auf den Beinen stehen, deshalb lege ich mich auf sie, versuche noch, sie vor meinem Gewicht mit den Händen zu bewahren, die ich neben ihr auf der Arbeitsplatte abstütze.

Ich weiß nicht, was gerade passiert ist. Aber ich weiß, dass das mehr war als nur ein Fick und dass es mir Angst macht. Eine Scheißangst sogar.

Dani

Ich kann nicht glauben, dass das gerade wirklich passiert ist. Erschöpft und bis in die Zehenspitzen befriedigt liege ich schwer atmend da, auf der Kücheninsel. Das Gewicht von Brocks warmem, muskulösem Körper auf mir. Ich wünschte, ich hätte irgendwann die Geistesgegenwart besessen, ihm das T-Shirt auszuziehen, statt nur an seinem Kragen zu zerren, dann könnte ich ihn jetzt Haut an Haut spüren. So spüre ich nur seine Wärme und seinen Atem an meinem Hals, der sich langsam wieder beruhigt, genau wie mein eigener. Während wir wunderbaren Sex hatten, war ich minutenlang fast wieder nüchtern, doch jetzt dreht sich erneut alles um mich herum, und mir wird klar, dass ich nicht nur gerade mit Brock geschlafen habe, sondern auch, dass wir nicht an ein Kondom gedacht haben. Gerade eben habe ich noch zärtlich träge

Brocks Haarschopf gestreichelt. Damit höre ich schlagartig auf.

»Ich nehme die Pille … außerdem habe ich mich sofort testen lassen, nachdem ich Jeff mit Ava erwischt habe.«

Brock löst sich von mir und blickt auf mich herab. Er sieht mich lange an, ehe auch er etwas sagt.

»Ich benutze immer ein Kondom. Wirklich immer. Jedenfalls bisher. Und beim Blutspenden mache ich die Tests. Auch wenn viele mir das nicht glauben, ich hatte bislang nie was.«

Ernst sehe ich ihn an und nicke. Das muss reichen, nach dieser unbesonnenen Tat. Brock zieht mich hoch. Alles um mich herum wackelt, und ich habe ein Problem damit, ordentlich stehen zu bleiben. Als er es mit mir getan hat, war es, als wäre es eine vorübergehende Heilung gegen das Betrunkensein. Schon seltsam.

»Da haben wir wohl beide gerade den Kopf verloren.«

Ich versuche, die Sache locker zu nehmen, jetzt, da klar ist, dass wir zwei normalerweise verantwortungsbewusster mit Sex umgehen.

»Ja, stimmt. Und wenn du dir nicht gleich was drüberziehst, schwöre ich dir, dass sich das wiederholt.«

Brock starrt auf mein Sommerkleid, das vorn völlig offen ist und an meinen Seiten baumelt, genauso wie der BH, der meine Brüste eigentlich bedecken sollte. Selbstverständlich habe ich auch untenherum nichts an. Mir fällt gerade auf, als ich an mir runtersehe und wie so oft unzufrieden mit meinen Schenkeln bin, dass ich nicht einmal daran gedacht habe oder dass ich mich mit etwas nicht wohlgefühlt habe, was wir getan haben. So war das bisher nie bei mir. Selbst wenn es schön war, habe ich mich dabei allzu oft im Hinterkopf mit meinen körperlichen Unvollkommenheiten befasst. Bei Brock dachte ich keine

Sekunde daran. Ich fühlte mich wohl. Ich fühlte mich begehrt. Und frei.

»Dani, du forderst mich geradezu dazu auf«, warnt mich Brock grinsend, als ich bemerke, dass ich mich noch immer nicht bedeckt habe. Und ganz ehrlich, ich will es gar nicht. Ich will mich noch einmal so fühlen wie eben, ehe die Nacht vorbei ist.

»Ehrlich gesagt finde ich es unfair, dass wir Sex hatten und du mich nackt gesehen hast – du so gut wie alles an mir zu sehen gekriegt hast, während ich von dir kaum etwas zu Gesicht bekommen habe.« Grinsend gehe ich einen schwankenden Schritt auf ihn zu. In meinem Kopf dreht sich alles, dennoch fühlt es sich gut an. Aufregend. Ich genieße, dass ich bei ihm so sein kann. Offen. Fordernd. Mehr ich selbst.

»Das ist wahr«, murmelt Brock und sieht mir dabei zu, wie ich die Sachen, die noch an mir hängen, ausziehe. Sie fallen zu Boden.

»Ich bin für gleiches Recht für alle.«

»Wo du recht hast, hast du recht, Kleines.«

Er streift das T-Shirt ab und geht rückwärts auf mein Zimmer zu.

»Vergiss die Hose nicht!«, ermahne ich ihn gespielt streng. Ich kann förmlich spüren, wie durchgevögelt meine Haare aussehen, aber es ist mir egal.

»Die Jeans oder die Boxershorts?«

»Beides.«

Wir sind in meinem Zimmer und stehen vor dem Bett. Ich bin völlig nackt, aber dank Brocks gierigen Blicken macht es mir gar nichts aus. Dankbar und bis in die Haarspitzen erregt schlinge ich ihm die Arme um den Hals und küsse ihn. Brock küsst wahnsinnig gut. Er ist mit vollem Herzen dabei, und ich mag, wie er schmeckt.

»Du hast die Shorts vergessen«, hauche ich ihm ins Ohr.

»Nein, die habe ich für dich übrig gelassen.«

Ich grinse. Das hier ist die beste betrunkene Nacht aller Zeiten. Und es ist definitiv die beste Nacht meines bisherigen Lebens. Ich habe mit Brock McNamara geschlafen. Unglaublich. Und ich bin gerade dabei, es noch mal zu tun. In meiner Brust flattert etwas wild umher, und mein Unterleib pocht heftig, während ich ihm in die grünen Augen sehe. Er hatte recht, ich werde ihn morgen da unten den ganzen Tag über spüren. Das tue ich schon jetzt. Ich fahre in seine Shorts, tue so, als wolle ich sie ausziehen, streichle aber erst mal seinen Po, der unglaublich knackig ist. Als ich die Boxershorts nach unten schiebe, packe ich mit der anderen Hand seinen Schwanz und drücke zu. Sofort wird er steinhart, woraufhin Brock stöhnt.

»Nur damit das klar ist. Ich will irgendwann deinen Mund um ihn herum haben, und ich will dich auch von hinten nehmen. Dafür will ich aber ganz klar im Kopf sein und nicht total betrunken, so wie jetzt.«

Ich schlucke, denn die Vorstellung von beidem macht mich scharf und richtig feucht, wie ich überdeutlich fühle.

»Keine Einwände meinerseits«, lasse ich ihn wissen und küsse Brock heftiger. Während ich seine Erektion spüre, presst er seine Finger in meinen brennenden, feuchten Schoß.

»Was macht dich an, Dani? Mein Schwanz, meine Finger in dir oder das, was ich dir gerade gesagt habe?«

Wieder starrt er mich direkt an, will, dass ich ihm meine Lust auch in Worten gestehe. Obwohl es mir nicht leichtfällt, tue ich, was er von mir verlangt.

»Alles … alles, was du tust, macht mich an. *Du* turnst mich an.«

Ich halte mich an seiner Schulter fest, als er mit zwei Fingern in mich eindringt und mich sanft reibt. Er krümmt sie und trifft einen Punkt, der mich dazu bringt zu keuchen, als pulsierende, heiße Wellen mich durchströmen.

»Gott, du bist so unglaublich nass, dass ich dir glauben muss«, stöhnt er mir ins Ohr und küsst meinen Hals.

»Kleines, nimm deine Finger lieber von mir, denn ich will nochmals in dir kommen. Das fühlt sich einfach zu gut an.« Ich tue, worum er mich bittet, und auch er hört auf, mich zu reizen. Schockiert halte ich mir die Hand vor den Mund, als er seine Finger, die von meiner Nässe glänzen, in den Mund nimmt und vor meinen Augen ableckt. So langsam verstehe ich, wieso Brock von vielen Männern als Frauenheld angesehen wird und von Frauen als Mann fürs Bett. Einfach weil es wahr ist.

»Deine Lust schmeckt verboten gut.«

Doch als er mich küsst und sein Geschmack zusammen mit meinem eigenen auf meiner Zunge landet, stört es mich nicht. Im Gegenteil. Ich küsse ihn wild und hungrig.

Obwohl es mich vorhin wahnsinnig erregt hat, möchte ich nicht, dass er dieses Mal meine Hände festhält, denn jetzt möchte ich ihn spüren, ihn berühren.

Kaum auf dem Bett, setze ich mich auf und überrasche ihn damit, dass ich auf seinen Schoß klettere und ihn nach hinten drücke. Zuerst wirkt er skeptisch. Offenbar übernimmt Brock normalerweise die aktivere, dominante Rolle. Jetzt aber bin ich am Zug. Die Nacht ist bald vorbei, und der Alkohol brennt noch immer herrlich schamlos in meinen Adern. Das nutze ich aus, als ich mich über ihn beuge. Sein harter Schwanz streift meinen Bauch. In meinem Schoß lodert es heiß. Ich sauge an seinem Hals, was ihn zum Brummen bringt. Ständig versucht er dabei, mich anzufassen, was ich ihm erlaube, obwohl es mich davon ablenkt, seinen herrlichen Körper zu erforschen. Seine Berührungen sind einfach zu schön. Brock streichelt meinen Körper, als würde er ihm wirklich gefallen, und je länger er das tut, desto leichter fällt es mir, das zu glauben.

Mit leicht beißenden Küssen und mit der Zunge fahre ich seinen durchtrainierten Oberkörper ab. Unter meinen Händen spüre ich die glatte und warme Textur seiner Haut. Sein würziger Geruch nach Mann und Sex löst bei mir pures, heftiges Verlangen aus. Ich sehe ihm in die Augen, während ich mit der Hand wiederholt seinen Unterbauch streichle, jedes Mal ein wenig weiter nach unten. Erstaunt sehe ich, wie sein Penis deshalb zuckt. Die Adern darauf treten sogar stärker hervor. Bisher ist es mir nie gelungen, den Schwanz eines Mannes wirklich schön zu finden, aber Brocks Teil kann sich sehen lassen. Es ist das erste Mal, dass ich mich gar nicht davon abhalten kann, ihn anzufassen, und ich fühle sogar den Drang, ihn mit Mund und Zunge zu erforschen. Als ich seinen Schwanz kräftig drücke, quillt ein Tropfen hervor. Brock stöhnt heftig auf. Er sieht wild aus, beinahe einschüchternd, als er nach unten blickt, mich packt und auf die Matratze befördert.

»Genug an mir ausgetobt.« Brock atmet schnell und flach. Er zieht meine Beine auseinander, während ich vor Lust fast vergehe. Ohne mich dieses Mal vorzubereiten, rammt er seinen Schwanz tief in mich.

»Ja, viel besser. So fühlt es sich besser an«, höre ich ihn murmeln, als habe er gelitten, weil er nicht in mir war. Ein Gedanke, der einen brennenden Stich in meiner Brust auslöst, während mein Herz rast und mein Schoß sich beinahe übervoll anfühlt. Brock ist gut gebaut. Sein Schwanz breit.

»Du hast herrliche Brüste, Dani.« Er drückt und streichelt sie, während er dabei in mich stößt, hart und tief. Intensiv reibt sein Schwanz gegen meine Wände. Mein Schoß krampft sich um ihn zusammen, was ihn keuchen lässt. Ich liebe es, die Lust in seinem Gesicht zu beobachten. Der Anblick ist wunderschön. Unverfälscht. Ehrlich.

Kurz bevor ich komme, packt er meine Beine und zieht mich an den Kniekehlen nach oben, noch weiter auseinander, sodass ich ihn sogar noch tiefer in mir fühle. Die pulsierende Welle der Erregung, die ich gerade spüre, ist durchdringender als die letzte davor.

»Mehr … mehr von dir spüren. Tiefer, noch viel tiefer in dir sein«, schnauft Brock über mir, völlig in seiner Lust verloren. Mir ist so heiß, dass ich kaum noch atmen kann. Die Spannung, die von meinem Körper Besitz ergreift, erfüllt all meine Sinne. Ich kann nicht mehr denken, nur noch fühlen. Nur noch fühlen, wie fest und tief Brock in mich stößt, mit mir verbunden. Ich schreie auf, als mein Schoß sich um Brocks Schwanz zusammenpresst, meine Möse ihn fest massiert und ich in heftigen Schüben komme, schreiend, wie er es sich gewünscht hat. Als würde mein Lustausbruch ihn über die Klippe reißen, brüllt Brock über mir auf. Ich bemerke, wie er erstarrt, seine angespannten Muskeln sind von einem feinen Schweißfilm bedeckt. Ich spüre nur noch Hitze, Druck und Nässe in mir und einen dumpfen Schmerz, der sich so gut anfühlt wie noch nie etwas zuvor.

Brock bricht über mir zusammen, während ich versuche, Luft zu bekommen. Wir atmen beide angestrengt, und ich fürchte, dass ich nicht mehr lange wach bleiben werde. Die

Anstrengung, der Alkohol und die immense Befriedigung nach diesem anstrengenden Lustrausch fordern ihren Tribut. Ich dämmere weg, während ich mich an ihm festhalte. Kurz komme ich wieder zu mir, als er seinen Schwanz aus mir zieht. Das Gefühl, ihn nicht mehr tief in mir zu spüren, ist seltsam. Seiner Wärme beraubt und ohne das Ausgefülltsein durch ihn fühlt mein Schoß sich leer an. Doch dann spüre ich, wie jemand mich zwischen den Beinen wäscht. Ich blinzle und sehe Brock, der mich geradezu fürsorglich ansieht, während er sein Sperma mit einem warmen Lappen abwäscht.

»Gott, waren wir betrunken«, höre ich ihn dabei murmeln. Sofort umklammert Angst mein Herz. Dann legt er sich zu mir und zieht mich fest in seine Arme. Er schmiegt seine Nase an meinen Hals und riecht daran. Sein warmer Atem streift meine Haut. Ein beruhigend schönes Gefühl. Ich möchte mir das Gefühl fest einprägen, wie es ist, so von ihm gehalten zu werden, nackt und beschützt. Doch es entgleitet mir, mehr und mehr, als ich einschlafe.

Kapitel 18

Dani

Mein Schädel fühlt sich an wie eine Bleikugel, und mein Mund ist staubtrocken. Schmerzhaft zäh öffnen sich meine Lider. Ich liege splitterfasernackt auf meinem Bett, die Decke wirr um meine Beine geschlungen. Als ich versuche, mich zu bewegen, bemerke ich beinahe überall einen Muskelkater und ein dumpfes Wundsein zwischen meinen Beinen. Dort unten verspüre ich auch ein leichtes Pochen, als würde sich meine Scham um etwas zusammenziehen, das gar nicht mehr da ist.

In diesem Moment fällt mir alles wieder ein.

Das helle Licht eines späten Vormittags strahlt in mein Zimmer, während ich die schamlosen Bilder der letzten Nacht in meinem Kopf zusammensetze. Stück für Stück.

Wir hatten Sex. Zwei Mal.

Ich hatte Sex mit Brock. Jesus, Maria und Josef!

Panik erfasst mich. Die Kopfschmerzen dröhnen, während ich mich in meinem Zimmer umsehe. Auf dem Boden liegen keine Klamotten von ihm, dafür hängt das Kleid, das ich gestern anhatte, zusammen mit meiner Unterwäsche sorgsam auf der Lehne meines Lesesessels.

Da stimmt doch was nicht. Wo ist Brock?

Meinen dröhnenden Kopf zwischen den Händen stehe ich auf. Ich kann formlich spüren, wie wirr meine Haare sind. Außerdem tun mir die Haarwurzeln weh. Ich schnappe mir den Bademantel aus dem Schrank und gehe langsam vor die Tür. Doch hier ist niemand. An der Kücheninsel finden sich keine Spuren unseres nächtlichen Treibens mehr. Meine überreizten Nippel reiben unangenehm an dem Frotteestoff. Ich seufze jammernd. Brocks Zimmertür ist zu. Vorsichtig öffne ich sie. Doch als ich hineinspähe, stelle ich erstaunt fest, dass er nicht da ist. Wie kann er nach dieser Nacht und mit dem Kater, den er einfach haben muss, weil ich ihn auch habe, schon wach sein?

Kopfschüttelnd schließe ich seine Tür und gehe mit einem mulmigen Gefühl ins Bad. Als ich die dringend benötigte Dusche anstelle, meldet sich ein verrückter Teil in mir, der die Spuren und Erinnerungen der letzten Nacht nicht abwaschen möchte. Doch die Vernunft und der Wunsch, mich nicht mehr dermaßen verkatert zu fühlen, siegen.

Ich genieße das heiße Wasser, das in Strömen über meinen Körper fließt. Als ich die Haare shampoonieren möchte, höre ich die Wohnungstür ins Schloss fallen. Aufgescheucht stelle ich die Dusche ab, was absurd ist. Aber ich weiß, dass ich mich nicht auf die Dusche konzentrieren kann, bevor ich mit Brock geredet habe, auch wenn mein Magen vor Nervosität ganz verkrampft ist. Triefnass ziehe ich den Bademantel über und gehe zurück in die Küche.

Brock steht vor der Anrichte und brüht frischen Kaffee auf. Seelenruhig legt er gerade frische Bagels auf die Kücheninsel, auf der wir es nur Stunden zuvor heftig miteinander getrieben haben.

Als er mich endlich bemerkt, wirkt er kurz irritiert, vielleicht, weil ihm peinlich ist, was gestern Nacht passiert ist, oder einfach, weil ich aussehe, als wäre der Wasserhahn explodiert.

»Morgen«, sagt er. Seine anfängliche Irritation ist verschwunden, und er schenkt sich eine Tasse Kaffee ein.

»Morgen«, erwidere ich. Es klingt wie eine Frage.

»Hey, Brock, ich … ich wollte nur schnell mit dir reden und

dann zu Ende duschen«, erkläre ich meine triefende Erscheinung.

»Worüber denn?« Brock sieht mich ratlos an.

Was zum Teufel geht hier vor?

»Na …«, murmele ich. »Ähm …« Auch nicht viel besser, Dani. Das flaue Gefühl im Magen mutiert inzwischen zu fiesen Bauchkrämpfen. »Wegen gestern Nacht.«

Noch immer ahnungslos blickt er mich an und schlürft dabei aus seiner Tasse. Ich spüre heftige Schamesröte im Gesicht.

»Hab ich etwa im Suff etwas Dummes gesagt, wofür ich mich entschuldigen muss? … Ich hab doch nichts angestellt, oder?«

Ist das ein Witz? Bitte sag mir, dass das ein Witz ist! Mir kommt ein besorgniserregender, schrecklicher Gedanke.

»Woran erinnerst du dich denn noch?« Mein Puls rast. Ich schwitze. Ich muss mich irren. Lass das nicht wahr sein!

Nachdenklich verzieht er den Mund.

Oh Gott, er muss erst darüber *nachdenken*!

»Zuerst gab's das atonale Ständchen. Wir haben echt viel getrunken und geredet. Ich glaube, wir haben getanzt, du und ich, aber ganz sicher bin ich mir nicht.«

Ich glaube? Getanzt? Bloß getanzt?

»Scheiße, ich fürchte, ich habe einen Filmriss.«

Beschämt fährt er sich übers Haar, während ich ihn mit aufgerissenen Augen anstarre.

Er weiß es nicht. Er hat es vergessen. Einfach vergessen! Mit aller Kraft unterdrücke ich den Drang zu heulen. Am liebsten möchte ich meinen Schoß, der noch immer wund ist von Brocks Stößen, zum Teufel schicken, denn der Verursacher dieses bittersüßen Schmerzes weiß nichts mehr davon.

»Ja«, höre ich mich selbst sagen. »Wir haben gestern ziemlich viel getrunken.« Ich wage ein Lächeln. Es misslingt mir. Brock merkt das nicht, er sieht mich gar nicht richtig an. Ich muss hier weg. *Sofort.*

»Okay.«

Okay? Gar nichts ist okay. »Ich gehe dann mal zu Ende duschen.«

»Ja, tu das«, höre ich ihn sagen, ehe die Badezimmertür hinter mir zufällt. Panisch stelle ich die Dusche wieder an, noch ehe das Schluchzen aus mir hervorbricht. Heulend stehe ich unter der Dusche und versuche zu begreifen, was da bloß geschehen ist. Brock muss irgendwann wach geworden sein und hat sich wohl in sein Zimmer geschleppt, wo er dann aus seinem Rausch erwacht sein und verkatert aufgestanden sein muss. Das ist die einzig logische Erklärung. Wie konnte er nur vergessen, was mit uns war? Aber Moment mal. Das erklärt nicht, wieso meine Klamotten auf meinem Stuhl liegen, fein säuberlich zusammengelegt.

Oh Gott!

Denkt Brock etwa, dass ich mit jemand anders auf der Party Sex hatte? Er könnte meine Kleider gefunden und eigene Schlüsse gezogen haben. Das wäre ja furchtbar. Es gibt nur eines, das noch schlimmer ist als Brocks Filmriss und dass er die Nacht mit mir völlig vergessen hat, das sogar noch grässlicher ist, als anzunehmen, ich hätte einen anderen Kerl gevögelt: Brock erinnert sich sehr wohl, aber er spielt mir nur vor, dass er nichts mehr weiß, weil das, was ich für eine leidenschaftliche Nacht der gegenseitigen Begierde gehalten habe, nichts weiter für ihn war als ein ganz gewöhnlicher, durch Alkohol verursachter Mitleidsfick.

Ich stelle die Dusche ab. Mir wird kalt. Ich möchte mich nur noch verkriechen und in Ruhe sterben.

Kapitel 19

Dani

»Ehrlich gesagt war ich überrascht, als du angerufen hast.« Carl mustert mich eingehend, als wir uns auf die harten Klappstühle vor die improvisierte Kinoleinwand setzen.

»Wieso denn?«, frage ich, obwohl ich genau weiß, wieso. Schließlich habe ich jeden seiner Versuche, ein weiteres Date auszumachen, mit einer Ausrede abgeblockt, ehe ich ihn vorgestern angerufen habe.

»Na, schließlich hattest du bisher nie Zeit, und dann plötzlich dieser Anruf. Ich freue mich natürlich, aber überrascht bin ich dennoch.«

»Freudig überrascht?«

Ich versuche wirklich, ihn flirtend anzulächeln, als würde ich es ernst meinen, und ignoriere den Stich, den ich dabei in der Brust fühle. Ein Gefühl, das ich meinem Mitbewohner verdanke, der mich vor knapp einer Woche gevögelt hat und mir seitdem aus dem Weg geht. Sehr verdächtig übrigens, wo er doch angeblich nichts mehr davon weiß. Vor Enttäuschung und Frustration balle ich die Hände zu Fäusten.

»Aber natürlich … Ist dir kalt?« Carl starrt auf meine zusammengeballten Fäuste.

»Nein, nein. Geht schon.«

»Ich könnte es verstehen. Obwohl es Sommer ist, spürt man hier oben auf dem Dach den Wind.« Ich sehe mich um, auf dem riesigen Flachdach, auf dem Klappstühle in Reihen stehen, und bemerke, dass Carl recht hat. Die anderen Besucher tragen Westen, und ihre Haare wehen, dank der kühlen Brise. Dennoch, Rooftop Films Brooklyn ist eine Attraktion, die ich im

Sommer ganz toll finde. Da ich in den Ferien nur ein paar Kurse mit wenigen Schülern leite, bleibt mir normalerweise genügend Zeit, diese coolen Sachen, die nur in den wärmeren Monaten stattfinden, zu genießen. Doch wirklich genießen kann ich heute Abend nichts, denn ich schäme mich. Ich habe dieses Date mit Carl nur arrangiert, um mich von meinem Brock-Dilemma abzulenken und weil es mir besser schien, mit einem Kerl auszugehen, der wirklich an mir interessiert ist, auch wenn er leichte Jeff-Tendenzen aufweist, als von einem guten Freund gemieden zu werden, der nicht verkraften kann, dass er aus Mitleid, Geilheit oder beidem Sex mit mir hatte.

»Alles okay?«

»Ja, wieso?« Ertappt sehe ich Carl von der Seite an.

»Nichts. Ich dachte nur gerade, du wärst wegen irgendwas sauer.« Nachsichtig lächelt Carl mich an.

Gott, ich bin so schlecht im Lügen. Wie soll ich diesen Abend nur durchstehen?

»Nein! Sorry. Ich habe nur gerade gesehen, welcher Film läuft.«

Die Einladung für Carl war dermaßen spontan, dass ich mir nicht mal die Mühe gemacht habe, das Programm anzusehen. Ich wollte einfach eine weitere, einsame Nacht in der Wohnung vermeiden, in der ich über Brock nachdenke.

»Oh, magst du *Casablanca* nicht?« Ungläubig verzieht er den Mund.

»Doch, ich mag ihn, sehr sogar. Nur habe ich ihn erst neulich gesehen.« Mit Brock. An einem Abend, als wir nicht einschlafen konnten und er auf einem Klassikkanal lief. Es stellte sich heraus, dass wir beide den Film mögen. Wir veranstalteten sogar ein Trinkspiel zum Film. Jedes Mal, wenn einer »Spiel's noch einmal, Sam!« sagte, haben wir einen Tequila gekippt.

Wir haben gelacht, angeheitert die Szenen analysiert, und Brock hat zugegeben, dass er Bogart in diesen Sam-Spade-Krimis mag, weil er die Film-Noir-Schiene toll findet, genau wie die Frauen darin. An dem Abend sagte er mir, ich würde aussehen wie eine der Frauen in diesen Filmen, und zwar nicht wie die, die den Helden verführt, um ihm zu schaden, sondern wie die, die den Helden dazu bringt, den Fall aufzuklären, oder die er retten will. Wenn ich jetzt daran denke, während auf der Leinwand der Vorspann von *Casablanca* läuft, könnte ich anfangen zu heulen. Jetzt wird es wohl nie wieder so zwischen uns sein.

»Schade, aber einen Klassiker kann man sich eigentlich immer wieder ansehen.« Carl hält mir die Tüte Popcorn hin, die er vorhin für uns gekauft hat. Ich nasche ein wenig davon. Der salzige Geschmack erinnert mich an den Drang, in Tränen auszubrechen, den ich seit Tagen unterdrücke.

»Stimmt schon, *Casablanca* ist immer eine gute Idee.«

Eine Weile sehen wir schweigend den Film, und gerade als ich anfange, den Abend zu genießen, kommt Carl näher und umschlingt hölzern meine Schultern. Auch wenn es harmlos ist, fühle ich mich unwohl dabei und bin froh, dass die Decke, die ich um mich geschlungen habe, zwischen ihm und mir ist. Carl lächelt mich an. Ich erwidere es, merke dabei aber umso mehr, dass es zwischen uns nicht funkt. Beim letzten Mal hatte ich wenigstens ein warmes Gefühl, wenn ich ihn ansah. Nun lässt er mich völlig kalt. Ihn anzurufen war ein dummer Fehler. Kolossal dämlich sogar.

Gerade als Ingrid Bergman auf der Leinwand in Ricks berühmt-berüchtigter Bar auftaucht, brummt mein Handy in der Handtasche. Ich erstarre, als ich den Absender der Nachricht sehe.

Brock.

Carl hat nur Augen für die Leinwand und merkt nicht, dass mir der Schweiß ausbricht, während ich mich dazu durchringe, Brocks Nachricht zu öffnen. Mit klopfendem Herzen lese ich.

Von: Brock
An: Dani

Hey! Ich dachte, du bist zu Hause. Wo steckst du?

Ich weiß nicht, was mich wütender macht, sein lockerer Tonfall oder dass er einfach davon ausgeht, dass ich zu Hause rumhänge, wenn ihm mal wieder einfällt, dass es mich gibt. Während das Blut in mir kocht, tippe ich ohne nachzudenken meine Antwort und sende sie sofort ab.

Von: Dani
An: Brock

Bin bei einem Date mit Carl. Casablanca auf dem Dach. Muss man gesehen haben!

Es ist kindisch, ihm eins reinwürgen zu wollen, und es ist sogar noch kindischer, dass ich mich deshalb besser fühle. Zufrieden, aber kein bisschen glücklicher als zuvor, schalte ich das Smartphone aus und stecke es tief in die Tasche. Soll er sich doch vorstellen, dass ich heute Abend mit Carl nach Hause gehe, um wer weiß was mit ihm anzustellen. So wie ich mir die letzten Nächte ausmalen musste, wie er es weiterhin mit allem treibt, was einen Puls hat.

Er war ja kaum zu Hause diese Woche.

Als Carl mich beobachtet, wie ich das Handy noch tiefer in die Tasche stecke, lächle ich ihn breit an und schmiege mich ein wenig an ihn. Noch immer kein Funken, gar nichts. Schöner Mist!

»Entschuldige. Hab vergessen, es auszumachen.«

»Schon okay. Die richtig guten Szenen kommen ja noch.«

Damit liegt Carl richtig. Wobei ich mich weder auf die romantischen Rückblenden konzentrieren kann noch auf die Anti-Nazi-Story. Das Einzige, was ich überdeutlich wahrnehme, ist der Song *As Time Goes By*, der mich daran erinnert, wie es war, den Film mit Brock zu sehen.

Scheiße, ich werde hier nicht heulen.

Kommt nicht infrage!

Gerade als Ilsa mitten in der Nacht in Ricks Wohnung über dem Café Américain auftaucht und ihm die Leviten liest, kurz bevor sie ihm gesteht, dass sie ihn noch liebt, schiebt sich so ein Idiot hinter uns die Reihe entlang und stört die Stimmung des Films. Seltsamerweise bekomme ich Gänsehaut, dabei kenne ich die Szene in- und auswendig.

»Ich fand ja immer, dass sie gleich wieder mit Ricks ins Bett hätte springen sollen, anstatt dieses Theater zu veranstalten.«

Das Blut gefriert mir in den Adern, als Brocks Stimme sich an mein Ohr drängt, um mir das zuzuflüstern. Sein warmer Atem streift mein empfindsames Ohrläppchen.

»Wie bitte?« Empört blickt Carl zurück, um den Störenfried hinter uns finster anzusehen.

»Dani und ich haben uns schon neulich darüber unterhalten, und ich muss sagen, dass sich mein Standpunkt nicht geändert hat.« Immer noch sprachlos starre ich Brock an. Seine grünen

Augen blicken mich ebenso unverwandt an. Fast tut er so, als wäre Carl gar nicht da, was Carl nur noch mehr aufbringt.

»Dani, wer ist der Kerl?« Schniefend starrt Carl mich an.

»Das ist mein Mitbewohner. Brock.«

»Dein Mitbewohner?« Carl wirft Brock einen Blick zu, als wolle er ihn über die Dachkante befördern.

»Ja, der bin ich. Und du musst Carl sein.«

Breit grinsend hält Brock, von dem mir noch immer nicht klar ist, wie er hierhergekommen ist, geschweige denn, was er hier zu suchen hat, Carl die Hand hin. Der ist davon so verblüfft, dass er sie schüttelt, ehe er sich eines Besseren besinnt und seine Hand wieder zurückzieht.

»Was zum Teufel machst du hier?«, platze ich heraus.

»*Du* hast doch gesagt, dass man Casablanca auf dem Dachkino einfach gesehen haben muss. Und weißt du was, du hattest recht. Viel besser, hier mit der Skyline im Hintergrund, als zu Hause auf unserem Sofa. Oder, Dani?«

Spinnt der jetzt komplett? Das hört sich ja an, als ob …

»Dani?« Carl sieht mich streng an. Er ist richtig sauer. »Kann ich dich mal kurz sprechen? Allein!«

Völlig mit der Situation überfordert, nicke ich, als Carl mich am Unterarm hochzieht. Er schleift mich förmlich von unseren Sitzen bis ans Ende des Dachs. Ein Blick zurück zeigt mir, dass Brock das überhaupt nicht gefällt. Er hat wieder diesen finsteren Blick, und sein Kiefermuskel zuckt.

Kaum sind wir am Ende der Reihen, wo es ziemlich dunkel ist, angelangt, lässt Carl mich nicht einmal Luft holen.

»Warum ist er hier? Und warum macht er diese Andeutungen?«

Carl formt Gänsefüße in der Luft. Er sieht lächerlich und angepisst aus.

»Keine Ahnung. Ich habe ihm nur geschrieben, dass ich mit dir ein Date habe und dass wir hier sind.« Entschuldigend zucke ich mit der Schulter und hoffe, dass Carl es sieht, denn ich kann ihn nur schemenhaft erkennen.

»Wann war das?«

»Na vorhin, als mein Handy gebrummt hat.«

»Und dein *Mitbewohner*, mit dem du dir gemeinsam auf der Couch Liebesfilme reinziehst, ist sofort aufgesprungen und hierhergerast, um mit dir bei einem Date – was? *Casablanca* zu analysieren?« Carl flüstert, aber der Sarkasmus kommt auch ohne laute Stimme deutlich hervor.

»Es scheint zumindest so. Was soll ich denn machen?«

Das Perverse ist, dass ich froh bin, Brock hier zu sehen. Denn Carl hat recht, er muss hierhergestürmt sein, um mein Date zu stören, und das macht mich mindestens so sauer wie glücklich, denn es bedeutet, selbst wenn er sich dessen nicht bewusst ist oder es vergessen hat, ich bin ihm nicht egal. Er ist eifersüchtig, ganz eindeutig. Meinetwegen.

Carl wird still. Ich glaube, er sieht mich an, aber ich sehe es nicht richtig, weil es zu dunkel hier hinten ist.

»Ich glaube, ich sollte gehen, Dani.« Er klingt ganz schön wütend, und das ist meine Schuld. Das hat er nicht verdient.

»Hey, es tut mir leid. Lass uns doch wenigstens den Film zu Ende ansehen«, schlage ich versöhnlich vor.

»Wozu? Damit dein *Mitbewohner* die Chance bekommt, mir zu zeigen, wer in diesem Szenario Rick ist und wer der nette Ehemann, der seiner Meinung nach leer ausgehen sollte?« Scheußlich, dass gerade jetzt Carls Humor wieder auftaucht, den ich den ganzen Abend lang vermisst habe. Doch nun ist es traurig und verursacht bei mir ein schlechtes Gefühl, weil ich ahne, dass er mit seinem Kommentar gar nicht so falschliegt.

»Carl«, sage ich entschuldigend, weil mir nichts einfällt.

»Du hättest nicht anrufen sollen.«

»Ich weiß. Tut mir leid.«

»Und mir erst«, ist das Letzte, was er murmelt, ehe er ohne Abschied verschwindet.

Gerade bin ich so was von froh, dass der reguläre Unterricht erst in ein paar Wochen losgeht und wir uns bis dahin nicht über den Weg laufen müssen. Das habe ich ja schön vergeigt. Und wo wir gerade dabei sind. Rechtschaffen zornig, wie ich bin, stapfe ich zurück zu meinem Platz.

»Wo ist denn Carl abgeblieben?« Höhnisch grinst Brock mich an. Er könnte nicht zufriedener aussehen, wie er lässig auf seinem Stuhl lungert. Ich funkle ihn böse an, so böse, wie nur meine Mom es bei Dad fertigbringt.

»Das weißt du nur allzu gut. Schließlich hast du ihn vertrieben, mit deinen Andeutungen und diesen dämlichen Kommentaren.«

»Hey«, motzt ein Typ hinter uns. »Verzieht euch! Wir versuchen hier, einen Film zu sehen.«

Zustimmendes Raunen erklingt um uns herum. Peinlich berührt und mit hochrotem Kopf schnappe ich mir meine Tasche und verschwinde geduckt vom Dach. Ich höre, dass Brock mir folgt. Auf der Treppe versuche ich, ihn abzuschütteln, was ziemlich dämlich ist, schließlich wohnen wir zusammen und treffen ohnehin früher oder später aufeinander, also lasse ich es bleiben.

»Ich habe wirklich nichts gegen Training so spät nachts, aber die Schicht heute war anstrengend genug«, lässt er mich schnaufend wissen, ehe er neben mir stehen bleibt, direkt vor dem riesigen Gebäude, auf dessen Dach das Kino ist.

»Okay, Brock!« Ich bohre meinen Zeigefinger in seine Brust. »Du sagst mir jetzt sofort, was das soll, sonst bin ich weg.«

Er presst die Lippen aufeinander und macht nicht den Eindruck, als würde er mir etwas sagen wollen.

»Na schön«, zische ich. Aufgebracht sehe ich mich um und entdecke am Ende der Straße einen Taxistand, auf den ich zulaufe. Brock folgt mir. Ohne mich umzudrehen, reiße ich die Tür des ersten Taxis auf und keuche dem Fahrer entgegen: »Henry Street. Los, fahren Sie!«

Der Kerl gibt Gas. Als ich mich auf dem Rücksitz umdrehe, sehe ich, dass Brock in das nächste Taxi steigt, um mir zu folgen.

»Der spinnt doch!«

»Was haben Sie gesagt?«

Der Fahrer wirft einen Blick in den Rückspiegel.

»Ach nichts.«

Die nächsten Minuten verschwenden Brock und ich damit, in zwei getrennten Taxis zur selben Adresse zu fahren, dabei sollten wir uns beide die teure Fahrt lieber sparen.

Was Menschen aus Wut und Dummheit für Blödsinn machen!

An der letzten Ampel holt mein Wagen einen Vorsprung heraus. Deshalb komme ich vor Brock bei unserer Wohnung an. Ich hetze die Treppen hoch, als könnte ich etwas gewinnen, wenn ich möglichst vor ihm oben ankomme. Keine Ahnung, was in mich gefahren ist. Doch kaum öffne ich die Tür und betrete den Wohnbereich und die Küche, weiß ich wieder, was mich antreibt. Brocks schwere Schritte im Flur zu hören, während ich auf die Kücheninsel starre, schürt meine Wut nur weiter. Kaum ist er durch die Tür, fahre ich ihn auch schon lautstark an.

»Was stimmt nur nicht mit dir?«

Offenbar hatte er so einen Ausbruch nicht erwartet, denn er weicht zwei Schritte zurück.

»Hey, Dani, ich dachte nicht, dass du dich darüber so …«

»… aufregen würdest?« Ich starre ihn in Grund und Boden. »Was dachtest du denn, wie ich darauf reagiere, wenn du so dermaßen offensichtlich versuchst, mein Date zu versauen?«

Brock verzieht kopfschüttelnd den Mund und kommt näher.

»Also jetzt mach mal einen Punkt! Du hast selbst gesagt, dass dich der Kerl gar nicht wirklich interessiert, dass er dich an Jeff erinnert. Da war ich schon etwas *irritiert*, als ich in deiner Nachricht lese, dass du nochmals mit ihm aus bist.«

»Und deshalb folgst du mir und tauchst dort einfach auf?«

»Ja! Jemand muss doch verhindern, dass du dich wieder mal auf so einen Schlappschwanz einlässt.«

Arrogant verschränkt er die Arme.

So ein Arsch!

»Woher willst *du* wissen, dass er ein Schlappschwanz ist? Wenn einer wissen kann, ob er es ist oder nicht, dann bin das ja wohl *ich.*« Außer mir, brüllend wie eine rothaarige Irin, tippe ich mir mit dem Zeigefinger auf die Brust.

Brock schnaubt wie ein Stier. Seine dunkelgrünen Augen durchbohren mich, als er sich dicht vor mir aufbaut. Wir messen einander mit Blicken ab, einer wütender als der andere.

»Wag es nicht anzudeuten, dass du mit dem Wichser gebumst hast, nicht nachdem wir …« Brock stoppt abrupt.

»Nachdem wir was?«, frage ich ihn herausfordernd und lasse ihn dabei keine Sekunde aus den Augen. Ich sehe die Lüge in seinem Blick. Er hat gar nichts vergessen. Er weiß *alles.*

»Na gut! Schluss mit dem Scheiß. Du und ich, wir hatten Sex, auf dem Küchentresen und in deinem Bett. Zufrieden?« Schnaubend wendet er sich ab. Ich folge ihm und drehe Brock wieder zu mir.

»*Zufrieden?* Worüber denn? Darüber, dass du glaubst, ich springe mit jemandem ins Bett, nicht mal eine Woche nachdem ich ungeschützten Sex mit dir hatte? Oder darüber, dass du mich für dumm verkaufst und so getan hast, als wäre nichts gewesen, und mir dieses Affentheater vom Filmriss vorgespielt hast, in der Hoffnung, ich würde schön brav mitspielen? Aber weißt du was? Damit ist jetzt Schluss. Ich steige aus. Und wenn *du* nicht Manns genug bist zuzugeben, dass du mich nur gefickt hast, weil du geil warst, betrunken und Mitleid mit mir hattest, dann tue *ich* es für dich.«

Zornestränen brennen in meinen Augen, aber ich lasse nicht zu, dass sich auch nur eine davon löst. Nicht jetzt. Nicht vor ihm.

Atemlos starrt Brock mich an. Er sieht sogar noch angepisster aus, als er mich an den Armen packt und gegen einen der Balken drückt. Erschrocken keuche ich auf.

»Kleines, für eine intelligente Frau sagst du manchmal sagenhaft dumme Dinge, und ich könnte dir dafür den Hintern versohlen!«

»Und für einen Kerl, der mit so vielen Frauen im Bett war, begreifst du wirklich erschreckend wenig.« Mein Puls dröhnt mir in den Ohren. Immer noch hält er meine Arme fest und starrt auf mich herab. Als ich versuche, mich aus seinem Griff zu winden, weil ich es nicht mehr ertrage, ihn so nahe bei mir zu spüren, und meine Reaktionen auf seine Nähe nicht mehr verleugnen kann, drückt er mich nur noch fester gegen den Balken.

»Nein, Kleines, das kannst du vergessen! Du bleibst schön, wo du bist. Und du bewegst dich so lange nicht vom Fleck, bis du zugibst, dass alles, was du vorhin gesagt hast, nicht wahr ist.« Brock sieht mich wieder mit diesem Blick an. Diesem Blick voller Entschlossenheit und Verlangen.

»Na schön, dann verrate mir doch, warum es *dann* passiert ist?« Mein ganzer Körper brennt, besonders meine Brust und mein Schoß, einfach nur, weil Brock mich festhält.

Er lehnt sich nach vorn, um mir wieder einmal ins Ohr zu flüstern.

»Es ist passiert, weil ich scharf auf dich bin. Weil wir scharf aufeinander sind. Dass wir betrunken waren, hat nur beschleunigt, was passieren musste. Dass ich dich ficke, war unvermeidlich. Und dass du es genießt, ebenso.«

Ich schlucke, denn meine Möse presst sich gerade heftig um eine Leere zusammen, die verzweifelt gefüllt werden will.

»Eingebildet bist du gar nicht, was?«

Ein selbstgefälliges Grinsen beantwortet diese Frage.

»Diese Nacht mit dir war unvermeidlich. Und sie war heiß, noch viel heißer als in meiner Vorstellung. Aber sie hatte nichts, absolut nichts mit Mitleid zu tun. Das ist völliger Bullshit. Sag mir, dass du das endlich verstehst, Dani!« Fordernd blickt er mich an, presst seinen Körper fest gegen meinen und lässt mich so seine Erektion spüren.

»Ich bin dabei, dir zu glauben«, gestehe ich und reibe mich an ihm. Ich kann nicht anders. Mein Körper ist ein wollüstiges Ding mit eigenem Willen, wenn es um Brock geht.

»Das reicht mir nicht, Kleines.«

Ich liebe es, wenn er mich so nennt. Es ist, als könne ich dieses Wort als Liebkosung auf mir spüren, jedes Mal, wenn er es ausspricht.

»Dann erklär mir doch, warum du gelogen hast, Brock.«

»Ich dachte, du willst es so. Und ich dachte, so wäre es einfacher für uns beide.«

Zerknirscht drückt er sein Gesicht an meine Schulter. Sein warmer Atem kitzelt dabei meinen Hals. Ich fühle wieder dieses Stechen in der Brust. Brocks Duft wirkt nicht nur erregend, er ist mir mittlerweile vertraut geworden wie ein Ort, an den ich immer wieder zurückkehre, weil er etwas in mir berührt und mir das Gefühl gibt, angekommen zu sein.

»Weil ich ich bin und du du?«

Ich denke an seine Worte, früher auf der Party, als er sagte, wer ich sei, wessen Tochter, wessen Schwester und wessen Freundin. Brock versteht sofort, was ich meine, und nickt düster.

»Trotzdem … es hat mich verletzt, als du so getan hast, als hättest du alles, was passiert ist, einfach vergessen. Ich dachte, die Nacht hätte dir etwas bedeutet. So wie mir.« Die letzten Worte flüstere ich ganz leise, nur schüchtern kommen sie mir über die Lippen.

»Das hat sie. Das ist immer noch so.. Und das Schlimmste ist, dass ich sie wiederholen möchte. Immer und immer wieder.« Dicht drängt Brock sich an mich, reibt seinen Schwanz an meiner Scham entlang, während er meinen Hals mit knabbernden Küssen bedeckt. Ich wünschte, er würde mich nicht mehr festhalten.

»Lass mich los. Lass mich endlich los, Brock!«

»Gibst du zu, dass du weißt, wie sehr ich dich will?«

Ich kann das nicht laut aussprechen. Betrunken war es leichter.

»Ich glaube es ja.«

»Das reicht nicht, Dani«, sagt er unnachgiebig und drückt fest mit seinem Ständer gegen meine überempfindliche Mitte.

»Ich … ich will dich … und ich glaube …« Gott, fühlt sich sein Mund auf meinem Hals gut an.

»Du glaubst was?«

Ich spüre sein Lächeln in meiner Schulterbeuge.

»… dass du mich willst … körperlich. So wie jetzt.«

»Hm … das gefällt mir schon ganz gut, Kleines. Dein atemloses Wimmern macht mich verdammt hart. Möchtest du nicht spüren, wie hart du mich machst?«

»Oh ja.«

»Na dann verrate mir, wie sehr ich dich will, dann kannst du mit mir machen, was immer du möchtest, und ich werde dein williger Komplize dabei sein.« Er genießt das richtig.

»Du willst mich …«

»Ja?«, haucht er mir ins Gesicht, während er seinen Mund vor mir positioniert, nur Zentimeter von meinen Lippen entfernt.

»… unbedingt … ficken!«

Ich stöhne erleichtert auf, als er mich endlich loslässt, um mich so zu küssen, wie ich schon die ganze Zeit über von ihm geküsst werden will. Hart, tief und als wäre er bereits in mir.

»Das möchte ich, Kleines. Und ich habe vor, es nicht nur einmal zu tun.«

Brock fährt unter meinen Rock. Gierig schiebt er mein Höschen nach unten, bis es ihm nicht mehr im Weg ist. Schon ist er mit den Fingern in mir, verteilt meine Feuchtigkeit, um mich damit noch mehr zu erregen. Keuchend winde ich mich unter seiner zärtlichen Behandlung. Zu erregt, um zu sprechen, greife ich nach seiner Jeans und öffne genügend Knöpfe, um meine Hand reinschieben zu können. Als ich seinen Steifen umklammere, stöhnt er auf. Die Muskeln auf seinem Arm, an dem ich mich festhalte, spannen sich deutlich an. Ich streichle die samtene Härte auf und ab und genieße das Gefühl dabei, während er seinen Finger rhythmisch in mich schiebt. Nicht lange, und ich keuche.

»Gott, du fühlst dich so gut an«, sagt er immer wieder. Ich denke genau dasselbe. Als ich spüre, dass Feuchtigkeit aus seiner Spitze dringt, höre ich auf, ihn zu massieren. Er beißt sich fest auf die Lippe, als ich meine Finger von ihm nehme. Angeheizt von unserem Fingerspiel zerren wir an der Kleidung des anderen. Brock ruiniert meine Bluse, als er sie nicht aufbekommt. Einer der kleinen Knöpfe springt ab. Ich bin auch nicht gerade sanft, als ich ihm das Shirt über den Kopf ziehe. Endlich berühren meine Finger seine nackte Haut. Das Gefühl, seine breite, starke Brust unter ihnen zu spüren, gefällt mir. Ich fühle mich sicher und gut dabei. Brock nimmt sich nicht die Zeit, meinen BH auszuziehen. Er schiebt die Körbchen einfach zur Seite, um meine Brüste zu küssen. Als er an den Brustwarzen angelangt ist, kann ich das bis in meine nasse Möse spüren.

Die warme Feuchtigkeit seines Mundes auf meiner Haut ist das schönste Gefühl überhaupt. Es raubt mir den Atem und macht mich mutig. Mutig genug, um ihn zu küssen und mit der Zunge Bewegungen in seinem Mund nachzuahmen, die ich noch viel lieber in mir spüren würde, wenn sein Schwanz mich ausfüllt. Als unsere Lippen voneinander lassen, packt er die Gelegenheit beim Schopf. Brock umfasst meinen Hintern, drückt fest dabei zu. Ich schlinge meine Beine um seine Hüfte. Mein nackter Schoß drückt jetzt gegen seine unverhüllte Härte. Das Gefühl ist schamlos und erregend. Wir stöhnen beide gequält auf und drängen ineinander. Kaum ist er in mir, fühle ich den Druck seiner Größe in mir. Er dehnt und füllt mich völlig aus. Zuerst ist es ein wenig schmerzhaft, doch kaum habe ich mich an ihn und seine Größe gewöhnt, fühlt es sich nur noch fantastisch an. Als Brock in mich stößt, halte ich mich an seinem Hals und seinen Schultern fest. Ich stehe darauf, sein Muskelspiel unter meiner Hand zu spüren und ihm die Anstrengung in Form kleiner, heißer Schweißtropfen von Hals und Nacken zu küssen. Unnachgiebig und wie getrieben stößt Brock jedes Mal ein bisschen schneller zu. Ich kann spüren, wie ich um ihn herum komme. Wellenartig breitet sich das elektrisierende Gefühl in mir aus, bis ich laut aufstöhne, direkt in sein Ohr. Er bekommt Gänsehaut davon.

»Genau so«, höre ich ihn murmeln. »Genau so will ich dich haben, Kleines. Immer wieder. Nur du. Fest um mich herum.«

Ich sauge seine Worte auf, spüre einen weiteren Orgasmus heraufziehen, während er ein letztes Mal in mich stößt, um krampfend in mir zu kommen. Um Atem ringend krallen wir uns aneinander fest. Brock lässt mich langsam herunter und zieht sich dabei vorsichtig aus mir zurück. Mit verhangenem Blick sehe ich an mir herab. Doch ehe ich sehen kann, was Brock sieht, was er geradezu fasziniert anstarrt, drückt er mir schon sein Shirt zwischen die Beine.

Er drängt sich wieder an mich, drückt meinen Rücken gegen den Balken, während er seine Hand gegen meine Scham presst.

»Das bin ich in dir. Das wirst du heute noch oft spüren.« Noch ehe ich etwas sagen oder meine Schamesröte mich verraten kann, küsst er mich. Brock lässt mir keine Zeit, nachzudenken oder zu zögern. Er umfasst meine Hand und zerrt mich in mein Zimmer. Vor den großen Fenstern bleibt Brock stehen, aber er sieht nicht nach draußen. Er sieht mich an.

»Ich will endlich deinen Mund um meinen Schwanz spüren.«

Stunden später erwache ich. Befriedigt, herrlich wund und mit einem warmen Gefühl in der Brust. Mit geschlossenen Augen denke ich an all die Dinge, die wir letzte Nacht getan haben. Ein Lächeln stiehlt sich auf meine Lippen, von dem ich hoffe, dass Brock es sieht. Meine Finger wandern auf der Suche nach ihm über die Matratze, während das Morgenlicht orangefarben durch meine Lider dringt. Als ich meinen Arm weiter ausstrecke und meine Finger noch immer nicht auf warme, männliche Haut stoßen, stöhne ich frustriert auf.

Er hat es schon wieder getan. Er hat mich die ganze Nacht gevögelt, nun schon zum zweiten Mal, nur um sich am Morgen danach davonzumachen.

Verdammt, wie schafft er das nur?

Immerhin wohnen wir zusammen.

Kapitel 20

Brock

»Ich will endlich deinen Mund um meinen Schwanz spüren.«

Dani sieht mich aus großen Augen an. Ich erkenne Lust darin, aber auch Nervosität. Gefühle, die mich nur noch mehr erregen, besonders weil es ihre sind. Ich träume schon so lange davon.

Die Sekunden vergehen. Jeder Herzschlag dröhnt in meinen Ohren, während ich auf ihre Reaktion warte. Dann endlich kommt sie einen Schritt auf mich zu. Diese kurvige Schönheit kniet tatsächlich vor mir nieder. Ich spüre ein heftiges Ziehen in Bauch und Hoden bei diesem umwerfenden Anblick. Ich habe bereits viele Frauen in dieser Position gesehen, aber keine davon war eine gute Freundin und keine davon hat ein erschreckend wundes Gefühl in meiner Brust verursacht. Etwas, das ich bei Dani oft spüre.

Sie sieht von unten zu mir auf. Ich umfasse ihr Kinn und sehe ihr in die Augen.

»Wirst du es tun? *Willst* du es tun?«

Nun bin ich es, der nervös auf eine Antwort wartet.

Sie nickt, lässt ihre Augen aber nicht von meinem Gesicht. Ich könnte nicht glücklicher sein. Die Frau, die ich mehr begehre als alle anderen, will mich schmecken, will meinen Schwanz mit ihrem Mund verwöhnen. Mein Herz schlägt wild.

Ich lasse ihr Kinn los und fahre durch ihr seidiges rotes Haar. Es gleitet durch meine Finger. Mit einem leichten Druck im Nacken ziehe ich sie zu mir.

Ich halte die Luft an, sehe auf sie herab, als ich spüre, dass ihre Lippen meine Schwanzspitze berühren. Süß und unschuldig haucht sie eine Art Kuss darauf.

Mir bricht der Schweiß aus, dabei hat sie noch kaum was angestellt. Wie ich auf Dani reagiere, ist nicht normal. Es macht mich fertig. Mein Herzschlag dröhnt laut in meinen Ohren, als sie ihre Lippen meinen Schaft entlangschiebt.

Heilige Scheiße! Das ist der Hammer!

Ihr warmer, feuchter Mund ist mein Untergang.

Ich schließe die Augen und lasse los. Ein heftiges Keuchen entkommt mir. Die saugenden Geräusche, die ihre lustvolle Behandlung verursacht, gehen mir durch Mark und Bein.

Dani krallt ihre Fingernägel in meinen Hintern, als sie ihn noch tiefer in ihren Mund nimmt. Sie schluckt. Sofort will mein Schwanz ihr geben, was ihr gehört.

»Dani, ich komme, wenn du so weitermachst!«

Anstatt aufzuhören, saugt sie fester an meinem Schwanz, schiebt ihre Lippen schneller auf und ab. Das war's. Ich werde kommen. Das ist zu gut, viel zu gut.

Sie bohrt ihre Zungenspitze kreisend in das Loch an meiner Penisspitze. Ein heißer Blitz durchzuckt mich, als mein Saft aus mir schießt, direkt in ihren Mund, auf ihre leckende Zunge. Als ich mich in Schüben auf ihre Zunge ergieße, zieht sie sich nicht zurück. Perplex starre ich auf sie herab. Dani stöhnt leise mit geschlossenen Augen. Ihre hohlen Wangen und das heftige Ziehen in meinem Unterleib kommen davon, dass sie gerade mein Sperma schluckt. Völlig außer mir ziehe ich mich zurück. Beinahe sacken mir die Beine weg. Was sie mit mir angestellt hat, haut mich einfach um.

Sie atmet heftig und sieht mich nicht an. Fast, als schäme sie sich dafür, wie schamlos sie mich mit dem Mund verwöhnt hat.

»Das war unglaublich, Kleines«, lasse ich sie wissen. »Zeit, sich ausgiebig zu revanchieren.«

Endlich bekomme ich ein Lächeln zu sehen. Und es passt hervorragend zu den glühend roten Wangen, die ich sofort anfassen muss. Ihre Haut ist zart. Dani schließt die Augen, als ich ihre Wange streichle, während ich sie nackt aufs Bett lege.

Wie sie da entblößt vor mir liegt, ist göttlich. Dani sieht mich an, ihr Blick voller Vertrauen. Sie zögert keine Sekunde, mir ihren Körper zu überlassen. Das bedeutet mir eine Menge, denn Vertrauen ist für gewöhnlich kein Bestandteil meines Sexlebens. Vertrauen ist etwas, das ich nur sehr schwer verschenke, und wenn, dann nur wenigen Menschen, die ich zu meinen engsten Freunden zähle. Menschen wie Dani, die meine Freundin ist, und wenn ich sie mir in diesem Moment so ansehe, wohl auch meine Geliebte. Ich fand diesen Begriff immer altmodisch, doch jetzt ist er ständig in meinem Kopf, wenn ich ihre milchige Haut entlangstreiche und spüre, wie heftig sie darauf reagiert. Ihre Brustwarzen ziehen sich fest zusammen, werden zu harten kleinen Perlen, nur weil ich sie berühre. Ihr Schoß ist feucht und warm. Meinetwegen. Nur für mich. Für meine Finger, meinen Schwanz und gerade eben für meine Zunge, die begierig ihren Geschmack ableckt.

Ihr heftiges Stöhnen im Ohr genieße ich jede Regung und das Aufbäumen ihres Körpers.

Da ist es wieder.

Mein Name strömt gehaucht aus ihren Lippen hervor. Es klingt wie ein Flehen, ein intimes Gebet.

Ich liebe es, wenn sie meinen Namen sagt, vor allem wenn sie dabei heftig auf meiner Zunge kommt.

Als der Sturm ihrer Erregung abflaut, lege ich mich nackt hinter sie. Wir sprechen nicht. Ich genieße jeden Atemzug in ihrer Nähe. Ihre Wärme und ihr Regenduft umhüllen mich wie ein Kokon. Zum ersten Mal seit verdammt langer Zeit fühle ich mich irgendwo zu Hause. Ich hätte nur nie gedacht, dass ich das noch mal fühlen würde und dass ausgerechnet Dani mir dieses längst verlorene Gefühl zurückbringt.

Während sie warm in meinen Armen schläft, kann ich nicht aufhören, darüber nachzudenken, welche Macht sie über mich hat und welche Macht sie noch über mich bekommen wird, wenn ich es nicht endlich schaffe, mich von ihr fernzuhalten.

Es ist das Letzte, was ich will, aber ich tue es dennoch. Vorsichtig löse ich mich von Danis warmem Körper, der mir so vertraut vorkommt. Sofort überzieht Kälte meine Haut. Schuldig sehe ich auf diese schlafende, schöne Frau herab, ihren im Dunkeln leuchtenden Rücken.

Was habe ich da bloß angestellt?

Warum musste ich ihr folgen, um sie von diesem Idioten wegzubringen? Wozu das Ganze?

Eine Nähe wie die zu Dani hat ihren Preis, einen Preis, den ich nicht bereit bin zu zahlen. Denn er bedeutet, sie früher oder später sehen zu lassen, wer ich wirklich bin. Und das ist etwas, wozu ich nicht bereit bin.

Deshalb kann das hier nicht gut gehen. Ich bin beschädigt, und anders, als sie denkt. Sie hat ja keine Ahnung, wen sie sich da ins Bett geholt hat. Welche Vergangenheit ich mit mir rumschleppe. Ich kann Dani nicht geben, was sie verdient.

Obwohl jede Faser in mir dagegen ankämpft, ziehe ich mich zurück, bis ich es schaffe, ihr Zimmer zu verlassen.

Ich bin ein Arschloch. Zeit, dass Dani das kapiert. Und Zeit, dass ich dieses Hirngespinst aus dem Kopf bekomme, dass ich mit ihr irgendwie zusammen sein kann.

Kapitel 21

Brock

Du bist heute vielleicht merkwürdig drauf.«

Ich sehe Carlos finster von der Seite an. Heute fährt er den Rettungswagen, und seine Fahrweise geht mir mächtig auf den Zeiger, wie so vieles andere auch. Wie das nervige Geräusch, das er von sich gibt, wenn er diese bescheuerte Melodie summt. Andauernd.

»Siehst du«, beschwert er sich. »Genau das meine ich. Merkwürdige Schwingungen.«

»Was soll denn das jetzt? Bist du ein bescheuerter Guru, oder was?«

Carlos schnaubt und hämmert ständig mit dem Daumen gegen das Lenkrad. Macht er das etwa mit Absicht?

»Was ist bloß mit dir los?« Kopfschüttelnd wirft er mir einen fragenden Blick zu, ehe er auf die Straße sieht.

»Gar nichts! Vielleicht schlägt mir einfach nur dein Fahrstil auf den Magen. Du fährst wie ein führerscheinloser Teenie von verfickten achtzig Jahren.«

»Woah!«, grollt Carlos.

Ich starre ihn erschrocken an.

»Wenn du mal deine Launen hast, dann aber richtig.«

Ich zucke mit der Schulter, weil ich absolut keine Lust habe, über den Grund meiner üblen Stimmung zu sprechen.

»Reiß dich bitte wenigstens vor den Patienten zusammen. So kenne ich dich gar nicht. Normalerweise lieben die dich, vor allem die weiblichen. Heute allerdings hast du den Charme eines rostigen Bulldozers.«

Das ist maßlos übertrieben. Wir hatten immerhin einen echt

beschissenen Start in den Tag. Der Morgen begann mit einem Herzinfarkt und einer über vierzigminütigen, erfolglosen Wiederbelebungsaktion und endete mit einer Leichenfahrt ins Krankenhaus, wo die Sommergrippe uns erwartete. Dutzende von schniefenden, hustenden Menschen, die sich über lange Wartezeiten beschwerten, während in den überfüllten Notaufnahmezimmern Menschen starben. Dann, als wäre das nicht schlimm genug, schickte uns die Zentrale auch noch zu einem Rettungseinsatz in den Park. Eine tussige Ballerina mit verstauchtem Knöchel. Sie redete ohne Punkt und Komma. Mit einer nervigen, hohen Stimme, die bei mir ein Dröhnen im Schädel auslöste. Das alles wäre mir egal gewesen, und an jedem anderen Tag wäre es sogar ein halbwegs lockerer Einsatz, doch heute, nach dieser Nacht mit Dani und meiner üblen Erkenntnis danach, wäre ich fast ausgeflippt, weil sie ständig mit mir flirten wollte. Die Hupfdohle mit der Piepsstimme hörte nicht damit auf, egal wie oft ich mit den Augen rollte. Carlos reagierte irritiert, als ich die hübsche Blondine ziemlich schroff in ihre Schranken wies und sie dabei auch noch Ma'am nannte. Klar, das ist sonst nicht meine Art, schon gar nicht bei hübschen jungen Frauen. Aber heute konnte ich echt nicht so tun, als wäre nichts, und ihr Spielchen mitspielen. Und nun kann ich mich nicht beherrschen und mäkle die ganze Zeit an Carlos rum, obwohl ich doch eigentlich nur von mir selbst genervt bin.

»Hat das vielleicht mit *ihr* zu tun?«

Eine nervöse Wärme kriecht über meinen Nacken.

»Was?«

»Deine reizende Laune heute. Hat das mit einer gewissen Rothaarigen zu tun, die bei dir wohnt und die sich Dani St. Clair nennt?«

Süffisant grinst er vor sich hin.

Carlos ist neben Logan so was wie mein bester Freund und mein Partner, dennoch möchte ich ihm nicht erzählen, was zwischen Dani und mir passiert ist. Ich kann es einfach nicht. Denn wenn ich es Carlos erzähle, müsste ich darüber nachdenken. Ich müsste zugeben, dass da etwas ist und dass ich nicht mehr lange damit durchkomme, so zu tun, als wären wir nur Freunde. Freunde, die nun schon zum zweiten Mal übereinander hergefallen sind.

»Was soll mit ihr sein?« Jetzt sieht Carlos auch noch sorgenvoll aus und ein klein wenig angepisst. Ich beiße die Zähne zusammen und fühle mich wie ein Lügner, nur weil ich nicht darüber reden möchte.

»R51 Tango?«

Carlos wendet sich von mir ab und schnappt sich das Funkgerät. Zumindest ist das Verhör damit beendet.

»R51 Tango. Wir befinden uns auf der Franklin Avenue.«

Die monotone Stimme aus dem Funker meldet einen Einsatz. »Verkehrsunfall auf der Fulton Street, Ecke Washington Avenue. Zwei Unfallwagen. Fünf Verletzte. Polizei und Rettungswagen sind vor Ort. Weitere Unterstützung wurde angefordert.«

Carlos und ich wechseln einen besorgten Blick. Zwei Wagen und fünf Verletzte. Hört sich schlimm an. Ich habe wieder dieses scheußliche Gefühl im Magen, wie jedes Mal, wenn uns ein Autounfall gemeldet wird. Als Carlos antworten will, komme ich ihm zuvor.

»Hier R51 Tango. Wir übernehmen. Sind so gut wie vor Ort.«

»Verstanden. Sie erhalten weitere Unterstützung.«

Carlos sieht mich sehr besorgt an, wie jedes Mal, wenn wir zu einem solchen Einsatz gerufen werden.

»Du hast wieder diesen Blick, McNamara.« Ich habe keine Ahnung, welchen Blick er meint, aber es fühlt sich an, als habe ich einen Stein im Magen, und ich bin total verspannt.

»Bei mir ist alles klar. Los, gib Gas!«

Carlos tritt das Gaspedal durch und fährt mit heulender Sirene auf unser Ziel zu. Einen Moment später brettern wir die Washington entlang. Wir müssen nicht groß auf die Umgebung achten, die Rauchschwaden eines brennenden Autowracks sind kaum zu übersehen. Carlos fährt so nahe wie möglich ran. Wir hetzen aus dem Wagen, schnappen uns die Trage und die Taschen. Mit brennenden Augen erfasse ich den Crash, der vor Kurzem stattgefunden hat. Ein blauer Ford Kombi und ein kleiner weißer Lieferwagen sind frontal zusammengekracht. Der Lieferwagen hat sich überschlagen. Er brennt und verursacht üblen Rauch. Die Feuerwehr ist bereits da. Sie arbeitet daran, das Wrack zu löschen. Der Kombi ist nach dem Zusammenstoß gegen eine Laterne gekracht. Viel ist nicht zu erkennen, außer dass die Motorhaube komplett ruiniert ist und der Wagen aussieht, als hätte man ihn k. o. geschlagen. Polizisten schirmen die Unfallstelle ab. Eigentlich ist das hier Routine. Doch nicht für mich. Erst recht nicht, als ich durch den Rauch erkenne, dass im zerstörten Kombiwrack eine Familie feststeckt. Ich atme durch, dränge die Starre, die mich überkommt, weg, um loslegen zu können. Sie brauchen meine Hilfe, nicht meine Panik. Unsere Sanitäterkollegen kümmern sich um die beiden Insassen des Lieferwagens. Der Fahrer ist tot. Er liegt auf der Straße. Sein Gesicht ist mit einem Tuch abgedeckt. Schaulustige drängen sich um die Absperrungslinie herum. Ich muss wegsehen, sonst überkommt mich die Wut und ich tue noch etwas Unüberlegtes. Carlos und ich laufen zum Kombi. Ein Polizist und einer der Feuerwehrmänner empfangen uns und informieren uns über die Lage. Der Cop brüllt.

»Sie konnten die Mutter rauszerren. Sie liegt da drüben.«

»Sichtbare Verletzungen?«, frage ich. Ich denke nicht darüber nach. In diesem Augenblick funktioniere ich nur, weil ich es muss. Das ist mein Job. So helfen wir.

»Üble Schnitte im Gesicht. Sie klagt über Schmerzen im Bauch. Wahrscheinlich ein gebrochener Arm.« Wut durchzuckt mich. Ich fahre den Cop vor versammelter Mannschaft an.

»Sie hat Schmerzen im Bauch, und Sie haben sie bewegt?«

Carlos hält mich an der Brust zurück. »Verzeihen Sie meinem Partner, aber fürs nächste Mal: Warten Sie auf uns, ehe Sie jemanden bewegen. Es könnte sein, dass sie innere Blutungen hat.« Der Cop brummt irgendwas, während er nickt. Sein rotes, etwas rundes Gesicht zeigt deutlich, dass er mir gern eins reinwürgen will. Aber das kümmert mich nicht. Er hat keine Ahnung, wie verflucht gefährlich innere Blutungen sind. Es sind tickende Zeitbomben.

»Was ist mit den anderen da drin?«

Der Cop tritt zurück und lässt den Feuerwehrmann zu uns durch. Er hatte gerade noch am Funkgerät zu tun und kann sich erst jetzt mit uns befassen. Er kommt mir bekannt vor, vielleicht sind wir schon mal bei einem anderen Einsatzort aufeinandergetroffen. Ich glaube, er heißt Dave oder David.

»Hey, Brock!«

»Hey, Mann. Was ist mit den anderen im Wagen?«

»Der Fahrer ist noch drin, zusammen mit seinem Sohn.« »Dave und seine Männer meinten, die beiden sollten wir erst untersuchen lassen, weil wir nicht wissen, was da genau los ist«, mischt sich ein zweiter Cop ein, ein jüngerer Kollege. Carlos und ich nicken. Mit den Kumpels von der Feuerwehr klappt das besser. Sie wissen, wie man vorgehen muss.

»Gut. Carlos! Du siehst dir die Frau an. Ich übernehme die beiden hier. Sobald du kannst, kommst du wieder zu mir. Alles klar?«

»Alles klar«, höre ich ihn, doch er hat mir bereits den Rücken zugekehrt und läuft zu der Frau rüber.

Warum müssen es ausgerechnet Vater und Sohn sein?

Dave folgt mir zu dem zerbeulten Kombi. Zwei junge Kollegen von der Rüstgruppe warten zum Einsatz bereit links und rechts vom Wagen.

Wir nicken uns alle knapp zu. Der kleinere der beiden Feuerwehrmänner sieht mich durch das zerborstene Fenster an. »Der Vater ist seit ein paar Minuten ohnmächtig, aber ich glaube, er hat noch Puls. Der Kleine auf dem Rücksitzt ist total verschreckt, aber außer ein paar Prellungen konnten wir bei ihm bisher nichts feststellen.«

»Danke. Ich übernehme jetzt. Bleibt in der Nähe.«

Vorsichtig fasse ich durch das Fenster und überprüfe den Puls des Fahrers. Er ist etwa Anfang vierzig, hat ein paar Pfund zu viel auf den Rippen und jede Menge dickes schwarzes Haar auf dem Kopf. Und er hat einen schwachen Puls.

Als ich seinen Hals und seinen Nacken abtaste, gefriert mir das Blut in den Adern.

»Scheiße!«

Dave bückt sich neben mich.

»Was ist?«

»Sein Kopf hängt gerade noch so an seinem Hals. Die Halswirbel …« Ich flüstere und sehe dabei nicht Dave an, sondern sehe in die Augen eines völlig verängstigten kleinen Jungen. Er ist kaum acht Jahre alt, wenn überhaupt, und wenn sein

Vater das hier überlebt, ist er im besten Fall querschnittsgelähmt.

»Was ist mit Dad? Was ist mit ihm?«

Tränen strömen ihm übers Gesicht, auf dem sich dicke Prellungen abzeichnen. Seine Augen wandern unruhig umher. Auf seiner Stirn glitzert kalter Schweiß. Er steht eindeutig unter Schock und muss näher untersucht werden, aber ich kann hier nicht weg.

»Hey, Kleiner, wie heißt du?«

»Clay … Was … was ist mit Dad?« Ich hasse es, genau zu wissen, wie der Junge sich fühlt, was für eine Scheißangst er hat. Zu wissen, dass ich nicht viel dagegen tun kann, macht es nur noch schlimmer. Zumindest muss er damit nicht allein sein. Er hat mich.

»Clay, hör mir zu. Ich bin Brock, und ich werde mich um dich und deinen Dad kümmern. Siehst du den anderen Sanitäter dort?« Der Junge wirft einen schnellen Blick aus dem Fenster und sieht, dass seine Mutter bereits auf einer Trage liegt und Carlos bei ihr ist. Clay nickt. Seine Pupillen sind riesengroß. Er hat einen Schock. Natürlich hat er den.

»Das ist mein Partner, Carlos. Ich würde es ihm nie sagen, aber er ist der beste Rettungssanitäter, den es gibt, und er kümmert sich um deine Mom. Das klingt doch nicht schlecht, oder Kumpel?«

»J… ja«, stottert er, aber seine Augen fixieren seinen Vater, der bewegungslos vor ihm im Sitz gefangen ist, mit meinen Händen um seinen Hals, die steif werden, weil ich nicht gut an ihn herankomme.

»Dave«, zische ich, während ich den Jungen beruhigend anlächle, als wäre die Situation nicht die Hölle, was sie leider ist. »Geh zu Carlos und sag ihm, wir brauchen einen Notarzt hier oder am besten gleich einen Chirurgen, denn eine einfache Halskrause tut es nicht.«

Dave verschwendet keine Zeit, schnappt sich sein Funkgerät und gibt meine Anweisung weiter. Fünf bis zehn weitere Minuten wird es vermutlich dauern, und währenddessen kann ich den Mann nicht loslassen, nicht eine Sekunde lang. Ich kann ihn weder weiter untersuchen noch eine Infusion legen, denn das wäre vermutlich sein Ende. Ich muss den Hals dieses Mannes stützen, bis der Doc da ist, Erleichtert sehe ich Carlos auf mich zukommen. Vor Jahren, auf dieser Straße mit meinem Vater, hätte ich alles gegeben, um einen Carlos oder einen anderen Sanitäter oder einfach irgendjemanden, der mir hilft, auf mich zulaufen zu sehen.

»Die Frau ist so weit in Ordnung. Stabil jedenfalls. Sie steht unter Schock, macht sich Sorgen um die beiden hier. Der Bruch ist glatt und erstversorgt. Zum Glück hat sie wohl keine inneren Blutungen.«

Dankbar sehe ich ihn an.

»Hörst du, Clay! Deiner Mom geht es gut. Und jetzt kümmert sich mein Freund Carlos um dich, und ich bleibe bei deinem Dad.« Ich deute mit einem vielsagenden Blick auf den Hals des Mannes und meine verkrampften Finger. Carlos versteht den Ernst der Lage.

»Hältst du durch, bis der Notarzt da ist?«

Ich nicke, ganz vorsichtig, um keine Erschütterungen zu verursachen. Nicht bewegen, Brock. Kein Stück!

»Hey, Clay. Ich heiße Carlos. Lässt du mich mal kurz nachsehen, ob es dir gut geht?« Der Junge blickt ihn aus trägen Augen an. Sie fallen ihm regelrecht zu. Als Carlos ihn abtastet, zuckt Schmerz über sein blasses Gesicht. Ist das Blut an Clays

Mundwinkel? Carlos schüttelt den Kopf und wirft mir einen scharfen Blick zu. Verdammt!

Mein Partner zwängt sich zwischen den Sitzen zu mir durch.

»Ich fürchte, innere Blutungen. Er muss ins Krankenhaus«, flüstert er mir zu, damit der Junge ihn nicht hören kann.

Scheiße!

Ich möchte schreien und fluchen, doch ich darf mich noch nicht mal rühren.

»Dave!«, brülle ich, ohne meine Hände zu bewegen. Er ist sofort an meiner Seite.

»Ja?«

»Ich brauche Carlos hier bei mir. Ihr könnt den Jungen aus dem Gurt schneiden, aber seid verdammt vorsichtig dabei und fasst seinen Bauch nicht an. Helft dabei, ihn auf die Trage zu schaffen.«

Dave gibt seinen Jungs ein Zeichen, und schon höre ich, wie sie mit einer Säge die Autotür auf Clays Seite aufschneiden. Heftig atmend beobachtet der Junge sie dabei. Ich kann seine Angst und Panik förmlich in der Luft schmecken. Bei seinem erbärmlichen Anblick zieht sich mein Herz zusammen. Er muss überleben. Der Kleine muss überleben! Und sein Vater auch!

»Hey, sieh mich an! Es wird alles gut, Kleiner«, sage ich ihm. Obwohl ich nicht weiß, ob das stimmt, es nicht wissen kann, ist es das, was er jetzt hören muss. Carlos hält ihm von der anderen Seite durch das Fenster die Hand. Dann löst mein Partner sich aus Clays Griff, der heftiger weint als zuvor, um den Jungen von der anderen, jetzt ganz offenen Seite zusammen mit den Feuerwehrmännern zu befreien. Ganz vorsichtig schneiden sie den Gurt durch und heben Clay aus dem Auto. Immer wieder höre ich, wie er nach seinem Dad schreit. Der

Klang seiner Verzweiflung gräbt sich wie Eisenkrallen in mein Herz. Nur eine Sekunde schließe ich die Augen. Ich zwinge das Gefühl nackter Panik weiter von mir weg.

Später! Jetzt habe ich keine Zeit dafür.

Verschwommen sehe ich einen weiteren Rettungswagen, der gerade gekommen ist. Carlos schiebt Clay auf einer Trage dorthin. Zwei weitere Sanis übernehmen und fahren den Jungen von hier weg. Am liebsten wäre ich bei ihm und würde seine Hand halten, bis er im Krankenhaus nach seiner OP aufwacht, aber das kann ich leider nicht, und das macht mich fertig. Als Carlos zurückkommt und mich erschrocken ansieht, bemerke ich, dass mir kalter Schweiß von der Stirn auf die Nase tropft.

»Mir geht's gut!«, zische ich. »Leg dem Mann endlich einen Zugang, aber vorsichtig.«

»Der Junge schafft das schon, Brock«, flüstert er mir zu, als er sich an mir vorbeizwängt, um einen Zugang zu legen. Die Rüstgruppe kann den Mann nicht aus dem Wagen schneiden, weil ich seinen verdammten Halswirbel zusammenhalte.

Carlos untersucht ihn nun gründlich, und als er seine Finger wegzieht, sehe ich Blut auf seiner Hand. Viel Blut. Ein scheußliches Gefühl durchfährt mich.

Ich kenne dieses Gefühl.

Und ich hasse es.

Es verfolgt mich, seit damals. Seit Dad.

Ich fühle, dass heute jemand sterben wird.

Ich brülle, so laut, wie es mein Klammergriff zulässt, bis mein Halsmuskel schmerzend zuckt.

»Wo zum Teufel bleibt dieser verdamme Notarzt?«

Dani

Ein lautes Klirren hallt durch die Wohnung. Laut genug, um mich aus dem Schlaf zu reißen. Mit klopfendem Herzen lausche ich in die Dunkelheit hinein. Es ist nach zwei Uhr nachts.

Da! Nun höre ich ein schlurfendes Geräusch.

Oh Gott! Ist das ein Einbrecher?

Ich denke fieberhaft nach, aber mir will absolut kein geeigneter Gegenstand in meinem Zimmer einfallen, der mir zur Verteidigung gegen einen Eindringling dienen könnte. Seufzend gebe ich den Gedanken auf und versuche möglichst leise aus dem Bett zu krabbeln. Kalter Nachtschweiß presst das feuchte Schlafshirt auf unangenehme Weise an meinen Rücken. Auf Zehenspitzen tapse ich zur Tür und öffne sie einen kleinen Spaltbreit. Das Blut rauscht in meinen Ohren.

Als ich einen Blick nach draußen werfe, sehe ich nichts. Also öffne ich die Tür etwas weiter. Da!

Ich sehe hinter der Kücheninsel einen Schatten. Jemand ist gerade in unserer Wohnung und durchforstet die Schränke. Er macht einen Höllenlärm dabei. Das finde ich recht seltsam für einen Einbrecher. Noch seltsamer ist, dass ich die Wohnungstür verschlossen vorfinde, als ich leise durch das offene Wohnzimmer dorthinschleiche.

Jemand stellt den Wasserhahn an. Mein Blick zuckt sofort zur Küche zurück. Nun sehe ich ihn. Brock, der erfolglos versucht, ein Glas mit Wasser zu füllen. Zuerst bin ich erleichtert, doch dann, als ich sehe, dass er schwankt und kaum das Glas unter den Strahl halten kann, verflüchtigt sich das Gefühl. Ich mache das Licht an und gehe zu ihm. Erschrocken weicht Brock zurück und schüttet dabei das bisschen Wasser, das er ins Glas bekommen hat, wieder aus. Ein irres Lachen dringt zwischen seinen geschlossenen Lippen hervor.

»Tschuldigung«, nuschelt er, aber das dümmliche Grinsen auf seinem Gesicht macht klar, dass ihm gar nichts leidtut, denn dafür ist er viel zu besoffen. Seine Augen sind rot, außerdem sieht er verschwitzt aus. Erst jetzt fällt mir auf, dass er noch seine Uniform trägt, auch wenn sein Hemd halb offen steht und Flecken auf seiner Kleidung zu erkennen sind, die den beißenden Schnapsgeruch in der Küche erklären.

Scheiße! Hat er etwa im Dienst getrunken?

»Brock, du bist ja sternhagelvoll.«

»Das bin ich.« Brock kann kaum die Augen offen halten. Er sieht schrecklich aus. Sein Anblick tut mir weh. Irgendwie ist er schwer zu ertragen.

Er kommt näher, saugt dabei winzige Tropfen Wasser aus dem Glas, ehe er es auf der Kücheninsel abstellt, gefährlich nahe an der Kante. Schnell schiebe ich es ein paar Zentimeter zurück. Als ich von der Anrichte aufsehe, steht er direkt vor mir. Seine blutunterlaufenen grünen Augen blicken verhangen in meine.

»Aber vielleicht gefällt dir das ja. Das letzte Mal, als ich so drauf war, hatten wir doch eine Menge Spaß.« Gierig gleitet sein Blick dabei über meinen Körper, mustert meine BH-losen Brüste in dem Shirt. Ich verschränke die Arme vor der Brust.

»*So* warst du damals aber nicht. Ehrlich gesagt habe ich dich so noch nie erlebt.«

Einerseits bin ich gekränkt, wegen der Art, wie er mit mir spricht. Andererseits sehe ich allzu deutlich, dass er bloß betrunken und fertig ist. Sein Anblick spricht Bände.

»Was ist denn passiert? Du warst doch so nicht arbeiten?«

»Arme Dani, machst dir immer Sorgen um alle, selbst um die,

die deine Sorge gar nicht verdienen.« Brock zieht eine Schnute, als mache er sich lustig über mich. Mein Magen zieht sich stechend zusammen.

»Mach dich nicht lustig über mich, nur weil ich um dich besorgt bin.« Ich sehe ihn streng an, so wie meine Mom es bei meinem Dad macht, wenn sie stinksauer oder enttäuscht von ihm ist. Trotz ihrer Gene versagt die Wirkung bei mir. Brock lächelt mich breit an und streichelt dabei meinen Oberarm.

»Dani St. Clair ... Was mache ich nur mit dir? Ich darf dich nicht vögeln, aber dich nicht vögeln geht auch nicht. Ergibt das irgendeinen Sinn für dich?« Traurig sieht er mich an, als hätte ich eine Lösung parat, dabei habe ich gerade das Gefühl, rein gar nichts zu verstehen. Vor allem nicht, warum wir hier mitten in der Nacht in der Küche stehen und Brock besoffen unsere wenigen Gläser zertrümmert.

»Das kann warten«, lüge ich, denn in seinem Zustand werde ich *dieses* Gespräch bestimmt nicht mit ihm führen. »Sag mir doch lieber, was los ist. Bitte!« Ich flehe ihn mit Blicken an, und als er immer noch nichts sagen will, lege ich meine Hände auf seine Brust. Seine Atmung ist flach. Sein breiter Brustkorb hebt und senkt sich schnell. Sein Herz pocht. Ich muss wissen, warum.

Ich höre ihn seufzen, als würde er sich ergeben.

»Es war die Hölle, Dani ... Damals. Und heute. Es war die Hölle, jedenfalls für mich.«

Als er mich ansieht, mit tränennassen roten Augen, deren Grün dunkel flackert, als wäre das Licht darin am Ausgehen, denke ich nicht nach – ich muss es nicht mal verstehen –, ich ziehe ihn einfach ganz fest in eine Umarmung. Brock klammert sich an mich wie ein Ertrinkender an ein Stück Treibgut im Wasser, an das Einzige, das ihn noch vom finsteren Abgrund fernhalten kann.

Brock vergießt keine Tränen, dennoch spüre ich am Druck seiner Hände um meine Taille, wie verzweifelt er ist. Langsam löst er sich von mir und sieht mich an, als erwarte er etwas von mir. Da ich keine Ahnung habe, was es ist, was ich für ihn tun kann, ziehe ich ihn einfach an der Hand mit mir, in sein Zimmer.

In dem karg eingerichteten Raum bringe ich Brock dazu, sich schwerfällig auf das Bett zu setzen. Dabei schüttelt er den Kopf und sieht sich orientierungslos um.

»Wir sind in deinem Zimmer, Brock, in deinem Bett. Hilf mir, dir die Sachen auszuziehen!«

Mühsam ziehe ich ihm die Uniform aus, aber er ist keine Hilfe dabei, so betrunken, wie er im Moment ist. Als er nur noch Unterhemd und Boxershorts anhat, lasse ich es gut sein. Ich versuche, ihn dazu zu bringen, sich endlich hinzulegen, aber er will nicht, drückt immer wieder gegen mich. Als ich mich umdrehe und er wohl glaubt, ich lasse ihn allein, hält er mich am Arm zurück.

»Nein, Brock. Ich gehe nicht weg. Ich möchte nur das Licht in der Küche ausmachen.« Störrisch sieht er mich an, lässt mich aber los, damit ich draußen kurz Ordnung machen kann.

Ich komme zurück. Brock sitzt mit dem Kopf an die Wand gelehnt da. Er starrt ins Leere. Wieder schmerzt mein Bauch, wenn ich ihn so sehe.

»Wir hatten heute einen schlimmen Verkehrsunfall.«

Mehr sagt er nicht. Er klingt weit weg, als wäre er gar nicht richtig da. Vorsichtig setze ich mich ans andere Ende des Bettes. Im Dunkeln sehen wir uns nicht besonders gut, aber das feuchte Glänzen seiner Augen verrät mir, dass er noch immer wach, betrunken und traurig ist, auch wenn ich nicht weiß, warum. Deshalb sage ich nichts und höre nur zu.

»Es war eine Familie. Die Mutter ist durchgekommen. Hatte verdammtes Glück.« Bitter lacht er auf. »Wenn man es Glück nennen kann, durchzukommen und Mann und Kind zu verlieren.«

Ein kalter Schauer jagt mir über die Haut. Zwei Menschen sind heute gestorben, und Brock war dabei. Unmittelbar.

Wie hält er das nur aus? Ich weiß, dass er immer wieder Menschen verliert, dass es zu seinem Job gehört. Nur hat es ihn noch nie so hart getroffen wie jetzt, jedenfalls nicht, seit ich hier wohne. Oder vielleicht bekomme ich nur gerade zum ersten Mal mit, wie es ihm dabei wirklich geht.

»Hast du … Hast du versucht, die beiden zu retten?«

Brock schnaubt, presst die Augen aufeinander und beißt sich fest auf die Unterlippe.

»Versucht – und versagt.«

Er klingt so bitter, dass ich sofort nach seiner Hand fasse und sie fest drücke. Er drückt zurück, auch wenn er mich nicht ansehen will.

»Das ist das Schlimmste dabei. Zu glauben, es könnte anders ausgehen, zu hoffen und den Teil in sich zum Schweigen zu bringen, der es besser weiß, der weiß, dass sie sterben werden. Der kleine Junge, sein Name war Clay, er hatte innere Blutungen, und weil ich zu beschäftigt damit war, die Wirbelsäule seines Vaters zu stabilisieren, habe ich mich nicht zuerst um ihn gekümmert. Ein dummer Fehler. Deshalb kam er zu spät ins Krankenhaus, zu spät in den OP, obwohl er vielleicht noch hätte überleben können. Und sein Dad hat nicht mal den Transport überlebt. Er ist im Rettungswagen kollabiert, während der Chirurg seine Halswirbel geschützt und ich versucht habe, einen Toten zu reanimieren, dessen Kreislauf längst am Ende war. Und willst du wissen, was das absolut Schlimmste daran ist?«

Sein Tonfall lässt das Blut in meinen Adern gefrieren, dennoch nicke ich zaghaft.

»Ich wollte den Vater retten, damit der Junge nicht allein sein muss. Ich wollte *ihn* retten, weil ich schon einmal dabei versagt habe, und deshalb habe ich beide verloren. Ich habe damals versagt, und jetzt wieder. *Das tue ich ständig. Ich versage*, bei Dad, bei meinen Patienten. Und bei dir.«

Heftig schüttle ich immer wieder den Kopf. Nun laufen mir Tränen an seiner statt über die Wangen. Ich hätte ahnen müssen, dass es mit seinem Dad zu tun hat. Ein verdammter Autounfall und ein Vater, der in seinem Beisein stirbt. Großer Gott! Er hat recht. Das muss die Hölle für ihn sein.

»Nein, Brock. Das ist nicht wahr. Du bist kein Versager! Herrgott, damals warst du doch noch ein Kind. Dennoch hast du versucht, deinen Dad zu retten. Es ist nicht deine Schuld, dass er gestorben ist. Und auch heute hast du alles getan, was du tun konntest, auch wenn du vielleicht einen Fehler gemacht hast, was ich nicht beurteilen kann. Aber ich kenne dich, Brock, gut genug, um zu wissen, dass du alles tust, was du kannst, um zu helfen. So bist du, das macht dich aus. Hör auf, dir für Dinge die Schuld zu geben, die nicht in deiner Macht liegen!«

Die Sache mit uns lasse ich außen vor, denn hier geht es um wesentlich wichtigere Dinge, einen Schmerz, der so tief sitzt, dass er irreparablen Schaden anrichten kann, wenn er nicht endlich eine Chance bekommt zu heilen.

»Dani, du hast ja keine Ahnung. Ja, es ist mein Job zu helfen, und ja, ich habe versucht, diese Leute zu retten, aber es gab auch eine Zeit, da ich niemandem geholfen habe, da ich Dinge zugelassen und getan habe, die ich mir niemals verzeihen werde. Aber all das ändert nichts an der Tatsache, dass heute ein Vater unter meinen Händen weggestorben ist, wieder einmal. Und ich jedes Mal, wenn ich vor mir sehe, wie das Blut aus ihm quillt, ich auch wieder vor mir habe, wie meine kleinen nutzlosen Hände verzweifelt versuchen, das Blut in meinem Dad festzuhalten, während sein Leben Tropfen für Tropfen auf die Straße sickert. Dass ich ständig, wenn ich meine Augen schließe, wieder elf Jahre alt bin, auf dieser verdammten Straße hocke, während mein Dad stirbt. Ich war so allein. Und ich hatte keine Ahnung, was ich tun sollte, also habe ich überall, wo Blut war, draufgedrückt und gebetet, dass endlich jemand kommt. Und als ich dann die Sirenen gehört und die Wagen der Feuerwehr gesehen habe, wusste ich, dass sie nicht helfen können. Ich wusste, dass mein Dad einen Sanitäter brauchte, aber bis der hier wäre, wäre er längst tot. Dani, ich kann förmlich fühlen, wie er unter mir immer kälter wird.«

Mit aufgerissenen Augen starrt er auf seine rechte Hand, die er zitternd vor seine Augen hält. Ich umfasse sie fest. Sie ist eiskalt.

»Deshalb hast du getrunken?«

Weggetreten nickt er.

»Seit ich aus der Klinik weg bin. Seit sie mir gesagt haben, dass sie es nicht geschafft haben. Ich habe die Frau gehört, nachdem sie es ihr gesagt haben. Sie klang wie ein verwundetes Tier. Genau wie meine Mom damals. Wusstest du, dass sie sich jede Nacht in den Schlaf geheult hat, nachdem es passiert war? Monatelang war sie so fertig, dass sie sogar vergessen hat, mir etwas zu essen zu machen. Sehr oft sogar. Aber ich habe nichts gesagt, denn wir waren allein, nur wir zwei, und ich konnte es verstehen. Ich konnte ohne Dad auch nicht sein. Du kannst dir deshalb vorstellen, wie überrascht ich war, als sie dann Bill angeschleppt hat.«

Betroffen blicke ich Brock an, auf dessen Gesicht Wut und Schmerz um die Vorherrschaft kämpfen. Bill. Ich habe ihn nie wirklich kennengelernt. Das wenige, das ich über ihn weiß, weiß ich von Logan oder meinen Eltern. Ich kann mich daran erinnern, dass Brock ihn überhaupt nicht mochte, was wenig überraschend war, schließlich war Brocks Vater Liam ein ganz toller Kerl. Er hatte stets einen witzigen Spruch auf den Lippen, sah gut aus und besaß den McNamara-Charme, dem man nicht wiederstehen konnte. Er hatte einen warmen Blick, bei dem man sofort wusste, dass man es mit einem von den Guten zu tun hatte. Manchmal sehe ich das an Brock, auch wenn er es, im Gegensatz zu seinem Dad, zu verbergen sucht. Bill, so erinnere ich mich zumindest, war einer von diesen Leuten, von denen keiner genau wusste, womit sie eigentlich ihr Geld verdienen, und meine Mom konnte ihn nicht ausstehen. Mein Dad sprach nicht über ihn, und wenn, dann war klar, dass er ihn verabscheute, schon weil Liam ein sehr enger Freund von ihm gewesen war. Doch wenn Brock Bills Namen ausspricht, ist da so viel Hass, Wut und Schmerz zu hören, dass ich mich nicht traue zu fragen, was dahintersteckt, vor allem nicht heute Nacht.

»Ich erinnere mich daran, dass du ihn nicht mochtest«, ist deshalb alles, was ich dazu sage.

»Ich mochte ihn nicht«, wiederholt Brock in einem merkwürdigen Tonfall. »Nein, ich mochte ihn kein bisschen. Und ich weiß nicht, ob ich Mom je verzeihen kann, dass sie ihn in unser Leben gelassen hat.«

Als Brock mich dabei ernst ansieht, so als erwarte er eine bestimmte Reaktion von mir, wird mir ganz flau im Magen.

Ich lasse seine Hände los und sehe ihm ins Gesicht. Mir wird klar, dass ich Brock, trotz unserer Freundschaft und unserer sexuellen Begegnungen und obwohl wir zusammen aufgewachsen sind, nicht wirklich kenne, und er erst heute Nacht, und nicht nachdem wir Sex hatten, sondern erst nachdem er einen Tiefpunkt erleben musste, bereit ist, sich mir zu öffnen. Und das bedeutet mir etwas. Sogar sehr viel.

Über die guten Dinge kann man mit vielen Menschen reden, aber über die üblen Dinge, über die Dinge, derer man sich schämt oder die einen dazu bringen, völlig den Kopf zu verlieren und abzustürzen, spricht man nur mit ganz wenigen Menschen, besonderen Menschen. Man teilt das nur denen mit, denen man sich wirklich nahe fühlt, egal wie lange oder gut man sich kennt. Deshalb sage ich nichts zu dem, was Brock zuletzt geäußert hat, und verurteile ihn auch nicht dafür, dass er wütend auf seine Mutter ist. Stattdessen krabble ich zu ihm ans obere Ende des Bettes, kuschele mich an seine Seite, den Kopf an seine Schulter gelehnt, und sehe ihn lange an. Er ist auf eine traurige Art wunderschön.

»Willst du mich denn kein bisschen verurteilen oder anschreien, weil ich dich betrunken aus dem Schlaf gerissen habe und mich aufführe wie ein Irrer?«

»Nein.«

»Wieso? Was stimmt denn nicht mit dir?«, schnaubt er, aber ich sehe am Lächeln seiner Augen, dass er es nicht so meint.

»Ich mag dich einfach, so wie du bist.«

»Warum? Weil ich ein Weiberheld bin, der seinen stressigen Job mit nach Hause bringt und dich mit seiner Vergangenheit quält?« Kopfschüttelnd sieht Brock mich an. Dennoch schlingt er seinen Arm um mich. Er drückt mich sogar näher an sich.

»Ich mag dich, weil ich dich schon immer mochte. Um ganz ehrlich zu sein, war ich früher in der Schule sogar ziemlich verknallt ihn dich.«

Als er mich wie vom Blitz getroffen anstarrt, spreche ich schnell weiter. »Aber das ist lange her. Und jetzt mag ich dich, weil wir Freunde sind und weil du einer von den Guten bist, egal was du sagst, und ich wahnsinnig gern mit dir schlafe, auch wenn ich dir jedes Mal, wenn du danach Reißaus nimmst, den Hals umdrehen möchte. Und ich mag dich genug, um genau jetzt hier zu sein, für dich da zu sein und dir meinen Körper zu überlassen, sodass du ihn benutzen kannst, um an etwas anderes zu denken als an die schrecklichen Dinge, die dich quälen.«

Lange sieht Brock mir in die Augen, dann zieht er seinen Arm unter mir weg, sodass ich nun unter ihm liege, er über mir. Ich atme schneller. Mein Magen prickelt, und mein Herz verdoppelt seine Schläge. Je länger er mich lauernd ansieht, ohne mich zu berühren, desto schlimmer wird das Pochen in meinem Schoß.

»Und das würdest du tun? Für mich?« Brock leckt sich die Lippen. Ich nicke. Mein Haar raschelt auf seiner Bettwäsche.

»Mein Selbstwertgefühl war nach dieser Jeff-Sache am Boden, und auch wenn ich inzwischen weiß, dass du nicht deshalb mit mir Sex hattest, hat es dennoch geholfen. Deinetwegen habe ich mich wieder schön gefühlt, begehrt, und ehrlich gesagt habe ich mich noch nie so fallen lassen können wie bei dir. Mit dir kann ich mich gehen lassen. Ohne Angst, was dabei passiert. Weil ich dir vertraue.«

Brock bekommt über mir wieder diesen Glanz in den Augen. Seine Lider werden schwer, und er atmet schneller. Gott, ich hoffe, das liegt an mir und an dem, was ich ihm sage, und nicht am Alkohol.

»Dani, du … du machst es mir echt nicht leicht. Du bist mit Abstand die beste Freundin, die ich jemals hatte. Und dass du heute mit mir Sex haben willst, um mich abzulenken, damit ich mich wieder gut fühle, ist genauso schrecklich wie schön. Aber ich bin betrunken genug, um zuzugeben, dass ich dich nicht ficken kann, ohne dabei etwas zu empfinden, besonders in meiner derzeitigen Verfassung. Und auch wenn das für dich merkwürdig klingt, ist das ein verdammtes Problem für mich. Denn ich bin kein Mann für eine Beziehung, und du verdienst viel mehr, als nur gefickt zu werden, damit ein anderer sich gut fühlt oder damit du dich mal fallen lassen kannst. Ich will mehr für dich, Dani. Mehr für dich als jemanden wie mich.«

Zärtlich streichelt Brock meine Wange, streift meine Lippen und lässt dann von mir ab. Ich kann nicht sagen wieso, aber ich spüre Tränen in mir hochkommen und ein irritierendes Gefühl von Scham. Ich weiß nur, dass ich mich so nicht fühlen will.

Ich glaube das einfach nicht! Nein!

Bestimmt dränge ich Brock zurück, bis er derjenige ist, der auf der Matratze liegt, ich über ihm. Meinen pochenden Schoß drücke ich fest gegen seinen und übe damit Druck auf seinen Schwanz aus, was ihn hart werden lässt. Er stöhnt unter mir.

»Deine Sorge um mich in Ehren, Brock, aber ich bin ein großes Mädchen und weiß, was ich tue oder mit wem ich schlafe. Wir müssen dem hier nicht gleich einen Namen geben, was immer es ist. Immerhin sind wir uns darin einig, dass wir Freunde sind.«

Brock nickt und umfasst meine Hüften.

»Dass wir uns wichtig sind, füreinander da sein wollen?«

Er nickt noch mal und fährt zärtlich meine Taille hinauf.

»Und dass wir wahnsinnig gerne miteinander ficken?«

Er nickt heftig, presst dabei seinen Schwanz zwischen meine Schamlippen und umfasst gleichzeitig meine Brüste unter dem Shirt.

»Also«, schlage ich schwer atmend vor, abgelenkt von meinen Nippeln, die sich hart zusammenziehen, »lass uns doch das eine mit dem anderen verbinden und sehen, wo es uns hinführt.« Ich fahre mit der Zunge über meine Lippe, weil sie prickelt und pocht und verzweifelt von Brock geküsst werden will.

»Aber keine anderen, keine anderen Kerle. Wenn du mit mir fickst, fickst du mit keinem anderen. Nur mit mir, Dani!«

Fest, aber zärtlich zwirbelt er meine sensiblen Brustwarzen zwischen Daumen und Zeigefinger. Ein elektrisierender Strom breitet sich von meiner Brust bis zu meinem feucht werdenden Geschlecht aus.

»Das … das geht klar, aber nur, wenn das auch für dich gilt. Quid pro quo, Dr. Lecter!« Ich unterbreche das Kreisen meiner Hüften und sehe ihn scharf an.

»Oh, Dani! Nicht jetzt! Bring mich nicht zum Lachen. Nicht heute Nacht. Ich bin schon durcheinander genug.«

Lachend schüttelt er den Kopf. Betrunken und erregt sieht Brock mich um Beherrschung bemüht an.

»Sorry, ich plappere manchmal, wenn ich nervös bin.«

»Dann mache ich dich nervös?«, fragt er wölfisch grinsend.

»Ja. Wenn ich mit dir darüber verhandeln muss, dass du keine anderen Frauen bumst, solange du's mit mir treibst, macht mich das verdammt nervös«, gebe ich zu und greife nach seinen Händen, damit er aufhört, meine Brüste zu massieren. Ich kann nicht denken, wenn er das tut.

Brock lacht kurz auf, dann wird er sehr ernst.

»Ich werde niemanden anrühren, solange wir beide zusammen sind.«

Zusammen sind? Wieso muss er ausgerechnet diesen Ausdruck verwenden, und warum muss mein Herz dabei einen Satz machen, wenn es eigentlich besser weiß, was das bedeuten soll?

»Gut«, sage ich leise, ganz dicht an seinem Mund.

Wir haben uns heute noch gar nicht geküsst. Ich vermisse das Gefühl. Ob es ihm genauso geht? Oder genügt ihm der Sex?

»Jetzt komm schon endlich her, Kleines! Ich will dich schmecken, bevor wir uns beide vergessen und ich dich auf eine Weise benutze, die dir so gut gefällt, dass du mich immer wieder darum anflehen wirst.«

Ich stöhne auf, ehe Brock seinen Mund auf meinen presst. Seine Zunge schmeckt mich, leckt über meine Lippen und spielt herrlich versaut mit meiner Zunge. Davon angetörnt berühren wir uns wieder überall, bis wir mehr als bereit sind. Doch Brock hat etwas anderes vor. Er packt mich an den Hüften, hebt mich von sich, um mich neben ihn auf das Bett zu legen. Mein Gesicht von ihm abgewandt spüre ich ihn überall, direkt hinter mir.

»Ich werde so tief in dir sein, dass ich an nichts anderes mehr denken kann, dass ich alles andere, was war, vergessen werde, solange ich dich um mich fühle.«

Aufgeregt stöhne ich in das Laken unter mir, vertraue Brock meinen Körper an, um ihm zu geben, was er braucht, und mir dabei zu nehmen, was ich brauche. Was ich spüren will.

Brock packt meinen Oberschenkel und führt ihn über seine Hüfte, sodass mein Schoß für ihn offen ist wie eine Schere.

Langsam und sehr tief, genau wie er versprochen hat, dringt er in mich ein, lässt mich jeden Zentimeter dabei spüren. Ich atme schneller, gewöhne mich an die Dehnung und das Gefühl, wie er tief in mir steckt. Kaum denke ich, dass es sich nicht intensiver anfühlen kann, da bewegt er sich vor und zurück, hält dabei mein Bein fest und mich weiterhin offen. Ein herrlicher Schauer prickelt auf meiner erhitzten Haut und ein heftiges Kribbeln tanzt durch meinen Körper, erregt mich, lässt mich spüren, wie lebendig ich bin und wie nahe ich mich Brock dabei fühle.

Als er seinen Finger gegen meine angeschwollene Klitoris drückt, schreie ich auf und presse mich fest um ihn zusammen. Brock keucht mir in den Nacken. Er klingt, als wäre der Lustschmerz fast zu viel für ihn. Aber als er meine Klit kreisend reizt, während er in mich stößt, saugt mein Inneres pulsierend an seinem Schwanz, was ihm zu gefallen scheint, denn er macht wohlige Atemgeräusche an meinem Nacken.

Immer wieder wandert seine Hand von meinem Schenkel zu meinen Brüsten, die er massierend wiegt oder deren Nippel mit den Fingerspitzen reizt.

»Ich glaube, ich bin besessen von deinen Brüsten«, gesteht er und küsst dabei meinen Hals.

»Schön zu wissen, dass sie gewürdigt werden«, versuche ich, eine Antwort zu formulieren, während mein Körper zuckt und mein Verstand alles vergisst, außer dem, was Brock ihn fühlen lässt. Und das sind herrliche Dinge.

Als wir beide immer schneller und ungestümer werden, uns fast süchtig und weggetreten berühren, wo immer wir einander erwischen, steht der Orgasmus, der gewaltig groß auf mich zurollt, kurz bevor.

Brock scheint endlich loszulassen. Er drückt sich fest gegen mich, sein Mittelfinger hart gegen meine Klitoris gepresst, sein Schwanz unbeschreiblich tief in meiner Feuchtigkeit vergraben. Er stößt so fest zu, dass ich auf den Bauch falle und ihn dabei überall auf mir spüre, seine Schwere, seine Wärme und vor allem seine hitzige Lust. Ein letztes Mal gräbt er sich tief stöhnend vor und zurück, presst gleichzeitig seinen Mittelfinger in meine Schamlippen und auf mein überreiztes Knötchen, aus dessen Zentrum die Lust zu explodieren beginnt. Ein heftiges Zittern jagt durch meinen Körper, gefolgt von einem erlösenden Schrei. Ich spüre, wie auch Brock in mir zuckt und an meinem Rücken starr wird, ehe er sich völlig verausgabt auf mich fallen lässt. Immer noch stoßen unsere Unterleiber ineinander, unfähig sich voneinander zu trennen, während wir Haut an Haut daliegen, den Herzschlag des anderen hören, der sich nur sehr langsam erholt.

»Dein Herz rast ja«, murmelt Brock über mir.

»Ich fühle mich auch äußerst lebendig«, scherze ich und drücke mein Gesicht befriedigt und herrlich müde ins Kissen. Brock hat sich noch immer nicht aus mir zurückgezogen. Ich spüre seine warme Feuchtigkeit überall in meinem Schoß.

»Geht mir auch so.«

Ein letztes Mal fühle ich, wie er mit seinem Halbsteifen vor- und zurückdrängt, so als wolle er sich an das Gefühl erinnern, das er gerade noch in mir hatte, ehe er sich endgültig aus mir zurückzieht. Ich atme ein und warte, bis er ganz aus mir verschwunden ist, ehe ich wieder ausatme. Es macht mir Angst, dass ich jedes Mal, wenn er sich aus mir zurückzieht, das Gefühl habe, etwas Wertvolles zu verlieren.

Hier drinnen ist es stickig und heiß. Der Sommer würde genügen, aber heftiger Sex macht es nicht gerade erträglicher. Außerdem bin ich müde. Brock geht es nach dieser turbulenten Nacht bestimmt genauso. Als ich mich umdrehe, um ihm vorzuschlagen, kurz zu duschen und hier durchzulüften, sehe ich in ein entspanntes, schlafendes Gesicht. Seine Arme sind fest um mich geschlungen, und jeder Zentimeter seines Körpers berührt meinen. Beruhigt, weil ich weiß, dass es ihm bessergeht, er tief und fest schläft, ohne betrunken von qualvollen Gedanken heimgesucht zu werden, lege ich mich wieder zurück und umfasse fest seine Hand, die auf meinem Unterbauch liegt. Ich schlafe in dem Gefühl ein, dass das wohl die erste Nacht mit Brock ist, nach der ich nicht allein aufwachen werde.

Kapitel 22

Brock

Kaum zu glauben, dass eine der schlimmsten Nächte meines Lebens, von denen es beschämend viele gab, zu einer der besten geworden ist.

Ich liege spät am Morgen in meinem Bett und halte Dani im Arm. Ihr rotes Haar ist ein einziges Durcheinander. Ihr Duft löst ein Kribbeln in meinem Magen aus. Zugegeben, ich habe einen Kater, aber der ist gar nichts im Vergleich mit dem Gefühl zu wissen, dass ich das hier von nun an ganz oft genießen werde, genau wie den Sex, den ich beinahe kriminell befriedigend finde.

Die kleine fiese Stimme in mir, die sagt, dass dadurch unsere Freundschaft zerstört werden könnte, oder mir zuruft, dass das böse enden wird, blende ich aus, indem ich mit dem Mund ihre wohlriechende, warme Haut erkunde, angefangen bei Nacken und Hals. Selbst schlafend entkommen ihr wohlige Laute, die bewirken, dass mein Morgenständer gefährliche Ausmaße annimmt. Ohne um Erlaubnis zu fragen, da wir jetzt ja so etwas wie sexuell aktive Freunde sind, fahre ich mit der Hand zwischen ihre weichen, warmen Schenkel. Ihr runder Po drückt dabei instinktiv gegen meinen harten Schwanz. Diese Frau ist ein wahr gewordener Traum. Ein Traum, aus dem es irgendwann ein Erwachen gibt, aber jetzt noch nicht.

Ich streichle Dani, bis sie feucht wird und sich stöhnend auf der Matratze windet. Bei den lauten Geräuschen, die sie von sich gibt, muss sie inzwischen wach sein. Sie hält meinen Kopf in Position und wühlt dabei zärtlich in meinem Haar, während ich ihre großen, runden Brüste knete und an den Spitzen sauge, als gäbe es nichts Köstlicheres auf der Welt. Und abgesehen von ihrem Schoß und ihrem Mund stimmt das auch.

Als Dani verlangend meinen Namen seufzt, verliere ich die Beherrschung und dringe langsam in sie ein. Das perfekteste Gefühl überhaupt. Warm. Eng. Absolut himmlisch.

Sie schlingt ihre Beine um meine Taille. Ihre Fersen geben mir die Sporen, drücken gegen meinen Hintern, damit ich noch tiefer in sie stoße, was ich grinsend tue. Ihr Wunsch ist mir Befehl.

Wir machen es dieses Mal ruhig und sehr langsam. Ich bin dabei tief in ihr. Der Höhepunkt ist nicht wie der gestern Nacht – explosiv, er ist mehr wie ein endlos prickelnder Sommerschauer. So wie Dani duftet. Nach warmem Regen.

Danach liegen wir stundenlang im Bett und reden über Gott und die Welt. Die Geschehnisse von gestern Nacht oder unsere Vereinbarung spricht keiner von uns an. Es ist eigentlich wie immer, mit dem Unterschied, dass wir von nun an eine sexuelle Beziehung haben, die mit zu unserer Freundschaft gehört wie das Ansehen und Analysieren von Filmen oder Serien oder wie die Tatsache, dass ich mit niemandem über mich und mein Leben reden möchte wie mit Dani.

Keine Ahnung, wo uns das hinführt, aber es ist das Beste, was ich je hatte.

Kapitel 23

Dani

Seit fast drei Wochen sind Brock und ich nun, na ja, was wir eben sind. Und ich finde, es läuft fantastisch, auch wenn wir mit niemandem darüber sprechen. Es ist unser Geheimnis, und abgesehen davon, dass wir jeden belügen, könnte ich im Augenblick nicht glücklicher sein.

Brock redet ganz offen darüber, wenn bei der Arbeit etwas vorfällt oder wenn er jemanden dabei verliert, und ich kann ihm erzählen, warum mich der Job als Lehrerin an der Hayett-Cooper manchmal zur Verzweiflung treibt, wenn es um die versnobten Eltern oder die arroganten, reichen Jugendlichen geht. Er ist der Einzige, der versteht, wieso ich erst meine finanzielle Unabhängigkeit erlangen will, ehe ich mich nach einem Job an einer völlig anderen Schule in Brooklyn umsehen kann. Mein Dad kapiert das einfach nicht. Er geht an die Sache nicht mit dem Verstand, sondern nur mit seinem großen, verbohrten Herzen heran, das mich so schnell wie möglich aus Manhattan weghaben will, weil er glaubt, das sei das Beste für mich. Ich wünschte, er würde mir endlich mal zuhören. So wie Brock.

Anfangs hatte ich Angst, dass wir jetzt, wo wir jede Menge Sex haben, nicht mehr richtige Freunde sein können, aber das Gegenteil ist der Fall. Ich glaube, wir stehen uns seither auch als Freunde noch näher und haben dabei jede Menge Spaß. Brock ist ein zärtlicher und ab und zu auch ein sehr fordernder Liebhaber. Ein Mann, wie ich ihn noch nie im Bett hatte, weil ich mich auch noch nie mit jemandem so wohlgefühlt habe wie mit ihm. Es liegt an tausenden Kleinigkeiten, die einfach stimmen. Wie dass er ein durchtrainierter Mann ist, der fürs FDNY arbeitet, der dennoch alte Filme ansieht und genau wie ich ein schlimmer Serienjunkie ist, mit dem ich die albernsten Sachen machen kann. Jeff verdrehte nur die Augen, als ich mir mit ihm *Casablanca* ansehen wollte, und holte stattdessen eine Blueray-Disc mit Mel Gibson. Mit Jeff konnte ich einfach nicht lachen, jedenfalls nicht so oft und ungezwungen. Ich konnte bei ihm nie ganz ich selbst sein. Mit Brock dagegen ist es an manchen Tagen unmöglich, nicht zu lachen.

So wie jetzt. Wir lungern auf der Couch herum und sehen *The Walking Dead*, eine von Brocks absoluten Lieblingsserien. Er hält einen Block in der Hand, in dem er notiert, wie viele Zombies in dieser Folge zu sehen sind. Langsam habe ich Angst, dass er einen Schreibkrampf bekommt. Ich lache mir den Arsch ab, weil er mit dem Abstreichen der ekligen Zombies gar nicht mehr nachkommt.

»Du bist keine Hilfe«, beschwert sich Brock, obwohl er sich selbst ein Lachen verkneift. »Zähl lieber die Herde da drüben!«

»Sorry! Ich kann nicht mehr.« Fest drücke ich meine Hand gegen den Bauch. Mir kommen die Tränen. Das ist so albern.

»Du nimmst das gar nicht richtig ernst, Dani!«

»Was? Das Führen einer Strichliste für Zombies?« Inzwischen wiehere ich und falle beinahe von der Couch.

Brock blickt mich böse an. Er wirft den Block auf den Boden und hebt mich an der Hüfte zurück auf die Couch.

»Freches Weibsstück! Dafür wirst du bezahlen. Mit deinem Körper.« Ich versuche, nicht zu lachen und ihn anzusehen.

»Es ist eine harte und grausame Welt, in der wir leben. Tu, was du tun musst.« Gespielt ergeben falle ich auf das Sofa und schließe die Augen. Meine Mundwinkel schmerzen, weil ich nicht aufhören kann zu schmunzeln.

»Ich werde dich nun schänden, ehe ich ein Dutzend Beißer erledige, um hoffentlich nicht zu spät zu meiner Schicht zu kommen.« Brock fällt langsam aus der Rolle, aber er liegt inzwischen auf mir. Die Shorts und das Top, das ich trage, werden zu überflüssigem Ballast, der schon bald verschwindet.

»Wir beeilen uns einfach. Carlos kann den Rettungswagen ja nicht allein fahren.« Neckend küsse ich Brock auf die Unterlippe. Immer wenn wir uns so berühren wie gerade eben, bekommt er eine deutliche Erektion, die gegen mich drückt.

»Natürlich nicht! Ohne mich fährt er wie ein Greis.«

»Selbst dann, wenn die Sirene an ist?«

»Selbst dann, wenn unser Einsatz Eva Mendes gälte.«

Das bringt mich zum Lachen. Ich schüttle unsere beiden Körper durch und bemerke, dass meine Brüste schwer werden und meine Nippel hart.

»Die Uhr tickt«, erinnere ich ihn, während ich an seinem Hals sauge. Ich weiß, dass er darauf steht.

»Dann sollten wir keine Zeit verschwenden.«

Er ist schon dabei, mir Shorts und Slip auszuziehen. Der Luftzug an meiner erhitzten Möse prickelt. Das verlangende Brennen wird noch schlimmer, als Brock seine Zunge dagegendrückt. Einfach herrlich! Heftig stöhne ich. Es ist ein paar Tage her, seit er mich das letzte Mal geleckt hat, und ich verspreche mir selbst, dass ich ihm, wenn er wieder nach Hause kommt, mit einem ausgiebigen Blowjob danken werde.

Gott, ist das gut!

Gerade als ich bereit bin, jede Minute zu kommen, höre ich jemanden vor unserer Wohnungstür mit Schlüsseln klimpern. Panisch ziehe ich Brock an den Haaren, doch er ist nicht aus meinem Schoß zu kriegen. Hysterisch kriecht ein Lachen meine Kehle hinauf, während ich ihn davon abhalten will, mich zum Orgasmus zu lecken. Aber er drückt seine gierige Zunge nur noch stärker gegen meine Möse.

»Brock! Hör auf!«, zische ich gedämpft. Er kommt halbwegs zu sich und sieht zwischen meinen Beinen zu mir hoch.

»Was ist denn?« Überall auf seinen Lippen glänzt meine Feuchtigkeit. Der Anblick ist geradezu obszön.

»Jemand kommt gerade in die Wohnung.« Alarmiert stemmt er sich hoch. Die dicke Beule ist deutlich in seinem Schritt zu erkennen. Seine Boxershorts sieht aus, als hätte er darin eine dicke Armeesocke versteckt. Wir hören beide, als jemand aufschließt, und sehen uns aufgebracht an.

»Brock?«

Scheiße, das ist mein Bruder! Logan!

Brocks Gesicht verliert sämtliche Farbe. Er sieht an sich herab, aber das ändert nichts an der Tatsache, dass er nur Boxershorts trägt und ich nicht mal was untenrum anhabe, während Logan die Wohnungstür öffnet. Panisch und alles andere als koordiniert suchen wir beide nach meinem Slip, den Brock zusammen mit den Baumwollshorts von mir gerissen hat. Wo ist bloß der verdammte Schlüpfer?!

»Dani?« Als Logan meinen Namen ruft, ziehe ich mir den feuchtkalten Slip samt Shorts über.

»Hier sind wir«, sagt Brock hilflos und wirft mir einen Was-soll-ich-sonst-sagen-was-nicht-noch-verdächtiger-wäre-Blick zu. Als er aufsteht, deute ich panisch auf seinen Schritt. Nur einen Augenblick später betritt Logan den Hauptraum und kommt auf uns zu. Er zieht argwöhnisch die Stirn kraus.

»Was ist denn mit euch los? Und warum bist du noch nicht

angezogen?« Vorwurfsvoll deutet er auf Brock, der eine Decke um die Hüfte geschlungen halb nackt auf der Couch sitzt.

»Siehst du doch«, antwortet Brock. »Wir sehen uns *The Walking Dead* an … Hab dabei die Zeit vergessen. Reg dich ab, Mann!«

Sehr gut, Brock! Kabbele dich mit ihm wie sonst auch, dann denkt er nicht, dass wir es vorhin auf der Couch getrieben haben. Oh Gott! Ich fühle, wie feucht ich bin, vor meinem Bruder. Wo ist das Loch, in dem ich vor Scham versinken kann?

»Wieso klingelst du nicht«, beschwere ich mich, »anstatt einfach so in anderer Leute Wohnung zu marschieren?«

Als würde er unseretwegen Kopfschmerzen bekommen, reibt Logan sich die Schläfen.

»Wenn ihr nicht wollt, dass ich euren Schlüssel benutze, hättet ihr ihn mir nicht geben sollen. Und warum zum Teufel regst du dich deswegen so auf?«

»Tu ich gar nicht!« Genervt verschränke ich die Arme.

»Was soll's. Kannst du dann langsam in deine Uniform schlüpfen, Loverboy? Der Verkehr ist nämlich die Hölle.«

Brock nickt abwesend und zieht dabei die Decke von sich. Erleichtert stelle ich fest, dass sein Ständer dank Logans Rumgenerve verschwunden ist. Ich hätte nie gedacht, dass ich darüber je froh sein könnte.

Eilig schlüpft er in seine Sachen, und einfach so wird er von meinem Mitbewohner und Sexfreund zu Rettungssanitäter-Brock oder, wie ihn der Captain nennt, McNamara. Er sieht verdammt heiß in seiner dunklen Uniform aus. Gedanken, die ich in Logans Nähe nicht bekommen sollte, bemächtigen sich meines Verstandes.

»Hey, Kumpel! Was hast du bloß gegessen? Dein Mund ist total verschmiert.«

Heiß glühen meine Wangen, als ich Brock panisch anstarre, der hölzern mit den Schultern zuckt, sein Nacken dunkelrot, während er sich die Reste meiner Feuchtigkeit mit einem Taschentuch abwischt. Von der Seite wirft er mir dabei einen angespannten Blick zu. Ich kann Logan nie wieder ansehen.

»Los, gehen wir«, sagt Brock und zieht Logan zum Ausgang.

»Hey, warte noch.« Logan bleibt stehen. Brock will endlich aus dem Raum verschwinden, in dem seine Sexgespielin und Ihr-Bruder-Schrägstrich-sein-bester-Freund zusammen zu viel für ihn sind. Er steht völlig verspannt da.

»Ich soll euch von Mom bestellen, dass ihr zum Essen kommen sollt. Morgen. Alle beide.«

Kein guter Zeitpunkt, Mom! Echt kein guter Zeitpunkt.

»Okay, machen wir«, sage ich, um sie endlich loszuwerden. Ich kann nicht mit Logan sprechen, während mein Schoß noch immer Brocks Zungenschläge spürt und er meine Creme im Gesicht hat. Taschentuch hin oder her.

Erleichtert sehe ich, wie Logan endlich verschwindet. Als Brock die Tür zuzieht, wirft er mir einen Blick zu, den ich nur allzu gut verstehe.

Glück gehabt!

Ja, gerade noch so. Aber fast hätte uns ausgerechnet Logan in flagranti erwischt.

Kapitel 24

Brock

Wieder ein Essen bei den St. Clairs. Wieder herrscht diese eigenartige Stimmung. Doch dieses Mal staunen wir alle nicht schlecht, als sich Joe unter den wachsamen Augen seiner Frau für sein schlechtes Benehmen bei Dani und mir entschuldigt. Obwohl ich mich für sie freue, weil sie verdient hat, das zu hören, wünsche ich mir fast, er würde das nicht tun, weil ich mich dadurch nur noch schuldiger fühle. Immerhin schlafe ich mit seiner Tochter. Heimlich. Und ohne eine Beziehung mit ihr zu führen.

Wüsste Joe davon, würde er über den Tisch langen und mir den Hals umdrehen. Zu Recht. Welcher Vater möchte schon, dass die eigene Tochter so behandelt wird.

Als Dani, Logan und Jamie sich um die letzten Stücke des Bratens streiten, schmunzle ich. Das erinnert mich allzu sehr an früher, als wir noch Kinder waren und ich sie beneidet habe, weil ich keine Geschwister hatte. Damals, als ich selbst noch eine glückliche laute irische Familie hatte, bevor alles den Bach runterging.

»Es scheint dich ja sehr zu amüsieren, dass ich das letzte Stück nicht erwischt habe.« Danis Kommentar reißt mich aus meinen nostalgischen Gedanken. Ich sehe mich schmunzelnd um.

»Hat mich nur an früher erinnert.«

Laura wirft einen vertrauten, warmen Blick über den Tisch zu mir und Dani. Ich war hier oft essen, sehr oft sogar. Früher mit meinen Eltern, danach bloß mit Mom und dann nur noch allein, ehe ich irgendwann durch mein Verhalten nicht mehr erwünscht war.

»Ich kann mich noch gut daran erinnern, wie du Dani immer an den Zöpfen gezogen hast, um sie zu ärgern. Wir haben davon ein Foto. Ihr zwei wart so süß zusammen.«

Ich sehe Danis schuldbewussten Blick. So kommen wir hier nicht durch, wenn sie derart schuldig aussieht, also führe ich meine Unterhaltung mit Laura weiter, so als wäre alles wie immer, so als wüsste ich nicht, wie Danis geheimste Stellen schmecken.

»Wenn ich raten müsste, würde ich sagen, Dani hat mir deshalb eine verpasst.« Schief grinsend stupse ich sie an. Laura lacht, während Joe seine Kinder der Reihe nach betrachtet. Offenbar hängt er eigenen Erinnerungen nach.

»Bei Logan und Jamie vielleicht, aber doch nicht bei dir, Brock. Dani hat dich früher dermaßen angehimmelt, dass sie sich das nie getraut hätte.« Frech schmunzelt Laura.

»Mom!«, beschwert sich Dani mit einem grollenden Laut.

»Liebling, ich finde, Brock hat ein Recht auf die Wahrheit, nun da ihr so enge Freunde seid.«

Dani wirft Laura einen mahnenden Blick zu, während ihre Wangen die Farbe einer Tomate annehmen.

»Dani hat so was mal erwähnt.« Hat sie nicht. Sie hat es mir gestanden, als wir zusammen im Bett waren. Nur nicht allzu genau darüber nachdenken! Nicht hier.

Die Jungs sind noch nicht ganz mit dem Essen fertig und verfolgen die Unterhaltung nur mäßig amüsiert.

»Stimmt!«, meldet sich Logan zu Wort. »Da war mal was.«

Dani sieht ihn so scharf an, dass man glauben könnte, Logan schmilzt jeden Moment auf dem Stuhl zusammen.

»Hey, Dani«, spricht er sie mit diesem neckenden Ton in der

Stimme an, der klarmacht, dass bald etwas Peinliches folgt. Fragt sich nur, peinlich für wen.

»Weißt du eigentlich, dass Brock und ich uns Chester Milton vorgeknöpft haben, damit er die Finger von dir lässt?«

Jamie verschluckt sich an einem Stück Fleisch, während Joe zufrieden in sich hineingrinst. Laura spitzt die Ohren. Und Dani? Sie hat die Färbung ihrer Wangen nun noch weniger unter Kontrolle.

»Was meinst du damit? Wollte er etwa deshalb kein zweites Mal mit mir ausgehen?«

Ganz schön angepisst sieht sie mich von der Seite an, doch ich werfe nur einen Blick auf meinen leer gegessenen Teller. Das überlasse ich lieber Logan.

»Na klar!« Logan schnauft in sein Glas. »Was dachtest du denn? Der Kerl war doch das Letzte und du eine unschuldige Highschool-Göre, die auf seiner Abschussliste stand.«

»Abschussliste?«

Verwirrt sieht Dani wieder zu mir, anstatt Logan danach zu fragen. Sie will es von mir hören. Ich winde mich, dann sage ich es doch.

»Na, der Kerl hatte nur Scheiße im Hirn. Er war einmal mit dir aus und hat danach in der ganzen Schule rumerzählt, dass er dich beim nächsten Mal entjungfert. Der Mistkerl hat allen erzählt, wie es war, mit dir rumzuknutschen.«

Dani blickt blass geworden zwischen Logan und mir hin und her. Offenbar hatte sie keine Ahnung, wie Chester wirklich drauf war. Ich wusste es. Schließlich trieb ich mich zu der Zeit mit Schweinen wie ihm rum und machte selbst nur Ärger. Aber Logans Schwester, Dani, das konnte ich doch nicht zulassen. Er war mein bester Freund und sie ein Mädchen, das ich schon immer mochte. Sie war etwas Besonderes. Schon damals. Ich erzählte Logan von dem prahlerischen Herumgerede und dass Chester das schon oft durchgezogen hatte. Kurz darauf machten wir ihn fertig.

»Dieser Arsch!« Dani klingt, als würde sie jeden Moment aufstehen, rüber zu seinem Haus laufen und ihm vor allen Leuten den Marsch blasen, auch wenn das Ganze Jahre her ist.

Logan, der Idiot, ist voll in Fahrt und muss auch noch den Rest der Geschichte zum Besten geben. So ein Hitzkopf.

»Brock und ich haben ihm in der Toilette aufgelauert und ihn zur Rede gestellt. Als er frech geworden ist, haben wir deutlich zum Ausdruck gebracht, was wir von seinem Vorhaben halten. Wir haben dem Wichser die Tracht Prügel seines Lebens verpasst.« Stolz lächelt er und kippt den Rest seines Biers hinunter.

»Geschieht ihm recht«, meint Joe bitter. »Niemand rührt meine Dani an. Gut gemacht, Jungs!« Vielleicht hasst Joe mich jetzt ein kleines bisschen weniger. In der Geschichte bin ich auch einer, der die Tugend seiner Tochter verteidigt, während ich in letzter Zeit eher dafür sorge, dass sie ihr abhandenkommt, und auch noch glücklich darüber bin.

»Joe«, ermahnt ihn Laura, aber so ganz überzeugend klingt sie nicht. Ich sehe in Joes Augen und würde am liebsten unter den Tisch krabbeln, jetzt wo ich nicht mehr der Ehre verteidigende Held der Geschichte bin, sondern der andere Kerl, der, der seine Tochter vögelt.

Jamie, der sich bisher zurückgehalten hat, meldet sich bedächtig zu Wort.

»Als angehender Polizist kann ich die Tätlichkeit, die ihr begangen habt, natürlich nur verurteilen, aber als Bruder und als Ire kann ich nicht so tun, als gönne ich dem Mistkerl die Prügel nicht von Herzen.« Nachdenklich fährt Jamie sich über die Lippe und isst weiter, als wäre die Unterhaltung damit beendet. Er ist schon ein eigener Typ, dieser Jamie St. Clair. Ich frage mich, ob ihn je einer aus der Fassung bringen könnte, so wie ich mich manchmal frage, ob jemand Logans aufbrausendes Temperament im Zaum halten kann. Wobei ich aber zugeben muss, dass ich selbst genug Erfahrung damit habe, gewisse Dinge zu unterdrücken und meine Gefühle zu kontrollieren, um nicht die Beherrschung zu verlieren.

»Ich kann nicht glauben, dass ihr Chester meinetwegen verdroschen habt. Und ich fasse es nicht, dass ich wegen dem Mistkerl geheult habe. Ich dachte, er findet mich nicht heiß genug, um nochmals mit mir auszugehen.«

Verwirrt fährt Dani sich über den Nacken. Ich lehne mich zu ihr herüber, um sie an mich zu ziehen, bis mir klar wird, was ich da tue, und ich mittendrin aufhöre. Halb zu ihr geneigt muss ich mir schnell etwas überlegen, denn sowohl die St. Clairs als auch Dani starren mich mit aufgerissenen Augen an und fragen sich, was ich eigentlich vorhabe.

»Du warst viel zu gut für ihn. Wir haben das nur für dich klargestellt. Okay?« Langsam richte ich mich wieder auf, so als wollte ich das, was ich sagte, nur nicht vor allen sagen, und hätte mich deshalb zu Dani rüberbeugen müssen.

»Okay«, antwortet sie atemlos und sieht mich an, als wolle sie sagen: Das war knapp. Schon wieder!

»Ich hab dir immer gesagt, dass Highschooljungs nichts taugen. Siehst du, wie recht ich hatte.« Joe klopft mit der Faust auf den Tisch, während Dani die Augen verdreht.

»Wenn es nach dir geht, wäre ich nicht mal im College mit Jungs ausgegangen.«

»Und was wäre dir da für Ärger erspart geblieben«, beharrt Joe auf seinem antiquierten Standpunkt.

»Oh, dann ist es also meine Schuld, wenn ich mit Jungs ausgehe und die sich dann als nicht perfekt herausstellen, oder wenn ich eine Beziehung führe und der Kerl mich dann betrügt?« Dani sieht rot. Ihr irisches Temperament gerät in Wallung. Joe trifft gekonnt den passenden Nerv bei ihr.

»Das habe ich nicht gesagt. Aber ein wenig Zurückhaltung hätte nicht geschadet, vielleicht wäre dir dann der eine oder andere Fehlgriff erspart geblieben.«

Ich kann förmlich fühlen, wie Joes Worte meinen Magen dazu bringen, sich zu einem Klumpen zusammenzuziehen. Der Mann kann einem echt hervorragend Schuldgefühle verpassen.

»Du bist so unfair! Du hast einen Zettel voll mit Regeln für die Jungs, vor allem, was ihre Berufswahl angeht, und kaum was zu ihrem Privatleben, aber du hast einen veralteten Schiffscontainer voll mit Regeln speziell für mich. Und das nur, weil ich eine Frau bin. Das war schon immer so. Das ist chauvinistischer Mist der Extraklasse, Dad!«

Dani überkreuzt die Arme vor der Brust und funkelt Joe finster an.

»Das ist wahr, Schatz, und anstrengend, aber dein Dad hält an dem Schiffscontainer nur fest, weil er dich lieb hat. Deshalb kann er ihn nicht dahin schicken, wo er hingehört: ins neunzehnte Jahrhundert.«

Laura lächelt Dani an und ergreift die zur Faust geballte Hand ihres Mannes, der wegsieht, weil er nicht zugeben will, dass seine Frau recht hat.

»Ich weiß«, sagt Dani und erstaunt mich damit so sehr, dass ich fast vom Stuhl falle. »Das ändert nichts daran, dass ich für mich selbst entscheide, und dabei werde ich Fehler machen, aber es werden *meine* Fehler sein.«

Scheiße! Meint sie etwa uns?

Der Gedanke gefällt mir nicht. Er macht mich scheißwütend. Denn, egal wie schwierig das mit uns ist, ich finde nicht, dass es ein Fehler ist. Dani könnte für mich nie ein Fehler sein. Aber was, wenn ich das für sie bin? Wenn ich für sie nur ein Freund bin, jemand, mit dem sie ihren Spaß hat, bevor sie sich wieder einkriegt und nach dem Richtigen sucht? Die Vorstellung schlägt mir dermaßen auf den Magen, dass ich aufstehen und mich entschuldigen muss, um zur Toilette zu gehen.

Im Bad wasche ich mir die Hände und sehe in den Spiegel. Ich war für Frauen immer nur ein Spielzeug, so wie sie auch für mich. Dani hat die ganze Zeit mitbekommen, wie es bei mir zugeht, hat gehört und gesehen, wie ich mit Frauen umgehe. Warum überrascht es mich da, dass die reale Möglichkeit besteht, dass ich nichts weiter als ein Bad Boy für sie bin, der ausschließlich fürs Bett gedacht ist?

Das ist Blödsinn!

Dani und ich sind Freunde. Gute Freunde. Wir sind füreinander da. Einer Bettgeschichte hält man nachts nicht die Hand, wenn sie Patienten verliert oder wenn sie einen Tiefpunkt durchmacht. Nein, Dani sieht mehr in mir als nur einen Körper, der ihr Orgasmen schenkt, auch wenn ich nicht weiß, wo das mit uns hinführen kann. Von meinen eigenen ziemlich widersprüchlichen Gedanken genervt, fahre ich mir übers Gesicht, als es an der Tür klopft.

»Ja?«

»Ich bin's.« Es ist Dani. »Alles klar bei dir?«

Nicht so ganz.

Sie öffnet die Tür und schlüpft herein. In dem engen Badezimmer mit ihr und ihrem Regenduft eingesperrt zu sein, ist bestimmt keine gute Idee.

»Was war denn mit dir los?«

Nichts. Ich musste nur die Vorstellung abschütteln, für dich bloß ein Deckhengst zu sein.«

»Wieso denn das?«

»Na, du bist vorhin so schnell verschwunden, dass ich mir Sorgen gemacht habe. Ist es die Sache mit dem Familienessen? Denn glaub mir, mir fällt das auch nicht gerade leicht. Die Lügerei und Schuldgefühle, und dann muss Logan auch noch mit dieser alten Geschichte ankommen.« Dani fährt sich müde über die Augen. »Meinst du, er hat das aus einem bestimmten Grund erzählt, oder war er einfach nur mal wieder Logan?«

Daran hatte ich noch gar nicht gedacht.

»Keine Ahnung.«

Mit gerunzelter Stirn sieht sie mich an. Dani ist selbst in einem schlecht beleuchteten Bad und mit Sorgenfalten auf der Stirn verdammt hübsch und sehr anziehend. Ohne Absicht dahinter fasse ich an ihre bloße Schulter. Sie sieht mit diesem hungrigen Blick auf meine Hand, dann in mein Gesicht.

»Teenager Dani hätte ihre Seele verkauft, um mit dir hier für ein paar Minuten eingesperrt zu sein.«

»Hätte sie das?«, frage ich abgelenkt und stelle mir vor, wie es gewesen wäre, mit Dani damals hier zu sein, vollgepumpt mit Hormonen, ein hübsches Mädchen in Greifnähe. Sofort reagiert mein Schwanz, als wäre ich wieder sechzehn.

»Oh ja! Sie hat oft da oben gelegen.« Ihr Kopf weist zur Decke. »Und dabei an dich gedacht.«

»Hat sie sich dabei auch manchmal angefasst?« Was rede ich denn da? Ihre Familie wartet draußen. Ich starre dennoch ihre weichen Lippen an und stelle mir vor, was sie in ihrem Bett heimlich gemacht hat.

»Sehr oft sogar. So hat sie gelernt, was Lust ist. Sie hat sich gestreichelt und vorgestellt, du würdest es tun.«

Dani flüstert mir leise ins Ohr. Ich spüre, dass sie eine Gänsehaut hat. Mein Ständer ist mittlerweile schmerzhaft hart.

»Wenn ich das gewusst hätte, Kleines! Deine Unschuld hätte mir gehören können!«, steigere ich mich weiter in die Vorstellung hinein, obwohl ich weiß, dass ich damals nichts für sie gewesen wäre und dass das vielleicht auch heute noch so ist.

»Das wäre schön gewesen. Mit *dir* wäre es schön gewesen.«

»War es das denn nicht?«, frage ich vorsichtig.

Dani schüttelt den Kopf.

»Scheiß drauf«, flüstere ich ihr ins Ohr. »Dafür ist es jetzt umso schöner. Findest du nicht?« Ich grinse sie an. Strahlend lächelt sie zurück.

»Ich fürchte, ich muss dich jetzt küssen, Kleines! Und ich muss mich beeilen, weil wir nämlich schon viel zu lang im Bad sind.«

Ich vergeude keine Sekunde und drücke Dani fest an mich, spüre ihre warmen Lippen auf meinen und dringe mit der Zunge in ihren Mund vor. Als der Kuss langsam ausartet, drücke ich sie von mir weg, denn um meine Selbstbeherrschung ist es gerade nicht gut bestellt. »Wir müssen aufhören.«

»Mhm«, stöhnt sie und küsst mich ein letztes Mal.

»Irgendwann vögle ich dich in deinem Zimmer da oben, aber vorher musst du es dir selbst machen, und ich werde dir zusehen.«

Diese Fantasie wird mich lange verfolgen, so lange, bis ein Wunder geschieht und ich sie wahrmachen kann.

Kaum sind wir durch die Tür, steht Logan vor uns. Er hat diesen störrischen Ausdruck im Gesicht, den er jedes Mal bekommt, wenn der Captain von ihm verlangt, sich bei einem Einsatz zurückzuhalten. Nicht gut! Gar nicht gut.

Dani tut so, als wäre nichts, und marschiert schnurstracks ins Wohnzimmer. Damit lässt sie mich mit Logan und seinem fiesen Gesichtsausdruck zurück.

»Ich möchte echt keine voreiligen Schlüsse ziehen, und das fällt mir gerade verdammt schwer, Mann! Zuerst muss ich sehen, dass ihr halb nackt auf der Couch liegt und Fernsehen guckt, und jetzt kommt ihr zusammen aus dem Bad.«

Gerade will ich etwas erwidern, da unterbricht mich Logan mit vorgehaltener Hand. »Was immer du jetzt sagen willst, ich will es gar nicht hören! Ich sage dir nur so viel: Wenn ich mich irre, tut's mir leid, aber wenn ich mich nicht irre, wirst du bald feststellen, dass sich meine Einstellung seit Chester Milton nicht groß verändert hat, wenn es um meine Schwester geht. Sollte das, was ich glaube, gesehen zu haben, zutreffen, sorgst du besser dafür, dass es nicht weitergeht.«

Ohne mich anzuhören oder mir wenigstens eine Chance zu geben, es zu erklären, verschwindet Logan. Die Tatsache, dass er dabei nicht ausgerastet ist oder mich angebrüllt hat, macht die Sache nur noch schlimmer. Denn Logan glaubt anscheinend, dass sich etwas zwischen Dani und mir anbahnt, während wir doch längst mittendrin sind, völlig ineinander verstrickt, und wie ich fürchte, auch nicht einfach wieder voneinander loskommen. Schlimmer noch! Sogar jetzt, nach Logans Drohung, kann ich nicht die Finger von Dani lassen.

Dafür ist es längst zu spät.

Kapitel 25

Dani

»Was hat Logan vorhin zu dir gesagt?«

Wir liegen befriedigt in meinem Bett, nachdem wir eine erlösende körperliche Beschäftigung gefunden haben, die Anspannung des Dinners bei meiner Familie abzubauen.

»Nichts Wichtiges.«

Brock fährt weiter zärtlich mit seinen Fingerspitzen über die dünne Haut an meiner Taille, während er mich fest im Arm hält. Ich bekomme eine warme Gänsehaut davon, die ich bis in meine Brustspitzen spüren kann.

»Ich kann immer noch nicht fassen, dass dein Dad sich wirklich entschuldigt hat.« Ungläubig legt er die Stirn in Falten.

»*Ich* kann nicht glauben, dass er trotzdem vor dir mit mir zu streiten angefangen hat und immer noch an diesem altmodischen Mist festhält, den er Erziehung nennt. Na, jedenfalls wenn es um *meine* Erziehung geht.«

Genervt lasse ich meinen Kopf auf Brocks Brust fallen. Es ist so peinlich, dass er meine Fehler und mein Privatleben vor Brock kritisieren muss, ausgerechnet vor ihm. Zum Glück weiß er nicht, was zwischen uns ist. Er würde durchdrehen und sich aufführen wie ein Neandertaler.

»Meinst du ernst, was du heute im Bad zu mir gesagt hast?«

»Was? Dass ich dir bei der Selbstbefriedigung zusehen will?« Ich kann Brocks Grinsen förmlich spüren.

»Nein!« Warum werde ich immer noch rot wegen so etwas, wenn dieser Kerl doch so gut wie alles von mir schon gesehen hat? »Ich meine die Sache mit meiner Entjungferung.«

Am Heben seiner Brust spüre ich deutlich, dass Brock nachdenkt, ehe er antwortet.

»Ja, Dani. Das war mein Ernst. Es wäre mir eine Ehre gewesen, auch wenn es vermutlich besser ist, dass es nicht so gekommen ist.«

Aufgescheucht durch seine Worte und seinen ernsten Tonfall stemme ich mich hoch und sehe ihn vorwurfsvoll an. Verdammt! Brock meint, was er sagt.

»Wieso denn?«, frage ich und blicke dabei in seine grünen Augen, die mir jetzt dunkler vorkommen.

»Weil ich nicht so ein Junge war, der das verdient hätte. Erinnerst du dich denn nicht, wie ich damals drauf war, bevor ich verschwunden bin?«

Natürlich weiß ich, dass er in der Schule eine harte Zeit durchgemacht hat, dass er ein ziemlicher Bad Boy war, der Dummheiten angestellt hat, aber selbst damals war er im Innern noch der, der er heute ist.

»Doch, aber ich hätte mein erstes Mal dennoch lieber mit dir gehabt als mit jedem anderem. Und ich glaube auch, dass du zu streng mit dir bist. Du warst doch noch ein Teenie. Wir alle waren das.« Sanft lächle ich ihn an. Ich weiß, worauf er es anlegt, aber das kann er vergessen. Ich verurteile ihn nicht.

»Du irrst dich, Kleines! Sehr sogar. Ich hätte damals mit dir geschlafen, vermutlich wäre ich auch vorsichtig gewesen, jedenfalls vorsichtig genug, aber danach hätte ich dich mies behandelt, so getan, als wärst du mir egal, weil mir damals absolut alles egal war. Und am Ende hätte ich dir das Herz gebrochen.«

Ernst und mit einem schmerzenden Gefühl im Bauch betrachte ich Brock, dessen dunkler Dreitagebart und stechend grüne Augen genauso wenig zusammenpassen wie seine Worte und sein Verhalten. Es fällt mir schwer zu glauben, dass

Brock jemals so sein könnte. Aber wenn ich darüber nachdenke, darüber, wie er abgehauen ist und sogar deshalb gelogen hat, nachdem wir zum ersten Mal Sex hatten, wird mir schmerzhaft klar, dass etwas von dem, was er sagt, wahr ist. Und auch wenn ich glaube, dass Brock im Innern nicht so ist, hätte er mir, als er jung, wild und außer Kontrolle war, wehtun können. Sehr sogar. Und er kann es noch, wenn er es darauf anlegt.

»Vielleicht war es dann besser, dass nichts zwischen uns gewesen ist, als wir noch jünger waren.«

Er stützt sich auf einen Ellbogen, legt seinen Kopf schief und grinst mich an.

»So würde ich das nicht sagen. Ich fand dich schon immer irgendwie süß, aber erkannt, dass du wahnsinnig heiß bist, habe ich erst, als du erwachsen geworden warst.«

Ich kann nicht anders und erwidere sein Grinsen, das immer breiter wird, je länger wir uns ansehen. Die Decke an seinem Körper ist tiefer gerutscht und gibt den Blick frei auf sein drittes Tattoo, die Schrift auf seiner rechten Seite, die seine Rippen entlangläuft. Es ist Latein, und das Tattoo fasziniert mich immer wieder aufs Neue, genau wie seine anderen beiden. Der Spruch lautet: *Carpe Diem. Memento Mori.*

Früher hätte ich nicht wirklich verstanden, warum Brock ausgerechnet diese Worte auf seiner Haut trägt, aber nach dem, was mit seinem Vater geschehen ist und womit er ständig bei der Arbeit konfrontiert wird, verstehe ich es immer besser. Gerade streiche ich die kunstvoll geschwungene Schrift entlang, als der Summer unserer Tür mich ablenkt.

Wer kommt denn um diese Zeit noch bei uns vorbei?

Fragend blicken wir uns an, ehe Brock aufsteht, seine Boxershorts vom Boden aufsammelt, um nachzusehen, wer da wohl zu uns möchte. Während ich mich ebenfalls anziehe, höre ich gemurmelte Stimmen. Brock spricht mit jemandem über die Gegensprechanlage. In meinem Sommerpyjama betrete ich das Wohnzimmer und weiß sofort, dass etwas nicht stimmt, denn Brock läuft aufgescheucht in sein eigenes Zimmer und kommt nach nicht mal einer Minute mit einem schwarzen T-Shirt und einer Jogginghose bekleidet zurück.

»Wer ist es denn?«, frage ich ihn.

Irritiert, fast als hätte er meine Anwesenheit vergessen, sieht er zu mir.

»Hm?«

Er steht ja völlig neben sich.

»Wer ist an der Tür?«

»Der letzte Mensch, den ich erwartet hätte.«

Ahnungslos, wen Brock damit meint, folge ich ihm zur Wohnungstür, die er aufschließt. Wir blicken gespannt zum Fahrstuhl. Brock wirkt unzufrieden. Die Türen des Lifts gehen auf, und vor uns steht eine dunkelhaarige, schlanke Frau Mitte vierzig, die mir bekannt vorkommt. Als sie angespannt lächelnd auf uns zukommt, trifft mich fast der Schlag. Ach du Scheiße!

Das ist Elenore McNamara. Brocks Mom. Die ich seit Teenagerzeiten nicht mehr gesehen habe, die mit Brock verschwunden ist und seitdem keinen Kontakt mehr zu meinen Eltern hatte, obwohl meine Mutter eine ihrer besten Freundinnen war. Als ob das jetzt wichtig wäre, kann ich mich trotzdem nicht davon abhalten, mein Pyjamaoberteil glatt zu streichen, um einen guten Eindruck auf die Frau zu machen, mit deren Sohn ich schlafe, eine Frau, von der Brock mir neulich erst gestanden hat, dass er wütend auf sie ist, wegen irgendwas, das ich nicht ganz verstehe.

»Mrs McNamara«, sage ich, weil ich nicht weiß, was ich sonst von mir geben soll. Ich habe keine Schuhe an, und der Boden ist kalt an meinen Fußsohlen. Er ist sogar eiskalt.

»Mom.« Brocks Stimme klingt mahnend, nicht erfreut.

»Danielle? … Danielle St. Clair?«, fragt sie.

Elenores Augen werden riesengroß.

»Ja, Mom. Wir wohnen zusammen«, klärt Brock sie knapp auf.

»Oh … okay. Das wusste ich nicht.«

Elenore klingt eingeschüchtert, irgendwie durcheinander. Sie wirkt viel kleiner und ängstlicher als die Frau aus meiner Kindheit, die viel gelacht hat und immer an Brocks Vater geschmiegt dastand. Noch etwas wird mir schlagartig bewusst. Seine Mutter weiß nicht, dass Brock und ich zusammen wohnen. Wie viel weiß sie dann überhaupt über sein Leben? Ich kann mich jedenfalls nicht erinnern, dass Brock je mit ihr telefoniert hätte. Schon seltsam.

»Los, komm schon rein.« Brock tritt zur Seite. Elenore zögert kurz, dann betritt sie die Wohnung. Brock und ich wechseln flüchtig einen Blick, ehe wir uns wieder auf unseren Überraschungsgast konzentrieren.

Elenore sieht sich in der Wohnung um. Sie hat in etwa denselben Ausdruck im Gesicht wie ich, als ich zum ersten Mal hier war. Mir wird klar, dass Brocks Mutter noch nie hier gewesen ist.

»Die Wohnung ist ja toll!« Überrascht, so als hätte sie das gar nicht laut sagen wollen, sieht sie zu uns zurück. »Ich meine … schön, dass es dir so gut zu gehen scheint.« Sanft lächelt Elenore ihren Sohn an, der immer noch diese abweisende Miene aufgesetzt hat. Was ist nur los mit ihm?

»Kann ich Ihnen etwas anbieten?« Die Erziehung meiner

Mutter kommt durch. Außerdem halte ich die angespannte Stille nicht aus. Ich brauche etwas zu tun.

»Nein, danke, meine Liebe. Ich … Brock!« Sie kommt mir durcheinander vor. Es spricht einiges dafür. Immerhin ist sie unangemeldet aufgetaucht. Mitten in der Nacht.

»Brock, wir müssen uns dringend unterhalten.«

Elenore wirft einen verzweifelten Blick zu ihrem Sohn. Dieser Blick bereitet mir Magenschmerzen. Widerwillig deutet Brock auf sein Zimmer. Seine Mom geht vor. Brock folgt ihr. An seiner Haltung erkenne ich, dass etwas ihm mächtig zusetzt. Weil ich nicht weiß, was ich tun soll, mache ich für alle Kaffee. Während die Maschine röchelnd ihren Dienst verrichtet, höre ich ihre Stimmen gedämpft durch die Wand. Ich habe schon mehrmals Bekanntschaft gemacht mit der Wirkung der dünnen Trennwände in dieser Wohnung, aber in diesem Fall dringen keine wohligen Geräusche an mein Ohr, sondern gemurmelte und gezischte Worte einer Diskussion, die auch ein Streit sein könnte. Es sind nur einige Wortfetzen zu verstehen, die aus dem Zusammenhang gerissen nicht viel Sinn ergeben. Dinge wie: »und dann kommst du hierher« oder »deine Schuld«.

Auch wenn ich den Inhalt des Gesprächs nicht kenne, ist die Stimmung ziemlich eindeutig – angespannt, aufgebracht, und wütend. Jedenfalls kommt es mir so vor.

Als die Tür aufgeht und Brock rauskommt, ohne seine Mutter, weiß ich, dass er mir etwas sagen möchte, das er in ihrem Beisein nicht aussprechen kann oder will.

»Okay, ich bin ganz Ohr.« Ich schiebe Brock einen Kaffee hin, den er gar nicht erst anrührt, genau wie ich.

»Meine Mom«, beginnt er und schüttelt den Kopf, bevor er seine Hände auf die Kücheninsel stützt, als suche er Halt.

»Meine *verdammte* Mom … Wenn das okay für dich ist, wird sie eine Weile hierbleiben.«

Brocks Mutter zusammen mit uns in der Wohnung?

Yeah! Das kann ja heiter werden.

»Natürlich kann sie hierbleiben. Es ist deine Wohnung.« Beruhigend reibe ich ihm den Rücken. Seine Muskulatur ist steinhart. »Wieso geht dir das mit ihr so an die Nieren?«

»Weil ich sie nicht hier haben will. Weil wir ein richtig beschissenes, schwieriges Verhältnis zueinander haben. Und weil sie im Moment verzweifelt ist und sonst nirgendwohin kann außer zu mir.«

Als ich das traurige und wütende Funkeln in seinen Augen sehe, atme ich angespannt aus und nicke, als würde ich verstehen, was in ihm vorgeht. Ich kann es nicht, aber ich will zumindest für ihn da sein. Brock fasst nach meiner Hand und drückt sie. »Ich mache ihr ein Bett auf der Couch zurecht. Sobald sie eingeschlafen ist, komme ich zu dir und erzähle dir, was los ist. Versprochen!«

»Okay«, sage ich leise. Ohne den Kaffee angerührt zu haben, gehe ich in mein Zimmer und warte auf Brock.

Die Minuten kommen mir vor wie eine Ewigkeit. Selbst der Anblick meiner geliebten Brooklyn Bridge hilft nicht, nicht dieses Mal. Um nicht an das zu denken, was vor meiner Tür vorgeht, denke ich an das letzte Mal, als wir im Park unter der Brücke meinen Geburtstag gefeiert haben. Das war, bevor ich ans College ging. Bis zu dem Tag habe ich absolut jeden Geburtstag seit meinem vierten Lebensjahr in der Nähe der Brücke gefeiert. Mom sagte, ich hätte vor meinem vierten Geburtstag, als Dad mich gefragt hat, wo ich denn feiern möchte, verkündet: »Brücke.« Und als er nachgefragt hat, »Brooklyn Bridge?«, habe ich angeblich dreimal hintereinander Ja gesagt und immer wieder mit dem Kopf genickt. Damit war es besiegelt. Die Jungs feierten auf Coney Island und ich auf der Brooklyn Bridge. Ich wünsche mir, dass wir in diesem Jahr wieder dort feiern. Letztes Jahr haben wir das nicht getan, weil ich mit Jeff zusammen war und er mich schick in der City zum Essen ausführen wollte. Ein gewaltiger Fehler, den ich vorhabe, in diesem Oktober zu korrigieren. Als meine Tür knarrt und Brock im Dunkeln zu mir reinschleicht, wünsche ich mir noch etwas. Ich möchte, dass Brock dabei ist, wenn wir meinen Brückengeburtstag feiern.

»Schläft sie schon?«, frage ich flüsternd. Brock schließt vorsichtig die Tür und setzt sich auf mein Bett. Es ist hell genug, um ihn einigermaßen zu erkennen. Er wirkt ausgelaugt, als habe der Besuch seiner Mutter ihm die Energie abgezapft.

»Sie schläft. Endlich.«

Brock lässt sich einfach auf die Seite des Bettes fallen, ohne sich richtig hinzulegen. Ich ziehe ihn weiter in die Bettmitte.

»Deine Mom wirkt irgendwie verstört«, sage ich in der Hoffnung, so ein paar Antworten zu bekommen darüber, was hier eigentlich los ist.

»Das ist sie«, gibt Brock zu und rollt sich auf den Rücken. Er starrt an die Decke und reibt über seine Stirn.

»Dani, was ich dir jetzt erzähle, muss unter uns bleiben. Niemand weiß davon. Niemand! Auch Logan und Carlos nicht.« Mit einem ganz schlechten Gefühl setze ich mich auf. Ich falte die Hände in meinem Schoß, um den Druck abzubauen, der sich gerade in mir anstaut.

»Was immer du mir erzählst, es bleibt unter uns, Brock.«

»Gut.« Erleichtert atmet er aus. Brock sieht immer noch zur Decke. Mich scheint er nicht ansehen zu können.

»Ich habe dir doch erzählt, dass ich Bill gehasst habe.«

»Den Freund deiner Mom? Ja, das hast du.«

»Ich hatte gute Gründe dafür, Dani.«

Brock klingt ganz weit weg, als wäre er nicht unmittelbar neben mir, sondern meilenweit entfernt, an einem Ort in der Vergangenheit, an dem ich nicht vorhanden bin. Dort habe ich keinen Zugang zu ihm, das spüre ich ganz deutlich. Ich lasse Brock erzählen, weil ich das Gefühl habe, dass er das muss.

»Anfangs war es das Übliche. Ich fand, er wäre nicht gut genug für Mom und schon gar kein Kandidat, um meinen Dad zu ersetzen. Ich war wütend auf Mom, weil sie einen neuen Kerl in unser Leben brachte, der Dad niemals das Wasser reichen konnte und den ich vom ersten Augenblick an widerlich fand. Es waren nur Kleinigkeiten. Die meisten fanden ihn witzig und ganz charmant, aber ich sah sofort, dass das nur Fassade war. Dahinter sah es ganz anders aus. Immer wenn Mom nicht hinsah, machte er mich nieder, sagte etwas Gemeines oder sprach schlecht über Mom. Die Dinge, die er zu mir über sie sagte … So was sollte kein Sohn je über seine Mutter hören. Ich verstand einfach nicht, warum das niemand außer mir sah, und vor allem verstand ich nicht, warum Mom das nicht erkennen konnte. Also wehrte ich mich auf die einzige Art, die mir in den Sinn kam. Ich rebellierte. Du weißt ja, wie ich damals war, als das mit ihr und Bill anfing. Ich begann zu rauchen, zu trinken, trieb mich rum, schwänzte die Schule und bekam Ärger. Die Mädchen in der Schule lenkten mich ab, lenkten mich wenigstens kurz von der Tatsache ab, dass ich mein Zuhause hasste und dass ich den Kerl meiner Mutter zum Kotzen fand.

Ich wusste mir nicht zu helfen. Also versuchte ich, es meiner Tante, Moms Schwester, zu sagen. Die meinte bloß, ich würde gegen meinen zukünftigen Stiefvater rebellieren, und das wäre ganz normal. Ich sagte ihr, was dieses Arschloch Bill zu mir gesagt hätte, über Mom, und wie er mich behandelte, wenn niemand dabei war, als wäre ich Dreck. Doch sie glaubte mir nicht. Sie sagte, es läge an mir, dass ich Ärger machen wollte und deshalb log. Ich war verzweifelt. Jeden Tag wurde es schlimmer. Meine Mom, diese schöne Frau, die sich nach Dads Tod abschuften musste, um alles zu bezahlen, redete sich ein, Bill wäre unsere Chance, ein besseres Leben zu führen. Mom redete sich ein, sie würde diesen Kerl tatsächlich lieben, und vielleicht war das ja damals auch so – ein weiterer Grund, nicht an die Liebe zu glauben, wenn du mich fragst.«

Es wird kurz still im Zimmer. Brock glaubt nicht an die Liebe. Diese Erkenntnis erschüttert die Romantikerin in mir zutiefst, aber ich spüre, dass er gute Gründe dafür hat, auch wenn sie mir das Herz brechen. Ihm zuzuhören ist schmerzhaft.

»Ich kam eines Tages von der Schule nach Hause, da hatten sie sich verlobt. Mom hatte einen Ring am Finger und ein blaues Auge im Gesicht. Ich wusste sofort, was passiert war. Ich wollte den Kerl umbringen, doch Mom nahm ihn in Schutz. Sie nahm *ihn* in Schutz, kannst du dir das vorstellen?

Ich verstand die Welt nicht mehr. Dad hätte sich im Grab umgedreht, wüsste er, was Mom sich da antat und mir. Unser Leben mit Bill war die Hölle. Mom tat bei der Arbeit und vor ihren Freunden so, als wäre alles in Ordnung, als wäre sie tatsächlich glücklich mit dem Penner, während ich mit meinem Verhalten allen klarmachte, dass nichts in Ordnung war. Gar nichts. Je länger sie zusammen waren und je mehr von Mom und der Frau, die sie einmal gewesen war, verschwand, desto schlimmer richtete Bill sie zu, und ich konnte nichts dagegen tun. Als ich ihn davon abhalten wollte, sperrte er mich in mein

Zimmer. Ich musste drei Tage ohne Essen und Trinken da drin verbringen und mitanhören, wie er sie zusammenschlug. Danach war etwas in mir zerbrochen. Bill hatte uns gebrochen, und ich schämte mich maßlos deswegen, vor allem Dad gegenüber, der durch meine Unfähigkeit gestorben war. Hätte ich ihn damals retten können, wäre er zu der Zeit noch da gewesen. Es hätte keinen Bill gegeben, und mein Leben wäre nicht Tag für Tag beschissen gewesen. Ich gab mir die Schuld. Ich gab Mom die Schuld.«

Inzwischen laufen mir Tränen über die Wangen, während ich Brock immerzu von der Seite ansehe. Ich versuche, seine Hand zu fassen, doch er zieht sie weg. Er erträgt es im Moment nicht, mich zu spüren, während er mir das erzählt. Also bin ich einfach da und hörte weiter zu.

»Ich dachte sogar daran abzuhauen. Doch ich konnte es nicht. Ich musste Dad versprechen, als er bei Bewusstsein war, dass ich mich um Mom kümmere, falls er es doch nicht schafft. Er sagte, ich müsse dann der Mann im Haus sein. Doch das konnte ich nicht, denn wir hatten ja schon Bill.

Die Zeit verging, und ich wünsche mir heute, immer wieder, dass ich mehr versuchte hätte. Ich hätte mit deinen Eltern reden sollen oder mit Logan, aber ich hatte aufgegeben. Nach Tante Sue und Bills immer fieser werdenden Attacken hatte ich resigniert, mich sogar ein wenig an meine Hölle gewöhnt. Doch dann, eines schrecklichen Tages, bin ich aufgewacht. Ich kam nachts von einer Party, zu der ich mich geschlichen hatte, nach Hause. Ich hatte getrunken, um mich besser zu fühlen, wie so oft damals. Die Tür zu unserem Haus stand offen, mitten in der Nacht. Ich wusste sofort, als ich den Lärm in der Küche hörte, dass etwas nicht stimmte und dass es sogar noch schlimmer war als sonst. Ich hatte recht. Ich erinnere mich noch genau daran, dass ich fast gekotzt hätte, als ich die Küche betrat und sah, wie er Mom zugerichtet hatte. Ihre linke Gesichtshälfte sah wie ein einziger blutiger Fleischklumpen aus, nichts was Mom zu Mom gemacht hat, war noch zu erkennen. Ihr linkes Auge schwoll komplett zu, und in ihr rechtes lief Blut aus einer Platzwunde auf dem Schädel. Sie lag auf dem Boden. Bill über ihr. Als ich reinkam, trat er gerade in ihren Bauch. Von Mom war nur noch ein Winseln zu hören, wie von einem verwundeten Tier, das dabei war zu sterben. In dem Moment ist etwas in mir zugeschnappt. Zapp! Als hätte sich ein Schalter umgelegt, als hätte mich jemand wach gerüttelt und die Wut, die die ganze Zeit tief in mir vergraben war, zum Explodieren gebracht. Ich hatte Dad versprochen, mich um Mom zu kümmern, und Bill versuchte gerade, Mom zu töten. Da bin ich ausgeflippt. Ich habe rot gesehen. Ich stürzte mich auf ihn, schlug mit meinen Fäusten auf ihn ein, hämmerte seinen Schädel gegen den Küchenboden. Es war mir völlig egal, ob er stirbt. Es war mir egal, ob ich sterbe. Ich wollte nur noch, dass es aufhört. Wollte, dass er Mom nie wieder etwas antun kann. Wollte sie nie wieder so sehen müssen. Was dann geschah, weiß ich gar nicht mehr so genau. Ich hörte Mom. Sie war kaum zu verstehen. Ihre Vorderzähne fehlten. Dann war da jemand, der mich von Bill wegzog. Ich wehrte mich, schlug um mich, rasend vor Wut. Die Cops zerrten mich ins Wohnzimmer, drückten mich auf den Boden und legten mir Handschellen an. Sanis kümmerten sich um Mom und um Bill. Als sie sagten, dass er noch lebte, fühlte ich gar nichts. Und als der Cop mir sagte, dass meine Mom übel zugerichtet wurde, aber wahrscheinlich durchkommt, fühlte ich immer noch nichts. Ich war weg, Dani. Es war, als gäbe es mich nicht mehr. Das war eine ganze Weile so. Erst als ich mit den Polizisten sprach, ihnen alles erzählte, was passiert war, kam ich langsam zu mir, verstand, was alles vorgefallen war. Es dauerte Tage. Ich bekam psychologische und medizinische Hilfe. Sie sprachen mit Tante Sue, mit allen möglichen Leuten und auch mit Bills Exfreundinnen, von denen eine zugab, dass sie von Bill verprügelt worden war, und es lag in einem anderen Bundesstaat eine Unterlassungsverfügung gegen ihn vor. Für das, was er meiner Mom angetan hatte, kam er ins Gefängnis, allerdings erst, nachdem sie bereit gewesen war, gegen ihn auszusagen. Jetzt, wo es zu spät war, er sie fast umgebracht hatte, fing sie an, gegen ihn zu kämpfen. Das ist es, was ich ihr so schwer verzeihen kann, weshalb ich nicht in ihrer Nähe sein kann, ohne wütend zu sein oder mich schlecht zu fühlen. Das und die Schuldgefühle, weil ich so lange gebraucht habe, um den Kerl fertigzumachen. Weil ich noch minderjährig war und weil ich in Notwehr und in einer Ausnahmesituation gehandelt hatte, wurde ich nicht verurteilt. Dass die Sache so gut ausgegangen ist, habe ich den Sanitätern zu verdanken, die ausgesagt haben, dass meine Mom eindeutig schwer misshandelt worden ist. Außerdem sprach sich der Psychologe, der mich betreute, für mich und meinen Charakter aus, sagte, dass ich, ehe Bill mein Leben beeinflusst hat, ein guter, normaler Junge gewesen war, der in einer Zwangslage extrem gehandelt hat, um das Leben seiner Mutter zu retten, nachdem ich mitansehen musste, wie mein Vater gestorben war. Ich verstand, dass diese Menschen, die Therapeuten, Sanitäter und die Leute im Krankenhaus einen Kodex hatten und deshalb immer auf meiner Seite standen. Das hat mich beeindruckt, und ich brauchte etwas, an das ich mich klammern konnte, ein Ziel, das mich vergessen ließ, wozu ich fähig bin, und mir zeigte, dass ich wieder gut sein kann, indem ich Gutes tue.«

Ich lächle Brock sanft an, fahre ihm übers Haar und bin dankbar, dass er mir erlaubt, ihn wieder zu berühren.

»Mom wurde entlassen, und wir fingen von vorn an, weit weg von hier und von allem, was uns an Bill erinnert hat. Doch man kann sich selbst nicht entkommen. Jugendakten werden nach einiger Zeit gelöscht und dürfen einem nicht zur Last gelegt werden. Nur deshalb konnte ich die Ausbildung zum Rettungssanitäter absolvieren. Hätte jemals jemand von meiner Vergangenheit erfahren, wäre ich wahrscheinlich abgelehnt worden. Und würde es heute rauskommen, wäre es gut möglich, dass ich vom Dienst befreit oder zumindest vom Einsatzdienst auf der Straße entbunden werde. Deshalb will ich nicht, dass jemand es erfährt. Deshalb und weil ich nicht ertragen kann, wie man mich dann ansieht. Verstehst du das, Dani?«

Zum ersten Mal, seit Brock mir seine Geschichte erzählt hat, sieht er mich direkt an. Seine Augen flehen förmlich darum, sein Geheimnis nicht zu verraten.

»Dein Geheimnis ist mein Geheimnis. Niemand wird je davon erfahren. Nicht von mir.«

Brock zögert, doch dann schließt er mich fest in die Arme. Es tut mir in der Seele weh, was ihm und seiner Mom passiert ist. Ich hätte nie geahnt, dass Brock, der nach außen hin so hell und strahlend wirkt, eine derart finstere Vergangenheit mit sich rumschleppt. Ich wünschte, ich hätte es gewusst. Hätte damals für ihn da sein können, als er einen Freund am dringendsten gebraucht hat.

»Brock«, sage ich unsicher, »und warum ist deine Mom nun hier?«

Seine Umarmung wird fester. Er nimmt mir beinahe die Luft zum Atmen.

»Mom hat gestern einen Brief bekommen … Bill ist seit einer Woche wegen guter Führung entlassen worden. Man hat sie darüber informiert, dass er auf Bewährung raus ist und dass das Näherungsverbot weiterhin in Kraft bleibt.«

Schockiert halte ich mich an Brock fest.

»Sie haben ihn gehen lassen, obwohl er versucht hat, deine Mom umzubringen?«

»Ja, das haben sie.« Bitter schnaubt er an meinem Hals.

»Mom ist ausgeflippt. Sie sagt, sie fühlt sich zu Hause nicht mehr sicher, dass es egal ist, dass sie weggezogen ist, dass jeder heutzutage herausfinden kann, wo jemand lebt, und Bill sie finden wird. Mom meint, sie fühlt sich nur bei mir sicher, deshalb würde sie gern eine Weile bleiben, bis sie weiß, was sie machen soll.«

»Du warst so sauer auf sie, als sie hier aufgetaucht ist. Dennoch hast du sie sofort hierbleiben lassen, weil sie deine Mutter ist. Ich fürchte, ihre beide habt noch jede Menge zu klären, jetzt wo sie hier ist.«

Langsam löse ich mich von Brock und sitze locker auf seinem Schoß.

»Ich weiß. Ich weiß auch, dass es längst überfällig ist, aber das zwischen Mom und mir ist ein Minenfeld. Es wird anstrengend, und mir gefällt nicht, dass sie in deiner Nähe ist.«

Überrascht sehe ich ihn an.

»Ich will diesen ganzen Scheiß einfach weit weg von dir haben und nicht nebenan auf der Couch liegend. Du solltest dich mit dem ganzen Mist nicht rumschlagen müssen.«

Brock schämt sich für das, was passiert ist, und fühlt sich schuldig. Das ist offensichtlich. Doch wenn wir wirklich Freunde sind oder sogar noch mehr, müssen wir auch damit irgendwie fertig werden. Es ist ein Teil von ihm, und ich gehöre jeden Tag ein wenig mehr zu ihm, so wie er zu mir. Das war nicht geplant, aber es geschieht. Ich kann es fühlen, fühle es jedes Mal, wenn wir uns berühren, völlig egal, ob sexuell oder nicht.

Müde ziehe ich ihn mit mir aufs Bett. Er zieht sein T-Shirt aus. So kann ich seine warme Haut direkt fühlen, was mir ein Gefühl der Sicherheit gibt, das ich nach diesen schrecklichen Bildern in meinem Kopf gut gebrauchen kann.

»Ich sollte nicht hier schlafen«, gibt er zu bedenken.

»Doch, das solltest du. Was du nicht solltest, ist allein schlafen. Schon gar nicht heute.« Brock sieht hin- und hergerissen aus.

»Ich stelle den Wecker sehr früh, dann kannst du noch rüber zu dir, damit deine Mom nichts mitkriegt.«

Ich hasse das Lügen, aber gerade ist mir viel wichtiger, Brock in der Nähe zu haben und für ihn da zu sein, als das Geheimnis unserer ausufernden Sexfreundschaft zu wahren.

Er gibt nach. Langsam lässt er sich aufs Bett nieder und hält mich dabei, als wolle er mich schützen. Wir beginnen, uns zu streicheln, berühren uns, zärtlich und verzweifelt. Als Brock kommt, stöhnt er laut auf, ehe er seinen Mund an meine Schulterbeuge drückt, um das Geräusch abzudämpfen.

Danach liegen wir eine Weile beieinander, doch keiner von uns findet Schlaf. Das Mondlicht beleuchtet seine Schulter und das Phönix-Tattoo. Jetzt, da ich die Konturen des brennenden Vogels, der aus der Asche wiedergeboren wird, mit den Fingern nachzeichne, wird mir klar, warum er es trägt und wie wichtig es ihm sein muss. Brock ist mehr als einmal gestorben und wieder auferstanden. Ein Teil von ihm ist mit seinem Vater auf dieser Straße gestorben, und ein anderer Teil von ihm starb durch Bill, aber Brock ist immer wieder zurückgekommen, hat sich durch die Flammen gekämpft und ist stärker als zuvor wiedergekehrt und der Mann geworden, der jetzt neben mir liegt. Der Mann, der mir schon immer etwas bedeutet hat, von dem ich glaube, dass ich mich mit jeder Minute heftiger in ihn verliebe. In einen Mann, der einen Phönix auf der Haut trägt und der nicht an Liebe glaubt.

Ist das nun ein Zeichen der Hoffnung oder der Zerstörung?

Kapitel 26

Dani

Hey, Elenore!«

Ich schleppe riesige Einkaufstüten in die Wohnung. Eigentlich wollte Elenore mich in den Supermarkt begleiten, doch in letzter Minute hat sie gekniffen. Seit Brocks Mom bei uns aufgetaucht ist, hat sie kein einziges Mal die Wohnung verlassen. So langsam mache ich mir Sorgen um sie.

»Hey, Danielle.«

Das ist noch so eine Sache. Ständig nennt sie mich bei meinem vollen Namen. Das macht sonst niemand. Keine Ahnung, wieso sie das macht. Elenore hilft mir, die Tüten in die Küche zu bringen. Sie packt aus, damit ich die Einkäufe verstauen kann.

»Sie hatten keinen Wirsing. Ich hoffe, das geht in Ordnung.«

»Das passt schon. Wir kriegen das trotzdem hin. Das Stew schmeckt auch ohne. Hauptsache, wir haben gutes Lammfleisch.« Erwartungsvoll blickt Elenore in die Tüten, aus der ich ein Päckchen mit Lammstücken hervorziehe.

»Natürlich! Wofür hältst du mich?«, frage ich schockiert.

»Für eine waschechte Irin«, sagt sie zufrieden, während sie das Fleisch in Augenschein nimmt. Offenbar findet es ihre Zustimmung. Ich habe nur die besten Stücke genommen. Mom würde mich umbringen, wenn ich kein ordentliches Stew kochen könnte, so wie sie es mir beigebracht hat.

Ich muss gestehen, dass ich Elenore mag und gut mit ihr auskomme, auch wenn ich noch immer damit klarkommen muss, all diese Dinge über sie und ihre Vergangenheit zu wissen. Elenore ist eine gut aussehende Frau, aber das Leben und die schrecklichen Erfahrungen, die sie machen musste, sind nicht spurlos an ihr vorübergegangen. Auf ihrer hohen Stirn zeichnen sich tiefe Falten ab, die von den Sorgen erzählen, die sie sich gemacht hat. Zwischen ihrem linken Auge und dem Jochbein ist eine feine Narbe zu erkennen. Ich muss nicht erst fragen, woher sie stammt. Und wenn das Licht auf eine bestimmte Art in ihr Gesicht scheint oder wenn sie zur Seite blickt, erkenne ich Brock in ihr, was mir jedes Mal aufs Neue einen kleinen Schock verpasst. Diese Ähnlichkeit zwischen den beiden ist mir früher nie aufgefallen. Als Kind dachte ich, dass Brock gespuckt wie sein Vater aussieht. Nun sehe ich das Ganze etwas differenzierter. Wenn ich Elenore aber mit meiner Mutter vergleiche, wirkt sie, obwohl sie ziemlich genau im selben Alter sind, doch ein klein wenig älter. In Elenores dunklen Haaren sind silberne Strähnen, die ihr gutes Aussehen überhaupt nicht negativ beeinflussen. Aber der auffallendste Unterschied zwischen ihr und meiner Mom sind nicht die wenigen grauen Strähnen, sondern die tiefe Traurigkeit, die Elenore anhaftet, egal wie oft sie lacht.

Während wir die Lebensmittel verstauen und alles andere, was wir für das Essen morgen Mittag benötigen, auf die Seite packen, sprechen wir nicht wirklich viel.

In den letzten Tagen war es leichter. Brock hatte frei und verbrachte viel Zeit mit seiner Mutter. Hauptsächlich haben sie geredet, unter vier Augen, während ich mich um die Vorbereitung auf meine Sommerkursen gekümmert oder Arbeiten meiner Schüler korrigiert habe. Man hat nicht gelebt, ehe man den Sohn eines Börsenmagnaten unterrichten durfte, der wegen zu vieler Pillenpartys in Geschichte durchgefallen ist und der es dabei doch tatsächlich fertig bringt, in einem Aufsatz den Amerikanischen Bürgerkrieg mit der Beliebtheit zweier

Reality-TV-Shows auf den Social-Media-Plattformen dieser Welt zu vergleichen. Als ich ihm dafür ein D minus gab, hatte er die Frechheit, darüber mit mir zu diskutieren und vor versammelter Klasse anzudeuten, ich wäre in meiner Halsstarrigkeit genauso geschmacklos wie mein No-Name-Rock, der allerdings kein Hinderungsgrund wäre, mich nicht von der Bettkante zu stoßen. Manchmal habe ich das furchtbare Gefühl, einen Haufen Chuck Basses zu unterrichten, die mir allesamt zu viele Gossip-Girl-Parallelen aufweisen. Daran sind nur die Sommerkurse schuld. Das Sammelbecken für die Schlimmsten der Schlimmen, beziehungsweise für die Reichsten der Reichen der Upper-West-Sider. Dagegen hilft nur mein Mittwochskurs, der heute Abend auf mich wartet. Obwohl Elenore eine erwachsene Frau ist und für sich selbst sorgen kann, lasse ich sie nur ungern allein in der Wohnung, bis Brock von der Arbeit zurück ist. Doch dieser Kurs bedeutet mir zu viel, um ihn ausfallen zu lassen. Ich werde dort dringend gebraucht und hätte ein schlechtes Gewissen, wenn ich absagen würde. Brock fragt mich immer öfter danach, fragt, wo ich mittwochs immer hingehe, aber selbst mit ihm möchte ich darüber nicht reden, weil das nur mich etwas angeht. Logan ist der Einzige, der darüber Bescheid weiß, weil er mich einmal hinfahren musste, als die U-Bahn ausgefallen war. Die New Yorker U-Bahn wird uns alle irgendwann noch in den Wahnsinn treiben.

»Ich hoffe, es ist okay für dich, dass ich bald wegmuss. Brock sollte in ein paar Stunden wieder da sein.«

Elenore geht zum Sofa und setzt sich. Manchmal sieht sie so verloren aus.

»Ja, aber natürlich. Ihr könnt ja nicht eure Leben anhalten, nur weil ich hier auftauche, um mich bei euch einzunisten.« Sie hat Schuldgefühle. Es steht ihr ins Gesicht geschrieben.

»Du störst uns doch nicht, Elenore. Brock und ich machen uns nur Sorgen um dich. Und ich habe dich gern hier.«

Ich wollte eigentlich »wir« sagen, aber das steht mir nicht zu. Brocks Verhältnis zu seiner Mutter ist zu komplex, um in dieser Sache für ihn sprechen zu können.

»Du solltest mal rausgehen. Oder vielleicht meine Mom besuchen. Sie würde sich bestimmt darüber freuen.« Ich wage diesen kleinen Vorstoß und setze mich zu ihr aufs Sofa. Unentschlossen sieht sie mich an. Der Gedanke, die Wohnung zu verlassen, behagt ihr nicht. Langsam finde ich, dass wir vielleicht einen Berater hinzuziehen sollten. So kann es doch nicht weitergehen, jedenfalls nicht auf Dauer.

Elenore atmet zittrig aus. Ihre Hände wirken verkrampft.

»Danielle …«, murmelt sie leise. »Wie viel weißt du über die Sache?«

Verdammt, sie ahnt, dass Brock mir davon erzählt hat. Ich möchte Elenore nicht anlügen, habe aber keine Ahnung, ob es Brock recht wäre, wenn ich mit seiner Mutter darüber spreche.

»Ich glaube, so gut wie alles. Das Wichtigste jedenfalls.«

Erstaunt sieht sie mich an. Offensichtlich hat sie nicht erwartet, dass Brock es mir tatsächlich anvertraut.

»Ich verstehe, Brock hat es dir also erzählt.«

Anstelle einer Antwort nicke ich. Es fällt mir schwer, sie dabei anzusehen. Elenore wirkt beschämt und verängstigt. So gar nicht wie die lustige Frau, an die ich mich erinnern kann. Ihr Blick verändert sich langsam. Neugierig mustert sie mich.

»Das ist sehr ungewöhnlich. Mein Sohn erzählt kaum etwas über mich, geschweige denn über das schlimmste Kapitel in unser beider Leben. Es sagt schon eine Menge aus, dass er es dir erzählt hat. Er vertraut dir.«

Eleonore sagt das, als sei es ein Wunder, als wäre Brock dazu gar nicht fähig. Das ärgert mich ein wenig, aber ich schlucke es runter. Damit sollte ich sie jetzt nicht auch noch belasten.

»Es tut mir schrecklich leid, was dir passiert ist, was *euch* passiert ist.«

»Danke«, sagt Elenore und legt kurz ihre Hand auf meine. »Du bist deiner Mutter sehr ähnlich, Dani.«

»Na, Gott sei Dank, das endlich zu hören!«

Elenore lächelt unsicher. »Wieso? Sagen die Leute sonst, du kommst nach deinem Dad?«

Wenn es um Sturheit geht, dann ja.

»Nein, das meinte ich gar nicht. Ich bin nur so froh, dass du endlich *Dani* zu mir sagst.«

Jetzt lacht sie. Es ist ein echtes Lachen, das mich an die Frau von früher erinnert.

»Dann werde ich's mir merken, einverstanden?«

»Einverstanden«, sage ich zufrieden.

Elenores Lächeln weicht einem besorgten Zug um den Mund.

»Glaub mir, ich würde wirklich gern rausgehen. Die letzten Jahre meines Lebens habe ich auch ziemlich normal verbracht, aber seit ich erfahren habe, dass … Bill irgendwo draußen frei herumläuft, kommt es mir so vor, als wäre ich nirgendwo sicher. Ich habe Angst, Dani! Schreckliche Angst.«

Als sie zu zittern beginnt, umschließe ich ihre Hände mit meinen. Sie fühlen sich eiskalt an.

»Das ist mehr als verständlich, aber hier festzusitzen kann auch keine Lösung sein. Wenn du willst, könntest du zusammen mit mir zu uns gehen, oder Brock nimmt dich mal mit zu

Carlos. Sein Partner und seine Frau Maria sind richtig nette Leute. So kommst du hier raus, und es ist immer einer von uns für dich da.«

Dankbar drückt sie meine Hand.

»Das wäre schön, aber das kann ich doch nicht von dir verlangen. Brock ist sowieso schon sauer auf mich, weil ich zu euch geflüchtet bin. Ich weiß, wie er zu mir steht, Dani, und ich kann es auch verstehen. Ich verdiene es sogar. Nur meinetwegen ist dieser ganze Mist überhaupt erst passiert.«

Weil daran etwas Wahres ist, auch wenn ich nicht finde, dass ihr, dem Opfer, noch mehr Schuld aufgebürdet werden sollte, spreche ich ihr nicht ihre Gefühle ab, sondern halte nur weiterhin ihre Hand, während ich zuhöre. Zwar wünschte ich, ich könnte mehr tun, aber ich weiß nicht was. Es würde mich schon freuen, wenn sie mal vor die Tür geht und wenn Brock und sie sich etwas näherkommen, solange sie hier ist.

»Hat Brock dir eigentlich erzählt, dass er trotz allem, was geschehen ist, so gut wie jeden Tag im Krankenhaus war, nachdem er mir das Leben gerettet hat?«

Ich schüttle den Kopf. Brock würde so was nicht erzählen, aber ich kenne ihn gut genug, um zu wissen, dass er genau das tun würde, egal wie wütend er auf sie war und egal wie verloren er sich damals gefühlt hat. So ist er nun mal.

»Ich habe sein Leben zerstört!« Elenores Augen sind voller Tränen, als sie mich wieder ansieht. »Ich lag da, mehr tot als lebendig, und wollte nur noch sterben, obwohl ich einen Sohn hatte, um den ich mich kümmern musste, und dann war ausgerechnet er gezwungen, mich zu retten, obwohl ich nichts getan hatte, um all das zu verhindern. Im Nachhinein betrachtet verstehe ich immer noch nicht, wie es dazu kommen konnte. Ich verstehe nicht, wie *ich* es so weit habe kommen lassen können. So oft wollte ich mich von Bill trennen, aber ich hatte zu viel Angst, was er dann tun würde. Und als ich ihm an dem Abend sagte, dass es vorbei ist, wollte er mich dafür umbringen.«

Schluchzend hält Elenore sich den Mund zu, als könne sie die Worte, die aus ihrem Mund kommen, nicht mehr ertragen. Ich nehme sie in den Arm, wie ich meine eigene Mutter halten würde, wenn sie traurig wäre. Langsam löst sie sich von mir.

»Das ist alles so entsetzlich. Für euch beide«, würge ich hervor. Mir selbst kommen jetzt auch die Tränen.

»Brock hat solche Angst, dass jemand es rausfindet und ihm dann wegnimmt, was er am meisten liebt.«

»Rettungssanitäter sein?«

»Ja.«

»Das darf nicht passieren. Das würde ich nicht zulassen.«

»Er braucht das. Damals, als die Behörden den Fall untersucht haben, kam es zu einer Anhörung. Brock hätte angeklagt und verurteilt werden können, aber nach den Aussagen der Zeugen, der Psychiater, der Ärzte und der Cops war klar, dass sie es nicht darauf angelegt hatten. Dennoch hat Brock sich zu einem Deal bereit erklärt. Er absolvierte Therapiestunden und verrichtete gemeinnützige Arbeit in einem Krankenhaus. Zu der Zeit dachte ich, er wolle sich bestrafen, weil er gewalttätig geworden ist, gegenüber diesem … oder er wollte sich auf diese Weise entschuldigen dafür, wie er mit der ganzen Situation zu Hause umgegangen ist. Jetzt erst wird mir klar, dass er das getan hat, weil sein Vater genau das von ihm erwartet hätte, weil Brock nur das Richtige tun wollte. Ich glaube, er hatte schon damals den Wunsch, Sanitäter zu werden, und wollte alles tun, um das nicht zu gefährden, sollte seine Vergangenheit je ans Licht kommen.«

Durch ihre Tränen hinweg blinzelt Elenore mich an, so als würde ihr das alles erst jetzt richtig bewusst werden, auch wenn sie den Verdacht wohl schon länger hegt.

»Brock weiß eben, was er will.« Jedenfalls wenn es um seine Berufung geht. Was sein Liebesleben angeht, ist er weit weniger konsequent. Weshalb er und ich ja auch keine richtige Beziehung führen und seit Elenores Ankunft auch keinen Sex mehr hatten. Etwas, das uns beiden zu schaffen macht.

»Ja«, sagt Elenore nachdenklich. »Ich hoffe, dass das stimmt.«

Brock

Mom und Dani haben Irish Stew gekocht. Das Dinner schmeckt richtig gut. Einerseits bin ich froh, dass meine Mutter hier ist und sich offenbar gut mit Dani versteht. Andererseits würde ich sie am liebsten immer noch in den nächsten Bus nach Hause setzen, aber ich gebe mir Mühe, versuche, die Vergangenheit ruhen zu lassen.

»Okay. Jetzt ist definitiv Schluss!«

Dani schiebt ihren leeren Teller weit von sich. Jeder von uns hat mindestens zwei Portionen Lammeintopf verputzt.

»Wieso denn? Bei dir landet es zum Glück immer an den richtigen Stellen.«

Scheiße! Ich kann nicht glauben, dass ich das gerade gesagt habe, vor meiner Mom.

Sie und Dani werfen mir Blicke aus großen Augen zu.

»Ist doch wahr«, murmle ich, als wäre das nicht weiter wichtig.

»Wo mein Sohn recht hat, hat er recht.« Mom schmunzelt, während sie die Teller abräumt. Ich kann gar nicht glauben, dass sie tatsächlich gelächelt hat. Es ist sehr lange her, seit ich das gesehen habe.

»Können wir bitte nicht mehr über meine Figur sprechen? Das ist wirklich peinlich.«

»Das können wir gern, aber dann müsste mein Sohn auch aufhören, dich von oben bis unten anzustarren.«

Mom, der ich einen eindeutigen Halt-doch-die-Klappe-Blick zuwerfe, amüsiert sich königlich darüber, Dani und mich in Verlegenheit zu bringen. Ich kann doch nichts dafür. Seit vier sehr langen Tagen hatte ich keinen Körperkontakt mit dieser Frau. Ich bin am Verhungern!

»Ich glaube, das ist wohl mein Stichwort, um ins Bett zu gehen.« Dani steht auf, ohne mich nochmals anzusehen. Ihr ist das hier sogar noch peinlicher als mir.

»Gute Nacht, Elenore.« Sie kann es ja kaum erwarten, zu verschwinden, um mich mit meiner Mutter allein zu lassen. Das wird sie mir büßen. Beim nächsten Mal lasse ich sie erst kommen, wenn sie es gar nicht mehr aushält. Meine schmutzigen Gedanken über eine nackte Dani enden abrupt, als Mom in mein Gesichtsfeld tritt.

»Ich kenne diesen Gesichtsausdruck.«

Kopfschüttelnd setzt sie sich mir gegenüber an den Tisch und wartet, bis ich sie ansehe.

»Ich habe keine Ahnung, was du meinst. Wir sind nur Freunde.« Abwehrend verschränke ich die Hände vor der Brust.

»Freunde schlafen nicht miteinander.«

Ich sage nichts darauf. Irgendwie schaffe ich es, nicht zu lügen, aber mit meiner Mutter über das zu reden, was Dani und ich miteinander haben, kommt auch nicht infrage.

»Weißt du, das Gute daran, wenn es überhaupt etwas Gutes

daran gibt, wenn man sich jahrelang etwas vormacht, ist, dass man andere, die dasselbe tun, schnell durchschaut.« Mom nimmt einen Schluck vom kräftigen Rotwein, den wir zum Stew getrunken haben. Sie wirkt nicht mehr wie die zerbrechliche Frau, die ich lange Zeit über zu sehen bekommen habe, sondern wie jemand, der zwar einiges durchgemacht hat, daran aber auch gewachsen ist. Könnte es sein, dass Mom so nach und nach endlich darüber hinwegkommt?

»Okay, und was glaubst du, durchschaut zu haben?«, frage ich sie.

»Dani und dich. Die Art, wie du sie ansiehst und sie dich. Außerdem wart ihr nicht gerade leise an dem Abend, als ich angekommen bin.«

Was? Ein Brocken Lamm kommt mir hoch.

»Sieh mich nicht so an, Brock! Was meinst du, wie ich Mutter geworden bin? Du warst keine unbefleckte Empfängnis.«

»Mom, bitte! Ich will das echt nicht hören«, beschwere ich mich und leere mein Glas in einem Zug. Ein Bier wäre mir jetzt lieber. Ich glaube, Dani hat sogar welches besorgt.

»Aber du musst. Also sperr die Ohren auf und höre einfach zu. Dein Dad war auf der Schule ein echter Aufreißer. Hast du das gewusst?«

Überrascht sehe ich Mom an. Davon hatte ich keine Ahnung.

»Nein. So kam er mir wirklich nicht vor.« Aus den Augen eines kleinen Jungen betrachtet jedenfalls.

»Na, er war ja längst nicht mehr so drauf, als wir eine Familie waren. Dein Dad hat früher viel geflirtet und auch einige Herzen gebrochen, da bin ich mir sicher. Aber als wir dann zusammengekommen sind, hat er sich für mich verändert. Das geschah nicht über Nacht. Ehrlich gesagt hat er sich mit ernsten Beziehungen schwergetan und wollte sich deshalb nicht zu mir bekennen. Als ich dann mit dir schwanger wurde, habe ich es ihm deshalb nicht gleich erzählt. Ich hatte Angst, wie er reagieren würde. Wir hatten einen heftigen Streit, und ich dachte, dass es mit uns aus wäre. Aber eine gute Freundin namens Laura – ich denke, du weißt, welche Laura ich meine – hat ihm von dir erzählt. Danach ist dein Dad bei mir aufgetaucht, hat um meine Hand angehalten und gesagt, dass er mich vom ersten Augenblick an geliebt hat, auch wenn es ihm Angst gemacht hat, und dass er der glücklichste Mann auf der Welt wäre, wenn ich ihn heiraten würde und er der Vater unseres Kindes sein dürfte. Ich habe Ja gesagt, weil ich deinen Dad sehr geliebt habe, über alles geliebt habe, Brock.«

Mit einem mulmigen Gefühl höre ich Mom zu und überlege, warum sie mir all das nicht schon viel früher erzählt hat. Trotzdem muss ich den trotzigen Teil in mir bekämpfen, der schreien möchte: Wenn das stimmt, wie konntest du dann je etwas mit Bill anfangen?

»Warum erzählst du mir das ausgerechnet jetzt?«

»Wie gesagt, weil du es jetzt hören musst. Ich werde mir nie verzeihen, dass ich Bill in unser Leben gebracht habe, und das nicht etwa, weil ich mir die Schuld dafür gebe, was er uns angetan hat, daran habe ich keine Schuld, sondern weil ich deinen Vater zu sehr geliebt habe und ich das, was wir hatten, nicht genug gewürdigt habe, weil ich nicht daran glauben konnte, stark genug ohne ihn zu sein. Stattdessen habe ich mir eingeredet, schwach zu sein, jemanden zu brauchen, auch für dich, aber wirklich geliebt habe ich Bill nie, und ich glaube, er wusste das, deshalb hat er mich auch so sehr gehasst und dich so mies behandelt. Er wusste, dass es für mich immer nur Liam geben würde.«

»Das macht nicht alles vergeben und vergessen, Mom!«

Ich möchte sie in den Arm nehmen, aber ich kann nicht. So weit bin ich noch nicht.

»Natürlich nicht«, flüstert sie. »Deswegen habe ich es dir auch nicht erzählt. Wir werden Zeit brauchen und Vertrauen. Du musst anfangen, mir Dinge aus deinem Leben zu erzählen, und ich muss wieder ein Teil deines Lebens werden, denn das will ich sein, Brock. Das will ich unbedingt wieder sein.« Mom unterdrückt ein Schluchzen. Sie steht auf und kommt zu mir rüber. Als sie mich fest umarmt, bin ich so verblüfft darüber, dass ich es einfach zulasse.

»Ich habe dir das aus einem ganz anderen Grund erzählt.«

»Und der wäre?« Hölzern winde ich mich aus ihrer Umarmung.

»Die Chance, mit dem richtigen Menschen zusammen zu sein, bekommt man vielleicht nur einmal im Leben. Mach das mit ihr nicht kaputt, Brock! Du würdest es bereuen. Dani ist ein ganz besonderes Mädchen.«

Ich beiße die Zähne zusammen, bis mein Kiefer schmerzt. Mom hat meine Schwachstelle gefunden. Dani.

»Mom, ich …«

»Denk darüber nach. Mehr verlange ich gar nicht.«

Traurig und ernst starrt sie mich an. Es ist lange her, dass wir uns unterhalten haben, ohne uns Vorwürfe zu machen oder zu streiten. Seltsam, dass gerade Dani uns einander wieder näherbringt.

Meine Mutter wendet sich von mir ab. Sie wirkt etwas enttäuscht. Dabei war das in den letzten Jahren meine Rolle. Ich weiß nicht mehr, wie ich mich umgekehrt verhalten soll. Aber das Gefühl, das ich deshalb bekomme, gefällt mir nicht.

Als Mom ins Bad will, halte ich sie auf.

»Mom!« Mein Herz schlägt etwas schneller. »Ich denke darüber nach.«

Stolz lächelt sie mich an.

Kapitel 27

Brock

Wie läuft's mit deiner Mom?«

Carlos und ich sind gerade auf dem Weg zu einem Einsatz: Mann Anfang sechzig mit Schmerzen in der Brust und Atemnot. Verdacht auf Infarkt. Mit Sirenengeheul brausen wir zur U-Bahn-Station, wo der Mann zusammengebrochen ist.

»Ganz gut. Du weißt schon, ist nicht immer ganz einfach, die eigene Mutter ständig in der Wohnung zu haben.«

Carlos nickt, als wüsste er Bescheid, dabei hat er keine Ahnung. Anfangs war es schwer, da Mom und ich erst unseren Scheiß auf die Reihe kriegen mussten. Außerdem hielt sie mich davon ab, mit Dani zusammen zu sein. Und seit sie über uns Bescheid weiß, redet sie mir ins Gewissen, weshalb nun ich wiederum ein mieses Gefühl habe, weiterhin mit Dani ins Bett zu gehen, ohne *das Gespräch* geführt zu haben.

»Mütter, hm? Wobei meine mich nicht annähernd so stören würde wie Marias. Diese Frau kann einfach kein gutes Haar an mir lassen!« Carlos schnaubt. Schwiegermütter sind anscheinend ein Kapitel für sich.

»Trotzdem hast du Maria geheiratet. So schlimm kann sie also nicht sein«, scherze ich und drücke etwas auf die Tube. Carlos hält sich am Türgriff fest.

Ja, Partner, so fährt man zu einem Notfall. Schnell.

»Willst du mich verarschen? Die Frau hasst mich. Ständig mäkelt sie an mir rum, sogar vor den Kindern. Aber Maria hätte ich selbst dann geheiratet, wenn Donald Trump ihr Vater wäre. Ich war hin und weg von ihr, schon als ich sie zum ersten

Mal gesehen habe, und nachdem wir die erste Nacht, du weißt schon …« Feixend zuckt er mit den Augenbrauen.

»Ich habe da so eine Ahnung. Schließlich hast du zwei Kinder zu Hause.«

»Halt mich für verrückt, aber nach der Nacht wollte ich ihr sofort einen Antrag machen, ihr einen Ring an den Finger stecken, damit mir niemand diese Frau je wegnehmen kann.«

Überrascht sehe ich Carlos an. Herrje, wer hätte gedacht, dass es ihn so schnell dermaßen heftig erwischt hatte. Ich bekomme Magenkrämpfe bei der Vorstellung, mich endgültig für die Eine zu entscheiden und mich für immer an jemanden zu binden. Ich meine, selbst wenn man die ideale Frau gefunden hat und sie dasselbe für einen empfindet, wer garantiert, dass es auch hält? Meine Eltern waren füreinander die große Liebe, und was ist daraus geworden?

Doch dann denke ich an Joe und Laura. Sie sind seit einer Ewigkeit verheiratet, haben drei Kinder, und ihr Leben scheint mir alles in allem verdammt glücklich. Keine Ahnung, warum ich mich so schwer damit tue, ganz offen zu Dani zu stehen. Scheiße, ich kann das mit ihr ja nicht mal Carlos erzählen. Dabei gibt es niemanden, der auch nur annähernd das in mir auslöst, was Dani mit einem einzigen Augenaufschlag schafft. Es ist nicht nur ficken, von Anfang an war es mehr als das. Freundschaft allein ist es auch nicht. Meinen Freunden traue ich nicht, wie ich Dani vertraue. Ich würde ihr mein Leben anvertrauen. Dennoch bricht mir bei dem Gedanken, allen von uns zu erzählen und ein echtes Paar zu werden, der Schweiß aus. Ich weiß nicht, ob jemand wie ich für so was geschaffen ist.

»Wir sind da«, sage ich. Ein älterer Mann im Polohemd liegt direkt neben dem Abgang zur U-Bahn. Zwei ältere Frauen und ein junger Schwarzer hocken neben ihm. Der Kerl im Polohemd sieht nicht gut aus. Er ist verschwitzt und blass.

»Dann mal los.« Carlos steigt aus und holt unser Zeug aus dem Wagen, während ich auf den Mann zulaufe.

»Sir!«, spreche ich ihn laut an. Er reagiert kaum, sieht verwirrt um sich und fasst sich dabei immer wieder an die Brust.

»Sir, wir sind hier, um Ihnen zu helfen. Wie lange haben Sie schon Atembeschwerden? Wo spüren Sie Schmerzen?«

Eine kleinere, ältere Dame mit einem Sonnenhut spricht für ihn. »Das geht schon seit ein paar Minuten. Wir haben gleich den Notruf verständigt, aber es wird immer schlimmer.«

»Danke. Sie haben alles richtig gemacht. Jetzt treten Sie zurück, damit wir unsere Arbeit machen können.«

Die kleine Gruppe macht uns Platz. Fußgänger laufen auf der Straße vorbei oder gehen weiterhin zur U-Bahn-Station unter uns. So ist das eben in New York, auch hier in Brooklyn. Die Leute sind es gewohnt, nicht hinzusehen. Manchmal ärgert es mich.

Carlos hilft mir, den Mann richtig hinzulegen. Wir nehmen seine Werte und legen ihm einen Zugang. Der Blutdruck sieht nicht gut aus, und er hat eine eindeutige Arrhythmie. Sein Herz macht Probleme. Es ist ernst. Wir geben ihm ein Medikament, das seinen Herzschlag normalisieren soll. Der Mann hat Angst. Er ist so durcheinander, dass er uns nicht einmal seinen Namen sagen kann. Er tut mir leid, aber ich muss konzentriert bleiben. Carlos sucht in seiner Hosentasche nach einer Brieftasche. Er findet sie und auch einen Ausweis. Sein Name ist also Herschel, Herschel Stein.

»Herschel, versuchen Sie ruhig zu bleiben. Ich weiß, dass Sie Angst haben und es höllisch wehtun muss.«

Er nickt. Seine Gesichtsfarbe ist fahl, und der Schweiß auf

seiner Stirn kalt, obwohl die erbarmungslose Sommersonne auf uns herabbrennt. Ich habe eine Vermutung.

»Sind Sie aus der Station gekommen, als die Schmerzen in der Brust angefangen haben?«

Herschel versucht zu sprechen, schafft es aber nicht. Er nickt angestrengt und schließt gequält die Augen. Die stickige Stauhitze in den Stationen tut allen, besonders aber älteren Menschen, nicht gut. Dann kommen noch die Kälte der Klimaanlagen, das Treppensteigen und die Enge hinzu. Wenn man ein schwaches, angegriffenes Herz hat, wird so eine Situation zu einem Stressauslöser, der böse enden kann wie bei Herschel.

Die Medikamente hatten Zeit zu wirken. Carlos überprüft die Werte unseres Patienten und schüttelt den Kopf. Keine Verbesserung. Als ich nach dem Funkgerät greife, um die Notaufnahme wegen der Medikamentengabe zurate zu ziehen, bricht Herschel zusammen. Es geht rasend schnell. Er verdreht die Augen und rafft ein letztes Mal das Revers seines offen stehenden Hemdes mit den Händen zusammen.

»Verdammt! Herschel? – Hol den Defi!«

Carlos fasst hinter sich und platziert den Defibrillator neben Herschels Oberkörper, während ich die standardmäßigen Wiederbelebungsmaßnahmen einleite. Man weiß erst, wie hart und unnachgiebig der menschliche Brustkorb ist, wenn man versucht, auf ihn zu drücken, um ein still gewordenes Herz dazu zu bringen, wieder zu schlagen.

»Los, komm schon!« Ich puste meine Luft in die Atemmaske, um seine zu ersetzen. Carlos setzt die Paddles an. Wir sehen an der Kurve, dass kaum noch Herztätigkeit vorhanden ist.

»Atropin?«, fragt Carlos, die Spritze bereits in seiner Hand. Es ist ein Glücksspiel. Mal funktioniert es, mal eben nicht. Ich gebe über Funk durch, was wir vorhaben.

»Ja, aber nur null Komma fünf Milligramm.«

Carlos verabreicht ihm die Spritze. Ich setze die Herzdruckmassage fort, ohne Erfolg. Das Gerät gibt einen langen Pfeifton von sich. Ich mache weiter. Carlos intubiert ihn, um seine Sauerstoffsättigung zu verbessern. Das EKG zeigt weiterhin keine Aktivität an.

»Wir defibrillieren. Auf zweihundert fürs Erste.«

Carlos stellt das Gerät ein. Wir treten vom Patienten weg, und er drückt den Auslöser. Herschels Körper krampft. Die alte Dame an meiner Seite schluchzt auf. Ja, der Anblick ist nicht schön, aber wenn es sein Leben rettet, muss es sein.

Wir haben einen Ausschlag. Unregelmäßig zwar, aber etwas ist da. Ich mache weiter mit der Thoraxkompression. Nun geht es darum, den Funken Leben, den wir gesehen haben, zu erhalten. Gut, der Puls ist wieder da, unregelmäßig, aber er beruhigt sich. Herschel hat noch eine Chance. Zumindest ist er stabil genug, um ihn ins Krankenhaus zu fahren, wo man ihn weiterversorgen kann. Gut möglich, dass er operiert wird.

Ich liebe diesen Moment, diesen Moment, wenn ich mich über einen Patienten beuge, der schon fast verloren war und der wieder seine Augen öffnet, mit diesem Staunen im Gesicht, einfach, weil er merkt, dass er noch da ist, dass es nicht vorbei ist. Manche sehen auch ängstlich aus, aber meistens, eigentlich so gut wie immer, ist da dieses Staunen.

Ich nenne es das Staunen des Lebens.

Als Mom aus dem Tiefschlaf erwacht ist, in den sie versetzt worden war, um ihrem Körper mehr Zeit zum Heilen zu geben, hatte sie denselben Ausdruck, als sie wieder zu sich kam. Trotz allem, was ihr passiert war, war sie froh, am Leben zu sein, und ich war es auch.

Es gibt nur einen Ausdruck, der da mithalten kann. Es ist

Danis Gesichtsausdruck, wenn sie die Augen öffnet, nachdem ich sie geküsst habe oder nachdem sie gekommen ist. Dann sehe ich es, dieses Staunen, dieses absolute Staunen darüber, zu welchen Gefühlen sie fähig ist, zu wissen, wie das Leben sein kann. Ich liebe diesen Ausdruck, und mehr noch liebe ich, dass er nur mir gehört.

Jedenfalls wünsche ich mir genau das. Und vielleicht ist das ja alles, was ich brauche, um das Richtige zu tun, wenn es um sie geht.

Wenn ich daran denke, dass dieses besondere Staunen jemand anders gehören könnte, fühle ich mich selbst einem Infarkt ziemlich nahe. Dieser Gedanke macht mir eine Scheißangst.

Ich will, dass Dani nur zu mir gehört, zu niemandem sonst. Und genau das werde ich ihr heute sagen, wenn ich von meiner Schicht nach Hause komme.

Dani

»Ich bin wirklich stolz auf dich. Ich hoffe, es ist okay, wenn ich das sage?«

Es ist peinlich, dass mir das vor Elenore rausgerutscht ist. Manchmal denke ich nicht nach, bevor ich spreche. So wie jetzt gerade.

Doch ich brauche mir keine Sorgen zu machen. Sie umfasst meine Schulter und drückt mich kurz, als wir die U-Bahn-Station High Street verlassen. Wie Brock ist auch seine Mutter ein Mensch, der seine Gefühle physisch ausdrückt, durch Körperkontakt.

Wie ich den mit Brock im Moment vermisse.

»Keine Sorge, Dani. Bei dir geht das schon in Ordnung.

Außerdem bin ich wahnsinnig dankbar für das, was du heute für mich getan hast. Keine Ahnung, ob ich ohne dich auch so weit gekommen wäre.« Dankbar lächelt Elenore mich an, dabei habe ich nichts weiter gemacht, als sie zu meiner Mutter zu begleiten, wo wir die letzten Stunden Kaffee getrunken haben, während Elenore und meine Mom die verlorenen Jahre aufgeholt haben. Elenore hat meiner Mutter die wichtigsten Abschnitte ihrer Geschichte erzählt, wobei mir klar wurde, dass ihre ehemals beste Freundin weit mehr wusste, als sie mir gegenüber zugegeben hat. Aber auch sie hatte keine Ahnung, wie schlimm es bei den McNamaras zu Hause zuging, als Bill da war. Es waren ein paar emotionale Stunden. Dennoch war es schön zu sehen, dass die beiden noch immer gute Freunde sind und in Zukunft wohl wieder mehr Kontakt miteinander haben werden.

»Ich bin der festen Überzeugung, das hättest du hinbekommen. Aber mit mir ging's einfach schneller.«

Wir schlendern noch ein wenig im Cadman Plaza Park umher, weil der Schatten der Bäume guttut. Es ist erdrückend heiß heute. Wie so oft im Sommer habe ich das Gefühl, dass sich ein leichter Sonnenbrand auf meiner Stirn bildet. Das Los einer echten Rothaarigen in einer Stadt, die im Hochsommer zu einem sonnig brennenden Moloch wird.

»Der Schatten und die Luft tun richtig gut«, seufzt Elenore, die bestimmt froh ist, der kleinen Wohnung mal zu entkommen. Obwohl Brocks Apartment riesig ist für New Yorker Verhältnisse, ist es dennoch notwendig, den engen vier Wänden ab und an zu entfliehen.

»Wem sagst du das? Ich kann förmlich spüren, wie sich der Sonnenbrand auf meiner Stirn zurückbildet.«

Selbstironisch reibe ich mir über die verschwitzte Haut an meiner Stirn.

»Sag mal, hat Brock eigentlich schon mit dir geredet?«

»Worüber denn?« Möchte sie länger bleiben? Oder zieht sie wieder nach New York, um in seiner Nähe zu sein? Ich glaube, das wäre eine gute Sache.

»Nichts weiter. Er wollte nur etwas Wichtiges mit dir besprechen, und ich bin verdammt neugierig, was du dazu zu sagen hast.«

Ratlos sehe ich Elenore an.

»Okay«, sage ich und muss lachen. »Sieht nicht so aus, als würdest du es mir verraten.«

Sie schüttelt den Kopf und presst die Lippen aufeinander. Das muss ja sehr interessant sein. Worum es wohl geht? Da sie es mir nicht erzählen will, bleibt mir nichts anderes übrig, als zu warten, bis Brock es anspricht. Na toll!

Noch mehr Geduld, die ich aufbringen muss. Es ist nicht gerade leicht, den heißesten Mann, den ich kenne, nebenan im Bett zu wissen, ohne dass ich ihn haben kann. Er fehlt mir. Er fehlt mir schrecklich. Ich vermisse seinen kratzigen Dreitagebart, wenn wir uns küssen, und seine starken Arme und wie sie mich im Schlaf halten. Ich vermisse seine Stimme, unsere Fernsehabende. Ach verdammt, ich vermisse alles an ihm. Dabei ist er die meiste Zeit direkt in meiner Nähe. Es hat mich schlimm erwischt.

Wie sage ich ihm das bloß?

Moment mal! Vielleicht will er ja darüber mit mir reden?

»Elenore!«, spreche ich sie an. Wir halten mitten auf dem Spazierweg. »Weißt du das von Brock und mir etwa?«

Mein Magen flattert, als ich an ihrem Gesichtsausdruck die Antwort ablesen kann.

»Will Brock etwa darüber mit mir reden?«

Ihre Antwort ist ein breites Grinsen von Ohr zu Ohr.

Oh. Mein. Gott.

Ein Schwarm nervöser Bienen summt in meinem Bauch. Wie soll ich es jetzt nur bis heute Abend aushalten? Es ist nicht mehr lange bis dahin, dennoch kommt es mir wie eine Ewigkeit vor, jetzt, da ich weiß, was auf mich wartet.

»Macht es dir etwas aus, wenn wir nach Hause gehen? Ich würde gern etwas kochen, um mich abzulenken, und vielleicht können Brock und ich ja bei einem guten Essen diese Unterhaltung führen? Was meinst du?«

»Das ist eine ganz wunderbare Idee. Und ich weiß sogar noch etwas Besseres. Während du dich zu Hause schick machst und kochst, sehe ich mir die Wache an und spreche mit Brock, wenn er zurückkommt, damit er weiß, dass du auf ihn wartest, und ich sorge auch dafür, dass er gleich zu dir nach Hause eilt.«

Jetzt bin ich es, die vom Dauerlächeln schmerzende Mundwinkel bekommt.

»Danke! Das wäre toll. Bis Brock da ist, kannst du dich mit den Jungs auf der Wache unterhalten. Sie wirken auf den ersten Blick vielleicht etwas rau, aber wenn sie hören, zu wem du gehörst, sind sie ein toller, lustiger Haufen. Logan kennst du ja. Wenn er da ist, soll er dir alles zeigen. Du wirst sehen, er hat sich kaum verändert.«

»Ist er noch immer so ein Kindskopf? So wie damals in der Schule, als er und Brock ständig Unsinn angestellt haben?« Elenore gefällt die Vorstellung offenbar.

»Ich fürchte, ja. Mein Bruder, so sehr ich ihn lieb habe, ist noch immer ein ungeschliffener Rohdiamant.«

»Das hast du aber sehr schön gesagt.« Sie zwinkert mir zu,

weiß, dass ich die Wahrheit in Samt und Seide gehüllt habe, aber immerhin gehört Logan zur Familie.

»Und du kommst allein klar?«, frage ich, besorgt um sie. Immerhin hatte sie bis heute keinen Fuß vor die Tür gesetzt, und nun will sie von hier bis zur Wache nach Williamsburg. Allein.

»Wenn du mir auf dem Ding den Weg zeigen kannst, ja!«

Elenore holt ihr Smartphone aus der Handtasche und hält es mir hin. Ich erinnere mich noch gut an die Horrorstunden, als wir unseren Eltern welche zu Weihnachten geschenkt hatten und ich bis in die Morgenstunden Telefone einrichten und am zweiten Weihnachtstag mit hochrotem Kopf und immens schwindender Geduld Smartphone-für-Anfänger-Kurse geben musste. Dad und ich sprechen seither nicht mehr darüber. Wir schimpften wie irische Kesselflicker und gingen uns so lange an die Gurgel, bis ich ihm halbwegs zutraute, das Ding selbst zu bedienen. Noch heute bekomme ich, sogar wenn ich in der Schule unterrichte, Anrufe meiner Eltern, wenn sie mal wieder eine Frage zum »Verdammt cleveren Telefon« haben. Deshalb tippe ich, ohne mich groß zu wundern, die Route für Elenore ein.

»Die Dinger sind einfach fantastisch«, meint sie. »Danke.«

Erstaunt sehe ich sie an. Offenbar gibt es eine elterliche Ausnahme von der Regel. Elenore scheint mit dem Smartphone problemlos umgehen zu können. Brock hat keine Ahnung, was ihm da erspart geblieben ist. Der Glückliche!

Elenore umarmt mich, dann geht sie zur U-Bahn-Station und verschwindet im Untergrund.

Auf dem Weg zurück in die Wohnung werde ich nervös, je näher das große Backsteingebäude rückt. Trotz der Aufregung kann ich es nicht erwarten, Brock zu sehen und zu hören, was er mir zu sagen hat. Ich möchte dabei schön aussehen und uns etwas Leckers zu essen machen. Im Fahrstuhl und im Flur gehe ich im Kopf durch, was ich für uns kochen könnte.

Als ich die Tür zur Wohnung öffne, entscheide ich mich spontan für Brathähnchen mit Kartoffeln, weil wir das beide mögen. Die Vorstellung, wie wir dabei zusammensitzen und reden, zaubert mir ein Lächeln ins Gesicht.

Das Lächeln im Gesicht gefriert mir und wird ersetzt durch ein heftiges Gefühl der Panik, als mir klar wird, dass die Tür, die ich gerade geöffnet habe, nicht verschlossen war. Brock ist auf der Wache, genau wie mein Bruder, und Elenore ist auf dem Weg dorthin.

Wer zum Teufel hat dann hier aufgeschlossen?

Gerade als ich mich zur Tür umdrehe, trifft etwas Hartes meinen Hinterkopf. Ein heftiger Schmerz durchfährt meinen Schädel. Der Boden kommt auf mich zu. Instinktiv stütze ich mich noch mit den Händen ab. Zwecklos. Ich pralle auf den Boden auf.

Was ist hier los?

Ich versuche mich aufzurappeln, mein Nacken schmerzt höllisch, genau wie mein Kopf. Alles dreht sich. Ein zweiter Schlag, direkt neben den ersten. Der Schmerz ist noch heftiger. Es fühlt sich an, als würde ein Böller direkt in meinem Schädel explodieren. Meine Stirn schlägt hart auf dem Parkett auf. Ich höre mich selbst stöhnen und wimmern.

Verdammt, was war das?

Verwirrt und benommen winde ich mich auf dem Boden, fasse mir an die Stirn und sehe Blut auf den Fingern. Meine blutverschmierten Hände verschwimmen vor meinen Augen. Mir wird schwindlig. Ich übergebe mich. Mein Magen zieht sich zusammen und würgt alles, was ich in mir habe, hervor.

Ich bin so benommen, dass ich nicht mal von meinem übel riechenden Erbrochenen wegkrabbeln kann. Immer wieder falle ich hin, wenn ich versuche, mich aufzuraffen.

Auf einmal ist da ein zischender Laut über mir. Das Geräusch ist schrecklich, fährt mir durch Mark und Bein.

Ich schüttle den Kopf, um klarer zu werden, doch außer verschwommener Details der Wohnung im Halbdunkel sehe ich nichts, bis etwas, eine verwackelte Silhouette, vor meinem Gesichtsfeld auftaucht. Es ist das Gesicht eines Mannes, eines Fremden. Er hat schütteres Haar und dunkle Ringe unter den Augen. Er wirkt bullig und blickt mich so fies an, dass ich Gänsehaut bekomme, obwohl ich ihn nicht mal deutlich sehe.

»Oh, Schätzchen«, flötet er mit einem Kichern. »Ich fürchte, du hast heute nicht gerade deinen Glückstag.« Wer zum Teufel ist das? Ein Einbrecher? Ein Vergewaltiger? Ein Mörder? Beides? Panik. Ich fühle nichts als Panik.

Ich schnaufe und winsle beim sinnlosen Versuch, von ihm wegzukommen. Es kostet ihn nur einen Schritt, wieder über mir zu sein und mich fies anzugrinsen.

»Vergiss es, Schätzchen! Du entkommst mir nicht.«

Er kommt immer näher. Bitte! Bitte nicht!

Er packt mich und riecht an mir, als wäre ich ein Stück Fleisch, dann lässt er mich fallen. Ich lande hart auf meinem Hinterkopf, der einen riesigen Krater haben muss, so scheißweh tut er.

Immer wieder dämmere ich fast weg, bleibe aber genug bei mir, um ihn dabei zu beobachten, wie er zur Wand geht und das Bild von Brock und mir ansieht, ehe er es an sich reißt.

»Du bist vielleicht nicht *sie*, aber Brocks Schlampe abzufackeln ist ein Anfang.«

Wer ist »sie«, und was meint er mit abfackeln? Vor Angst

starr sehe ich ihm dabei zu, wie er das Bild gegen die Wand schleudert. Das Glas zerbricht. Die Scherben liegen überall.

Sie? … Sie? … Oh Gott! Er meint doch nicht etwa Elenore?

»Wer …?« Ich würge. Das Atmen fällt mir schwer. »Wer sind Sie?«

»Wer ich bin, Schätzchen?«, verhöhnt er mich und hockt sich vor mich.

»Ich bin Onkel Bill.«

Weg! Bloß weg von ihm!

Mit aller Kraft versuche ich, von dem Kerl wegzukommen, krieche rückwärts auf allen vieren, aber ich komme nicht weit. Mein Kopf ist schwer, und ich bin desorientiert. Jedes Mal, wenn ich ihn vor mir sehe, wie er lacht, hyperventiliere ich. Ich habe keine Kontrolle darüber.

»Du hast Angst. Gut! Das solltest du auch, denn eigentlich wollte ich zu meiner süßen Elenore. Wir haben unerledigte Dinge zwischen uns stehen. Das kann ich nicht zulassen, du verstehst? Ich schulde ihr etwas für die Jahre, die ich ihretwegen und wegen ihres beschissenen Bengels im Knast war, und sie schuldet mir auch etwas.«

»Was?«, frage ich. Jede Minute, die er mit mir redet, tut er mir zumindest nichts an. Ich will irgendwie lebend hier rauskommen.

»Ihr mieses kleines Leben, das schuldet die Schlampe mir! Und weil sie nicht hier ist, um zu bezahlen, nehme ich mir einen Vorschuss und räche mich damit an diesem Drecksack, der geglaubt hat, dass er sich ungestraft mit mir anlegen kann.«

Mein Schädel dröhnt und hämmert, trotzdem habe ich Bill verstanden, obwohl ich wünschte, es wäre nicht so.

»Ich habe damit doch nichts zu tun«, versuche ich mich aus

der Affäre zu ziehen, auch wenn ich weiß, dass es nichts bringen wird.

»Was meinst du, habe ich die letzten Tage getrieben, seit Elenore hier aufgetaucht ist? Ich habe euch beobachtet, und ich habe nicht lange gebraucht, um zu wissen, dass er dich will oder dass er dich bereits hatte. So oder so wird es ihm das kleine Retterherz brechen, wenn du heute stirbst. Und das wirst du, Rotschopf! Dafür sorge ich.«

Als ich die Augen zupresse, um nicht mehr in diese widerliche Visage sehen zu müssen, bemerke ich, dass ich völlig verheult bin. Ich sehe nicht nur undeutlich, weil er mir Schläge verpasst hat, sondern weil meine Augen voller Tränen sind. Das wirklich Schlimme daran ist, ich glaube ihm. Wenn kein Wunder geschieht, wird dieser Mann mich heute töten, und ich werde Brock nie gesagt haben, dass ich in ihn verliebt bin. Er wird es nie wissen. Alles, was von mir bleibt, werden Schuldgefühle sein, die er hat, weil Bill mich getötet hat.

Dieser Gedanke raubt mir die Hoffnung. Ich rolle mich auf dem Boden zusammen und schluchze, weine um alles, was ich verlieren werde. So muss sich Elenore gefühlt haben. Kein Wunder, dass sie sich damals sicher war zu sterben.

Bill packt mein Bein, und ich habe Angst davor, was als Nächstes passiert. Ich wehre mich, trete um mich, aber ich sehe doppelt, unscharf und trete deshalb ins Leere. Bei jedem Versuch, gegen ihn zu kämpfen, lacht er mich aus. Ein scheußlicher Laut, der mich dazu bringt, mir die Ohren zuzuhalten.

Ich dämmere weg, komme kurz zu mir und sehe, dass Bill einen Kanister hochhält und etwas ausschüttet.

Wieder verliere ich das Bewusstsein. Die Kopfschmerzen werden schlimmer, als ich langsam zu mir komme. Es ist, als hätte mich zähe Dunkelheit verschluckt.

Ich bin so müde. Meine Augen sind schwer. Die dicken Lider bekomme ich kaum noch auseinander. Irgendwann schaffe ich es doch und sehe, dass Bill in der Wohnung herumläuft und den Kanister herumschwenkt. Es stinkt. Ich kann nicht sagen, nach was, aber der Geruch beißt in der Nase. Es ist … Mir fällt das Wort nicht ein. Ich bin durcheinander. Das Denken fällt schwer. Mein Kopf tut so weh.

Benzin. Das Wort ist wieder da, klar und präzise in seiner Bedeutung. Ich schrecke auf, versuche bei Bewusstsein zu bleiben, aber ich kann mich nicht aufrichten, wie sehr ich mich auch bemühe. Es klappt einfach nicht.

In der Dunkelheit glimmt ein Licht auf. Eine winzig kleine Flamme. Ich sehe sie in der Dunkelheit tanzen. Kurz danach bin ich gefangen, in einem Ring aus Feuer, der die Wohnung einnimmt. Im Zentrum des Flammenrings liege ich, zum Sterben zurückgelassen, damit Brock trauert und Bill triumphiert. Ich kann das nicht zulassen.

Ich will nicht, dass dieser Bastard gewinnt. Zu etwas muss die Sturheit der St. Clairs doch gut sein.

Ich stöhne und schnaufe, drücke mich langsam vom Boden ab. Es dauert ewig, bis ich es auf alle viere schaffe. Mir wird schlecht, aber dieses Mal gelingt es mir, den Kopf zu heben, obwohl es höllisch schmerzt. Das Dröhnen in meinem Schädel vernebelt immer wieder meine Gedanken. Bill ist nirgends zu sehen, nur noch die Flammen, die höher und höher schlagen und sich immer weiter ausbreiten.

Beil dich, Dani! Du hast nicht mehr viel Zeit.

Ich will leben. Ich will Brock sagen, dass ich ihn liebe, und ich will, dass dieses Arschloch Bill hinkommt, wo er hingehört, in den Knast. Oder lieber gleich in die Hölle!

Mein Zorn gibt mir die Kraft, die mir noch gefehlt hat. Was

mein Dad sagt, stimmt, rechtschaffener Zorn und Sturheit sind wohl die besten Eigenschaften der Iren, denn sie sind es, die mir hochhelfen, auf meine Füße. Jeden Moment drohe ich, wieder umzufallen. Aber der Triumph über meinen kleinen Moment des Muts währt nur kurz, denn ich sehe jetzt, dass fast die ganze Wohnung brennt. Die Holzbalken, die ich von Beginn an geliebt habe, brennen wie Zunder und helfen dem Feuer dabei, sich rasend schnell auszubreiten.

Hitze brennt mir im Gesicht. Ich spüre, wie die Wunde hinten am Kopf scharf sticht und brennt, weil meine heiß gewordenen Haare daran festkleben. Der Rauch dringt in meine Lungen und erschwert mir das Atmen. Ich huste und drücke mir das T-Shirt, das ich anhabe, über den Mund. Viel hilft es nicht, aber zumindest gebe ich nicht auf. Ich drehe mich im Kreis, versuche eine Lücke zu finden, aber Bill war gründlich, hat den Benzinkreis nahtlos geformt.

Verzweifelt sehe ich mich um und entdecke eine winzige Chance. Die Kücheninsel, auf der Brock und ich angefangen haben. Sie steht nahe des Feuerrings und ist hoch genug, um daraufzuklettern und vielleicht, wenn ich mich beeile, darüberzuspringen, hinter die Feuerwand, auf die andere Seite der Wohnung, dorthin, wo das Feuer noch nicht lodert. Allerdings bin ich im Moment alles andere als gelenkig.

Aber was bleibt mir denn für eine Wahl?

Schwankend stolpere ich bis zur Kücheninsel. Ich brauche mehrere Anläufe und falle zweimal hin, bis ich sie endlich erreiche. Ich stütze mich darauf ab, fast so, wie Brock das oft macht. Nein! Ich darf nicht an ihn denken. Nicht jetzt! Jedes Mal, wenn ich ihn vor mir sehe, mir vorstelle, ihn nie wiederzusehen und nie wieder zu berühren, ergreifen Panik und Verzweiflung die Kontrolle. Ich reiße mich zusammen, so wie

Brock es von mir erwarten würde, so wie meine Familie von mir erwarten würde, um mein eigenes Leben zu kämpfen. Daran klammere ich mich.

Ich ziehe einen Hocker nahe an die Theke und klettere vorsichtig hinauf. Selbst die paar Zentimeter kommen mir hoch vor. Mein Gleichgewichtssinn ist im Eimer. In meinem Kopf spinnt im Moment alles. Mir wird schon wieder schlecht. Ich spanne meinen Magen an, halte zurück, was er erbrechen will, bis ich mir sicher bin, dass ich weitermachen kann. Zittrig stehe ich auf. Ich hatte recht. Die Flammen sind zwar hoch, aber noch sind sie in dem freien Raum nicht hoch genug. Wenn ich jetzt springe, kann ich vielleicht den Flammen entkommen, aber ich muss es sofort tun.

Die knisternde Hitze spornt mich an. Es ist, als wolle sie sagen: Spring! Spring, sonst bist du tot!

Heftig atme ich durch mein T-Shirt ein und springe von der Küchentheke direkt über die Flammenspitzen, dorthin, wo noch kein Feuer ist.

Wie ein schwerer Sack lande ich auf dem Boden, direkt auf meiner Schulter. Ein lautes Knacken ist zu hören, ein gleißender Schmerz durchfährt mich. Ich schreie. Mein Kopf wird wieder schwerer. Als eine Flamme gierig an meinem Arm leckt, ziehe ich ihn mit letzter Kraft zurück. Völlig weggetreten robbe ich zurück, weg von den heißen Flammen, die immer näher kommen. Der Rauch ist überall. Er nimmt mir die Luft zum Atmen und macht mich benommen. Keuchend krieche ich ans andere Ende der Wohnung, weg von der Küche und der Fensterseite. Ich weiß, dass ich nur eine Chance habe, wenn mich die Flammen nicht erwischen und ich rechtzeitig gefunden werde. Neben der Tür, die dieser Schweinehund Bill abgeschlossen hat, ist eine kleine Kammer für Mäntel und Jacken. Ich schiebe mich da rein und spüre bei jeder Bewegung einen stechenden Schmerz in der Schulter. Selbst hier drinnen ist es drückend warm, und der Rauch kommt durch den Türspalt, aber es ist zumindest eine Chance. Ich stopfe Sachen hinein, bis der Rauch immer weniger durchdringt.

Ich höre das Feuer knistern, es kommt näher. Mein Kopf wird schwerer und schwerer. Vor meinen Augen verschwimmt alles, wird dunkler und dunkler, bis ich nur noch Schwarz sehe. Dann sehe ich nicht einmal mehr das.

Kapitel 28

Brock

Herschel Stein. Dreiundsechzig. Erlitt einen Infarkt. Gabe von null Komma fünf Atropin. Plötzlicher Herzstillstand. Dann wiederhergestellte Herztätigkeit durch Reanimation. Auf dem Weg hierher stabil.«

Ich übergebe dem Oberarzt der Notaufnahme das Klemmbrett mit unseren Aufzeichnungen.

»Blutdruck?«, fragt er knapp, während er die Papiere mit geschultem Blick überfliegt.

»Stabil, aber niedrig.« Er sieht sich die Werte an, dann nickt er Carlos und mir zu.

»Danke, Leute. Wir übernehmen jetzt.«

Zusammen mit zwei aufgescheuchten Assistenzärzten schieben der Arzt und eine Krankenschwester unseren Patienten in den Behandlungsraum. Kurz dreht Herschel sich nach mir um. Ich lächle ihm zu. Keine Ahnung woher, aber ich weiß, dass er es packen wird.

»Du hast wieder diesen Blick, den guten Blick.«

Carlos lächelt mich an.

»Welchen Blick denn?«

»Den Wir-haben-jemanden-gerettet-Blick.«

»Carlos, du verbringst entschieden zu viel Zeit mit mir.«

Wir verlassen die Notaufnahme und checken unseren Wagen. Gerade als wir die Türen schließen wollen, hören wir einen Funkspruch.

»An alle Einheiten in der Nähe der Henry Street, Ecke Middagh Street. Wohnungsbrand mit möglichen Personenopfern.«

Innerhalb einer Sekunde ist mein Magen ein Stein. Jedes Haar auf meinem Körper richtet sich auf.

Das ist ein Witz. Es muss einer sein.

»Brock, das ist doch …« Fassungslos starrt Carlos mich an.

»Ja, das ist mein Wohnhaus.«

Carlos verzieht das Gesicht. Wir wissen beide nur zu gut, dass es zehn Minuten vom Brooklyn Hospital dorthin sind, wenn nicht zwölf. Carlos rutscht vom Sitz.

»Besser, du fährst.«

Er weiß, ich werde uns heil dorthinbringen, und das so schnell wie möglich. Wir wechseln die Plätze. Eine panische Unruhe überkommt mich, ein Gefühl, von dem ich dachte, dass ich es nie wieder fühlen müsste. Die schrecklichen Bilder, die vor mir auftauchen, verschlimmern es noch mehr.

»Dani und Mom sind wahrscheinlich dort.«

Horrorszenarien, ausgelöst durch furchtbare Einsätze über Jahre hinweg, blitzen vor meinen Augen auf. Ich trete aufs Gas. Der Unterboden schrammt am Bordstein, als ich aus der Einfahrt brettere wie ein Irrer. Eine Hand am Steuer werfe ich Carlos mit der anderen mein Handy zu.

»Ruf Dani an! Und Mom.« Carlos wählt und wartet. Wen immer er anruft, derjenige scheint nicht gleich ranzugehen. Ich missachte sämtliche Verkehrsregeln und fahre, so schnell es die alte Kiste zulässt.

»Dani geht nicht ran.«

Mein Herz setzt kurz aus.

»Scheiße!« Ich hämmere gegen das Lenkrad. Carlos versucht es noch mal. Wieder schüttelt er nur den Kopf. Wenn das hier ein Witz ist, dann kann ich nicht darüber lachen.

Geh ran, Dani! Komm schon!

»Versuch's bei meiner Mom!«

Die Sekunden vergehen wie eine Ewigkeit, und obwohl die Straßen frei sind, komme ich nicht schnell genug voran. Bitte, lass es ein anderes Gebäude sein. Lass keinem was passieren, an dem mir was liegt!

»Hi, Elenore! Hier ist Carlos.« Erleichtert atme ich aus. Genau wie mein Partner. Ich versuche, die Fahrbahn und Carlos im Auge zu behalten.

»Wo sind Sie?« Carlos wirkt beruhigt, als meine Mutter antwortet. »Sie ist auf der Wache«, teilt er mir mit. Gott sei Dank. Mom ist in Sicherheit.

»Ist Dani bei ihr?« Großer Gott, ich flehe dich an!

Carlos sagt kein Wort, schüttelt bloß den Kopf. Mist!

»Wo ist sie?«, brülle ich laut, damit meine Mom mich hört. Carlos stellt den Lautsprecher an.

»Brock, was ist denn nur los? Vor ein paar Minuten ist Logan an mir vorbeigerannt, als wäre der Teufel hinter ihm her, und danach sind er und seine Leute mit dem Einsatzwagen von hier weg. Niemand sagt mir was, aber ich habe ein ganz scheußliches Gefühl.«

Mom hat Angst, sie ist durcheinander, aber dafür habe ich im Moment keine Zeit. Sie ist immerhin außer Gefahr. Dani nicht! Und Logans Reaktion ist kein gutes Zeichen.

»Mom, wo steckt Dani?«

»Sie ist zu Hause und wartet auf dich.«

Einfach so, mit diesen acht Worten, hat meine Mom die winzige Hoffnung zerstört, dass das hier bloß ein schrecklicher Irrtum ist und dass es Dani gut geht.

Ich reiße das Lenkrad rum und nehme eine andere Route, in der Hoffnung, ein, zwei Minuten schneller zu sein, denn jetzt steht einfach alles auf dem Spiel. Alles, was zählt.

»Elenore, ich muss jetzt auflegen. Im Wohnhaus Ihres Sohnes brennt es, und wir sind auf dem Weg dorthin«, erklärt Carlos knapp.

»Oh Gott. Dani!«, höre ich Mom atemlos sagen.

»Mach das aus!«, befehle ich Carlos. Mir wird schlecht.

»Dani ist nichts passiert, Brock! Ihr ist bestimmt nichts passiert«, höre ich Carlos neben mir ständig wiederholen. Je öfter er es von sich gibt, desto weniger glaube ich ihm. Alles, was ich kann, ist in der immer dunkler werdenden Dämmerung meiner Wohnung entgegenzufahren und dem scheußlichen Gefühl, das ich habe, nicht nachzugeben.

Als ich Richtung Park einbiege, sehe ich ein dunkeloranges Glimmen in der Dunkelheit. Der Teufel lacht mir dreckig ins Gesicht, als ich sehe, dass der Brand ausgerechnet im obersten Stock wütet, genau auf der Seite unserer Wohnung.

»Scheiße, Brock!« Carlos starrt genau wie ich auf den entsetzlichen Anblick vor uns, dem wir immer näher kommen.

»Sie ist bestimmt längst da raus«, sage ich vor mich hin, weil ich es glauben will, weil ich es glauben muss.

»Ja, bestimmt haben sie das Gebäude sofort evakuiert. Dani ist die Tochter eines Feuerwehrmanns. Wahrscheinlich hat sie den Rauch gerochen und ist gleich abgehauen.« Carlos nickt vor sich hin, als er das sagt, aber ich nehme es ihm genauso wenig ab wie mir selbst. Das kalte Gefühl, das sich immer mehr in mir breitmacht, ist Fassungslosigkeit. Es nimmt vollständig von mir Besitz, als ich den Rettungswagen abstelle und an dem Gebäude hochblicke, in dem ich wohne, in dem wir beide wohnen. Vor dem jetzt ein Ambulanzwagen und zwei Feuerwehrfahrzeuge stehen, einer davon, Wagen dreihundertdreiunddreißig, ist Logans Löschzug. In der Nebenstraße, ein wenig ab vom Schuss, parken zwei Polizeiwagen.

Ich weiß nicht, wie ich dorthin gekommen bin, aber auf

einmal stehe ich mitten auf der Straße, zwischen den Schläuche ausrollenden Feuerwehrleuten, und sehe nach oben, zu unserer Wohnung. Die Flammen haben zwei Fenster zerstört und schlagen wild heraus. Ein Feuerwehrmann unserer Wache, Peter, läuft an mir vorbei. Ich schnappe ihn mir und zwinge ihn, stehen zu bleiben, um mich anzusehen.

»Was ist passiert? Wo ist Dani? Wo ist Logans Schwester?« Ich brülle ihn an. Mit aufgerissenen Augen starrt er zurück. Er schnauft und schwitzt.

»Keine Ahnung, Brock. Tut mir leid. Ich muss mich um die Wasserversorgung kümmern.« Ich lasse ihn los. Er rennt mit einem Schlauch zum nächsten Hydranten. Die haben noch nicht gelöscht? Verdammt! Was ist hier los? Wo ist sie?

Ich sehe mich um, mein Herz rast. Leute aus dem Wohnhaus stehen herum und sehen schockiert zu, wie das obere Geschoss brennt. Dani ist nirgends zu entdecken. Panisch blicke ich zu Carlos, der mit den anderen Sanitätern spricht. Als mein Partner merkt, dass ich ihn ansehe, zuckt er mit der Achsel und deutet zum Polizeiwagen an der Ecke.

Ich hetze dorthin, sehe mich dabei um. Vielleicht habe ich Dani übersehen. Lächerlich! Ich würde sie nicht übersehen. Ich würde Dani unter Tausenden wiedererkennen.

Der Cop sieht mich misstrauisch an, als ich ihn anspreche.

»Mein Name ist Brock McNamara.« Schnaubend atme ich aus. »Ich wohne da oben. Meine Freundin Dani, Danielle St. Clair, wohnt auch da. Sie ist vermutlich im Gebäude gewesen, als das Feuer ausgebrochen ist. Wissen Sie, wo sie ist? Wissen Sie, was passiert ist?«

Er mustert meine Uniform, sieht mir mit einer merkwürdigen Miene ernst ins Gesicht. So sehe ich aus, wenn ich schlechte Nachrichten überbringe. Scheiße, nein! Ich kann das nicht. Bitte nicht!

»Mr McNamara, wir haben das Gebäude bereits evakuiert. Alle nicht betroffenen Stockwerke sind geräumt. Die Leute, die neben Ihnen wohnen, sind geflohen, als sie den Rauch gesehen haben. Sie waren es auch, die den Notruf getätigt haben.«

»Und Dani?«

Das ist alles, was ich wissen will. Alles, was zählt.

»Der Feuerwehrmann, ihr Bruder …«

»Logan?«

Der Cop nickt.

Gott, hat der alle Zeit der Welt oder was? Komm zum Punkt, Mann. Ich sterbe hier gerade.

»Er hat sofort nach ihr gefragt, als seine Leute hier angekommen sind, aber niemand hat sie bisher gesehen, deshalb müssen wir davon ausgehen, dass sie noch im Gebäude ist. Es tut mir leid. Wir tun unser Bestes!«

Ich lasse den Cop stehen und laufe zum Eingang. Jede Menge Feuerwehrmänner gehen rein oder raus. Einer spricht über Funk mit jemandem auf dem Dach. Es geht um die Belüftung, um irgendwas zu verhindern. Carlos taucht neben mir auf und blickt mich fragend an.

»Sie glauben, dass sie noch im Gebäude ist. Logan ist da drin. Warum gehen sie denn nicht mit der Leiter durch die Fenster rein?« Verzweifelt drehe ich mich im Kreis, sehe nach oben und versuche zu erkennen, was vor sich geht. Aber alles, was ich sehe, sind Rauch und Flammen.

Oh Gott, Dani! Der Gedanke, dass sie dort oben ist …

»Die andere Einheit hat das bereits versucht. Da gibt es kein

Durchkommen. Die Flammen sind anscheinend zu dicht. Na endlich! Sie beginnen mit dem Löschen.«

Ich schaue nach oben und sehe einen dicken Wasserstrahl, der auf meine kaputte Fensterfront trifft.

Als ich einen von Logans Truppe aus dem Gebäude laufen sehe, zerre ich an seiner Schulter, damit er mich ansieht. Er trägt Atemschutz. Ich erkenne kaum sein Gesicht.

»Ist Logan noch da oben? Habt ihr Dani?«

Der Mann muss im Feuer gewesen sein oder verdammt nahe dran. Gesicht und Kleidung sind verrußt.

»Scheiße, Brock?« Es ist Murphy. Ich erkenne die Stimme. »Logan hat die Warnung vom Captain ignoriert und ist alleine rein. Er hat Dani in einer Kammer entdeckt. Kaum war er bei ihr, ist einer der Balken umgestürzt und hat den Zugang zu ihnen blockiert. Wir haben sie von der Tür aus noch gesehen, konnten aber nicht zu ihnen. Sie lassen uns die beiden erst da rausholen, wenn wir mehr vom Feuer kontrollieren können. Wir löschen und können schon bald rein. Wir holen sie raus, Brock! Alle beide.«

Dankbar sehe ich ihn an, dennoch rauscht das Blut laut in meinen Ohren. Sie ist tatsächlich da oben. Wenigstens ist Logan bei ihr. Dennoch ist sie in dieser Hölle gefangen.

Das sind sie beide.

»Wie ging es ihr, als ihr sie gefunden habt?«

Es wird still um mich, als stünde die Welt in Schweigen da, bis ich seine Antwort höre.

»Brock, Dani … sie … sie hat sich nicht bewegt, und Logan meint, er meinte … da wäre Blut auf ihrem Hinterkopf.«

Dani ist verletzt! Sie ist verletzt, vielleicht schwer und immer noch in dieser Feuerhölle gefangen. Sie braucht mich. Und ich stehe hier tatenlos rum.

»Ich muss da rein!«, schreie ich. »Du musst mich zu ihr raufbringen, Murphy!« Fest zerre ich an seiner Jacke, will ihn dazu bringen, mit mir nach oben zu gehen, doch er wehrt sich dagegen.

»Brock, sei vernünftig! Du bist dort nur im Weg.«

»Sie ist doch verletzt. Sie braucht einen Sanitäter. Sie braucht mich!« Ich muss zu ihr, muss wissen, dass sie lebt.

Ich dränge mich an Murphy und Carlos vorbei, schaffe es bis ins Treppenhaus und laufe weiter nach oben. Im dritten Stock treffe ich auf zwei Feuerwehrmänner. Sie hören über Funk, dass sie mich sofort aus dem Gebäude schaffen sollen. Ich schüttle den Kopf, dränge mich mit dem Oberkörper zwischen ihnen hindurch. Ihre schwere Bekleidung hält mich zurück. Stufe für Stufe drängen sie mich wieder zurück nach unten.

»Sei vernünftig, Mann!«, höre ich sie sagen.

»Dani!«

Einer der Kerle schnappt sich meinen Arm und verdreht ihn auf meinem Rücken. Ich bin bewegungsunfähig. Ich schreie und tobe, aber sie schleifen mich aus dem Haus. Kaum auf der Straße versuche ich wieder reinzukommen. Ein junger Polizist wirft mich zu Boden. Er und Peter halten mich fest.

»Brock! So hilfst du niemandem!« Peter starrt mich finster an. Ich trete um mich, blicke dabei nach oben und sehe, dass der Rauch weniger wird. Das Feuer weicht zurück. Sie bekommen es unter Kontrolle.

»Peter«, höre ich jemanden über Funk. »Er hat sie beide. Sie kommen jetzt raus.«

Peter und der junge Cop lassen mich los. Carlos kommt zu mir und legt seinen Arm auf meine Schulter, während ich den

Eingang anstarre. Jeder Atemzug, den sie nicht durch die Tür kommt, schmerzt stechend. Ich zähle. Eins. Zwei. Drei. Vier.

Dann endlich! Feuerwehrmänner. Sie machen Platz für etwas hinter ihnen. Ich sehe Logan zuerst, sein rußverschmiertes Gesicht von hellen Tränenspuren durchzogen. Dann sehe ich an ihm herab und entdecke Dani in seinen Armen. Sie ist rußverschmiert wie er. Und sie bewegt sich nicht.

»Sanitäter!«, brüllt Logan. Es ist das schönste Wort, das ich je jemanden sagen hörte, denn es bedeutet, sie ist noch am Leben. Ich presse die Augen zu. Eine heiße Träne rollt meine Wange hinab.

Noch bevor ich zu ihr kann, werde ich zur Seite geschoben. Zwei Kollegen kommen mit einer Rolltrage. Logan legt Dani behutsam darauf ab. Mein Herz bleibt stehen, als ich sehe, wo sie überall verletzt ist. Ihr Hinterkopf blutet stark, auf der Stirn hat sie eine üble Platzwunde und eine schlimme Verbrennung auf dem Arm und – oh mein Gott – ihre Schulter ist ausgekugelt. Außerdem ist sie bewusstlos. Ich habe das Gefühl auseinanderzubrechen. Sie so zu sehen, zu wissen, welche Schmerzen sie hat, ist zu viel.

»Legt ihr einen Zugang? Wie ist ihr Blutdruck? Na, macht schon!« Sauer blickt der Rettungshelfer mich an. Der ältere Sanitäter murmelt ihm ins Ohr: »Lass ihn! Der Kerl kennt sie. Und er ist einer von uns.« Ich kann es nicht ertragen, nichts für Dani zu tun, also schiebe ich den blutjungen Rettungshelfer zur Seite.

»Brock!«, ermahnt mich Carlos. »Lass sie ihre Arbeit machen. Du kannst ihr jetzt nicht helfen. Nicht in deinem Zustand.« Ratlos sehe ich ihn an. Carlos blickt auf meine Hände. Erst jetzt sehe ich, dass sie heftig zittern.

»Bitte, tut, was ihr könnt!«, flehe ich den Sanitäter an.

»Ja, rettet meine Schwester«, nuschelt Logan hinter mir.

Er kann kaum sprechen. Ich drehe mich zu ihm um. Mein bester Freund leidet, und meine beste Freundin liegt verletzt und reglos vor mir. Fest umarme ich Logan. Er klammert sich an mich. Diese Minuten da oben müssen die Hölle für ihn gewesen sein.

»Sie kommt durch«, sage ich ihm. »Hörst du! Wir werden sie nicht verlieren.« Ich spüre, dass er nickt, und klammere mich an die Hoffnung, dass Dani durchkommt. Eine Alternative gibt es nicht. Nicht für mich.

Die Rettungssanitäter geben ihr Sauerstoff und versorgen ihre Wunden. Die Schulter renken sie nicht ein, was mir auch lieber ist. Das sollte ein Arzt machen. Ich weiß, was unsere Leute können, aber hier geht es um Dani. Der Kollege sieht es zum Glück wie ich. Ihr Puls ist schwach, aber stabil. Daran klammere ich mich. Logan beobachtet sie, genau wie ich. Als ich weiß, dass ich nicht mehr bei der Arbeit störe, lassen sie mich zu ihr. Sie haben ihre Sachen aufgeschnitten und auch ihre Schuhe ausgezogen. In wärmende Decken gehüllt liegt sie regungslos auf der Trage. Ich halte ihre Hand, während Logan ihre bloßen Füße umfasst, als könne er nicht ertragen, dass sie keine Schuhe anhat. Der Anblick versetzt mir einen Stich. Ich halte ihre kleine, kalte Hand in meiner und fühle ein enges, schmerzendes Gefühl in der Brust, wenn ich sie ansehe.

Dani! Komm doch zurück. Komm zurück zu mir!

Beinahe als hätte sie meine Gedanken gehört, zucken ihre Lider. Eine Träne löst sich aus ihrem rußumrandeten Auge und wandert ihre Schläfe entlang. Ich liebe diese Träne. Ich liebe die Tatsache, dass sie noch weinen kann und was das bedeutet.

»Mach die Augen auf, Dani. Los, mach deine wunderschönen Augen auf und sieh mich an!«

Es ist mir egal, dass Logan mich hört, Hauptsache Dani kommt zu sich. Logan atmet mir angespannt in den Nacken.

Da ist es! Das Staunen des Lebens. In Danis Gesicht. Und es hat nie schöner ausgesehen.

Blinzelnd sieht Dani mich an. Sie versucht zu sprechen, bis sie bemerkt, dass sie eine Maske aufhat.

»Versuch nicht zu sprechen! Du hast eine Rauchvergiftung, und deine Stimmbänder haben bestimmt auch was abbekommen.«

Vorsichtig fahre ich ihr übers Haar, versuche dabei weder die Platzwunde noch die Wunde am Hinterkopf zu berühren.

»Kleines, weißt du eigentlich, was du uns für einen Riesenschrecken eingejagt hast?« Logan tritt an die Seite seiner Schwester. Dani fasst sofort nach seiner Hand und drückt sie.

»Ich dachte, wir hätten dich verloren. Tu das nie wieder, hörst du?«

Bedauernd sieht Dani Logan an. Wieder versucht sie angestrengt zu sprechen. Sie wird panisch. Ihr Puls geht in die Höhe. Ehe sie noch einen Panikanfall bekommt, hebe ich ihre Sauerstoffmaske ein klein wenig an. Ihre Stimme klingt schrecklich. Das raue Krächzen fährt mir direkt in den Magen. Ich hasse es, sie leiden zu sehen.

»Sie muss endlich ins Krankenhaus«, sage ich den Kollegen. Die nicken. Dani packt mich fest am Arm. Ängstlich schluckt sie, versucht es immer wieder. Logan und ich beugen uns zu ihr. Sie versucht, Worte zu formen, aber wir hören nur einen Rest von Stimme aus den heiseren Lauten heraus. Dann gelingt es ihr, ein ganzes Wort zu formen, das erschreckend klar klingt: »Bill.«

Eine eisige Kälte fährt durch mich hindurch.

»Nein, das … das kann nicht sein.«

Ich spüre brennend heiße Wut in mir. Betroffen nickt sie.

»Bill hat das Feuer gelegt?«

Zum engen, kalten Gefühl in der Brust gesellt sich ein Rauschen in meinen Ohren. Mein Gesicht brennt vor Scham und Wut. Dani nickt. Logan beobachtet uns. Er sieht besorgt aus.

»Hat Bill, dieser Schweinehund, dich verletzt, Dani?«

Ich sehe ihr an, dass sie sich windet. Sie will es mir nicht sagen, weil sie Angst hat, wie ich darauf reagiere, aber dann nickt sie doch. Ihre Augen flehen mich an.

»Dafür bringe ich ihn um!«

Dani umklammert meinen Arm und schüttelt den Kopf. Sie weint. Noch einmal formt Dani angestrengt ein Wort.

»Ele-norc.«

Ich verstehe sofort. Bill ist hinter meiner Mom her. Scheißkerl!

»Officer!«

Logan starrt mich an, während ich auf den Cop warte.

»Was zum Teufel geht hier vor, Brock?«

»Nichts Gutes, so viel ist sicher.«

»Ja?« Der Cop, der mich vorhin noch auf den Boden geworfen hat, wartet darauf, was ich zu sagen habe.

»Dieser Brand wurde gelegt, und Danielle wurde absichtlich angegriffen. Der Mann, der das getan hat, ist der Ex meiner Mutter. Sein Name ist Bill. Bill Sneider. Sie müssen ihn zur Fahndung ausschreiben. Er ist auf Bewährung. Ich wette, er ist noch in der Nähe. Außerdem ist er hinter meiner Mutter her. Elenore McNamara. Sie wartet auf unserer Wache und braucht Personenschutz, bis dieser Mistkerl geschnappt ist.«

Dani nickt immer wieder angestrengt und bestätigt dem Cop so, dass das, was ich ihm sagte, der Wahrheit entspricht. Müde und ausgelaugt schließt sie danach die Augen.

»Okay, wir kümmern uns darum. Miss St. Clairs Aussage holen wir im Krankenhaus nach, sobald es ihr bessergeht.«

Dani lächelt schwach, als der Cop verschwindet.

»Und jetzt schaffen wir dich erst mal ins Krankenhaus.«

Traurig schaut sie mich an, ehe die Kollegen sie in den Wagen verfrachten. Da Logan in den Wagen steigt, ist kein Platz mehr für mich. Carlos und ich werden ihnen nachfahren.

»Du hast mir eine Menge zu erklären«, verabschiedet sich Logan, ehe er sich neben Dani setzt und ihre Hand nimmt.

Kapitel 29

Brock

»Wie konnte das passieren?«

Logans Knie zuckt ständig auf und ab. Er, Carlos und ich sitzen im Warteraum. Dani ist seit einer ganzen Weile in einem Behandlungszimmer der Notaufnahme. Sie haben keinem erlaubt, bei ihr zu bleiben. Das hat mich sauer gemacht, weil ich will, dass jemand bei ihr ist, wenn sie ihr die Schulter einrenken. Denn ich weiß zwar, dass sie reichlich Schmerzmittel bekommt und die Ärzte wissen, was sie tun, dennoch möchte ich dabei sein, ihr die Hand halten oder sie wenigstens ansehen, wenn sie es tun. Stattdessen hocke ich hier, zum Nichtstun verdammt, und warte darauf, dass Danis Eltern eintreffen, oder wenigstens darauf, eine Nachricht zu bekommen, was mit diesem verfluchten Arschloch Bill ist. Seit die Anrufe erledigt sind, um die St. Clairs über Danis Zustand zu informieren, lässt Logan nicht mehr locker. Er fragt mich immer wieder, was passiert ist, was ich darüber weiß, aber ich war bisher noch nicht bereit, ihm zu antworten. Ich konnte an nichts anderes denken als an Dani. Daran, wie sie ausgesehen hat, als die Sanitäter sie in den Rettungswagen hievten und mit ihr davonfuhren. Eigentlich kann ich auch jetzt an nichts anderes als an sie denken, aber ich weiß, ich schulde Logan eine Erklärung. Er sieht mitgenommen aus.

»Erinnerst du dich noch an Bill?«

Ich starre auf den Boden und weiche Logans Blicken aus. Carlos wird still, tut so, als wäre er nicht da und würde uns nicht zuhören.

»Der Freund deiner Mutter, dieser Loser?«

»Genau der! Er war nicht nur ein Loser. Er war brutal, gewalttätig, vor allem bei Mom, und, wie du weißt, war er auch nicht gerade nett zu mir.«

»Was?« Logan klingt ganz leise, so habe ich ihn noch nie sprechen hören. »Wieso hast du mir nie was davon erzählt?«

»Weil ich mich geschämt hab. Weil mir niemand geglaubt hat und ich nicht wollte, dass auch mein bester Freund zu denen gehört, die denken, ich mag bloß den neuen Kerl meiner Mom nicht. Als wäre es darum gegangen ... Das Leben mit Bill war die Hölle, Logan. Und am Ende ist passiert, was passieren musste.«

Ich schaue Logan von der Seite an. Er starrt mich an, als sehe er mich zum ersten Mal. Carlos macht ebenfalls den Eindruck, als könne er kaum glauben, was ich da erzähle. Ich kann diese Blicke nicht ausstehen. Deshalb erzähle ich es niemandem. Niemandem außer Dani.

Sie hat mich nicht so angesehen. Dani hat *mich* gesehen.

»Bill hat versucht, Mom zu Tode zu prügeln. Ich habe ihn aufgehalten, aber ich hatte mich dabei nicht mehr im Griff, nicht nach allem, was er ihr und mir angetan hatte. Ich hab ihn übel zugerichtet. Man nennt das Notwehrüberschreitung. Kannst Jamie ja mal danach fragen.«

Bitter lache ich auf, obwohl nichts daran auch nur im Entferntesten komisch ist. Logan schluckt betroffen.

»Bill, dieses brutale Schwein, ging in den Knast für den Versuch, Mom zu töten. Sie und ich zogen sofort danach von hier weg, wollten ganz neu anfangen. Aber Bill ist wie ein scheußliches Virus, das man nicht loswird, wenn es einen erst mal befallen hat. Sie haben ihn entlassen, wegen guter Führung. Könnt ihr euch das vorstellen?« Mir wird heiß und kalt.

Logan schüttelt betroffen den Kopf, während Carlos murmelt, was für Arschlöcher bloß so was Dummes tun würden.

»Aber Brock, was hat das alles mit Dani zu tun und mit dem Brand?«

Ich presse die Augen zusammen. Schuld und Scham brennen auf meinen Wangen. Ich fühle die Hitze dieser Gefühle, als würden sie mich von innen heraus verbrennen.

Je deutlicher mir meine Rolle und mein Anteil an Schuld in dieser Katastrophe klar werden, desto schlimmer fühlt es sich an. Ich spüre ein heftiges Prickeln in der Nase, und meine Augen füllen sich mit Tränen, aber ich heule nicht. Denn dazu habe ich kein Recht. Schließlich bin nicht ich es, der heute fast gestorben wäre. Obwohl ich mir wünsche, ich wäre es gewesen.

»Als Dani vorhin seinen Namen gesagt hat und den meiner Mom, war mir klar, was er damit zu tun hat. Bill wollte meine Mom. Er war hinter ihr her, genau wie sie befürchtet hat. Dieser Mistkerl muss gewusst haben, wo sie sich vor ihm versteckt hat, seit er entlassen worden ist. Und Bill hasst mich. Das hat er in der Verhandlung mehr als klargestellt. Mom war nicht da, aber Dani, und wenn er uns beobachtet hat, dann weiß er …«

»Er weiß, dass du was mit ihr hast.« Logan seufzt tief. Er presst mit den Fingern fest die Augen zu und verreibt die Schwärze in seinem ernsten Gesicht. »Oh Gott, du schläfst mit meiner Schwester.«

»Ja«, sage ich, weil es keine Rolle mehr spielt, ob er es weiß oder nicht, und weil es die Wahrheit ist.

Carlos sieht kein bisschen überrascht aus. Er wusste es die ganze Zeit über, auch wenn er nichts gesagt hat. Logan hämmert mit der Faust auf die Plastikarmlehne ein. Ein paar Leute, die ebenfalls auf jemanden hier warten müssen, blicken erschrocken zu uns rüber, ehe sie schnell wieder wegsehen.

»Wie lange geht das schon?« Er verzieht den Mund. Logan ist sauer.

»Ein paar Wochen.« Die schönsten Wochen meines Lebens.

»Also hast du es längt mit ihr getrieben, als ich dir sagte, du sollst es verdammt noch mal nicht tun?«

»Ja.«

Logan steht auf. Er tigert vor unserer Stuhlreihe hin und her. Carlos und ich beobachten ihn dabei. Ich, froh darüber, endlich die Wahrheit gesagt zu haben, und Carlos achtsam, weil er weiß, welches Temperament Logan hat.

Logan stemmt seine rußige Stirn gegen die Mauer. Er sieht aus, als würde etwas ihn innerlich auffressen.

»Ist es wie mit deinen anderen Weibern? Geht's dir nur um Sex?«

Weil ich nichts mehr verschweigen möchte, sehe ich Logan direkt an. Er dreht den Kopf zu mir und sieht aus wie der kleine Junge, mit dem ich Basketball im Park gespielt habe.

»Nein. Das mit Dani ist anders, es *war* anders.«

Ich mache mir keine Illusionen. Ich bin nicht gut für Dani. Das war ich nie. Und nach allem, was gerade passiert ist, nach dem Anteil, den ich daran habe, absichtlich oder nicht, gibt es für sie und mich keine Chance. Bill hat sie zusammen mit meiner Wohnung abgefackelt.

»Wie soll ich das alles nur meinen Leuten erklären?«

»Das musst du gar nicht. Ich beende es. Ich werde nicht zulassen, dass so was jemals wieder geschieht. Sie ist nicht sicher bei mir. Ich bin einfach nicht gut für sie.«

Ich lasse den Kopf hängen. Ich habe das Gefühl, nicht mehr atmen zu können. Gott, mir ist schlecht.

Sie hätte tot sein können. Meinetwegen.

Jemand reibt mir über den Rücken. Ich blicke hoch und

entdecke Carlos direkt neben mir. Mein Partner schenkt mir ein aufmunterndes Lächeln, das ihm nur halbwegs gelingt.

»Hey, jetzt tu nichts, was du später bereuen könntest.«

»Dafür ist es zu spät. Ich bereue schon so vieles.«

Dass Bill damals nicht gestorben ist, dass er wieder auftauchen musste, dass ich Dani nicht beschützen konnte.

»Logan«, sagt Carlos mehrmals, bis der endlich seinen Kopf von der Mauer nimmt. »Brock kann nichts dafür, dass dieser Irre hinter ihm und seiner Mom her ist. Oder dass dieser Kerl Dani angegriffen hat.«

»Denkst du, ich weiß das nicht? Er ist mein bester Freund, und ich habe gesehen, wie er damals wegen Bill drauf war. Es ändert aber nichts an der Tatsache, dass Dani im Krankenhaus liegt und knapp mit dem Leben davongekommen ist. Was glaubst du wohl, wie es für mich war, sie dort liegen zu sehen und nicht zu wissen, ob ich mit ihr da rauskomme?«, brüllt Logan mit geröteten Augen. Er schluckt, als müsse er das gerade Gesagte herunterwürgen.

»Ich weiß, und ich bin dir so dankbar, dass du sie gerettet hast«, mische ich mich wieder ein. Weil ich es nicht konnte. Ich habe nichts getan, um sie zu retten. Ich bin nutzlos. Dani braucht mich nicht. Ich bin nicht gut genug für sie und bringe sie nur in Gefahr. »Sie ist besser dran ohne mich.«

»Was?« Logan starrt mich stirnrunzelnd an.

»Nichts.«

Ich habe mich nicht im Griff, weiß kaum noch, was ich laut ausspreche und was nicht. Ich will endlich zu ihr! Ich will mich mit eigenen Augen vergewissern, dass es ihr gut geht, ehe ich sie in Ruhe lassen werde. Endgültig.

»Sag deinen Leuten über unsere Beziehung, was du willst, aber sobald ich mich vergewissert habe, dass es ihr gut geht, mache ich das Richtige, Logan. Ich lasse sie von jetzt an in Ruhe. Versprochen.«

Logan sieht mich lange an, ehe er knapp und ernst nickt. So erwachsen wie in diesem Moment hat er noch nie gewirkt.

Jetzt, wo ich das Versprechen gegeben habe, nichts mehr mit Dani zu haben, ist alles, was ich will, sie sehen. Wenn ich geahnt hätte, wie schnell es mit uns vorbei sein würde, hätte ich sie in unserer letzten Nacht öfter geliebt und ihr ein paar Dinge gesagt, die jetzt ungesagt bleiben müssen. Es ist besser so. Für sie zumindest.

Carlos schüttelt den Kopf. Als Logan wegsieht, weil seine Leute den Krankenhausflur entlangkommen, flüsterte er mir zu: »Du machst einen Fehler.«

Joe und Laura sehen um Jahre gealtert aus, besonders Joe. Er hat sein Hemd verkehrt herum an und sieht sehr blass aus. Ich habe ihn noch nie so still erlebt. Danis Mutter weint sich die Augen aus dem Kopf, als Logan ihnen erzählt, was genau passiert ist. Immer wieder zucken ihre Blicke verstohlen zu mir. Laura sieht nicht so überrascht aus, wie ich erwartet habe. Sie muss etwas über Bill von meiner Mom erfahren haben oder von Dani, aber Joe sieht aus, als wäre er gerade dem Leibhaftigen begegnet. Er hält Laura fest im Arm. Ich sehe ihm an, dass er allein ihretwegen nicht zusammenbricht. So ist das wohl, wenn man jemanden hat, den man liebt, für den man da sein muss, der einen braucht. Auch wenn ich es nicht vor mir zugeben wollte, wider besseres Wissen habe ich gehofft, eines Tages so etwas mit Dani zu haben, aber jetzt weiß ich, dass das nicht geht. Diese Hoffnung ist heute gestorben, als ich erfahren habe, wieso Dani fast dem Tod begegnet ist.

»Der Arzt war noch nicht da«, sagt Carlos, als die St. Clairs sich setzen. Joe ignoriert mich, während Laura mir mitfühlende Blicke zuwirft, die meine Schuldgefühle verschlimmern. Sie sollte mich hassen. Ich wünsche es mir beinahe.

Als wäre die Lage nicht schon angespannt genug, kommt auch noch meine Mutter durch die Tür, mit verheultem Gesicht und ängstlicher Miene. Sie anzusehen tut regelrecht weh. Meine Mutter versucht zu sprechen, den Kopf entschuldigend zu schütteln. Nichts davon gelingt ihr. Irgendwann stammelt sie verheult »Es tut mir leid«, und Laura nimmt sie in den Arm. Ich kann nicht verstehen, wie Laura ihr so einfach verzeihen kann. Hätte Mom diesen Loser nicht in unser Leben gebracht, wären wir nicht hier.

Dani wäre nicht hier!

Kaum hat Laura meine Mutter losgelassen, kommt sie zu mir. Ich sehe ihr an, dass sie mich jetzt braucht, dass sie mich umarmen möchte, um ihretwillen und um mich zu trösten. Doch ich kann das nicht.

»Nicht«, warne ich sie, als sie näher kommt. »Ich kann das nicht. Nicht jetzt, Mom.«

Ich stehe auf und gehe ans andere Ende des Raums, weil ich im Moment einfach nicht in ihrer Nähe sein kann. Mir bricht das Aufschluchzen, das ich von ihr höre, das Herz, aber ich kann mich nicht von der Frau trösten lassen, die ich schon mal vor Bill retten wollte und deretwegen ich beinahe die Frau meines Lebens verloren hätte. Mir dreht sich der Kopf. Wo bleibt der Arzt, verdammt?

Eine Weile ist es still. Jeder starrt vor sich hin, gefangen in seinen Gedanken und Sorgen um Dani. Es ist sehr spät, als eine Assistenzärztin zu uns kommt. Das ist hoffentlich ein Scherz.

»Sind sie die Familie St. Clair?«

»Ja«, sagt Laura. Sie steht zusammen mit Joe und Logan auf.

Nervös blicken alle die blonde Assistenzärztin an. Ich hoffe, Barbie hat was drauf, sonst kann sie was erleben.

»Ihrer Tochter geht es den Umständen entsprechend gut. Eine wahre Kämpferin haben Sie da.«

Laura lächelt. Joe nickt, weil das keine wirkliche Neuigkeit für ihn ist. Er sieht schrecklich müde aus.

»Wie geht es ihr?«, frage ich, weil ich den Ich-bin-ein-sympathischer-Arzt-der-sich-um-seine-Patienten-kümmert-Mist gerade nicht aushalte. Ich muss wissen, wie es Dani geht.

»Und Sie sind?« Irritiert blickt die Ärztin meine Uniform an.

»Ich lebe mit ihr. Das heißt, eigentlich bin ich Danielle St. Clairs Mitbewohner, und Sanitäter, wie Sie sehen.«

»Es geht ihr erstaunlich gut. Der Blutverlust war nicht ganz so schlimm wie erwartet. Die Schulter konnte ohne Operation wiederhergestellt werden. Danielle wird aber zwei oder drei Wochen lang eine Schlinge tragen und ihren Arm schonen müssen. Die Prellung auf der Stirn wurde genäht, von meinem Oberarzt. Er ist darin hervorragend. Sie wird also keine Narben zurückbehalten. Kommen wir zu den ernsteren Verletzungen. Die Schläge, die Danielle auf den Hinterkopf bekommen hat.«

Jeder zuckt zusammen, als wäre er geschlagen worden. Wir können die Vorstellung wohl alle nicht ertragen, dass Dani so was zustoßen kann. Besonders Mom zittert. Sie weiß, wie sich so was anfühlt.

»Es waren zwei Schläge, fast auf dieselbe Stelle, und Ihre Tochter hat sich mehrmals erbrochen. Es hätte noch schlimmer ausgehen können, aber im Moment sind wir zuversichtlich. Sie hat zwar eine Gehirnerschütterung, aber ihr CT zeigt keinen unmittelbaren Grund zur Besorgnis. Dennoch möchten wir sie eine Weile zur Beobachtung hierbehalten. Sie wird

Schmerzen haben. Das können wir hier besser und gezielter behandeln. Die Verbrennung auf ihrem Arm sieht im Moment noch schlimmer aus, als sie ist. Ihre Haut wird mit der Zeit heilen, aber es könnten kleinere Narben bleiben.«

Ich versuche, ruhig zu bleiben, aber ihre Verletzungen beschrieben zu bekommen und mir vorzustellen, welche Schmerzen sie deshalb hat, bringt mich um meine Beherrschung. Wie in der Aggressionsbewältigung gelernt, zähle ich meine Atemzüge, atme ruhig und gleichmäßig, aber es hilft nichts.

»Dieses Schwein! Dieses brutale Schwein!«, brülle ich.

Mom sieht mich besorgt an, während Logan meinen Arm packt. Als ich auf seinen Unterarm sehe, bemerke ich, dass meine Hände zu Fäusten geballt sind, als wäre ich bereit, auf jemanden einzuschlagen. Ich sehe Bills Gesicht vor mir. Laura hält sich den Mund zu. Sie hat Tränen in den Augen, als sie zu mir kommt. Als sie mich völlig unerwartet umarmt, bin ich so geschockt darüber, dass ich es einfach zulasse.

»Denk jetzt nicht an ihn! Dani braucht dich mehr. Sie braucht uns jetzt alle.«

Ich halte mich an Laura fest, weil ich es bei meiner Mutter im Augenblick nicht fertigbringe. Trotz aller Schuldgefühle ihr gegenüber nicke ich über Lauras Schulter hinweg.

»Ich möchte mich bei euch allen entschuldigen, dafür, was heute Nacht passiert ist«, sage ich, als Laura loslässt.

»Junge!«, sagt Joe streng. »Entschuldige dich nicht für diesen Scheißkerl. Ich bin wütend, ja, auch auf dich, aber entschuldige dich nicht für so jemanden. Das hast du nicht nötig. Verstanden?«

Betroffen nicke ich, ehe Joe erneut dazu übergeht, mich zu ignorieren, weil er sich nicht mit mir auseinandersetzen kann, und ich glaube, so wie er aussieht, fehlt ihm auch die Kraft, allzu wütend zu sein oder auf jemanden loszugehen.

Die Ärztin, die neugierig, aber schweigend alles beobachtet hat, räuspert sich und unterbricht damit unser Drama.

»Wenn Sie wollen, können Sie jetzt zu ihr. Vorerst nur die Familie. Morgen können auch Besucher zu Danielle.«

»Dani«, verbessere ich sie, weil es sich sonst anfühlt, als spräche sie über jemand anders. »Sie heißt Dani.«

»Gut, ich werde es in ihrer Akte notieren.«

»Danke.«

Sie nickt, und ich muss zugeben, dass Assistenzarztbarbie ganz in Ordnung ist. Logan sieht mich mit einer Mischung aus Mitleid und unterdrückter Wut an.

»Wir gehen dann zu ihr.«

»Sag ihr, dass ich sie morgen besuchen werde.«

Logan nickt.

»Bring deine Mom zu uns. Du kannst natürlich auch bei uns bleiben«, bietet Carlos an.

»Danke, Kumpel, aber ich werde vorerst hierbleiben.«

Ich sehe Carlos an. Er kennt mich gut und weiß, was dieser Blick zu bedeuten hat.

»Elenore?«, fragt Carlos vorsichtig meine Mutter.

»Ich möchte auch bleiben.« Sie möchte für mich da sein.

»Danke, Mom. Aber mir wäre es lieber, wenn du bei Carlos wärst. Ich weiß, dass du Angst hast und bei mir bleiben willst, aber ich möchte im Moment allein sein, und das kann ich nur, wenn ich weiß, dass du in Sicherheit bist. Also geh bitte mit ihm.« Lange blickt Mom zwischen mir und Carlos hin und her, ehe sie sagt: »Also gut. Ich gehe.«

Carlos legt meiner Mutter die Hand auf den Rücken und führt sie aus dem Wartezimmer. Ich forme ein lautloses Danke, was er mit einem Nicken abtut. Er ist ein guter Freund. Ein besserer, als ich es ihm war. Immerhin steht er zu mir, auch wenn er jetzt von meiner Vergangenheit weiß. Nicht jeder würde das.

»Sollen wir Dani etwas von dir ausrichten?«

Laura sieht auf mich herab.

Dass ich sie liebe und die ganze Zeit nur an sie denke.

»Nein, nur, dass ich sie morgen besuche und dass es mir leidtut.«

»Ich werde ihr sagen, dass du morgen kommst. Den Rest sagst du ihr lieber selbst. Du hast bis dahin noch viel Zeit zum Nachdenken.« Lauras Augen flehen mich an, aber ich habe keine Ahnung, worum. Dani nicht zu sehr aufzuregen? Ihr ein guter Freund zu sein? Sie mit meinen Schuldgefühlen vorerst zu verschonen? Ich weiß es einfach nicht. Aber mit einem hat Laura recht. Ich habe sehr viel Zeit nachzudenken und auch Zeit, mir zu überlegen, wie ich mich in ihr Zimmer schleichen kann, um sie wenigstens einmal zu sehen und zu wissen, dass es ihr gut geht.

Ein paar Stunden später habe ich mir das Hirn zermartert und fühle mich noch schuldiger wegen allem, was passiert ist. Aber ich habe zumindest eine Lösung für mein aktuelles Problem gefunden. Da ich dieses Krankenhaus ganz gut kenne, fällt es mir nicht allzu schwer, das Schwesternzimmer zu finden. Ich klopfe an den Türrahmen und schenke einer jungen Krankenschwester ein verführerisches Lächeln. Müde fahre ich mir über den Nacken und gähne etwas.

»Da haben wir wohl beide die Nachtschicht erwischt.«

Zum Glück trage ich noch meine Uniform. Mein Türöffner.

»Sieht so aus«, antwortet die junge Schwester lächelnd. Sie sieht puertoricanisch aus. Und interessiert. Sehr gut.

»Hab gerade einen Patienten abgeliefert und wollte nur mal sehen, wie es der Letzten geht, die ich bei euch abgeliefert habe. Und dann stoße ich auf dich. Ich würde sagen, meine Schicht ist gleich viel besser geworden.«

Geschmeichelt leckt sie sich über die Lippe. Ihre Wangen werden rot. Das hier wird ein Klacks. Genau das brauche ich.

»Hey, was hältst du davon, wenn du mich ganz kurz nach der Kleinen sehen lässt, die ich hergebracht habe, und dann komme ich zurück, und wir beide genießen eine kleine, intime Pause. Zusammen lässt sich die Zeit sicher spaßiger totschlagen.«

»Na, du bist mir ja einer. Ihr Sanitäter geht immer gleich so ran. Aber du hast Glück. Ich bin Single und könnte eine Ablenkung wie dich in meiner Schicht ganz gut vertragen.«

»Dann sind wir uns einig, Süße?«

Sie schüttelt den Kopf, sagt aber: »Sind wir.«

»Okay. Bin gleich zurück.« Ich checke sie noch mal ab, weil sie genau das von mir erwartet. Immerhin denkt sie, das hier wäre ein Aufriss oder zumindest ein heftiger Flirt.

Ich gehe den Flur entlang zu den Patientenzimmern und suche auf dem Klemmbrett vor den Türen nach Danis Namen. Am Ende des Gangs angekommen finde ich sie.

Eine Klammer legt sich fest um meinen Brustkorb, als ich Dani durch das Fenster sehe. Sie wurde gewaschen und liegt nun schlafend im Bett. Sie hat einen Schlauch in der Nase, der ihr beim Atmen hilft, solange die Rauchvergiftung ihr Probleme macht. Ihr Kopf ist einbandagiert, wegen der Wunde hinten, und auf ihrer Stirn ist ein großer Wundverband. Sie liegt ganz gerade da und sieht unfassbar klein aus, als ich mich ihr nähere. Ihr rotes Haar quillt unter der Bandage hervor und umrahmt ihr blasses Gesicht. Ich fühle, wie mir die Tränen kommen.

Ich muss sie berühren.

Vorsichtig nehme ich ihre Hand in meine. Ein Arm ist einbandagiert. Es hat mir nie viel ausgemacht, Verletzungen zu sehen. Aber bei ihr trifft mich jede Wunde ins Herz, weil ich weiß, dass sie mit Schmerzen verbunden sind. Schmerzen, die sie fühlen musste. Ich kann den Gedanken nicht ertragen. Nicht bei Dani. Ich halte ihre kalte, kleine Hand lange in meiner und sehe ihr einfach beim Schlafen zu. Zu sehen, dass sie atmet, wie ihre Brust sich hebt und senkt, ist herrlich.

Ich weiß, was ich morgen tun muss. Das heißt aber nicht, dass es mir nicht schwerfällt oder dass es das ist, was ich will. Was ich will, ist, mich zu ihr ins Bett legen und sie halten, bis sie irgendwann aufwacht. Aber wenn ich das tue, komme ich nie von ihr los und sie nicht von mir.

Dani verdient aber etwas Besseres als mich. Sie verdient es, in Sicherheit zu sein, unbehelligt von meiner Vergangenheit. Genau das sage ich mir immer wieder, während ich ihre Hand halte und versuche, sie loszulassen. Erst als ich die Latinaschwester im Flur sehe, lasse ich ihre Hand tatsächlich los, um zurück in den Warteraum zu schleichen.

Dort habe ich die halbe Nacht Zeit, um damit klarzukommen, Dani zu verlieren.

Kapitel 30

Dani

Ich öffne qualvoll langsam meine Augen. Es fühlt sich an, als habe mir jemand die Lider zusammengeklebt. Mein Hals brennt. Mein Kopf tut weh, aber nicht so schlimm wie gestern Abend, als die Ärzte mir irgendein Zeug dafür gegeben haben. Inzwischen fühle ich eher einen dumpfen Druckschmerz, der es schwer macht, nachzudenken oder sich an etwas zu erinnern. Ich bin froh, dass die Vorhänge zugezogen sind, denn jeder Lichtstrahl, der auf meine Augen fällt, verschlimmert die Schmerzen in meinem Schädel. Seltsam ist, dass jedes Mal, wenn ich versuche, mir ins Gedächtnis zu rufen, was geschehen ist, die Erinnerungen in meinem Kopf verschwimmen, wie lose Fäden, die mir durch die Finger gleiten. Leider weiß ich noch, was Bill mir angetan hat und noch antun wollte. Ich könnte auch gut und gern auf die Erinnerung verzichten, über den Tresen zu springen, wobei ich mir die Schulter ausgekugelt habe. Danach kommt mir alles, woran ich mich entsinne, wie ein Traum vor, wie eine Erinnerung an einen Film, den ich mal gesehen habe. Vage. Bruchstückartig. Als habe es nicht wirklich mit mir zu tun.

Das Einzige, was ich klar vor mir sehe, wenn ich an den Moment nach der Bewusstlosigkeit denke, ist Brock, wie er mich ansieht, über mich gebeugt, als ich wieder wach werde. Und seine grünen Augen, als ich meine wieder geöffnet habe. Es kam mir vor, als hätte ich noch nie etwas so deutlich gesehen wie in diesem Moment. Als hätte mein Leben genau dort ein zweites Mal angefangen.

Gerade als ich darüber nachdenke, zuckt mein Blick zum

Eingang meines sterilen Krankenzimmers, in dem das monotone Piepen meines Pulses zu hören ist. Brock steht im Türrahmen und starrt mich an. Es sieht aus, als mache er das schon eine ganze Weile.

»Hey«, sage ich leise. Meine Stimme hat sich erholt, aber ich fühle mich müde und schwach, und das hört man mir an.

»Hey«, antwortet Brock und lächelt mich traurig an. Er kommt näher und setzt sich auf den Stuhl, der neben meinem Bett steht. Er hat dunkle Ringe unter den Augen, und er könnte eine Rasur vertragen. Sein Lächeln wirkt gequält.

»Du siehst schrecklich aus. Aber wahrscheinlich sehe ich noch viel schlimmer aus.« Nervös tasten meine Finger die Verbände und Verletzungen auf meinem Kopf ab.

»Nein, stimmt nicht. Du siehst lebendig aus. Ein Look, den du ab sofort dein Leben lang tragen wirst!«

Zuerst denke ich, Brock macht einen Witz, und lache. Mir tut der Kopf davon weh, dennoch höre ich erst auf, als ich seine ernste, unbewegliche Miene sehe.

»Was ist los, Brock? Sag es mir! Geht es um deine Mom?« Ich will mich aufsetzen, scheitere aber an den Schläuchen und daran, dass mir jeder Muskel wehtut, ganz besonders aber mein einbandagierter Arm und die Schulter.

»Mit Elenore ist alles in Ordnung. Sie ist bei Carlos. Du solltest dir jetzt um niemanden Sorgen machen, nur um dich. Verstanden?«

Streng blickt er mich an. Jetzt erst fällt mir auf, dass er mich gar nicht angefasst hat, seit er reingekommen ist. Er hat mich auch nicht geküsst, obwohl wir allein sind.

»Dani, hör zu, ich muss dir etwas sagen, etwas, das mir sehr schwerfällt.«

Sofort zieht sich mein Herz zusammen. Ich unterbreche ihn.

»Wenn es um Logan geht, er hat mir gestern schon gesagt, dass er das mit uns weiß und dass er nicht sauer ist.«

Brock atmet lange und geräuschvoll aus.

»Darum geht es nicht.«

»Worum geht es dann?«, frage ich. Das Unheil, das gerade auf mich zukommt, kann ich förmlich spüren.

»Darum, dass du meinetwegen gestern fast getötet wurdest. Darum, dass das nicht so weitergehen kann. Darum, dass ich einfach nicht gut für dich bin, Dani.«

Ich schüttle den Kopf. Mein Brummschädel wird schlimmer. Ich wusste es. Ich wusste, dass Brock sich dafür die Schuld geben würde. Dabei hat nur einer Schuld: Bill!

»Tu das nicht«, bitte ich ihn und versuche, nach seiner Hand zu fassen, aber er nimmt sie von der Matratze, ehe ich sie erreiche. Ein heftiger Stich durchbohrt meine Brust.

»Dani, ich kann das nicht mehr. Ich kann nicht einfach da weitermachen, wo wir aufgehört haben. Einfach alles hat sich geändert. Unsere Wohnung gibt es nicht mehr. Was wir miteinander hatten, ist jetzt auch kein Geheimnis mehr. Logan weiß es. Und Carlos auch. Wir können nicht mehr so tun, als hätte das, was zwischen uns vorgeht, keine Auswirkung auf andere. Wenn ich erst gar nichts mit dir angefangen hätte, hätte Bill dich niemals angegriffen, um mich zu bestrafen.«

Ich schüttle den Kopf. Ich hasse, was er da macht. Verdammt! Ich brauche *ihn*. Nicht seine Schuldgefühle.

»Und was heißt das jetzt?«, frage ich, knapp vor einem Tränenausbruch. Ich bin viel zu angeschlagen, um mich noch zusammenzureißen. In den letzten vierundzwanzig Stunden habe ich ohnehin mehr geheult als je zuvor.

»Das heißt, wir können nicht mehr zusammen sein.«

Brock verzieht den Mund. Ein Nerv in seinem Kiefer zuckt. Er lügt doch. Das kann nicht sein Ernst sein.

»Wieso?« Frustriert ziehe ich die Nase hoch. Ich wünschte, ich könnte jetzt mit der Faust irgendwo draufhämmern.

»Weil ich nicht gut für dich bin. Ich bin nicht der Mann, den du brauchst. Nicht mal annähernd. Anstatt dich zu beschützen, bringe ich dich in Gefahr, und anstatt einfach mit dir auszugehen, bringe ich dich dazu, mein schmutziges Geheimnis zu sein. Dani, du ... du verdienst so viel mehr als das! So viel mehr, als jemand wie ich dir je geben könnte.«

Brock schluckt und schaut weg, ehe er mich wieder ansieht.

»Und das ist ganz allein deine Entscheidung, ja? Meine Gefühle oder das, was ich will, zählt das gar nicht?«

Ich muss seine Antwort nicht erst hören, ich sehe sie in seinem Gesicht. Er lässt los. Jetzt, da ich ihn mehr denn je brauche, da ich endlich weiß, dass ich ihn liebe, lässt er mich los. Gestern Nacht war für mich die Hölle, und die Schmerzen, die ich davongetragen habe, sind jedenfalls kein Zuckerschlecken, aber nichts tut auch nur annähernd so weh wie das hier.

»Können ... können wir dann nicht mal mehr Freunde sein?«

Ein panisches Gefühl breitet sich in mir aus. Brock nicht mehr in meinem Leben zu haben ist eine Vorstellung, die mir Angst macht. Es fühlt sich an, als sterbe ein Teil von mir.

»Sag ehrlich, Kleines! Kannst du es? Ich kann es nicht.«

Ich sehe weg von ihm, weg von diesen grünen Augen, die ich so liebe und die mir gerade das Herz brechen. Mit zusammengepressten Lidern halte ich mir den Mund zu, um vor Brock nicht völlig zusammenzubrechen. Ein scheußlich hohes Fiepen dringt zwischen meinen geschlossenen Lippen hervor.

Der Laut ist schrecklich. Ich schlucke, bis ich meiner Stimme wieder zutraue, einigermaßen fest zu klingen.

»Ich verstehe.«

»Es tut mir leid, Kleines.«

»Hör auf, mich so zu nennen!«

»Es tut mir … Es tut mir schrecklich leid. Ganz ehrlich.«

»Hör auf, das zu sagen. Geh einfach!«

Aber er geht nicht. Er sieht mich nur an, mit diesem mitleidigen Blick voller Schuldgefühle.

»Ich sagte, du sollst gehen!«

Ich schließe wieder die Augen und drehe mich weg von ihm. Erst als ich höre, wie die Tür geschlossen wird, öffne ich sie und atme zittrig aus.

Scheiße!

Ich habe Bill überlebt, nur um mir keine zwölf Stunden später das Herz brechen zu lassen. Und das außergerechnet von Brock!

Brock

Die eiserne Klammer um meine Brust drückt fester zu, als ich sehe, wie Dani sich von mir wegdreht. Genau in diesem Moment verliere ich sie. Endgültig.

Es fühlt sich noch viel schlimmer an, als ich gedacht habe. Ich möchte sie in den Arm nehmen und ihr sagen, dass ich da bin, dass es ein dummer Fehler war, was ich gesagt habe, dass ich sie brauche und dass ich sie will. Aber was für ein selbstsüchtiges Arschloch würde *das* tun.

Gott, ihr Gesicht, als ich ihr sagte, dass es vorbei ist. Ich hasse mich. Ich hasse mich unbeschreiblich.

Aber ich musste es tun. Es war das Richtige! Ich hoffe, dass es das war, auch wenn es sich anfühlt, wie einen Teil von mir zu töten, den besten Teil, den, der Dani gehört.

Ich sehe sie an, sehe ihren verspannten Nacken, als ich aufstehe und gehe. Noch bin ich stark genug, um zu gehen. Aber bin ich auch stark genug, mich weiterhin fernzuhalten, wenn mich ihr Regenduft oder die Verlockung ihrer kleinen Hand bereits treffen wie eine Abrissbirne?

Es war unglaublich schwer, nicht ihre Hand zu nehmen, als sie nach mir fassen wollte. Mindestens so schwer, wie jetzt diesen Flur entlangzugehen. Weg von ihr.

Ich laufe am Wartezimmer vorbei. Jamie sitzt dort und wartet darauf, Dani zu sehen. Als er mich durch die Scheibe erblickt, steht er auf und will zu mir, doch dann sieht er meinen Gesichtsausdruck und bleibt, wo er ist.

Wir wechseln einen kurzen Blick. Er reicht aus, um zu erkennen, dass Logan ihm alles erzählt hat. Jamie ist wie Dani. Seine Gefühle stehen ihm ins Gesicht geschrieben.

Ich muss hier raus!

So schnell ich kann, versuche ich dem Gefühl zu ersticken zu entkommen, laufe vorbei an den Fahrstühlen und nehme das Treppenhaus. Unten angekommen bin ich komplett verschwitzt. Noch immer fällt mir das Atmen schwer. Es liegt aber nicht an der morgendlichen Hitze oder an den Treppen. Es liegt an mir und an dem, was ich getan habe. Ich öffne die oberen Knöpfe meiner Uniform, aber es hilft nur wenig. Das Gefühl der Panik lässt ganz langsam nach. Völlig übermüdet fahre ich mir übers Gesicht und versuche nachzudenken, mich zu erinnern, wie ich ohne Wagen von hier wegkomme, bis mir einfällt, dass ich nichts habe, wohin ich gehen kann. Bitter lache ich auf, weil das perfekt zu den letzten Horrorstunden passt, die ich hinter mir habe. Da sehe ich jemanden bei einem der Pfeiler. Die Gestalt ist halb verborgen, und ich bin überzeugt davon, dass sie mich gerade beobachtet.

Mit rasendem Puls tue ich so, als wäre nichts, und gehe vom Krankenhaus weg, weg von Danis Zimmer, Richtung Parkplatz. Ich konzentriere mich auf die Geräusche hinter mir. Ganz eindeutig. Jemand verfolgt mich. Ein flaues Gefühl sagt mir, um wen es sich dabei handeln könnte. Mit Wut im Bauch gehe ich zügig weiter, bis ich zum Eingang der unteren Parkdecks komme, dorthin, wo nicht jeder Winkel kameraüberwacht ist.

Ich gehe auf eine dunkle Nische zu, weit weg von der Zufahrt. Ganz auf meine Umgebung fokussiert krame ich in meiner Hosentasche nach einem Schlüssel und lasse ihn dann absichtlich fallen. Achtsam bücke ich mich danach. Ich höre etwas. Schnelle Schritte, die auf mich zukommen. Ruckartig drehe ich mich um und sehe Bill mit einem Hammer auf mich zurasen. Der Anblick des riesigen Hammers schockt mich. Dennoch ist alles, was ich in den Selbstverteidigungskursen gelernt habe, sofort wieder da, als hätte mein Hirn es genau für diesen Moment konserviert. Statt zu fliehen, stürze ich nach vorn, direkt auf Bill zu, der den Hammer hält, um damit auf mich einzuschlagen.

Da ich mich auf ihn stürze, nutzt ihm der Hammer nichts mehr. Wir prallen brüllend aufeinander. Mir ekelt vor seinem feuchten Atem, der mein Gesicht trifft. Ich halte seinen Arm fest, damit er den Hammer nicht benutzen kann. Bill ist bullig, aber ich bin längst kein Sechzehnjähriger mehr, sondern ein gut durchtrainierter erwachsener Mann, stark genug, um seinen Arm festzuhalten.

»Wichser!«, schreit er mich an.

»Dafür, was du ihr angetan hast, bringe ich dich um!«, brülle ich zurück, und ich meine jedes Wort, wie ich es sage. Ich sehe nur noch rot, als ich in seine vor Wut aufgerissenen Augen blicke. Ich will, dass er dafür bezahlt. Seinetwegen habe ich Dani verloren. Er hätte sie beinahe getötet. Genau wie meine Mom. Seinetwegen war in mir immer etwas Dunkles, das ich nicht mehr loswerde. Ich hasse ihn!

»Überhebliche Fotze! Versuch's doch! Hast schon mal dabei versagt, du Loser.«

Wir rangeln, aber ich kann nicht viel ausrichten, weil ich seinen linken Arm festhalten muss. Ich dränge ihn gegen den Wagen hinter ihm. Bill keucht auf, als ich ihn dagegenschleudere. Fest trete ich ihm mit dem Knie in die Eier. Er zuckt heftig zusammen, geht aber nicht in die Knie. Ich schlage seinen Arm immer wieder gegen den Türrahmen, bis er aufschreit und den Hammer fallen lässt. Jetzt, da ich endlich beide Hände freihabe, verpasse ich ihm einen Kinnhaken, der seinen Kopf gegen die Scheibe der Autotür krachen lässt. Als ich höre, dass er aufstöhnt, empfinde ich Genugtuung. Es soll wissen, wie sich das anfühlt, wissen, welchen Schmerz er meine Dani hat spüren lassen, denn er wird ihn dreifach zurückbekommen, bis ich fertig mit ihm bin. Bis ich ihn ein für alle Mal unschädlich gemacht habe.

Ich schlage auf ihn ein, schreie auf, als er zurückschlägt und dabei mein Gesicht trifft. Kurz schüttle ich benommen den Kopf, dann stürze ich mich wieder auf dieses Arschloch. Irgendwie schaffe ich es. Er liegt unter mir auf dem Boden. Ich packe ihn am stinkenden Shirt und möchte seinen Schädel gegen den Asphalt rammen, da höre ich laute Laufschritte und blicke schnaubend von Bill hoch.

Jamie steht vor mir. Er starrt mit aufgerissenen Augen auf mich und Bill, über den ich die Oberhand gewonnen habe.

»Brock, es reicht! Lass ihn los.« Ruhig spricht er mit mir und hält dabei die Hände beschwichtigend vor sich.

»Nein, es reicht erst, wenn er niemanden mehr verletzen kann, der mir was bedeutet.«

Heftig keuchend sehe ich Jamie an und dann das blutige Gesicht unter mir. Bill, das Arschloch, hängt, kaum noch bei sich, in meinem Klammergriff.

»Glaub mir, eigentlich möchte ich das Schwein genauso bluten sehen wie du, seit ich bei Dani war. Aber Brock, wenn du das tust, zerstörst du ihn und dich gleich mit. Dann hat er, was er will. Und wenn es nach mir geht, bekommt der Kerl nicht, was er will.«

Verwirrt blicke ich in Jamies besorgtes Gesicht. Es fällt mir schwer, mich zu konzentrieren. Adrenalin schießt durch meine Adern, und ich habe das Monster, das meine Kindheit und mein Leben im Hier und Jetzt kaputt gemacht hat, endlich in meinen Händen. Mir kommt es falsch vor, mich nicht an ihm zu rächen. Doch was Jamie gesagt hat, klingt, als könne er recht haben. Bill unter mir röchelt und spuckt verschleimtes Blut aus seinem Mund.

»Du weißt doch, dass ich deine Schlampe kriegen werde, Hosenscheißer! Und dann mach ich sie erst richtig fertig.« Er verzieht seine aufgeplatzten Lippen zu einem ekelhaften Grinsen. Ich packe ihn fester, sehe mich seinen Schädel schon auf den Asphalt hämmern, da hält mich etwas an der Schulter zurück. Es ist Jamie. Erschrocken sieht er mich an.

»Dani würde nicht wollen, dass du alles verlierst. Schon gar nicht wegen diesem Stück Dreck. Bitte, Brock! Denk an Dani.«

Aus rasender Wut wird bezähmbarer Zorn, der mir zwar das Atmen schwer macht, aber mir nicht das Denken nimmt wie eben noch die Wut. Ich sehe Jamie an, flehe ihn an, mir zu verzeihen, dass ich durchgedreht bin.

Was habe ich getan?

Beinahe hätte ich ihn umgebracht und alles verloren.

Aus Wut. Aus reiner, blinder Wut.

Wie in Zeitlupe lasse ich ihn Finger für Finger los und übergebe ihn Jamie, der ihn packt, auf den Bauch wirft, um ihn mit einem Polizeigriff bewegungsunfähig zu machen.

Ich sehe halb weggetreten dabei zu, wie Jamie den Notruf wählt und berichtet, dass ich von einem flüchtigen Verbrecher angegriffen wurde, dass es dabei zu einer gewalttätigen Auseinandersetzung gekommen ist und wir nun Hilfe benötigen. Während ich auf dem kalten, feuchten Asphalt sitze und Jamie dabei beobachte, wie er Bill im Griff hat, genauso wie seine Emotionen, wird mir klar, dass er eines Tages ein sehr guter Polizist wird und ich, selbst jetzt, wo Bill gefasst ist und wieder in den Knast muss, nicht mit Dani zusammen sein kann.

Denn ich habe ihr das Herz gebrochen und bin, nach all den Jahren, in denen ich dachte, ich hätte mich unter Kontrolle, wieder gewalttätig geworden, als ich mich verteidigen musste.

Egal wie sehr ich sie liebe, ich bin kein Umgang für sie. Ich bin nicht gut genug für Dani.

Kapitel 31

Dani

Seit etwa drei Wochen bin ich aus dem Krankenhaus entlassen worden, trotzdem habe ich das Gefühl, in einem Käfig gefangen zu sein. Kein Wunder. Ich bin auch genau da, wo ich vor ein paar Monaten angefangen habe, in meinem Kinderzimmer in Brooklyn, bei meiner Familie. Und genau wie damals habe ich keine eigene Wohnung mehr. Dafür kann ich eine weitere gescheiterte Beziehung vorweisen, die gar keine war, und ein gebrochenes Herz, das sich weigert zu heilen.

In den ersten Tagen im Krankenhaus ging es mir besser als jetzt. Zwar hatte ich Schmerzen und lag den halben Tag lang untätig im Bett herum, aber dort konnte ich noch so tun, als ginge es mir gut. Zu Hause, umgeben von den wachsamen Augen meiner Familie und Logans ständiger Bemutterung kann ich die Fassade, die ich errichtet habe, kaum noch aufrechterhalten. Anfangs dachte ich, dass Brock sich melden würde, wenigstens fragen würde, wie es mir geht. Doch er meldete sich nicht. Nicht eine Nachricht. Funkstille. Logan hat mir gestanden, als ich in einem Selbstmitleidsanfall zu jammern anfing, dass Brock jeden Tag nach mir fragt. Zumindest gehe ich ihm nicht am Arsch vorbei. Ich wünschte nur, das wäre genug, aber das ist es nicht. Nicht einmal annähernd.

Kaum war ich entlassen, fingen die Albträume an. Ich hatte gehofft, nun, da Bill geschnappt worden ist und niemandem mehr etwas antun kann, würde ich von Angstanfällen verschont bleiben. Falsch gedacht. Die ersten Nächte träumte ich von ihm und davon, was passiert war. Bruchstückhaft sah ich Bilder von Logan und dem Brand vor mir. Ein paar Nächte später kamen andere Träume, über Brock und von ihm und mir. Ich vermisste ihn so schrecklich, dass ich mir beinahe die Albträume über Bill zurückwünschte. Es war kaum auszuhalten, als Jamie uns erzählte, was zwischen Brock und Bill passiert war, dass ich nicht für Brock da sein und mit ihm darüber sprechen konnte. Doch mein Stolz verbot mir, ihn anzurufen. Das einzige Mal, dass wir uns seither gesehen haben, war in der Polizeistation, als wir unsere Aussagen gemacht haben. Die Beamten stellten klar, dass Bill für sehr lange Zeit, wohl für den Rest seines Lebens, in den Knast kommen wird, auch wenn der Prozess vermutlich erst im Winter stattfinden wird. Brock hat dort gesessen, auf den hässlichen Plastikstühlen, und lediglich meinen Namen gesagt, als ich reinkam. Sonst nichts. Abgesehen von einem schuldvollen Blick gönnte er mir nichts. Ich hasse diesen Blick. Es fühlt sich an, als hätte es die letzten Monate nicht gegeben, als hätte es uns nie gegeben.

Ich habe Brock kaum angesehen, da bekam ich einen heftigen Schmerz in der Brust, der seither nicht mehr weggeht. Mom, die nicht lange gebraucht hat, mir zu erzählen, dass sie Bescheid weiß, sagt, es wäre, weil ich ihn liebe, und das täte immer weh, wenn es nicht sein soll. Aber ich kann das nicht akzeptieren. Ich glaube einfach nicht, dass es vorbei ist. Oder dass das mit uns nicht sein soll.

Wieder kommen mir die Tränen, wenn ich darüber nachdenke. Das ist ohnehin das Einzige, was ich tue: nachdenken oder heulen. Von den Sommerkursen wurde ich freigestellt, und ich kann es kaum erwarten, dass bald der reguläre Unterricht beginnt. Ohne Ablenkung drehe ich sonst noch durch. Nicht mal zu meinen Mittwochskursen darf ich, weil die Leute, mit denen ich dort arbeite, wollen, dass ich mich vollständig erhole. Alle meinen es gut, doch ich möchte arbeiten, ich möchte mich regelrecht zuschütten mit Arbeit, egal womit. Hauptsache, ich denke dabei nicht an Brock McNamara. Ich möchte todmüde ins Bett fallen und weder von seinen grünen Augen träumen noch davon, wie perfekt er sich anfühlt, wenn er sich in mir bewegt.

Was nützt mir eine blöde Gehirnerschütterung, wenn sie mich nicht vergessen lassen kann, wie sehr ich in Brock verliebt bin?

Ich höre jemanden unten an der Tür. Neugierig schlüpfe ich aus meinem alten Zimmer, um die Gelegenheit zu nutzen, meiner Selbstgeißelung zu entkommen.

»Wendy? Jenny?« Überrascht sehe ich die Treppe hinab. Meine beiden Freundinnen werden gerade von Mom ins Haus gelassen.

»Was macht ihr denn hier? Zusammen?«

Wendy lächelt mich provokant an.

»Weißt du, wir sind uns im Krankenhaus begegnet, als wir dich besucht haben, und finden, dass du derzeit die geballte Freundschaft von uns beiden nötig hast nach allem, was passiert ist. Deshalb haben wir uns zusammengetan und holen dich jetzt ab, um mit dir auszugehen.«

Bitte nicht!

Wendy setzt ihren entschlossenen Gesichtsausdruck auf. Sie stapft zu mir nach oben, dicht gefolgt von Jennifer, die ein entschuldigendes Lächeln auf den Lippen trägt.

»Wusstest du, dass sie Kinder unterrichten darf?«, flüstert Jenny mir aufgeregt zu, als sie mein Zimmer betritt.

Ich verdrehe die Augen. »Unglaublich, aber wahr.«

Nervös betrachte ich die beiden.

»Was habt ihr mit mir vor?«

»Na, wir holen dich aus deinem Brockoma.«

Wütend starre ich Wendy an. Ich kann nicht glauben, dass sie das gerade wirklich gesagt hat.

»Sehr feinfühlig. War ich eigentlich auch so witzig, als du damals in Logan verknallt warst und abgeblitzt bist?«

»Nein, du warst mitfühlend und lieb, aber das ist dein Ding. Ich bin eher für eine schnelle Schmerztherapie.«

Jenny hält sich die Augen zu. Wendys Freundschaft kann tatsächlich manchmal schmerzhaft anzusehen sein, aber gut meint sie es ja. Nur geht sie dabei wie ein Bulldozer vor.

»Falls du es vergessen hast, ich habe die Schmerztherapie schon hinter mir.« Ich wedle mit meinem verbundenen Arm. Die blöde Verbrennung heilt zwar gut, aber sie juckt wie verrückt und treibt mich in den Wahnsinn. Da bin ich endlich die Schlinge los und kann duschen ohne Verrenkungen oder atemraubende Schmerzen, da fängt die Haut unter dem Verband zu jucken an, dass es einen zur Verzweiflung treibt.

»Was Wendy dir versucht zu sagen, auf ihre ganz eigene Art, ist, dass wir hier sind, um dich mal rauszuholen. Du musst wieder ausgehen und die Sau rauslassen, nach allem, was war. Du brauchst einen Abend mit Freundinnen. Und hier sind wir!« Jennys launiger Blick schlägt einen in den Bann. Unwillkürlich erwidere ich ihr Lächeln.

»Sehr gut«, jubelt Wendy. »Und jetzt stecken wir dich in eine heiße Jeans und in ein Top, denn mit diesem alten Ding kannst du nicht mal in Jersey vor die Tür gehen.«

»So langsam zweifle ich an dem freundlichen Teil in deiner sogenannten *Freund*schaft, Wendy.«

»Hey, niemand weiß so gut wie ich, wie es ist, von einem Typen abserviert zu werden, den ich wirklich wollte, selbst jetzt, da ich unglaublicherweise einen anständigen Kerl gefunden habe. Da muss man aus den Wohlfühlklamotten so rasch wie möglich raus, sonst endet man noch mit fünf Katzen in einer Einzimmerwohnung und stromert einsam und verwirrt durch den Prospect Park.«

»Wendy, also ehrlich!« Jenny schüttelt fassungslos den Kopf. Ich kenne Wendy zu lange, um noch überrascht zu sein. Deshalb gebe ich auch nach. Es ist weniger schmerzhaft, wenn man sich nicht wehrt. Wie gesagt, sie meint es gut.

Als wir aus dem Haus gehen und Mom uns viel Spaß wünscht, kommt es mir vor, als wäre ich wieder in der Highschool.

»Ich verstehe ehrlich gesagt immer noch nicht, warum er mit dir Schluss gemacht hat«, sagt Jenny, die unten an der Vortreppe wartet, dass ich runterkomme.

»Da geht es dir wie mir. Gerade als ich dachte, das mit uns wäre mehr, ist dieser ganze Scheiß passiert, und Brock ist einfach so aus meinem Leben verschwunden.«

Wendy und Jenny haken sich bei mir auf dem Weg zur nächsten U-Bahn-Station unter.

»Vermisst du ihn?« Wendy, unerwartet ernst, sieht mich an.

»So wie man den besten Freund und den besten Sex seines Lebens eben vermisst, nachdem sie einen aufgegeben haben.«

Brock

Normalerweise freue ich mich auf einen Abend mit den Jungs. Doch heute klingt eine Pokerpartie bei Carlos, bei dem ich noch immer wohne, anstrengend, und wenn ich nicht schon hier wäre, hätte ich längst abgesagt. Denn ich bin übel drauf, so richtig übel. Bei Carlos reiße ich mich zusammen, immerhin gibt er mir Obdach und hat auch Mom untergebracht, bis sie sich bereit gefühlt hat, wieder abzureisen. Da ist es das Mindeste, dass ich meine miese Laune nicht an ihm auslasse. Aber andere Leute, die mir dumm kommen, kriegen eine volle Breitseite ab, vor allem Tussis in Bars, die mich abschleppen wollen. Ich hätte nie gedacht, dass es mir mal den letzten Nerv rauben würde, wenn mich eine heiße Frau auf eine Nummer einlädt, doch so ist es. Zu gern würde ich mir einfach eine von ihnen schnappen und meinen ganzen Frust beim Ficken abreagieren, aber ich weiß, was dann passiert. Ich würde an Dani denken und mich danach noch beschissener fühlen, und weil ich, was das betrifft, schon auf einem Rekordtief angelangt bin, lasse ich den Scheiß lieber ganz bleiben. Ich habe schon genug Mist gebaut.

»Wenn ich nur wieder arbeiten könnte«, meckere ich vor mich hin, als ich die Pokerchips verteile, während Carlos Bier aus dem Kühlschrank holt.

»Bald, Kumpel. Ich weiß, es nervt, dass du beurlaubt wurdest, aber es hätte schlimmer kommen können.«

»Abwarten.« Finster starre ich auf das Bier.

»Was meinst du damit?«

»Ich meine, dass das garantiert noch nicht alles war. Ich bin nicht naiv. Ich weiß, was *beurlaubt* wirklich bedeutet.« Es ist der Anfang vom Ende. Natürlich konnten sie mich nach den Vorfällen in meiner Wohnung und im Parkhaus nicht einfach so weiterarbeiten lassen, und das Veilchen in meinem Gesicht sprach dabei nicht gerade für mich. Dennoch glaube ich, dass ihnen mein Zwangsurlaub nur Zeit gibt, um zu entscheiden, was sie mit mir machen werden, und wie ich mein Leben kenne, ist das bestimmt nichts Gutes. Bei dem Gedanken, auch noch meinen Job als Sanitäter zu verlieren, nachdem ich schon Dani verloren habe, sackt mein Magen ein paar Etagen tiefer. Deshalb schnappe ich mir noch ein Bier aus dem Kühlschrank und stürze es runter.

»Hey! Ich weiß, bei dir geht im Moment alles drunter und drüber, selbst nachdem du dich mit deiner Mom ausgesprochen hast, aber lass den Kopf nicht hängen. Wenn sie versuchen, dich loszuwerden, gehen wir dagegen vor. Ich kenne jemanden von der Gewerkschaft, der ist schwer in Ordnung.«

Bitter lachend stoße ich mit Carlos an.

»Wenn jemand schwer in Ordnung ist, dann du, ganz ehrlich, Carlos. Ich bin dir für alles dankbar. Dir und Maria. Wer hätte schon getan, was du für mich gemacht hast.«

Carlos macht eine wegwerfende Handbewegung, als wäre das selbstverständlich, doch das ist es nicht. Er hat mir sogar seine Kinder anvertraut, trotz dem, was in der Parkgarage mit Bill vorgefallen ist. Er und Maria vertrauen mir, und das bedeutet mir eine Menge.

»Na, immerhin hast du auf Ally und Alessandro aufgepasst, damit wir mal wieder ausgehen konnten, und mir dabei den Schwiegerdrachen erspart. Damit sind wir quitt, glaub mir.« Ein schmutziges Grinsen überzieht sein Gesicht, während er einen Schluck vom Brooklyn Lager trinkt.

Ich gebe zu, dass ich es gern mache. Es tut erstaunlich gut, mit einer fast Zweijährigen und ihrem vierjährigen Bruder zusammen zu sein, die nichts von mir erwarten, als genug zu essen heranzuschaffen und bei Spielen mitzumachen, die sie sich ausdenken. Sie finden mich ganz toll, und da ich mich gerade zum Kotzen finde, ist ihre Gesellschaft eine der wenigen, die ich im Moment ertrage. Aber an dem Abend, als Maria und Carlos ausgegangen sind, konnte nicht mal die zauberhafte Ally den Stich lindern, den ich fühlte, als ich sah, wie Carlos Maria küsste, bevor sie ins Auto gestiegen sind. In der

Nacht, fest in meine Spidermandecke gewickelt, die mir Sandro gegeben hat, vermisste ich Dani so heftig, dass ich kein Auge zumachen konnte. Seither wird es immer schlimmer. Je mehr ich mich zwinge, nicht an sie zu denken, desto mehr spukt sie mir im Kopf herum. Nachts träume ich davon, dass sie plötzlich auf mir sitzt, völlig nackt. Mein Schwanz ist tief in ihr vergraben, und ich sehe ihr dabei zu, wie sie mich reitet, und genieße das unglaubliche Gefühl dabei. Natürlich wache ich dann auf. Allein. Jedes Mal und hasse es, dass ich kein Mann bin, der jemanden wie Dani verdient. Wäre ich es, würde ich keine Sekunde zögern, sie zurückzugewinnen.

»Die Jungs sind da«, sagt Carlos, als er aus dem Fenster sieht.

Nach drei Runden und jeder Menge Bier stinkt die Küche nach schwitzenden Männern. Es ist, als wären wir auf der Wache und nicht in Marias normalerweise blitzblanken Küche.

»Setzt du jetzt endlich, oder nicht?«, fährt Max, einer der anderen Rettungsfahrer, mich an.

»Hey, krieg dich wieder ein«, sage ich und werfe die Chips in den Pot. Ja, ich bin ab und zu abgelenkt. Logan ist hier, und jedes Mal, wenn ich ihn sehe, denke ich an Dani.

»Du bluffst doch bloß, McNamara«, mutmaßt Murphy.

Er checkt die Runde, die noch im Spiel ist, ab und setzt ebenfalls. »Oh, wenn ich könnte, würde ich um viel Interessanteres spielen als bloß um Geld.«

Murphy ist heute ganz schön dicht und vorlaut. In seinem Job ist er top, aber privat geht er oft einen Schritt zu weit, vor allem, wenn er trinkt.

»Und das wäre?«, fragt Callahan. Er gehört ebenfalls zur Rüstgruppe, genau wie Murphy.

»Na zum Beispiel um ein Date mit Logans heißer Schwester. Dani geht doch wieder aus, jetzt wo es ihr wieder gut geht?«

Murphy zwinkert und sieht Logan herausfordernd an. Ich spüre heiße Wut im Bauch. Der Kerl sollte lieber die Klappe halten. Carlos sieht mich besorgt an.

»Halt's Maul, Murphy!« Logan straft ihn mit finsteren Blicken. Gut gemacht, Kumpel. Wenn ich nicht gut genug bin, ist es einer wie Murphy erst recht nicht. Der Arsch vögelt doch alles, was bei drei nicht auf dem Baum ist.

»Komm schon, Logan, auch, wenn's dir nicht gefällt. Deine Schwester ist ein heißer Rotschopf und hat gerade eine lebensbedrohliche Situation überlebt. Sie verdient ein bisschen Spaß in ihrem Leben. Und zwar mit dem Besten!«

Mir reicht's jetzt. Ich fege das Pokerzeug vom Tisch und verpasse Murphy eine aufs Maul. Der Kerl fliegt vom Stuhl.

»Sie hätte tot sein können, du Arsch! Und das Letzte, was sie braucht, ist ein herumhurender Loser wie du.«

Murphy erholt sich schnell von dem Schock und geht auf mich los. Die anderen halten uns voneinander fern. Seine aufgeplatzte Lippe verzieht er sauer, als Callahan ihn nicht loslässt. Logan hält mich fest, aber nicht ganz so fest, wie er sollte. Er will genauso wie ich, dass Murphy seine Klappe hält.

Langsam beruhigt er sich, dennoch behalte ich ihn im Auge. Als Murphy das Blut in seinem Mund auf Carlos' Boden spuckt, ist die Pokerrunde offiziell beendet. Alle sehen zu, dass sie nach Hause kommen. Nur Murphy wartet, bis Callahan seine Siebensachen zusammen hat.

»Ich wusste es nicht, okay!« Murphy schüttelt den Kopf, und seine glasigen Augen werden wieder klarer. »Ich wusste nicht, dass ihr was am Laufen hattet. Aber eins sage ich dir, Brock! Du bist doch genauso ein Hurenbock wie ich, also warum darfst du dich an sie ranmachen und ich darf's nicht?« Mit diesem Spruch verabschiedet Murphy sich genervt von mir. Ich atme schwer aus. Carlos und Logan wechseln einen Blick.

»Lass uns mal kurz rausgehen, damit Carlos die Küche in Ordnung bringen kann, ehe Maria noch die Schweinerei sieht.« Logan, unerwartete Stimme der Vernunft, hält mir die Tür auf und macht klar, dass die Frage rein rhetorisch war.

»Sorry, Carlos! Das war scheiße von mir.«

»Nicht so schlimm, Kumpel. Wenn du Murphy keine verpasst hättest, hätte ich es getan. Oder Logan. So oder so, jemand hätte Murphy in jedem Fall die Fresse poliert.«

Schnaufend lache ich. Nachdenklicher geworden folge ich Logan in den Vorgarten. Mir will Murphys Spruch nicht aus dem Kopf gehen.

»Ich würde nie damit klarkommen, wenn Murphy sich mit Dani trifft, aber würdest du wieder mit Dani ausgehen, könnte ich einen Weg finden, es zu akzeptieren.«

Überrascht sehe ich meinen besten Freund an. Nach diesem Scheiß gerade eben hatte ich alles erwartet, aber nicht das.

»Du verarschst mich doch.«

Ich muss mich setzen. Die Vortreppe kommt mir gerade recht.

»Nein, bestimmt nicht. Denn ich schaue mir nun schon seit drei Wochen an, wie du dich aufführst, und ich sehe, wie es meiner Schwester geht, seitdem du die Sache beendet hast. Beides ist alles andere als hübsch anzusehen, und es wird schlimmer statt besser.«

Dani leidet also wegen uns? Sie denkt noch an mich?

Mein Herz schlägt ein wenig schneller.

»Und was genau heißt das?« Nervös balle ich die Fäuste.

»Was auch immer zwischen euch steht, ich bin es nicht. Nicht mehr jedenfalls.«

Erstaunt blicke ich Logan an. Es ist ihm ernst. Er würde mir nicht mehr im Weg stehen, wenn ich versuchen würde, wieder mit Dani zusammenzukommen.

Doch dann fallen mir die Gründe ein, wieso ich nicht mit ihr zusammen bin, und die Freude über den Meinungsumschwung meines besten Freundes verpufft. Ich schnaube.

Logan merkt sofort, dass etwas nicht stimmt, und setzt sich zu mir. »Was ist eigentlich los?«

»Ich bin nicht gut für sie, Logan. Murphy hat recht. Ich bin ein Weiberheld, der nichts taugt, und sieh dir an, wie ich mit Problemen umgehe.« Fahrig deute ich auf die Küche. »Ich drehe durch, verliere den Kopf, und bei jemandem wie Bill werde ich gewalttätig. So ein Mann sollte nicht mit Dani zusammen sein.«

Ich schaue von Logan weg, denn ich schäme mich deswegen.

»Ich kann kaum glauben, dass ich das sage, aber sollte das nicht Dani entscheiden? Sie kann es nämlich gar nicht leiden, wenn andere ihr sagen, was gut für sie ist oder was sie zu tun oder zu lassen hat. Glaub mir, ich habe zigtausend unschöne Erinnerungen, die das beweisen.«

Bei der Vorstellung, wie meine Dani sich mal wieder mit Logan oder Joe anlegt, muss ich schmunzeln. So ist sie. Sie ist einfach Dani. Und das macht sie einzigartig. Unperfekt perfekt.

»Logan?«

»Ja.«

»Was macht Dani eigentlich am Mittwochabend?«

»Was?« Irritiert sieht Logan mich von der Seite an.

»Das treibt mich noch in den Wahnsinn! Sie wollte mir nie verraten, wo sie mittwochabends immer hingeht. Ich liege stundenlang wach, weil ich es nicht weiß.«

Mitleidig sieht Logan mich an. Sie ist seine Schwester. Er kann nicht verstehen, wieso ein Kerl so verrückt nach ihr sein kann, wie ich es bin, und jede Kleinigkeit über sie wissen muss. So ist Verliebtsein. Es macht einen bescheuert.

»Dani hat's mir erzählt, als die U-Bahn mal ausgefallen ist und ich sie deshalb hinbringen musste. Sie unterrichtet mittwochs ehrenamtlich in einer Einrichtung für erwachsene Analphabeten und Immigranten, die sich keine Kurse leisten können. Dani will nicht, dass Dad es weiß, weil er dann ein Argument hätte, mit dem er sie dazu bringen könnte, in ihrer versnobten Schule zu kündigen. Außerdem, du kennst sie ja, sie ist niemand, der so was herumerzählt.«

Ich nicke, denn das passt zu der liebevollen, selbstlosen und heißen Frau, die mir unter die Haut geht.

»Was immer du auch ihretwegen vorhast, Brock, du bleibst immer mein ältester, bester Freund, und Dani wird immer meine Schwester sein. Okay?«

Wieder nicke ich, weil alles, was in mir vorgeht, viel zu kompliziert ist, um es für Logan auf den Punkt zu bringen. Dennoch fühle ich mich besser, als Logan aufsteht, um zu gehen. Er bleibt noch kurz am Gartentor stehen.

»Wir sehen uns nächste Woche auf der Wache.«

Ich hoffe, dass wir uns dort nicht das letzte Mal sehen.

»Ja, bis dann.«

Kaum ist Logan weg, presse ich mir die Handflächen aufs Gesicht. Mein Handy klingelt, aber ich möchte mit niemandem sprechen. Ich nehme es aus der Hosentasche und muss zweimal hinsehen, ehe ich glauben kann, wer mich da gerade anruft.

Es ist Dani.

Sofort hebe ich ab, weiß dann aber nicht, was ich sagen soll. Ich höre, wie jemand schluckt.

»Brock.«

Ihre vertraute Stimme bringt meinen Magen durcheinander.

»Ich … Brock … ich muss.« Sie klingt komisch. Ich glaube, sie ist betrunken.

»Kleines, geht es dir gut?«, frage ich sie und stehe auf.

»Echt keine Ahnung«, jammert sie in den Hörer. So habe ich sie noch nie gehört. Das macht mir eine Scheißangst.

»Was ist passiert? Wo bist du?«

»Zu Hause«, flüstert sie leise und hickst.

»Du bist zu Hause? Bei deinen Eltern? Betrunken?«

»Ja, aber es macht überhaupt keinen Spaß.«

Dani klingt wie Ally, wenn Maria ihr nicht erlaubt, Kekse zu essen, so als würde die Welt deshalb zusammenbrechen.

»Was denn? Was macht keinen Spaß?«

Angespannt höre ich ihr zu. Selbst jetzt, da ich weiß, dass sie in Sicherheit ist, sorge ich mich um sie.

»Alles! Wendy und Jenny haben mich gezwungen auszugehen. Sie haben versprochen, dass es Spaß macht. Hat es aber nicht. Da war so ein Typ.«

Ich fühle, wie mir kalt wird. Eine scheußliche Vorahnung überkommt mich. Ich will das nicht hören.

»Er wollte mit mir tanzen.« Ich sehe vor mir, wie der Typ ihre Kurven abfährt. Sie lässt sich von ihm anfassen. Die Vorstellung macht mich krank. Ich könnte kotzen.

»Dauernd wollte er tanzen, hat immer gesagt, dass ich lächeln soll, aber ich wollte nicht mit ihm tanzen, und lächeln wollte ich auch nicht.«

Die Welt hört auf, sich um mich zu drehen, und die grauenhafte Vorstellung von Dani und diesem Kerl löst sich langsam auf. Gott sei Dank!

»Ich musste dauernd an dich denken, Brock. Daran, wie wir an deinem Geburtstag getanzt haben und was wir danach auf der Theke gemacht haben. Musst du denn gar nicht daran denken?«

Ich kann hören, dass Dani weint, und fühle mich scheußlich. Ich hasse es, dass ich sie so unglücklich mache.

»Doch, Dani. Ich denke oft daran. Daran, wie du riechst, wie du schmeckst, aber vor allem daran, wie du dich anfühlst. In der Nacht, wenn ich wach bin, fehlst du mir am meisten.«

Ich höre, wie sie schluckt, ehe sie in den Hörer atmet. Gott, ich möchte jetzt bei ihr sein und sie nehmen, bis sie nichts anderes mehr fühlt als Lust, doch schon am Morgen würde ich es bereuen, weil ich ihr nicht geben kann, was sie verdient.

»Bitte, lass uns das alles vergessen, lass uns so tun, als hättest du diese blöden Sachen im Krankenhaus nicht gesagt. Bitte, Brock! Ich habe es satt, so zu tun, als könnte ich es ohne dich aushalten.«

Scheiße! Ich möchte in die nächste U-Bahn steigen, zu ihr fahren und sie die ganze Nacht lang vögeln, sie lieben, bis sie weiß und spürt, dass es mir genauso geht, aber ich kann nicht.

»Dani, du machst es mir so schwer, das Richtige zu tun. Ich habe diese Dinge im Krankenhaus nicht einfach so gesagt. Es ist mir nicht leichtgefallen, und es wird jeden Tag schwerer, mich daran zu erinnern, aber du und ich, das führt zu nichts. Du hast doch auf dem Revier gehört, was ich fast getan hätte. Jamie würde nie lügen, noch nicht mal für mich, und er hat nur die Wahrheit gesagt. Mit so jemandem kannst du nicht zusammen sein. Du verdienst mehr als das!«

Ihr Schluchzen wandelt sich in ein frustriertes Schnauben.

»Schon gut, Brock! Ich merke, es hat sich nichts geändert. Verzeih mir, dass du dir mal wieder einen betrunkenen Anruf von einem deiner Weiber anhören musst, die du längst von der Bettkante gestoßen hast! Kommt nicht wieder vor!«

»Dani, nein, das ist doch nicht …«

Es ist zu spät. Sie hat aufgelegt.

Ein panisches Gefühl bringt mich dazu, sie anzurufen, doch sie hebt nicht ab. Ich schreibe ihr eine Nachricht, dass sie das nicht glauben soll, dass das überhaupt nicht stimmt, doch auch darauf antwortet sie nicht.

Nach einer Weile gehe ich rein und helfe Carlos. Er geht früh ins Bett, weil er morgen die Tagesschicht hat. Doch ich mache kein Auge zu. Immer wieder sehe ich auf mein Handy und hoffe auf eine Nachricht von Dani, doch es kommen keine. Gegen vier Uhr schlafe ich ein. Es ist ein unruhiger Schlaf, aus dem ich keine zwei Stunden später wieder erwache.

Ich habe es nicht nur geschafft, Dani zu verletzen, dank mir und meinem Umgang mit Frauen, den sie monatelang unfreiwillig mitbekommen hat, fühlt sie sich nun auch noch zurückgewiesen.

Es scheint, je mehr ich das Richtige tun will, desto schlimmer mache ich alles. Dabei will ich doch nur, dass sie wieder glücklich ist.

Ohne mich und mein Drama.

Wieso gelingt mir das nur nicht?

Kapitel 32

Dani

Wer mit Ungeheuern kämpft, mag zusehn, dass er dabei nicht zum Ungeheuer wird. Und wenn du lange in einen Abgrund blickst, blickt der Abgrund auch in dich. Dieses berühmte Zitat von Friedrich Nietzsche ist eine der zutreffendsten Beschreibungen zum Thema Kampf zwischen Gut und Böse. Welche anderen Beispiele gibt es, die seine Theorie bekräftigen? … und nein, Star Wars zählt nicht. Egal welche Episode. Das ist schließlich ein Literaturkurs.«

Meine Schüler lachen. Sie lachen tatsächlich. Heute ist erst der zweite Schultag, aber bei dieser Klasse habe ich schon jetzt ein wirklich gutes Gefühl. Diesen Silberstreif am Horizont habe ich derzeit bitter nötig, denn ich schäme mich in Grund und Boden für den peinlichen Anruf bei Brock. Ein ganz neuer Tiefpunkt auf meiner Selbstachtungsskala. Und schrecklich demütigend. Ich möchte nicht mehr daran denken.

Ein Mädchen mit brünetten Haaren hebt die Hand und erlöst mich aus meinem Gefühlschaos.

Als ich sie aufrufe, klopft es an der Tür.

»Herein!«

Millie aus dem Sekretariat betritt meinen Unterrichtsraum. Ihre Miene bedeutet nichts Gutes.

»Ja?« Ich spüre ein garstiges Flattern im Magen.

»Bitte kommen Sie nach dieser Stunde zum Schulleiter.«

Millie blickt zerknirscht drein, wartet aber, bis ich zustimmend nicke, ehe sie wieder verschwindet. Meine Schüler tun so, als hätten sie nichts Unangenehmes bemerkt, doch sie wissen so gut wie ich, dass man nur so plötzlich zum Direktor bestellt wird, wenn es Probleme gibt.

Im Büro des Schulleiters versuche ich, meine Hände unter Kontrolle zu bringen, denn sie entwickeln ausgerechnet jetzt ein reges Eigenleben. Sie sind feucht und zucken nervös auf meinem Schoß herum, während der Rektor mich mit argwöhnischen Blicken durchbohrt. Der Mann sieht aus, als würde er für den Senat kandidieren. Er hat sogar die passende Frisur dazu, wie ein Ansager bei einem Nachrichtensender. Das schüchtert mich noch mehr ein.

»Sir, worum geht es denn? Ich müsste nämlich gerade meine nächste Unterrichtsstunde vorbereiten.«

Das war vielleicht etwas unhöflich, aber ich halte es nicht aus, hier zu sitzen wie eine belanglose Frau in einer Folge *Mad Men*, die darauf wartet, dass der hohe Herr sich dazu herablässt, sie endlich zur Kenntnis zu nehmen und mit ihr zu sprechen. Er wollte doch was von mir.

»Miss St. Clair, entspricht es der Wahrheit, dass Sie in einer gemeinnützigen Einrichtung lehrend tätig sind?«

Perplex starre ich den Schulleiter an. Darum geht es?

»Ja, das stimmt. Ich unterrichte dort junge erwachsene Analphabeten und Immigranten in Englisch. Ich versuche es zumindest. Darf ich fragen, woher Sie davon erfahren haben?« Nervös fahre ich mir über den Hals. Mir ist unangenehm heiß.

»Ein besorgter Kollege hat uns darauf aufmerksam gemacht. Er und ein paar andere Kollegen machen sich Sorgen um Sie. Zuerst gab es einen ominösen Vorfall, bei dem Sie verletzt wurden und dessentwegen Sie in den Ferienkursen vertreten werden mussten, und nun müssen wir erfahren, dass Sie ohne Genehmigung dieser Schule für eine Einrichtung in Brooklyn arbeiten.« Missmutig zieht er die Augenbrauen zusammen und blickt mich an. Ich kann die Art, wie er mich ansieht, nicht ausstehen. Der Einzige, der weiß, dass ich an einer anderen Lehranstalt unbezahlt unterrichte, ist Carl.

»Sir, ich verstehe nicht ganz, wieso es ein Problem ist, dass ich ehrenamtlich tätig bin. Die Hayett-Cooper begrüßt doch Engagement dieser Art, soweit ich weiß.«

Ich versuche es mit Vernunft. Seine Miene bleibt stoisch.

»Das tun wir, Miss St. Clair, aber nur, wenn die Lehrkraft in einer von uns genehmigten Einrichtung tätig ist oder in einem der karitativen Projekte unserer zahlreichen Spender.«

Daher weht der Wind. Es passt ihnen nicht, dass ich in keinem der Vorzeigeprojekte der reichen Eltern arbeite oder etwas tue, das sie in der Schulbroschüre verwerten können. Als wäre eine gute Sache wertlos, wenn man sie nicht für das eigene Image ausschlachten kann. Das ist absoluter Mist!

»Und was passiert, wenn ich meine Tätigkeit für diese Einrichtung nicht aufgeben möchte?«

»Ich fürchte, in diesem Fall müssen wir unsere Entscheidung für Sie oder Ihren Platz in der Hayett-Cooper-Prep-School neu überdenken.«

Heißer Zorn steigt mir zu Kopf. Dieser überhebliche Arsch mit Gelfrisur wagt es, mir ganz offen zu drohen.

»Wissen Sie, ich denke, das können wir uns sparen.«

Verblüfft starrt er mich an, als ich aufstehe, ohne darauf zu warten, bis er mit mir fertig ist.

»Machen wir's ganz einfach, Sir! Betrachten Sie dieses Gespräch als meine offizielle Kündigung.«

Ich lasse ihn in seinem spießigen Maßanzug einfach stehen und stürme aus dem Büro, vorbei an Millie und den anderen Mitarbeiterinnen des Sekretariats, die mich mit großen Augen anglotzen. Kaum bin ich im Flur, wird mir erst wirklich klar:

Ich habe gerade meinen Job gekündigt. Einen Job, den ich dringend brauche. Trotzdem fühle ich mich befreit, als ich das Gebäude verlasse, das nie zu mir gepasst hat.

Brock

»McNamara!«

Der Captain brüllt meinen Namen von der Treppe aus durch die ganze Wache. Alle drehen sich um und sehen mir dabei zu, wie ich nach oben gehe. Der erste Tag im Einsatz, und schon fängt es an. Carlos nickt mir aufmunternd zu. Logan ebenso. Dennoch habe ich ein übles Gefühl. Immerhin ist der Captain nicht gerade ein Fan von mir. Ich habe seine Nichte gebumst, auch wenn das eine Weile her ist, und neuerdings bin ich der Mann auf der Wache, der ständig Ärger macht. Nein, ich habe gar kein gutes Gefühl dabei.

»Captain«, begrüße ich ihn und schließe seine Bürotür hinter mir. Der Raum ist winzig und ziemlich chaotisch. Der Captain selbst wirkt aufgeräumt, seine Uniform sitzt wie immer perfekt, auch wenn er einen kleinen Wohlfühlbauch angesetzt hat. Der Fluch jeder Menge Bier. Unser Captain hat dichte dunkle Augenbrauen, die manchmal deutlicher zu einem sprechen als er selbst. Als ich mich hinsetze, ziehen sich seine Brauen tief nach unten und machen damit klar, dass er unzufrieden und besorgt ist. Meinetwegen. Richtig übel wird es, wenn seine beiden Brauen zu einer verschmelzen.

»Sie wissen, weshalb ich mit Ihnen sprechen muss?«

»Ich kann's mir denken.«

»Na schön. Dann bringen wir diesen Mist hinter uns.«

Ganz seiner Meinung.

»Sie waren in den Vorfall mit dem Brand in Ihrer Wohnung

verwickelt durch das, was in Ihrer Jugend mit diesem Bill Sneider vorgefallen ist?«

Ich nicke. Das üble Gefühl im Magen wird schlimmer.

»Sie haben diesen Kerl im Krankenhaus zusammengeschlagen, als er Sie angreifen wollte, unmittelbar nachdem Sie sein Opfer, St. Clairs Schwester Danielle, besucht haben?«

Wieder nicke ich. Mein Magen ist ein einziger Knoten.

»Es heißt, Sie haben übermäßige Gewalt dabei angewendet, damals und auch im Parkhaus des Krankenhauses. Die Polizei meint, Sie hätten früher als Jugendlicher Kurse zur Aggressionsbewältigung absolviert, das aber nicht angegeben, als Sie die Ausbildung zum Sanitäter gemacht haben. Wieso?«

Ich atme laut aus. »Ich habe keine Strafe erhalten, und die Therapie und alles andere war ein Abkommen mit den Behörden. Damals war ich noch jung, minderjährig. Ich wusste, dass es nicht in meine Akten wandert, aber ich hatte Angst, dass sie mich beim Ausbildungsprogramm deswegen nicht nehmen würden.«

»Sie wollten also unbedingt Sanitäter werden? Weshalb?« Der Captain sieht mich an, die Brauen eng zusammengezogen.

»Ich möchte Menschen helfen. Wie mein Dad. Ich wollte Sanitäter werden, seit er gestorben ist, und ich wollte es noch mehr, nach dem, was mit Bill geschehen war. Bitte, nehmen Sie mir das nicht weg, Captain! Es ist das Einzige, was ich kann. Ich war nie gewalttätig bei der Arbeit oder gegen jemanden, der mich nicht angegriffen hat, außer gegen Murphy, aber der hat seine Klappe wegen Dani nicht halten können, und ich entschuldige mich auch bei dem Idioten, nur lassen Sie mich weiter das tun, was ich gut kann und was ich liebe. Ich brauche das, Captain.«

Nachdenklich sieht er mich an, ehe er ein paar Blätter aus seiner Schublade auf den Tisch knallt.

»Das sehe ich auch so, Junge.«

Fassungslos starre ich ihn an. Meint er das ernst?

»Das«, er zeigt auf den Papierstapel auf dem Tisch, »sind Aussagen von Ihrer Mutter, Logan, Carlos und von Danielle St. Clair. Sie flehen mich an, Sie nicht vom Rettungsdienst zu entfernen. Dieser liest sich sogar wie ein Liebesbrief.«

Er wirft mir einen E-Mail-Ausdruck zu, von Danis Adresse, gesendet an den Captain. Sie hat die E-Mail vor einer Woche geschickt. Schnell überfliege ich die Zeilen und versuche mich vor dem Captain zusammenzureißen, dennoch steigt mir Hitze ins Gesicht und mein Magen flattert, wenn ich lese, was sie geschrieben hat.

Bedenkt man, dass Dani das alles erst nach dem Vorfall mit Bill verfasst hat, ist das Ganze noch viel unglaublicher als ohnehin. Wer schreibt schon solche Dinge über einen Kerl, der gerade mit einem Schluss gemacht hat und nicht für einen da war? Nur eine Frau ist so selbstlos. Dani.

Lieber Captain,
ich flehe Sie an, Brock weiterhin für das FDNY als Sanitäter arbeiten zu lassen. Stecken Sie ihn bitte auch nicht in die Verwaltung, denn Brock ist genau da, wo er hingehört, auf der Straße, um Menschen zu helfen, weil es das ist, was er gut kann und wofür sein ganzes Herz schlägt. Brock ist so gut in dem, was er tut, weil er mitfühlend ist und trotzdem einen kühlen Kopf bewahrt. Ich weiß, dass man das nur schwer glauben kann, wenn man die Dinge hört, die in seiner Vergangenheit geschehen sind, oder weiß, wie er sich bei dem Vorfall mit dem Brand neulich verhalten hat, aber es ist doch umso erstaunlicher, dass er seitdem so

hart an sich gearbeitet hat. Wenn Sie Brock auch nur ein wenig kennen, wissen Sie, was ich, Carlos oder mein Bruder, der ebenfalls fürs FDNY arbeitet, seit jeher wissen: Brock ist Sanitäter. Für ihn ist das nicht nur ein Job, es ist seine Berufung. Könnte er den Menschen nicht mehr helfen so wie jetzt, würde ihn das langsam umbringen. Ich weiß, das klingt etwas dramatisch, aber ich kenne ihn gut genug, um zu wissen, dass es so ist. Sie wissen ja, was mir passiert ist, und obwohl ich gerettet wurde und es mir wieder gut geht, fühlt Brock sich deshalb schuldig, weil er glaubt, nicht genug für mich getan zu haben, weil er nicht da war, um es zu verhindern, oder mich behandeln konnte. So ist er nun mal. Das macht ihn aus. Und ich bin dankbar dafür, weil es zeigt, was für ein guter, tief fühlender Mensch Brock ist.

Ich kenne ihn fast mein ganzes Leben lang, auch wenn ich nicht immer Teil seines Lebens gewesen bin, aber ich bürge für ihn, wenn das etwas zählt, und ich vertraue ihm und weiß, dass er selbst glaubt, eine Gefahr zu sein, weil er Bill Sneider Gewalt angetan hat. Aber das erklären doch die Umstände! Diese Vorfälle sagen nichts über Brocks Charakter aus. Ein Mann, der dafür lebt, andere zu retten und für sie da zu sein, sollte nicht an einem einzigen Vorfall oder an einem Fehler in seinem Leben beurteilt werden, sondern daran, wie er sich jeden Tag, den er für das FDNY arbeitet, verhält. Und ich bin mir absolut sicher, dass, wenn Sie das beherzigen, Brock nur bei Ihnen bleiben kann. Denn ich kenne Brock McNamara und weiß, dass er einer von den Guten ist. Ihre Danielle St. Clair.

PS: Bitte leiten Sie das an alle Stellen weiter, die mit Brocks Fall betraut werden. Danke!

»Ich habe getan, was Danielle vorgeschlagen hat, und was soll ich sagen, wir mussten ihr recht geben. Sie schlafen vielleicht mit den falschen Frauen, oder zumindest war das früher so, und wenn es um diesen Bill geht, brennen bei Ihnen verständlicherweise die Sicherungen durch, aber Sie sind auch einer der besten Sanitäter, die je für mich gearbeitet haben. Deshalb schlage ich Ihnen Folgendes vor, McNamara: Sie sitzen zehn Einheiten beim Seelenklempner Ihrer Wahl ab oder bei dem der Dienststelle und können ab sofort wieder den Dienst antreten.«

Ich bin sprachlos. Während ich aufstehe, stopfe ich Danis E-Mail in meine Hosentasche und schüttle ihm dann die Hand.

»Sie werden Ihre Entscheidung nicht bereuen, Captain. Das verspreche ich Ihnen.«

Kapitel 33

Dani

Mir graut vor diesem Tag, und dennoch sehne ich ihn herbei. Denn ich weiß, dass ich Brock heute wiedersehen werde, auf Logans Geburtstags-BBQ. Wir feiern im Hinterhof. So gut wie die ganze Wache ist dabei, zumindest die Leute, mit denen Logan arbeitet oder befreundet ist, also eigentlich alle. Meinen Bruder direkt zu fragen, ob Brock auch kommt, habe ich aus Stolz verworfen, stattdessen leide ich lieber seit Stunden an einer nervösen Unruhe, die mich gereizt macht. Ich weiß einfach nicht, wie ich ihm noch unter die Augen treten soll, nach diesem oberpeinlichen Telefonvorfall.

Mein Herz bleibt stehen, als ich sehe, dass Brock in den kleinen Garten kommt. Beinahe fallen mir die Burgerbrötchen vom Teller. Wieso muss er so gut aussehen? Das ist unfair!

Brock trägt ein dunkelgrünes, langärmeliges Shirt, das seinem definierten Oberkörper schmeichelt und seine Augen wahnsinnig grün aussehen lässt. Als hätten die das nötig. Und natürlich steckt sein knackiger Hintern in einer perfekt sitzenden Jeans. Seine Hände zu sehen, die sich unglaublich gut auf mir angefühlt haben, löst unanständige Gedanken aus und bringt die sensiblen Teile meines Körpers zum Glühen. Gemixt mit Gefühlen der Scham und Zurückweisung ist der Hormoncocktail, der in mir brodelt, nur schwer zu ertragen. Deshalb gehe ich schnurstracks zu Logan, der am Grill steht, als Brock erscheint.

Er blickt sich suchend im Garten um. Seine Größe verschafft ihm einen Vorteil. Es dauert keine Minute, da hat er mich auch schon im Visier und kommt auf mich zu. Ich drehe mich um, weg von ihm, und lege Brötchen auf den Rost, während mein Bruder das Fleisch mit Bier bespritzt, ehe er es wendet.

»Ich muss mit dir reden.« Brock klingt gehetzt. Logan starrt zuerst mich, dann ihn an.

»Dir ist schon klar, dass *ich* Geburtstag habe.«

Logan schüttelt amüsiert den Kopf und trinkt ein Bier.

»Ja, klar. Alles Gute, Mann! Du bist der beste Freund, den man sich wünschen kann. Dein Geschenk liegt drinnen bei den anderen. Und jetzt muss ich ganz dringend mit Dani reden«, rattert Brock herunter und sieht dabei die ganze Zeit zwischen Logan und mir hin und her. Er wirkt aufgeregt.

»Ich hab keine Zeit.« Mit einer ziemlich lahmen Geste zeige ich auf die Brötchen und die Gäste im Garten, die Mom bei Laune hält. Dad sitzt in seinem Sessel und beobachtet die Party. Noch bevor Logan mir sein Okay gibt, schnappe ich mir das gegrillte Fleisch und gebe es auf die Brötchen, um sie dem ersten Tisch zu servieren. Eine Meute ausgehungerter Feuerwehrmänner reißt mir die Burger förmlich aus der Hand.

»Ist noch Bier da?«, fragt einer, und ich nicke. Ich spüre, dass Brock mich nicht aus den Augen lässt. Er folgt mir in die Küche, wo ich einige Bierflaschen aus dem Kühlschrank in eine kleine Wanne mit Eis lege. Bei jedem Handgriff beobachte er mich. Ständig muss ich daran denken, wie ich ihn betrunken am Telefon angefleht habe. Ich möchte im Erdboden versinken. Kann er nicht verschwinden und mich meinem Elend überlassen?

»Herrgott noch mal! Hör auf, so zu tun, als wäre ich nicht da. Zum hundertsten Mal … Ich muss dringend mit dir reden!« Brock starrt mich unzufrieden an und zieht einen Zettel aus seiner Gesäßtasche hervor. »Darüber!«

Er hält mir einen stark zerknitterten Ausdruck einer Mail an seinen Captain hin, den ich auf den ersten Blick erkenne. Ertappt und bis in die Haarspitzen bloßgestellt drehe ich mich um. Ich kann es nicht ausstehen, mich so zu fühlen, vor allem vor ihm.

»Den hab ich noch vor dem dämlichen Anruf geschrieben.« Um ihn auf Distanz zu halten und weil es mir hilft, mich weniger verwundbar zu fühlen, verschränke ich die Arme vor der Brust.

»Was?«, zischt er. »Hättest du ihn danach etwa nicht mehr geschrieben?« Brock starrt mich schwer atmend an. Er tritt direkt vor mich, damit ich gezwungen bin, ihn anzusehen. Wenn seine grünen Augen mich durchbohren, kann ich nicht lügen, auch wenn ich es sollte.

»Doch, natürlich! Das ist … ach verdammt! Ich will jetzt nicht darüber reden. Verzieh dich, Brock!«

Ich drehe mich von ihm weg, schnappe mir die Bierwanne und lasse ihn in der Küche zurück. Auf dem Weg nach draußen löst sich der Knoten in meinem Magen ein klein wenig auf, selbst wenn ich Brocks starrende Blicke weiterhin im Nacken spüre.

»Hey, Dani! Soll ich dir beim Tragen helfen?«

Murphy drängt mir seine Hilfe auf. Ich nehme sein Angebot an, größtenteils um Brock damit zu ärgern. Nicht gerade erwachsen, aber im Moment bringt Brock mich auf die Palme. Jetzt will er reden! Jetzt auf einmal!

Murphy ist ein Weiberheld, wie er im Buche steht, und auch wenn er ganz gut aussieht mit seinem braunen Wuschelhaar und den vielen Muskeln, ist er absolut nicht mein Typ. Doch sein Verhalten macht klar, dass ich seiner bin. Was nicht schwer ist. Immerhin habe ich Brüste und einen Puls. Er macht mir ein übertriebenes Kompliment nach dem anderen. Eigentlich kann ich so was überhaupt nicht leiden. Was bedeutet das schon von jemandem, der nichts über einen weiß. Dennoch lächle ich ihn an, als würde ihm die Sonne aus dem Arsch scheinen, nur weil Brock dann aussieht, als hätte jemand Weihnachten abgesagt. Nach dieser Demütigung seinetwegen brauche ich das, auch wenn ich mich deshalb wie ein Miststück fühle. Logan verdreht die Augen. Doch erst als Murphy anzüglich über meinen nackten Oberarm streift, reicht es Brock endgültig. Er drängt sich zwischen uns und wirft Murphy einen angepissten Blick zu, der jeden anderen sofort in die Flucht schlagen würde.

»Wir reden! Jetzt!«, ist alles, was er sagt, ehe er mich von Murphy wegzieht, der deshalb belustigt auflacht. So viel zu seinem Interesse an mir.

Ich zerre am Arm, mit dem Brock mich festhält. »Du spinnst doch! Lass mich sofort los!«

Brock stapft weiter mit mir ins Haus, direkt nach oben. Er öffnet die Tür zu meinem Zimmer und bugsiert mich rein. Wir messen einander mit Blicken, jeder auf seine eigene Weise angepisst und frustriert.

»Was soll das alles, Brock?« Ich schreie ihn an. Er atmet viel zu schnell und sieht mich an, als wäre ich etwas, das man verzehren kann. Doch ich verspüre deshalb keine Angst, nur Wut und Aufregung. Kaum will ich etwas sagen, werde ich gegen die Wand gedrängt und spüre seinen gehetzten, warmen Atem auf meinen Lippen.

»*Ich* berühre dich, Dani! Niemand sonst. Ich will nur berühren, was mir gehört.« Brocks Finger fahren zitternd über meine Lippen. Ich fühle Tränen und eine heiße Erregung, die mir den Kopf verdreht.

»Aber ich gehöre dir nicht, nicht mehr!«

Eine eigensinnige Träne läuft mir über die Wange. Brock sieht mir tief in die Augen, so tief, wie er es sonst nur macht, wenn er mit mir schläft.

»Und was, wenn ich einen Fehler gemacht habe? Wenn ich alles zurücknehme, was ich im Krankenhaus gesagt habe?«

Forschend betrachten seine unruhigen grünen Augen mein Gesicht. Noch ehe ich antworten kann, raubt er mir mit einem Kuss den Atem. Er drängt verzweifelt seine Zunge gegen meine und hält dabei meinen Kopf mit beiden Händen fest. Seine wachsende Erektion drückt gegen mich. Hart. Verlangend.

»Was wäre, wenn …«, flüstere ich aufgewühlt, unsere Münder knapp voneinander entfernt. Wic Magneten bewegen sie sich aufeinander zu. »Ist es wirklich so einfach? Und was, wenn Murphy mich nicht angefasst hätte? Was, wenn du es dir schon morgen wieder anders überlegst, hm?«

»Nein«, unterbricht er mich scharf. »Das werde ich nicht. Ich verstehe es jetzt. Dein Brief, er hat alles verändert, er hat alles ins rechte Licht gerückt.«

Ich möchte Brock glauben, weil ich ihn liebe, aber im Moment kann ich seine Nähe kaum aushalten. Es zerreißt mich. Jedes Mal, wenn ich ihn ansehe, spüre ich, wie weh es getan hat, als er mich im Krankenhaus verlassen hat, und wie bloßgestellt und allein ich mich fühlte, als ich ihn anrief.

»Aber vielleicht ist es bereits zu spät für uns.«

Kopfschüttelnd hält Brock mich weiterhin fest. Er presst seinen Körper gegen mich und lehnt seine Stirn an meine.

»Du hast mich einfach so aufgegeben, Brock. Du hast nicht eine Sekunde daran gedacht, um uns zu kämpfen. Ich habe dich gebraucht, dich vermisst, aber du warst zu beschäftigt, dich schuldig zu fühlen, anstatt für mich da zu sein.« Brocks Augen glänzen feucht, aber ich kann ihm nicht geben, was er von mir will, auch wenn ich es eigentlich mehr will als alles andere. Ich kann es einfach nicht.

»Ich weiß nicht, wie ich dir noch vertrauen soll, Brock! Und was wäre das mit uns, ohne Vertrauen, ohne Freundschaft? Doch nur Sex. Ich will mehr als das. Und ich verdiene mehr.«

Seltsamerweise war er derjenige, der mich das hat erkennen lassen. Brock hat mir gezeigt, dass ich mehr wert bin, als ich selbst geglaubt habe, und ich möchte mehr, weil er mich so gesehen hat, als jemand, der mehr verdient und der das Recht hat, mehr einzufordern, auch wenn das heißt, ihn jetzt zurückzuweisen, auch wenn jede Faser in mir schreit, es nicht zu tun und mich ihm wieder hinzugeben.

Ich bin eine St. Clair. Ich habe ein großes, aber eben auch ein stolzes Herz. Zeit, dementsprechend zu handeln.

Behutsam und langsam lässt Brock von mir ab. Den Verlust seiner Nähe zu verkraften ist noch schwerer, als ich dachte. Dennoch gelingt es mir, die Tränen zurückzuhalten. Ihn jetzt anzusehen tut einfach nur weh, und der Ausdruck in seinem Gesicht sagt mir, dass es ihm wohl genauso geht.

»Du hast recht. Du verdienst mehr!«

Brock setzt sich auf mein Bett, von dem ich einmal dachte, wir würden eines Tages auch hier zusammen sein, die Fantasie wahr machen, die wir in einem intimen Moment im Bad meiner Eltern erschaffen haben. Der heftige Stich, den ich bei seinem Anblick in der Brust fühle, beweist, wie unsicher ich seinetwegen noch immer bin, egal was ich gerade gesagt habe. Brock hebt seinen Blick und wirkt gefasst, als er nach meiner Hand fassen will, die ich ihm aber nicht gebe, weil ich dann nicht mehr stark sein kann.

»Ja, Kleines! Du verdienst mehr, und du bekommst es

auch!« Noch ehe ich fragen kann, wie er das meint, höre ich einen lauten Schrei bis hier nach oben. Das war die Stimme meiner Mom. Brock und ich wechseln erschrocken einen kurzen Blick. Er reagiert sofort und rennt nach unten. Ich folge ihm, so schnell ich kann. Im Hinterhof stehen die Leute im Kreis zusammen und versperren uns die Sicht auf das, was vorgeht.

»Brock!«, höre ich Logan aus der Mitte der herumstehenden Männer und Frauen rufen. Durch Logans verzweifelten Tonfall alarmiert, drängen Brock und ich uns vorbei. Die Leute werfen mir mitleidige Blicke zu. Mir schwant Übles, wenn ich in die Gesichter der Umstehenden sehe. Meine Befürchtungen werden wahr, als wir in die Mitte gelangen und Mom und Logan auf dem Boden kauernd vorfinden. Sie beugen sich über einen Mann, der auf der Erde liegt. Jemanden, der Dads alte Schuhe trägt. Nein, das kann er nicht sein. Nicht er!

Jamie zieht meine Mom von dem Mann auf dem Boden weg, damit Brock zu ihm Zugang hat, und da sehe ich, was sich nicht mehr leugnen lässt. Da liegt Dad. Er hat Schmerzen und ächzt, als könne er nicht mehr lange durchhalten. Was geht hier vor?

»Verdammt, macht Platz! Joe braucht Platz zum Atmen«, brüllt Logan, der auf unseren Dad starrt, und alle weichen sofort zurück. Zwei Dutzend muskelbepackte, krisenerprobte Feuerwehrmänner stehen einfach nur da, während Brock sich um meinen Dad kümmert. Es scheint, als ginge es ihnen wie mir, als könnten sie nicht fassen, dass der unerschütterliche Joe St. Clair tatsächlich sterblich ist.

Ich knie mich neben Brock hin. Mom und ich wechseln einen schockierten Blick. Mein Dad sieht überhaupt nicht gut aus. Er atmet viel zu schnell und zu flach. Außerdem schwitzt er. Immer wieder fasst er sich an die Brust und klagt über ein

Engegefühl in der Brust. Logan redet am Handy mit dem Notruf und gibt durch, dass unser Vater einen Infarkt haben könnte. Brock nickt ernst, als Logan den Verdacht weitergibt. Mutter presst sich die Hand auf den Mund und schluchzt auf. Weil ich nichts für meinen Dad tun kann, nehme ich sie in den Arm und drücke sie ganz fest. Mom lässt Dads Hand aber nicht los.

»Brock.« Ich flehe ihn ohne weitere Worte an, flehe ihn an, alles für meinen Vater zu tun. Er zögert keine Sekunde, sieht aber kurz zu mir, als wolle er sichergehen, dass ich das hier auch verkrafte. Brock öffnet Dads Hemdkragen und legt ihm eine Decke über die Beine. Besorgt hörte er seine Brust ab, misst seinen Puls und verzieht missmutig den Mund.

»Habt ihr Aspirin da?«

»Was?«, fragt Logan, als hätte er das Wort zum ersten Mal gehört.

»Aspirin, Logan! Das Zeug, das du nimmst, wenn du krank oder verkatert bist«, fahre ich ihn an. Logan nickt heftig.

»Hol mir alles, was du dahast, oder alles andere, in dem Acetylsalicylsäure drin ist … ach, hol einfach das Aspirin.«

Brock bleibt ziemlich ruhig, während Logan ins Haus eilt, um die Tabletten zu holen.

»Joe, versuch weiter, ruhig zu atmen. Ja, so ist es gut. Der Rettungswagen wird jede Minute da sein.«

Brock fasst nach Dads zur Faust geballter Hand, die auf seiner Brust liegt. Mein Dad drückt dankbar Brocks Hand. Er hat Schmerzen. Brock nickt ihm zu, als habe er verstanden, was mein Dad ihm sagen will. Auch wenn ich keine Ahnung habe, worum es dabei geht, habe ich das Gefühl, Dad beruhigt sich ein wenig. Er konzentriert sich auf seine Atmung und sieht dabei Mom an.

Logan kommt zurück und hält Brock eine Handvoll Pillen entgegen. Wenn das Aspirin nicht dabei ist, drehe ich durch. Erleichtert zieht Brock die richtige Packung hervor und drückt zwei Tabletten aus dem Film. Ich fasse hinter mich und taste auf dem Tisch nach einem Glas Wasser, das ich Brock reiche. Er hilft meinem Vater, die Pillen zu schlucken.

»Es hilft, Verklumpungen in seinem Blut zu verhindern. Es ist alles, was wir tun können, bis die Ambulanz kommt.«

Kaum hat Brock seinen Satz beendet, eilen Rettungshelfer durch unseren Hinterhof. Mom und ich stehen auf, um ihnen Platz zu machen. Sie kümmern sich um Dad, reden mit Brock und hieven meinen Vater auf eine Trage. Alle folgen den Sanitätern zum Rettungswagen vor unserem Haus und sehen zu, wie Dad in dem Auto verschwindet.

»Laura!«, ruft Brock meine Mom. Sie zögert nicht, umarmt mich, Jamie und Logan und steigt dann ein. Ich wünschte, ich könnte mit. Logan kommt zu mir und legt mir den Arm um die Schulter. Brock blickt ihn und mich an, bevor er in den Wagen klettert.

»Ich kümmere mich um ihn. Versprochen.«

Es ist das Einzige, was im Moment die Angst und das Gefühl absoluter Hilflosigkeit lindert. Brock wird nicht zulassen, dass Dad etwas passiert. Das weiß ich.

Kapitel 34

Brock

Warten ist das Schlimmste. Ich erinnere mich jedes Mal daran, wenn ich in die Gesichter derer sehe, die hier sitzen und nicht wissen, ob die, wegen denen sie hier sind, noch leben oder wie schlimm sie verletzt sind.

»War es bei mir auch so?«, fragt Dani mich klamm. Sie sitzt neben mir, völlig verängstigt. Wie die anderen auch.

»Ja.« Warten ist einfach das Letzte. Nicht zu wissen, wie es ihr wirklich geht, und nicht bei ihr sein zu können, war beschissen, deshalb weiß ich, wie es ihr und ihrer Familie gerade geht. Sie alle so zu sehen ist schrecklich, vor allem weil ich nichts für sie tun kann. Es ist wie damals bei Dad. Wie ich dieses Gefühl verabscheue.

Danis Schniefen ist im ganzen Raum zu hören und schneidet mir ins Herz. Egal was vorhin zwischen uns passiert ist, wir sind immer füreinander da, deshalb nehme ich ihre Hand in meine und halte sie. Ihre kleine Hand ist eiskalt. Dani sieht mich sehr lange an, ehe sie dankbar zurückdrückt. Ich muss an alles denken, was sie in dem Brief geschrieben hat, aber auch daran, was sie in ihrem Zimmer zu mir gesagt hat. Während ich fest ihre Hand in meiner spüre, spielt das alles jedoch keine Rolle, weil ich genau weiß, was ich für diese Frau empfinde. Ich weiß, was ich will, und ich werde sie nicht aufgeben. Ich kann nicht. Wenn Joes Zusammenbruch überhaupt etwas Gutes an sich hat, dann, dass ich trotz Danis Irrglauben, sie könne mir nicht mehr vertrauen, weiß, wie sehr ich sie will und wie sehr ich sie brauche. Ich habe Joes Blicke gesehen, die er Laura zugeworfen hat, als er nicht wusste, ob er das übersteht. Ich habe gesehen, was Liebe sein kann, selbst nach vielen Jahren, und genau das will ich für mich und Dani. Und ich will, dass sie das will.

»Als ich damals nicht genau wusste, ob Mom durchkommt oder nicht, war es, als wäre ein Teil von mir nicht mehr da, als könne der nicht glauben, dass das wirklich passiert ist. Ich sehe dir an, dass es dir ähnlich geht. Das mitanzusehen ist schwer zu ertragen.«

Dani presst die Lippen fest aufeinander. Eine dicke Träne rinnt ihre Wange hinab und tropft von ihrem Kinn.

»Ich bin froh, dass du da bist«, flüstert sie und drückt meine Hand ganz fest.

»Ich werde immer da sein, Dani. So oder so. Versprochen!«

Ja, ich will für sie da sein, aber ich will mehr sein als nur ein Freund, sehr viel mehr. Ich sehe Dani an, wie sie mit sich kämpft. Sie will mir glauben, aber sie hat Angst, weil ich sie verletzt und enttäuscht habe. Den leichten Weg habe ich mir in meinem Leben ohnehin nie ausgesucht, warum sollte das jetzt anders sein, da ich jemanden liebe.

Hier, in dieser angespannten, schrecklichen Seifenblase des Warteraums ist es leichter, gewisse Dinge auszusprechen. Dani geht es dabei nicht anders als mir. Sie neigt sich zu mir rüber und flüstert weiterhin, um all die anderen, die gezwungen sind, hier zu sein, nicht zu stören. Sie ist stets rücksichtsvoll. Eines der vielen Dinge, die ich an ihr liebe. Dani hat mich niemals verurteilt. Nie. Nicht für meinen beklagenswerten Umgang mit Frauen, nicht für meine Probleme mit meiner Mutter, ja noch nicht mal für den ganzen Scheiß mit Bill. Und sie war immer für mich da. Dani hat mir gezeigt, was Freundschaft sein kann. Ich hingegen habe ihr nur gezeigt, was Lust sein kann. Nun möchte ich, dass wir beide unsere Chance nutzen und zusammen herausfinden, was Liebe sein kann.

Das alles geht mir durch den Kopf, als meine Kleine sich zu mir beugt, um mir zuzuflüstern, dass sie mich vermisst.

Ich sage ihr leise, dass sie mir auch fehlt. »Das Schlimme ist, ich weiß nicht, was in deinem Leben so passiert. All die Monate haben wir so gut wie alles zusammen gemacht, wussten jede Kleinigkeit über den anderen, und jetzt weiß ich gar nichts mehr von dir.«

»Ich habe meinen Job gekündigt«, sagt Dani nüchtern. Überrascht starre ich sie an.

»Wieso?«

»Weil Dad recht hatte, Brock! Ich gehöre dort nicht hin. Von Anfang an nicht. Ich will zwar nicht jahrelang meine Schulden abstottern, aber dort kann ich nicht mehr arbeiten. Die haben verlangt, dass ich mittwochs – ach ja, das weißt du gar nicht. Ich arbeite jeden Mittwoch …«

»… in einer ehrenamtlichen Einrichtung in Brooklyn, ich weiß.« Jetzt ist Dani an der Reihe, überrascht auszusehen.

»Woher …«

»Ich habe Logan dazu gebracht, es mir zu erzählen. Es hat mir keine Ruhe gelassen. Ich musste wissen, was es mit dem Mittwoch auf sich hat.«

Dani betrachtet mich nachdenklich, ehe sie weiterspricht.

»Diese Snobs haben verlangt, dass ich dort aufhöre und mir stattdessen eines ihrer Prestigeprojekte aussuche, sonst wollten sie mich einfach rausschmeißen.« Wütend schnaubt sie und schüttelt den Kopf.

»Da musste dein irischer Sturschädel natürlich klare Verhältnisse schaffen.« Ich schmunzle Dani an.

Traurig erwidert sie mein Lächeln. »So wie Dad es sich von mir gewünscht hätte.«

»Ja, genau so. Gut gemacht, Kleines! Du warst schon immer zu gut für diese reichen Säcke.«

Ihr Daumen streichelt beiläufig meine Hand. Mein ganzer Körper erwärmt sich durch diese simple Berührung.

»Was soll's. Ich mag unsere Seite der Brücke sowieso lieber.«

Wir sehen uns lange an. Ich würde sie jetzt gern umarmen, aber ich weiß nicht, ob sie das zulässt, also streichle ich stattdessen mit meinem Daumen ebenfalls über die zarte Haut ihrer Hand.

»Apropos unsere Seite der Brücke … Joseph hat mich neulich angerufen. Er meinte, das Apartment wäre in etwa einem Monat wieder bewohnbar, und wie Wunder das so an sich haben, hat er auch nicht vor, es jemand anders zu überlassen. Er ist noch nicht mal sauer wegen des Brandes.«

»Er weiß, genau wie ich, dass es nicht deine Schuld war. Deshalb ist er nicht sauer.«

Dani ist wunderbar stur. Noch eine Sache, die ich an ihr bewundere, auch wenn sie leider im Moment dafür sorgt, dass sie mich von sich stößt.

»Ich habe ihn darum gebeten, dich in den Mietvertrag mitaufzunehmen.« Und zwar gleich nachdem ich aus der Wache raus war, als ich ihre E-Mail zum ersten Mal von Anfang bis Ende gelesen hatte.

»Brock, ich …«

»Der Arzt kommt.«

Laura legt ihre Hand auf die Schulter ihrer Tochter, die nun den Chirurgen auf dem Gang erblickt. Der Arzt in den OP-Klamotten öffnet die Flügeltür und atmet tief durch, ehe er die Gesichter im Raum absucht. Er sieht nicht aus wie einer, der wirklich schlechte Nachrichten überbringt. Diesen Gesichtsausdruck kenne ich nämlich besser, als mir lieb ist. Ein gutes Zeichen. Ich hoffe es für sie alle.

»Wer von Ihnen ist Laura St. Clair?«

»Das bin ich«, sagt Danis Mutter. Sie erhebt sich wackelig. Logan und Jamie treten an ihre Seite, um sie zu stützen. Dani steht auf und geht zu ihrer Familie. Ich stelle mich direkt hinter die St. Clairs. Dani lehnt sich an mich, als sie dem Arzt ins Gesicht sieht. Der Chirurg ist Ende vierzig und macht einen guten Eindruck. Leider kenne ich ihn nicht.

»Ihr Mann ist wohlauf. Es geht ihm einigermaßen gut.« Alle atmen auf. Dani presst sich gegen mich. Guter Mann, er fängt mit dem Wichtigsten an. Ich bin genauso erleichtert wie alle hier, obwohl ich es hätte wissen müssen. Joe ist unverwüstlich, wie irisches Unkraut.

»Es war ein Infarkt, und deshalb muss Ihr Mann auch seine bisherige Lebensweise ändern und Medikamente nehmen, damit es nicht noch mal zu einem akuten Vorfall wie diesem kommt. Das bedeutet, ausgewogene Diät, mehr körperliche Betätigung und regelmäßige Check-ups.« Danis Mom nickt ernst und dankt dem Doktor, indem sie ihm mehrmals die Hand schüttelt.

»Haben Sie ihm das mit der Diät schon gesagt, Doc?«, will Logan wissen. Dani verpasst ihm sofort eine gegen die Brust.

»Wieso wollen Sie das wissen?«

»Weil ich fürchte, dass mein Dad sofort den nächsten Anfall kriegt, wenn er davon erfährt.«

Der Arzt lacht. »Ich verstehe … Ist Ihre Küche so gut, Mrs St. Clair?«

»Das ist sie«, antwortet Laura stolz, »und das wird sie bleiben, selbst mit Schonkost.«

»Was genau ist eigentlich passiert, Doktor?«

Dani möchte verstehen, was mit Joe geschehen ist.

»Ihr Vater hatte ein Blutgerinnsel an einer verengten Gefäßstelle. Da er schnell und stabil eingeliefert wurde, konnten wir zügig eine Herzkatheterunterschung vornehmen und mittels einer speziellen Technik die Verengung entfernen, sodass das Blut wieder ungehindert fließen kann. Dabei haben wir leider auch festgestellt, dass es bereits weitere erste Ablagerungen gibt.«

Besorgt sehen die St. Clairs sich an. Sie ahnen, dass ihr und vor allem Joes Leben sich von nun an ändern muss. Er wird gesünder leben und seinen Stress reduzieren müssen. Das wird eine immense Herausforderung für den stolzen Feuerwehrmann.

»Ich lese hier«, sagt der Arzt, als er die Unterlagen durchgeht, »dass einer der Sanis ihm sofort nach Eintreten der Symptome Aspirin gegeben hat. Gut möglich, dass er damit Ihrem Vater das Leben gerettet hat.«

Laura, Logan, Jamie und Dani starren mich an. Der Arzt wirkt irritiert.

»Das war Brock. Brock hat ihm das Aspirin gegeben und sich sofort um ihn gekümmert. Er ist Sanitäter bei der Stadt.« Dani nimmt wieder meine Hand und drückt sie ganz fest.

»Praktisch, einen Sanitäter in der Familie zu haben«, scherzt der Chirurg und nimmt an, dass ich zu Dani gehöre, dass ich zu ihnen allen gehöre.

»Ja, das ist es«, sagt Laura. Sie blickt dabei auf unsere ineinander verschlungenen Hände und lächelt mich an. Ich lächle zurück, denn ich hoffe, dass das, was wir den Arzt glauben lassen, weil es im Augenblick einfacher ist, als die kompliziertere Wahrheit zu erzählen, bald schon wahr sein wird.

»Sie können jetzt übrigens zu ihm. Ich bringe Sie hin.«

Die St. Clairs machen sich auf, um bei Joe zu sein. Als Dani meine Hand loslässt, um ihrer Familie zu folgen, halte ich sie zurück.

»Dani, warte kurz.« Ihre Leute bleiben an der Tür stehen.

»Was ist denn?«

Ich krame in meiner Jackentasche nach dem zerknitterten Ausdruck und gebe ihn ihr. Sie sieht mich fragend an und hält verwirrt den Zettel fest.

»Ich brauche ihn nicht mehr.«

Ein verletzter, panischer Ausdruck huscht über ihr Gesicht, ehe sie ihre Züge wieder in den Griff bekommt. Ihre Lippen zittern verdächtig.

»Ich kenne ihn auswendig, Dani! So sieht er nicht aus, weil ich ihn in meiner Jeans herumschleppe, sondern weil ich ihn öfter, als ich zählen kann, gelesen habe.«

Schwer atmend starrt sie mich an. Ich kann spüren, wie es in ihr brodelt, doch sie hält sich zurück.

Versteht sie es denn noch immer nicht?

»Du solltest das nur wissen.«

Ich trete nahe an sie heran und ignoriere die neugierigen Blicke ihrer Familie, als ich sie auf die errötete Wange küsse, sanft und unschuldig, wie ein Freund, der ich nicht mehr sein will, und wie ein Mann, der wagt, auf mehr zu hoffen. Der bereit ist, um mehr zu kämpfen.

»Und du sollst es nicht vergessen.«

Ich trete ein paar Schritte zurück. Sie sieht mich an, als lodere ein Feuer in ihr.

»Sagt Joe, dass ich froh bin, dass es ihm bessergeht.«

Kapitel 35

Dani

Heute ist der dreißigste Hochzeitstag meiner Eltern. Die Feier ist seit Monaten geplant. Freunde und Verwandte kommen von überallher, um dabei zu sein. Wir haben das Fest nicht abgesagt wegen dem, was an Logans Geburtstag passiert ist. Mom will jedes Jahr, das sie mit Dad hatte, feiern, und auch alle, die noch kommen werden. Zuerst hatte ich Bedenken, aber als ich mitangesehen habe, wie mein Dad gestrahlt hat, als ihm seine Frau das sagte, war es entschieden. Danach hat Dad allerdings nicht mehr gestrahlt, als er erfuhr, was es zu essen gibt. Zumindest für ihn.

Meine Mom hat Brock eingeladen. Das macht mich höllisch nervös. Denn ich dachte, nach dem, was im Krankenhaus gewesen ist, würde er vielleicht vorbeikommen oder anrufen, um die Dinge zwischen uns endgültig zu klären. Doch er hat nichts davon getan, während ich ständig über den Kuss und die Tatsache, dass ich im Mietvertrag stehe, nachdenke. Ich weiß einfach nicht mehr, wie ich mich ihm gegenüber verhalten soll. Wendy meint, ich solle ihm in den Hintern treten und ihn dann besinnungslos vögeln. Da der Rat von ihr kam, habe ich ihn wieder verworfen, obwohl er seinen Reiz hat, das muss ich zugeben. Logan hat gestern ganz komisch gefragt, ob es auch okay für mich wäre, dass Brock dabei sein wird, weil er ja Dad gerettet hat. Na, was hätte ich darauf schon antworten sollen. Okay ist es nicht, aber, wenn ich ehrlich bin, will ich, dass er kommt. Ich möchte ihn sehen. Ich möchte das zwischen uns klären. Endgültig.

»Danielle! Kaum zu glauben, dass aus dir so eine schöne Frau geworden ist. Ganz ohne die Speckrollen.«

Tante Cassandra glotzt mich erstaunt an, als wäre ich eine Zirkusattraktion. Es ist schwer zu glauben, aber für sie ist das, was sie von sich gibt, tatsächlich ein Kompliment. Wir bedauern es nicht, dass Dads älteste Schwester in Kentucky lebt.

»Danke, Tante Cass«, sage ich zuckersüß. Ich weiß, wie sehr sie Spitznamen hasst. Logan und ich hatten in unserer Kindheit unseren Spaß damit. Während sie beginnt, von ihren undankbaren Kindern zu erzählen, blende ich sie aus und sehe zu meinen Eltern. Die beiden sind so süß zusammen. Mom fragt Dad ständig, ob es ihm gut geht, und er versucht, so zu tun, als würde er Moms gesunde Kost nicht hassen. Ihn jetzt hier zu sehen, umgeben von seinen Freunden, Kollegen und unseren Verwandten, ist so viel besser als in einem Krankenhausbett, angeschlossen an Geräte und leichenblass.

»Dani, dein besonderer Freund kommt gerade rein«, flüstert mir Logan zu, und schon fährt mein Magen Achterbahn. Ich schaffe es nicht mal hinzusehen. So nervös bin ich.

»Soweit ich weiß, ist er auch dein Freund.«

»Ja, aber ich will ihn nicht bei den Eiern packen, das macht unsere Freundschaft weniger besonders.«

Genervt verdrehe ich die Augen und versuche zu ignorieren, dass Tante Cassandra uns mit aufgerissenen Augen anstarrt. Logan flüstert nicht gerade leise. Als ich mich dann doch umdrehe und Brock in der Tür stehen sehe, weiß ich nicht mal mehr, wie mein zweiter Vorname lautet. Wir starren einander an, und ein paar Augenblicke lang scheint es nur ihn und mich in diesem überfüllten Haus zu geben. Auf einmal kommen mir all die Gründe, mich von ihm fernzuhalten, und meine Ängste, was uns betrifft, sinnlos vor. Ich möchte nur noch auf ihn zugehen und seine Arme wieder um mich spüren. Langsam mache ich einen Schritt auf ihn zu, denke daran, wie er sagte, dass er meinen Brief auswendig kann, und daran, wie seine Lippen sich auf mir angefühlt haben, als ich ihn das letzte Mal sah, dort im Krankenhaus. Es werden drei Schritte daraus. Brock macht sich ebenfalls in meine Richtung auf, zwischen uns lautstark schwatzende Gäste, dennoch kann ich das Herz in meiner Brust schlagen hören. Laut und kräftig. Wir sind nur wenige Schritte voneinander entfernt. Wie ich es liebe, in diese grünen Augen zu blicken, die ich monatelang jeden Morgen als Erstes zu sehen bekam, und wie besonders ich mich dabei gefühlt habe. Genau wie jetzt auch.

»Dani!«, brüllt Jamie durchs Haus. Die Seifenblase platzt. Das Gemurmel der Leute wird lauter und lauter.

»Was ist?«, brülle ich gereizt zurück. Jamie ruft von der Haustür her, aber ich kann ihn durch das Gewühl nicht sehen.

»Es ist für dich.« Jamie klingt fast unfreundlich, ganz untypisch für ihn. Ich seufze frustriert und wende mich von Brock ab, der enttäuscht aussieht. Keine Ahnung, wer mich an der Tür verlangt. Ich erwarte niemanden. Gerade deshalb ist sein Anblick ein richtiger Schock. Ich muss mir ein bitteres Schnauben verkneifen, als ich ausgerechnet Jeff, meinen Ex, in der Eingangstür stehen sehe. Mit dem Anzug und dem Koffer sieht er aus, als wolle er uns eine Versicherung andrehen.

»Jeff! Was willst du denn hier?«

»Ich habe gehört, dass du in der Hayett-Cooper gekündigt hast.« Ungläubig blickt er mir ins Gesicht.

Ich kann nicht fassen, dass er hier auftaucht. Ausgerechnet heute. »Von wem wohl … Kann Ava noch immer nicht die Klappe halten, wenn es um die Angelegenheiten anderer Leute geht?« Finster funkle ich ihn an, den Mann, von dem ich tatsächlich mal geglaubt habe, ich würde in ihn verliebt sein. Das kommt mir fast unwirklich vor und er mir wie ein Fremder.

»Ich bin nicht mehr mit ihr zusammen. Das mit ihr war ein Fehler. Ava war eine Ablenkung, eine Dummheit, Danielle.« Seine Augen flehen mich an. Das konnte er auch früher schon immer gut. Jeff gab mir das Gefühl, ihm etwas schuldig zu sein, als müsse ich ihm dankbar dafür sein, dass jemand wie er sich für jemanden wie mich so verausgabt. Ich kann das nicht ausstehen und hasse, was es aus mir macht. Nein, gemacht hat. Das ist vorbei!

»Das interessiert hier niemanden, also mach, dass du Land gewinnst.« Logan stellt sich neben mich und fixiert Jeff wütend. Jamie blickt ihn genauso finster an und verschränkt drohend die Arme vor der Brust. Ich habe die besten Brüder der Welt!

»Du hast es gehört, Jeff.« Aufrecht stehe ich vor ihm und sehe ihn unverwandt an. Mit Jeff verbindet mich nichts mehr. Absolut gar nichts.

»Aber Dani, Schatz! Du und ich, wir könnten noch mal ganz von vorn anfangen. Ich kann mit deinem Schulleiter reden, meinen Einfluss geltend machen. Du könntest auch wieder bei mir wohnen.« Er bedenkt unser Haus mit einem abwertenden Blick. »In Manhattan. Das lässt sich alles regeln.«

War dieser Mann immer schon so ein arroganter Arsch?

»Bist du taub, Jeff? Ich sagte, du sollst dich verpissen! Nimm deinen Koffer und deinen Anzug, der mehr gekostet hat als unsere ganze Küche, und verpiss dich auf deine Seite der Brücke.« Ich sehe ihn von oben herab an, wie er es gerade eben noch beim Haus meiner Eltern getan hat.

Idiot! Sein Gesicht verzieht sich zu einer missmutigen Fratze, bevor er endlich verschwindet.

»Hey!«, ruft Logan ihm hinterher. »Lass dich nie wieder in der Nähe meiner Schwester blicken, oder ich zeige dir die Brückenpfeiler der Brooklyn Bridge von unten!«

Jeff nimmt die Beine in die Hand. Er hechtet regelrecht zu seinem kleinen Flitzer. Ich wette, so bald wird er wohl nicht wieder nach Williamsburg kommen. Ich stupse Logan und Jamie mit der Schulter an. »Danke, Jungs!«

»War längst überfällig«, meint Jamie beiläufig. Logan nickt selbstgefällig. Das gerade ist genau sein Ding. Kopfschüttelnd blicke ich über seine Schulter, aber ich kann Brock nicht entdecken.

»Wo ist Brock denn hin?« Logan wird ernst.

»Als er kapiert hat, mit wem du da sprichst, ist er sofort verschwunden.«

»Scheiße! Er denkt doch nicht …«

»Keine Ahnung, aber er sah nicht gerade begeistert aus.«

Ich kämpfe mich durchs Wohnzimmer und ignoriere die vielen Verwandten, die mich belagern wollen, und gehe direkt in die Küche. Als ich Brock dort nicht finde, möchte ich oben in meinem Zimmer nachsehen. Auf dem Weg dorthin blicke ich aus dem Fenster und sehe, dass Brock auf einer Bank im Hinterhof sitzt. Allein. Mit hängendem Kopf. Bei seinem Anblick fühle ich mich mies. Dieser blöde Jeff!

Auf dem Weg in den Hof hält Tante Cassandra mich auf. Sie beginnt mir allen Ernstes von ihren Katzen zu erzählen und kriegt nicht mal mit, dass ich dabei die Augen mehr als einmal verdrehe. Brock hat immer noch nicht aufgeblickt.

»Tante Cass!« Griesgrämig starrt sie mich an, weil ich sie so genannt habe. »Ich habe gerade größere Probleme als eine inkontinente Katze, also entschuldige mich.«

Als ich nur noch ein paar Schritte von Brock entfernt bin,

hält mich der einzige Mensch auf, der dazu in der Lage ist. Mein Dad. Er steht sanft lächelnd vor mir, dieser Bär von einem Mann.

»Lass uns kurz reden, ja?«

Oh, Dad! Dein Timing ist gerade so was von mies. Kolossal mies!

»Okay, aber echt nur kurz. Ich muss zu Brock. Ich muss was Wichtiges mit ihm klären.«

Mein Vater umarmt mich einfach so, vor allen anderen. Davon bin ich dermaßen verblüfft, dass mir die Spucke wegbleibt. Ich rieche den vertrauten Geruch von Moms Weichspüler und Dads Eau de Cologne, das er schon mein ganzes Leben lang benutzt. Mir fällt ein, dass ich ihn gerade erst fast verloren hätte, und drücke fest zurück, bevor er mich loslässt.

»Ich wollte nur sagen, wie stolz ich auf dich bin. Stolz darauf, dass du zu deinen Überzeugungen stehst und gekündigt hast. Deine Mutter hat mir alles darüber erzählt. Ich bin froh, dass es deine Entscheidung war. Denn es war falsch von mir, dich dazu zu drängen. Du musstest selbst herausfinden, was das Richtige war. Das muss jeder von euch, auch wenn es mir verflucht schwerfällt, das zu akzeptieren. Aber ich arbeite daran. Langsam«, gibt er scherzend zu. »Und ich wollte dir auch sagen, dass das, was ich über Brock gesagt und gedacht habe, mir leidtut. Ich lag völlig falsch, was ihn betrifft. Das sehe ich jetzt. Es ist nur … Dani, du musst verstehen, ich bin dein Dad, und zuzusehen, wie er dich ansieht, schon damals, als ihr noch Kinder wart, macht mir Angst. Ich hatte Angst, dich zu verlieren, aber Laura hat mir klargemacht, dass ich gar nichts verliere, wenn du mit ihm zusammen bist, sondern dass ich etwas dazugewinne. Jemanden, der mit zur Familie gehört. Und durch Logan ist es eigentlich schon immer so, oder?«

Dad versucht zu lächeln, aber ich schaffe es nicht, das zu erwidern. Dafür bin ich zu geschockt. Ich kann nicht glauben, dass er das alles gerade gesagt hat und dass er wirklich zugegeben hat, dass er uns unsere eigenen Fehler machen lassen muss. Mein herrischer Dad gibt zu, dass er falschlag. Ich wünschte, ich hätte das aufgenommen, denn wie ich ihn kenne, wird er es schon bald wieder vergessen, aber das ist okay. Ich liebe ihn trotzdem.

»Danke, Dad!«, sage ich und nehme ihn nochmals in den Arm. Seit er den Infarkt hatte, ist mir ganz oft danach, und da es ihm gerade nichts ausmacht, vor allen gefühlsduselig zu werden, nutze ich das aus. »Ich hab dich lieb.«

»Ich dich auch, Kleines!«

Beim Wort *Kleines* fühlt es sich an, als schütte mir jemand kaltes Wasser über den Kopf. Brock!

Nervös sehe ich mich nach ihm um, aber er ist nicht mehr da.

»Dad, ich muss jetzt gehen.«

Beunruhigt laufe ich ins Haus, suche jedes Zimmer ab, aber von Brock fehlt jede Spur. Er darf nicht gegangen sein. Das darf nicht schon wieder so enden.

Ich schnappe mir meine Jacke, in der Hoffnung, ihn noch einzuholen. Als ich fast durch die Tür bin, kommt meine Mutter und hält mich zurück. Du nicht auch noch, Mom!

»Schnapp ihn dir, und dieses Mal versaut es nicht wieder.« Fröhlich bindet sie mir einen Schal um, während ich unruhig zapple. »Danke, Mom!«, sage ich und laufe dabei die Treppen runter. Ich wechsle auf die andere Straßenseite, laufe am Cooper Park entlang in Richtung der Grand Street Station. Brock mochte die immer lieber als die Graham. Ich laufe, bis mir die Lunge wehtut, aber auf dem Weg dorthin sehe ich Brock nicht.

Und auch in der Station ist er nirgendwo. Ich spreche einen jungen, schwarzen Mann an, der Zeitung liest.

»Ist in den letzten Minuten ein Zug gekommen?«

Er schüttelt den Kopf und widmet sich dann wieder seiner Zeitung. Verdammt! Vielleicht hat er doch die andere Strecke genommen. Ich will in meiner Tasche nach dem Handy greifen, um ihn anzurufen, da fällt mir ein, dass es zu Hause auf meinem Bett liegt. Frustriert balle ich auf dem Rückweg die Hände zur Faust. Heute geht aber auch alles schief.

Als ich die Ecke des Parks erreiche, erhasche ich einen Blick auf einen dunklen Schopf. Mein Herz macht einen Satz, als ich Brock erkenne. Er sitzt auf einer Bank und starrt vor sich hin. An den Park habe ich überhaupt nicht gedacht. Ich dachte, Brock würde bloß schnell wegwollen. Langsam gehe ich auf ihn zu und hoffe, dass mein Atem sich beruhigt, aber das geschieht nicht. Stattdessen beginnt mein Bauch aufgeregt zu kribbeln. Brock hält einen halb kaputten Baseball fest, den er gegen ein Schild wirft, wartet, bis er auf den Boden aufschlägt, und fängt ihn wieder auf. Ich muss lächeln, als mir einfällt, woher mir das bekannt vorkommt.

»Ich weiß ja, du bist ein Fan von Steve McQueen, und deine Imitation von *Gesprengte Ketten* ist wirklich nicht schlecht, aber du bist einfach kein Blondschopf, Brock. Sieh es ein.«

Überrascht blickt er auf und starrt mich fassungslos an. Er hat mich genauso wenig hier erwartet wie ich ihn. Brock sieht mich auf eine Weise an, wie kein anderer Mann es je könnte, als wäre ich sein letzter Atemzug und er kurz davor, ihn zu nehmen.

»Tja, vielleicht sollte ich aber einer werden. Sieht ja so aus, als stehst du auf blond.« Verletzt blickt er von mir weg und knallt den Baseball wieder gegen die Werbetafel. Ich mache ihm einen Strich durch die Rechnung und fange den Ball auf, bevor er zu ihm zurückprallt. Ich behalte ihn fest in der Hand.

»Das täuscht! Ich gebe zu, ich stand mal auf blond, aber seither ist viel passiert. Der gut aussehende, dunkelhaarige Kerl, auf den ich schon mein Leben lang stehe, hat mich endlich bemerkt. Wir sind Freunde geworden, und danach waren wir sehr viel mehr als das. Das hat jede Erinnerung an den Blondschopf ausgelöscht. Du musst wissen, dieser dunkelhaarige Kerl ist jemand, der einem unter die Haut geht. Und das macht dich verletzlich, so verletzlich, dass jedes Wort von ihm dir das Herz brechen kann, wenn es das falsche ist. Und er hat einige falsche Worte gesagt, damals im Krankenhaus, aber das heißt nicht, dass ich ihn nicht …«

»Dann hast du diesen Arsch also weggeschickt?«

Aufgebracht steht Brock auf.

»Ja, natürlich! Brock, was dachtest du denn? Ich habe schon lange keine Gefühle mehr für ihn. Nur noch für dich, du Idiot!«

Er strahlt mich an, wie nur Brock es kann. Tausendwattlächeln und funkelnde grüne Augen machen mich ganz schwach.

»Ich dachte … als ich ihn und dich gesehen habe, nach dem, was du gesagt hast, dass du mir nicht mehr vertraust … ich dachte, er wäre dabei, dich mir wegzunehmen, dabei bin ich heute gekommen, um endlich für uns zu kämpfen. Und dann das! Dabei hast du gar nicht … du …«

»Weißt du«, necke ich ihn, »für jemanden, der eigentlich in Krisensituationen ruhig bleibt und dafür bezahlt wird, stotterst du gerade ganz schön rum.«

Brock lacht, ehe er endlich näher kommt, so nahe, dass ich seinen Geruch wahrnehmen und seine Wärme spüren kann.

Sofort prickelt meine Haut, verlangt, von ihm berührt zu werden.

»Nur du …«, sagt er ganz leise, während er seine Arme um mich schlingt, »… kennst mich wirklich. Niemand kennt mich so, wie du mich kennst.«

Ich lehne meine Stirn gegen seine und genieße den Kontakt, den ich seit Wochen vermisse.

»Geht mir mit dir genauso. Also hören wir jetzt auf, Angst zu haben und wegzulaufen, oder versauen wir das hier noch mal?« Mit einem schrecklichen Gefühl im Bauch, weil ich daran denke, klammere ich mich an seiner Schulter fest, als würde er verschwinden, wenn ich es nicht tue.

»Ich habe solche Angst, Dani! Scheiße, ich hab mein Leben lang Angst gehabt, aber ich will für dich damit aufhören. Ich will es versuchen. Weißt du, ich liebe dich schon lange. Ich glaube, ich weiß selbst nicht mehr, wann es angefangen hat, aber von Beginn an hat es mir eine Scheißangst gemacht, weil ich dich verlieren könnte. Du könntest mich verlassen, irgendwann aufhören, mich zu lieben, oder sterben, so wie Dad oder wie Mom beinahe. Und als das mit Bill passiert ist, da musste ich meine schlimmste Angst erkennen, dass ich nicht damit leben könnte, dich jemals zu verlieren, und ich dachte, es wäre leichter, dich aufzugeben, meinen Schuldgefühlen nachzugeben, als gegen meine Angst anzukämpfen, um mit dir zusammen zu sein. Erst als ich deine E-Mail gelesen habe, immer und immer wieder, habe ich verstanden, dass das kein Weg ist, sondern ein Fluch. Dass Bill am Ende gewinnt, weil ich so das Wichtigste verliere, das ich habe: dich!«

Längst laufen mir Tränen in Strömen übers Gesicht.

»Du liebst mich?«, frage ich verheult.

»Ja, Kleines! Wie verrückt. Hast du auch das andere gehört, was ich gesagt habe?« Brock lacht dunkel.

»Du liebst mich?« Ich höre es immer wieder in meinem Kopf.

Brock küsst meinen Hals. Er drückt mich fest an sich und flüstert mir ins Ohr.

»Schon seit wir Freunde sind, und seit ich das erste Mal in dir war, sogar noch mehr!«

»Brock?«

»Hm«, murmelt er abgelenkt, während er eine Art Vorspiel mit meinem Hals hat. Meinem Körper gefällt's. Er glüht überall. Ich kann kaum fassen, dass das hier passiert.

»Willst du nicht wissen, seit wann ich *dich* liebe?«

Ich schmunzle ihn an und lecke mir dabei über die Lippe. Mit schweren Lidern sieht er zu mir und starrt auf meinen Mund, der sofort brennt, weil er sich nach Brocks Kuss sehnt. Er nickt, lässt meinen Mund aber nicht aus den Augen. Ich drücke mich fest an ihn und flüstere ihm ins Ohr, wie er es bei mir getan hat. Er bekommt eine Gänsehaut.

»Ich bin schon verliebt in dich, seit Logan dich das erste Mal mit zu uns gebracht hat, und ich liebe dich, seit du das erste Mal in mir warst.« Glücklich sehe ich ihn an.

»Kleines, ich glaube, das ist der Beginn einer wunderbaren Freundschaft.«

»Freundschaft?«, frage ich argwöhnisch.

»Ja, einer Freundschaft mit Liebe, Ehe, einer Handvoll Kinder und sehr viel heißem Sex.«

»Klingt perfekt.«

Jetzt grinst der Kerl regelrecht selbstzufrieden. »Ich habe gehofft, dass du das sagen würdest, denn ich bin nicht nur zur Feier deiner Eltern gekommen, sondern auch, um mit deinem

Dad zu reden, was ich übrigens getan habe, bevor das Jeff-Debakel dazwischenkam, und da er, Wunder über Wunder, eingewilligt hat …«

Mir wird schwindlig und schlecht, und ich habe das Gefühl zu schweben, alles gleichzeitig, als ich sehe, dass Brock vor mir auf die Knie geht. Aus der Jeanstasche, in der vorletzte Woche noch mein Brief steckte, zieht er nun eine kleine Schatulle hervor.

»… gehe ich jetzt vor dir auf die Knie und bitte dich, dein Leben mit mir zu teilen. Ich weiß, das kommt plötzlich, und ich weiß, wir sind beide Iren und haben ein gewisses Temperament, also kann ich dir nicht versprechen, dass wir uns niemals streiten oder jeden Tag glücklich sein werden, aber ich kann dir versprechen, dass ich dich immer lieben werde, dass ich keine andere Frau je so begehren werde, wie ich dich begehre, dass ich nur dich lieben werde, dass du der Grund bist, warum ein schlechter Tag gut werden und ein guter Tag noch besser werden wird, und dass ich alles tun werde, um mir dein Vertrauen und deine Liebe zu verdienen. Jeden verdammten Tag unseres hoffentlich langen Lebens! Klingt das nach etwas, das du dir die nächsten sechzig, siebzig Jahre vorstellen könntest, Kleines?«

Schief lächelnd blickt Brock mich von unten an und hält mir einen silbrig glänzenden Ring entgegen mit einem Herzen darauf, das von zwei Händen getragen wird. In seiner anderen Hand hält er eine alte Schatulle, darin befindet sich der zweite Ring. Die irischen Eheringe meiner Großmutter. Mein Vater hat sie Brock gegeben. Er hat sie ihm wirklich gegeben. Für mich! Eine Träne kullerte mir über die Wange. Ich kann kaum fassen, wie sehr ich diesen Mann liebe.

»Ja, verdammt. Ja!«, sage ich und warte, bis er mir den Ring angesteckt hat, ehe ich ihn zu mir nach oben ziehe und küsse, als wäre es mein letzter Atemzug, den ich Brock mit Freuden gebe. Er hält mich dabei so fest, dass es beinahe schmerzt, während er mich küsst, bis ich kaum mehr auf den Beinen stehen kann.

»Dann sollten wir rübergehen, um die gute Nachricht zu verkünden«, raunt er mir zu, ehe er mich nochmals küsst.

»Weiß Logan davon?«

»Gott, nein. Ich musste doch deinen Dad um Erlaubnis fragen und dann dich. Er hat mir seinen Segen gegeben, mit dir zusammen zu sein. Logan hat in der Sache nichts zu melden.«

»Clever«, kommentiere ich, während wir den Cooper Park hinter uns lassen und direkt auf unser Haus zumarschieren. »Das hast du geschickt eingefädelt, Brock. Unsere halbe Verwandtschaft ist schon hier. Spart uns eine nervige Verlobungsparty. Das heißt: mehr Zeit für Versöhnungssex.«

»Das ist unheimlich. Du liest ja meine Gedanken, Dani!«

»Tja, ich kenne dich einfach.«

Brock lacht dreckig und laut, als wir das Haus betreten. Neugierige Blicke heften sich auf uns, als wir aneinandergekuschelt wie Teenager ins Wohnzimmer kommen, wo meine Eltern, meine Brüder, unsere engsten Verwandten und Freunde mit Kuchen in der Hand zusammensitzen. Mit Ausnahme von Dad. Er hält missmutig eine Karotten-Zucchini-Schnitte in der Hand und sieht das Ding an, als wäre es ein Großbrand, den es zu vernichten gilt.

»Hey, Leute!«, schreie ich, denn in unserer Familie hat man sonst null Chance, sich Gehör zu verschaffen.

»Wir müssen euch eine Kleinigkeit erzählen.«

»Ich würde es keine Kleinigkeit nennen, dass man dich bald schon Dani McNamara nennen wird.«

»Bald schon?«, frage ich abgelenkt.

»Ich mache Nägel mit Köpfen, wenn ich weiß, was ich will, und ich habe nicht vor, lange darauf zu warten, dass du zu mir gehörst. Ganz offiziell.«

»Ja, so kenne ich dich, mein charmanter Bad Boy.«

Ich küsse Brock auf die Wange, woraufhin er verschmitzt mit den Schultern zuckt.

Unsere Familie hat das Geplänkel verfolgt und daraus die richtigen Schlüsse gezogen. Mom heult Rotz und Wasser, während Dad sie im Arm hält. Eine Rolle, die er genießt. Er zwinkert mir zu. Ich erwidere es. Jetzt weiß ich, warum er im Hof mit mir reden wollte. Dieser alte Fuchs!

Die meisten gratulieren uns. Es dauert eine ganze Weile, ehe wir die Chance bekommen, uns endlich davonzustehlen. Wir schaffen es nicht mal bis in mein Zimmer und fallen auf der Treppe übereinander her.

»Oh, bitte, nehmt euch ein Zimmer! Nein, ich meine es ernst. Nehmt. Euch. Ein. Zimmer. Denn ich sehe mir das bestimmt nicht den Rest meines Lebens mit an. Echt jetzt!«

Logan schüttelt den Kopf und hält sich die Augen zu, als er an uns vorbeigeht. Da muss er durch, denn ich habe nicht vor, allzu bald von Brock abzulassen. Während wir uns küssen und versuchen, die Klamotten anzubehalten, hören wir Gesprächsfetzen von unterhalb der Treppe. Zwei Jungs von der Wache unterhalten sich.

»Hat Brock-Frauenverschleiß-McNamara wirklich gesagt, dass er Logans Schwester heiraten wird?«

Ich kichere Brock in die Schulterbeuge, als ich das höre. Brock kann einen Lachkrampf kaum zurückhalten. Er beugt sich über die Treppe und sieht auf die Feuerwehrjungs herab.

»Das hat er, und in ein paar Minuten wird er von seiner

Verlobten flachgelegt oder sie von ihm. Das steht noch nicht ganz fest. Wenn ihr also nicht Zeuge dessen sein wollt, geht lieber woanders hin, um zu tratschen, Mädels.«

Der Anblick, wie die beiden Muskelprotze nach oben starren und kalkweiß werden, ist göttlich. Ich lache lauthals und merke, dass Brock mich dabei beobachtet.

»Was ist?«

»Nichts. Ich liebe es einfach, dich lachen zu hören. Und jetzt lass uns in dein Zimmer gehen. Wir müssen dort noch ein paar Fantasien in die Tat umsetzen.«

Mein Herz klopft laut und schnell, als Brock mich ins Zimmer drängt und hinter mir die Tür schließt. Ich kann nicht fassen, dass ich ihn gleich wieder spüren werde und dass ich das für den Rest meines Lebens tun werde, so oft ich will.

Dani St. Clair, vor Monaten wolltest du nie wieder in dieses Zimmer zurückkehren, und nun, mit einem ausgehungerten Brock darin eingeschlossen, wie willst du es da je wieder verlassen?

Als Brock mich an sich zieht, um meinen Mund zu erobern, höre ich auf zu denken. Ich fühle nur noch und sehe im Dunkeln das Funkeln meines Verlobungsringes auf meiner Hand, die auf Brocks nackter Brust liegt. Ich weiß nicht, ob man vor Glück platzen kann, aber ich bin nahe dran. Verdammt nahe.

Epilog

Dani

Wieder einmal bin ich mit dem Rücken auf dem Küchentresen gelandet. Brock über mir. Und ich liebe jede Sekunde davon. Er lässt sich Zeit, knöpft langsam meine Bluse auf und küsst meine Haut. Als er sieht, dass ich keinen BH anhabe, stöhnt er zufrieden auf. Unmittelbar danach spüre ich seine großen, warmen Hände auf mir. Brock massiert meine Brüste, kreist mit dem Daumen über die hart gewordenen Nippel und nimmt einen davon saugend in den Mund. Ich stöhne auf und drücke meinen Unterleib nach oben, in der Hoffnung, mich an seinem harten Schwanz reiben zu können. Doch er lässt es nicht zu.

»Aber ich bin so weit«, sage ich und klinge ausgehungert.

»Aber ich bin noch nicht fertig mit dir.«

Grinsend hebt er seinen Körper von mir. In seiner Uniform sieht er richtig heiß aus. Ich gebe zu, es hat einen ganz besonderen Reiz, dass ich halb nackt bin und er völlig angezogen.

»Was willst du denn noch alles mit mir anstellen, ehe ich dich in mir fühlen darf?« Ich schmunzle erregt.

»Hm, mal überlegen. Es gibt einfach so viele leckere Möglichkeiten, meine Frau zu vernaschen. Da fällt die Wahl nicht gerade leicht.«

Brock streichelt mit seinen Fingerspitzen meine nackten Beine entlang, ehe er fest zupackt, um sie weit zu öffnen. Früher wäre ich vor Scham gestorben, wenn er das getan hätte. Jetzt erregt es mich nur noch mehr.

»Fühlt sich an, als hättest du deine Wahl getroffen«, kommentiere ich schwer atmend. Meine Mitte brennt und pocht. Habe ich erwähnt, dass ich Brocks Mittagspausen liebe?

Und wie!

»Oh Gott!«, presse ich hervor, als er seine Zunge gegen meine Klitoris schnellen lässt und sie kreisend massiert, bis ich es kaum noch aushalte.

»Ich liebe es, wie du schmeckst, Kleines. Und du bist so nass … nur für mich«, haucht er gegen meine Schenkel, ehe er von mir ablässt.

»Brock«, flehe ich ihn an und winde mich unter ihm.

Er fackelt nicht länger rum, öffnet seine Hose und drängt seine breite Schwanzspitze gegen meine enge Öffnung. Mit den Fersen sporne ich ihn an, endlich einzudringen. Als er mich dehnt und perfekt ausfüllt, schließe ich genussvoll die Augen. Nichts ist vergleichbar mit diesem Gefühl und ihm dabei in die Augen zu sehen. Deshalb öffne ich sie, im Wissen, Brock über mir zu sehen, wie er mich anschaut, mit diesen tiefgrünen Augen, die immer dunkler werden, je näher er dem Höhepunkt kommt. Leidenschaftlich rammt er seinen Schwanz in mich und beobachtet dabei jede Regung in meinem Gesicht. Als er seinen Daumen auf meine Perle drückt und mich reizt, explodiere ich. Wie eine feste Faust umschließt meine Möse seinen Schaft und bringt ihn dazu, ebenfalls zu kommen. Mit mir. In heißen Wellen verströmt Brock seinen Samen. Selbst nachdem er gekommen ist, stößt er weiter zu und presst sich verlangend in mich.

Heftig atmend liegen wir da. Ich, befriedigt unter ihm, und er, zufrieden brummend auf mir. Wenn das so weitergeht, kann ich bald nicht mehr unterrichten, weil ich es nicht mehr aufrecht gehend ins Klassenzimmer schaffen werde.

»Hey, Brock, beeil dich mal ein bisschen. Wir müssen los!«

Als Carlos' Stimme aus dem Funkgerät, das neben mir auf dem Küchentresen liegt, dringt, stemme ich mich ertappt und rot geworden hoch.

»Bitte sag mir, dass Carlos nicht da unten wartet, während wir Sex haben.«

Mit einem selbstbewussten männlichen Grinsen zieht Brock sich aus mir zurück und sieht kein bisschen beschämt aus.

»Kleines, was denkst du, wie oft ich im Wagen warten musste, als Carlos und Maria an Ally gebastelt haben?«

Feixend küsst Brock meinen Unterbauch und legt seine linke Hand darauf. Ich bekomme eine Gänsehaut, als ich sehe, dass sein Gladdaghring, den er als Ehering trägt, genau wie ich, direkt auf jener Stelle liegt, wo unser Baby heranwachsen soll, woran wir nun schon seit Monaten fleißig arbeiten. Ich kann es kaum erwarten, einen kleinen Jungen oder ein kleines Mädchen zu bekommen, das uns ähnlich sieht, und ich hoffe, er oder sie bekommt Brocks grüne Augen, die ich so liebe.

Ich ziehe Brock zu mir und küsse ihn verlangend, tief und lange.

Für Brock und mich gibt es keinen besseren Ehering als diesen, denn der Claddaghring symbolisiert Liebe durch das Herz, Freundschaft durch die haltenden Hände und ewige Treue durch die Krone. Jene Dinge, die wir uns bei unserer Hochzeit versprochen haben und die mir mehr bedeuten, als ich je mit Worten ausdrücken könnte.

Brock sieht mich überrascht an, als ich ihn auf Abstand halte, mir das Funkgerät schnappe, um Carlos eine Nachricht zu übermitteln.

»Carlos, ich fürchte, du musst etwas länger auf Brock warten. Ich bin noch nicht ganz fertig mit ihm.«

Ich höre Carlos dreckig über Funk lachen.

»Alles klar, Dani. Habe verstanden!«

Brock

Nachdem ich meine wunderschöne Frau zum zweiten Mal geliebt habe, fällt es mir verdammt schwer, ihr Bett zu verlassen, um wieder an die Arbeit zu gehen. Aber ich werde gebraucht, hier und auch dort draußen. Dani weiß und versteht das. Einer der vielen Gründe, warum ich diese unglaubliche Frau geheiratet habe.

Dani liegt nackt vor mir. Sie anzusehen tut weh, als könne etwas in mir nicht begreifen, wie etwas so Schönes ausgerechnet zu mir gehört. Als sie mich anlächelt, wünsche ich mir sehr, dass wir heute unser Kind gezeugt haben, denn gerade in diesem Moment fühle ich mich glücklich, ohne Angst, und ich möchte, dass unser Kind in so einem Moment gezeugt wird. Und es wäre schön, wenn es Danis liebevolles Lächeln haben könnte, unser Kleines.

Wie jedes Mal, seit wir miteinander schlafen, um ein Baby zu machen, berühre ich sie mit der Hand tief unten am Bauch. Ich weiß gar nicht, wieso. Mir gefällt einfach der Gedanke, dass etwas von mir und ihr dort drin sein wird, unter ihrem Herzen, bis es ein realer Teil unseres Lebens wird. Dann werden wir noch mehr eine Familie sein als jetzt schon. Dani lächelt mich weiter an und legt ihre Hand auf meine. Sie wünscht sich wohl genauso sehr wie ich, dass es heute geklappt hat. Ich sehe unsere Ringe, nahe zusammen, und erinnere mich an das Versprechen, das wir uns mit ihnen gegeben haben.

Ich schnappe mir ihre Hand und küsse ihre Finger, direkt über dem Ring. Dann ziehe ich sie zu mir hoch und umarme sie ganz fest. Ihr Regenduft macht mich verrückt. Immer wieder.

»Ich liebe dich«, sagt sie.

Sie sagt es jedes Mal, wenn ich zur Arbeit muss, weil sie nicht will, dass etwas geschieht, ohne dass ich es weiß. Ich mag das an Dani. So nimmt sie mir die Angst. Dani weiß, dass weder sie noch ich mit Sicherheit wissen können, ob wir den anderen immer bei uns haben werden. Vielleicht werden wir hundert Jahre alt und haben selbst dann noch eine Vorliebe für Küchentresen, aber vielleicht passiert auch etwas, und einer von uns ist dann nicht mehr da. Schon der Gedanke bringt mich um – ich kann mir ein Leben ohne Dani gar nicht mehr vorstellen –, aber Dani hat mir klargemacht, dass man nicht wirklich lebt, wenn man immer daran denkt, was man verlieren könnte, sondern nur noch überlebt, und das will sie nicht. Sie will leben. Mit mir, und auf das Beste hoffen. Also sagen wir uns, nur für den Fall und weil es die Wahrheit ist, dass wir uns lieben, so oft wir können. So wie jetzt.

»Ich liebe dich auch, Kleines.«

»Gut, sonst wäre diese Babysache doch echt merkwürdig.«

Ich lache laut und drücke sie dabei an mich.

»Heute Open-Air-Kino um sieben im Brooklyn Bridge Park?«

»Ich werde da sein.«

Dani küsst mich zum Abschied.

»Und ich sehe dir dann in die Augen, Kleines.«